기척

KB103098

THE WIFE UPSTAIRS

기척

The Wife Upstairs

레이철 호킨스 장편소설

천화영 옮김

감사하게도,
여기 등장하는 어머니들과 전혀 다른
우리 엄마에게

죽음에는 두 가지가 있거든요.
진짜 죽음과 사람들이 아는 죽음.

— **진 리스,《광막한 사르가소 바다》**

Part 1

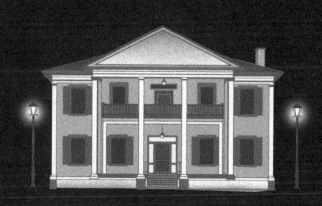

제인

1

2월

산책하기엔 정말 최악의 날씨다.

비가 아침 내내 퍼붓는 통에 센터포인트에서 여기 마운틴브룩까지 운전해 오는 길이 악몽 같았고, 리드 부부의 저택 진입로에 들어와 차에서 내리는 잠깐 사이에 청바지 밑단이 흠뻑 젖어버렸다. 현관 대리석 바닥에 발을 내디딜 때마다 운동화에서는 쩍쩍 소리가 났다.

하지만 리드 부인이 반려견 베어의 목줄을 잡고 나를 향해 서 있었다. 리드 부인은 잔뜩 찌푸린 표정을 지으며 이 월요일 아침에 장대비 속으로 나를 보내게 되어 자신의 마음이 얼마나 불편한지 표현하고 있었다.

그게 중요했다. 내가 리드 부인의 불편한 마음을 아는 것이.

그렇다고 오늘 하루 일을 쉽게 해주지는 않았다.

나는 거의 한 달째 손필드 주택 단지에서 개들을 산책시키고 있다. 그간 이 동네에서 일하면서 한 가지 확실히 파악한 게 있다면 바로, 여기서는 모든 것이 어떻게 **보이는지**가 가장 중요하다는 점이다.

리드 부인은 속상해 **보였다.** 2월 중순, 춥고 비바람이 모진 날씨에 내가 자신의 콜리견 베어를 데리고 산책하러 나가야 하는 상황이 정말 싫다는 듯 **보였다.**

나를 신경 쓰고 있다는 듯 **보였다.**

다만 진심이 아닐 뿐. 나는 아무럼 괜찮다, 정말로.

나 역시 리드 부인에게 관심이 없으니까.

그래서 나는 카키색 비옷 자락을 끌어 내리며 미소를 지어 보였다. "대비하고 왔어요." 베어의 목줄을 받아 들며 말했다. 지금 우리는 현관 입구에 서 있다. 왼쪽 벽에 세워진, 테를 두른 거대한 거울이 나와 리드 부인, 베어를 비췄다. 베어는 벌써 문을 향해 줄을 팽팽히 당기고 있다. 현관 주변에는 오래된 느낌이 나도록 홈을 낸 나무 탁자도 있는데, 그 위에는 포푸리 방향제 한 단지와 다이아몬드가 박힌 링 귀걸이 한 쌍이 놓여 있다. 지난밤 리드 부인이 자선 행사에 다녀와서 아무렇게나 던져놓은 모습이었다.

보아하니 자선 행사는 이 동네에서 중요한 이벤트인 듯했다. 도대체 무엇을 위해 성금을 모금하는지는 알 수 없지만 탁자 위에 놓인 자선 행사 초대장이나 냉장고 문에 자석으로 붙인 안내장을 보면 도덕성을 과시하는 단어들이 이리저리 버무려져 있다. **아이들, 매 맞는 여성, 노숙자, 소외 계층.** 다양하게 에둘러놨지만 결국 의미하는 바는 모두 '가난'이다.

리드 부인이 지난밤에는 무엇을 내걸고 모금 운동을 했는지 알 수 없지만, 여기에도 나는 관심이 없었다.

탁자에 놓인 저 귀걸이를 오래 바라보지도 않았다.

베어의 목줄이 손에 매끄럽게 와 닿았다. 나는 리드 부인에게 가볍게 손을 흔들어 보이고 널따란 포치*로 나섰다. 시멘트를 바른 바닥이 빗물을 머금고 번들거리는 탓에 골동품처럼 낡은 운동화가 미끄러질 뻔했다.

등 뒤로 문이 닫히는 소리가 들리자 문득 리드 부인이 내가 개를 산책시키는 이 아침에 무슨 일을 하는지 궁금해졌다. 커피를 한 잔 더 마시려나? 커피를 마시고 신경안정제로 입가심하려나? 아니면 또 다른 자선 행사를 계획하려나?

어쩌면 요트를 탈 줄 모르는 아이들을 위한 브런치 행사를 계획하는지도 모르겠다.

비는 아까보다 많이 잦아들었지만 아침 추위가 여전히 매서워서 장갑을 가져오지 않은 걸 후회했다. 벌써 두 손이 트고 갈라졌고 손가락 관절은 불타오르듯 벌겠다. 오른손 엄지와 검지 사이에는 아직 연분홍빛 화상 자국이 물방울 모양으로 남아 있었다. 마운틴브룩 빌리지의 카페 '로스티드'에서 일하던 마지막 날 얻은 트로피였다.

나는 개를 산책시키는 일이 거지 같긴 하지만 적어도 2도 화상을 입을 일은 없다고 나 자신을 다독였다.

베어는 목줄을 끌어당기며 보이는 우편함마다 코를 킁킁댔다. 나는 앞장서서 걷는 베어에게 잠자코 끌려가며 내가 맡은 임무를

---

* 주택의 출입구에 별도의 지붕을 덮어 만든 공간.

잊고 이 동네 거리와 주택들을 정신없이 구경했다. 이 동네를 이루는 맥맨션*에는 한 채 한 채마다 잘 관리된 초록빛 뒤뜰이 있다. 그래서 나는 아직도 여기 사람들에게 개를 산책시키는 사람이 따로 필요한 이유가 무엇인지 이해가 되지 않는다. 하지만 이런 사람들에게 무엇이 **필요한지**는 중요하지 않았다. 자신들이 무엇을 **원하는지**로 충분하기 때문이다.

이 주택 단지를 살펴보면 그들이 무엇을 원하는지를 알 수 있다. 리드 부부는 매그놀리아 코트에 단독으로 살고 있다. 욕실 여덟 개에 침실 일곱 개, 손님맞이용 거실과 가족 전용 공간, 위층 거실과 '신사의 서재'를 갖춘 주택이다. 내가 보기에 손필드 주택 단지 내의 집들은 전부 이런 구조다. 지금 나는 이 단지에서 총 네 집을 다니고 있는데, 한 집이 두 집이 되고 두 집이 세 집이 된 이유는 물론 주민 한 명이 개를 산책시키는 사람을 두면 다른 사람들도 개를 산책시키는 사람을 필요로 하기(**원하기**) 때문이었다. 나는 리드 부부의 반려견 베어를 시작으로 프림로즈 레인에 자리한 매클래런 가족의 달마티안 메리베스를 맡게 되었고, 이제는 오크우드에 사는 클라크 부부의 시츄 두 마리, 메이저와 커널도 맡고 있다. 얼마 전에는 메이플 웨이의 트립 잉그러햄도 죽은 아내가 키우던 래브라도 레트리버 하퍼의 산책을 맡기기 시작했다.

개를 산책시키는 일은 전반적으로 좋은 아르바이트로, 카페 로스티드에서 일하는 것보다 확실히 나았다. 여기 사람들은 내 눈을 똑바로 본다. '도우미'를 이름으로 부르지 않으면 교양 없는 개자

• 교외 고급 주택가에 들어선, 맥도날드 햄버거처럼 대량 생산된 듯한 모습의 대형 주택.

식이 된다고 생각하기 때문이다. "제인은 가족이나 다름없어." 아마 리드 부인은 컨트리클럽에서 다른 부인들에게 말할 것이다. 그러면 모두 동의한다는 듯 후후 웃으며 블러디 메리 칵테일을 한 잔 더 마시겠지.

비에 젖은 운동화가 질척거리는 소리를 들으며 나는 내가 사는 아파트를 떠올렸다. 부엌 한쪽에서 또 물이 새고 있겠지. 그 우중충한 잿빛 천장이 한층 더 어둡고 우중충한 잿빛으로 젖어가고 있겠지. 집값은 싸고 동네가 끔찍한 것도 아니지만 때로는 마치 작은 콘크리트 상자 속에서 사는 것처럼 느껴진다. 대형마트에서 산 포스터나 중고품 할인점에서 고른 예쁜 담요로 아무리 꾸며봐도 잿빛은 호락호락 물러나지 않았다.

손필드 주택 단지에는 우중충한 잿빛이 없다.

1년 내내 어느 시기랄 것 없이 푸르고 집마다 화분이나 창가 화단을 마련해놓았으며 다채로운 꽃이 피는 거대 관목을 길렀다. 덧문 색깔은 밝은 노랑이거나 짙은 파랑이거나 강렬한 빨강이거나 쨍한 초록이다. 잿빛 비슷한 게 있다 해도 우중충함과는 거리가 먼 부드럽고 우아한 회색이다. 도브 그레이라고, 리드 부인이 부르는 것을 들은 적이 있다. 오늘처럼 비가 오는 날에도 손필드 주택 단지에는 잔디를 깎고 카펫을 청소하는 모터 소리와 집안일 대행업체 차량이 진입로를 드나드는 소리가 끊이지 않았다.

베어가 멈춰서 연석에 대고 오줌을 누는 사이 나는 목줄을 쥐지 않은 손으로 머리에 뒤집어쓴 모자를 벗어젖혔다. 차가운 빗물이 목을 타고 주르르 흘러내렸다. 왼쪽 솔기가 터진 오래된 비옷이지만 새로 하나 장만할 엄두는 나지 않았다. 그럴 돈도 없을뿐더러,

오래된 비옷 하나가 새것으로 바뀐다 한들 이곳 사람들은 알아차리지도 못할 터였다.

너무 위험해. 나는 스스로를 타이른다. 하지만 결국 매끈하고 예쁜 비옷을 입고 이 동네를 거니는 상상을 꼬박 2분 동안 하고 말았다. 차가운 빗물이 새서 온몸이 젖는 낡은 비옷이 아니라 지난주에 클라크 부인이 문 옆에 걸어둔 버버리 재킷 같은 게 있었으면 했다.

꿈도 꾸지 마.

대신 나는 리드 부인네 집에서 본 다이아몬드 귀걸이를 떠올렸다. 두 짝이 다 사라진다면 좀 의심스러운 모양새겠지. 그런데 한 짝만 없어진다면? 한 짝은 탁자 밑에 떨어졌을 수도 있다. 컨트리클럽의 카펫에 박혀 있을 수도 있다. 어딘가 주머니 속을 돌아다니고 있을지도 모른다.

베어가 또 멈춰 서서 우편함에 코를 대려 했다. 하지만 나는 목줄을 끌어당겨 내가 가장 좋아하는 주택으로 향했다.

막다른 길에 있는 집이었다. 이 집은 도로에서 멀리 떨어진 데다 다른 집처럼 청소부나 정원사가 끊임없이 드나들지 않아서 늘 조용했다. 잔디는 다른 집처럼 푸르지만 덥수룩했고, 입구 쪽에 우거진 보랏빛 관목은 너무 높이 자라 1층 창문을 가리고 있었다.

동네에서 가장 크고 높이 솟은 집이었다. 양 측면에는 거대한 부속건물 두 채가 날개처럼 달렸고 앞뜰 잔디에는 오크 나무 두 그루가 우뚝 서 있었다. 다른 집보다 확실히 더 오래된 느낌인데, 어쩌면 이 동네에서 처음으로 지어진 주택일지도 모른다.

손필드 주택 단지의 집들은 서로 너무 닮은 나머지 다 같이 흐릿해지고 있었고, 나는 그 점이 마음이 들었다. 아름다운 흐릿함은 내가사는 동네의 우울한 단조로움보다 나았다. 하지만 이 집, 막다른 골목 끝에 홀로 존재하는 이 집의 무언가가 매번 나를 잡아끌었다.

나는 집을 더 가까이에서 보려고 인도에서 내려와 도로 중앙에 섰다.

늘 너무 조용한 곳이라 도로에 서 있는 게 위험한 행동이라는 생각조차 하지 못했다.

차 소리가 들린 뒤에야 차가 눈에 들어왔고, 그때까지도 나는 움직이지 않았다. 훗날, 나는 이 순간을 되돌아보면서 어쩌면 내가 앞으로 닥칠 일을 알고 있던 게 아닐까 궁금해하곤 했다. 인생에서 일어난 모든 일이 나를 이 한 지점으로, 한 주택으로 이끈 것은 아닌지.

그에게로 이끈 것은 아닌지.

2

손필드 주택 단지의 차들은 대부분 기종만 다를 뿐 생김새가 똑같은 고급 SUV다. 억 소리가 나게 비싸고 필요 이상으로 커서 처음에는 집 한 채가 돌아다니는 것처럼 신경이 쓰였지만, 지금은 그저 정기적으로 거리를 굴러다니는 황갈색 또는 암청색 탱크 정도로 생각한다.

그런데 내가 가장 좋아하는 주택의 진입로에서 튀어나온 차는 SUV가 아니었다. 그르렁거리는 엔진 소리가 요란스러운 구형 스포츠카였다. 시럽을 입힌 사과처럼 새빨간 색은 상처에 맺힌 핏방울만큼이나 선명해서 흐린 하늘과 극명한 대조를 이뤘다.

뒷다리로 선 베어가 춤을 추듯 버둥거리며 짖어댔고, 나는 진입로에서 물러나려 애썼다. 차가 우리를 향해 돌진하는 사이 목줄이 손가락에 잔뜩 엉켜버렸다.

비 때문에 아스팔트가 미끄러웠는데, 어쩌면 그 덕분에 살 수 있었는지도 모르겠다. 뒤로 물러나려다가 발이 미끄러져 이가 흔들릴 정도로 세게 넘어졌기 때문이다.

우비에 달린 모자가 얼굴을 덮는 바람에 눈앞에 보이는 거라곤 카키색 비닐밖에 없었다. 하지만 브레이크가 끼익 하며 멈추는 소리를 들을 수 있었고, 이어서 금속이 부드럽게 으스러지는 소리도 났다. 베어가 짖고, 짖고, 또 짖으며 초조하게 움직여대는 통에 가죽 목줄이 손목을 파고들어 아팠다.

"세상에." 한 남자의 목소리가 들려와 나는 겨우 모자를 뒤로 젖혔다.

그 멋진 스포츠카 뒷부분이 도로에 늘어선 화려한 가로등 하나에 부딪혀 납작 찌그러져 있었다. 그렇게 빠른 속도로 부딪힌 게 아니었는데도 차가 너무도 가벼운 나머지 금속이 종잇장처럼 구겨져버린 것이다. 갑자기 입이 마르고 심장이 거세게 쿵쾅거렸다.

젠장, 젠장, 젠장.

이런 차는 평범한 사람이 1년에 버는 돈보다 값이 더 나간다. 심지어 나 같은 사람은 계약금만 걸려 해도 카페에서 한평생을 일해야 한다. 그런데 도로 한가운데에 서서 넋을 놓고 남의 집을 구경하다가 이 사달이 났으니 나는 이제 심각하게 신세를 조져버린 것이다.

운전석 문이 열리고 마침내 저기, 문 위에 한쪽 팔을 걸친 채 서 있는 남자가 보였다.

남자는 손필드 주택 단지에서 본 다른 남자들과 사뭇 달랐다. 이곳 남자들은 폴로셔츠와 카키색 면바지를 주로 입는데, 젊고 몸이 좋은 남자들조차 어딘가 유약해 보였다. 어쩌면 턱에 힘이 없거나 값비싼 가죽 허리띠 위로 뱃살을 슬쩍 늘어뜨리고 다니기 때문인지도 모른다.

이 남자에게서는 유약하거나 늘어진 모습을 찾아보기 어려웠다. 남자가 입은 청바지와 부츠는 오래된 느낌이 났지만 그저 그런 느낌이 나도록 만들어졌을 뿐 비싼 제품이라는 걸 알 수 있었다. 남자를 둘러싼 모든 것이 값비싸 보였다. 구깃구깃한 흰색 셔츠마저도.

"괜찮아요?" 남자가 내게 한 발 다가오며 물었다. 비가 내리는 날씨에도 남자는 조종사 선글라스를 착용하고 있었다. 선글라스 안경알 위로 웬 카키색 모자를 깔고 널브러진 여자의 핼쑥한 계란형 얼굴이 비쳤다.

남자가 선글라스를 벗어 셔츠 깃에 걸자 드러난 두 눈이 매우 푸르렀다. 나를 내려다보는 그의 콧대에 주름 세 줄이 접혔다.

누군가가 나를 진심으로 걱정하는 눈으로 바라봐준 건 너무 오랜만이었다. 좋은 옷과 멋진 차, 완벽한 골격보다도 그 시선 때문에 황홀해질 지경이었다.

나는 남자에게 고개를 끄덕이며 힘을 내어 겨우 몸을 일으켜 세웠다. 그리고 목줄을 잡아당겨 베어를 더 가까이 끌어당겼다.

"괜찮아요. 제가 위험하게 도로에 서 있었어요." 내가 남자에게 말했다.

남자의 한쪽 입꼬리가 씩 올라가자 볼에 팬 보조개가 드러났다. "저야말로 지옥에서 도망치는 박쥐처럼 너무 불쑥 튀어나왔죠."

그러더니 남자는 몸을 굽히고 베어의 귀 사이를 빠르게 긁어줬다. 베어는 남자의 손길에 몸을 비틀고 혀를 축 내려뜨렸다.

"새로 개 산책 일을 맡으신 분이로군요. 다들 칭찬이 자자하던데." 남자가 말했다. 나는 목을 가다듬다가 불현듯 양 볼이 뜨겁게 달아오르는 걸 느꼈다.

"네, 맞아요." 남자는 내게서 눈을 떼지 않으며 다음 말을 기다렸다. "제인." 말이 불쑥 나와버렸다.

"그러니까…… 제 이름이 제인이에요."

"제인." 남자가 되뇌었다. "요즘은 제인이 많이 없죠."

나는 남자에게 제인은 내 진짜 이름이 아니라고, 죽은 인생에서 알았던 죽은 여자아이의 이름이라고 덧붙이지 않았다. 내 진짜 이름 역시 제인만큼 지루하지만 제인보다는 흔히 들을 수 있는 이름이었다.

"에디라고 합니다." 남자가 손을 내밀었고, 우리는 악수를 했다. 그 순간 나는 내 손이 얼마나 축축한지 깨달았다. 게다가 엄지 아래 두툼한 살점에는 넘어지면서 박힌 작은 모래알갱이가 여전히 남아 있어 까끌까끌했다.

"요즘은 에디도 많이 없죠." 내 말에 남자가 웃음을 터뜨렸다. 풍성하면서도 따뜻한 웃음 소리에 가슴 한편 어딘가가 시큰해졌다.

어쩌면, 그래서 남자가 커피를 한잔하고 가겠느냐고 제안했을 때 그러겠다고 답한 것일지도 모르겠다.

3

가까이에서 보니 주택은 도로에서 볼 때보다 훨씬 더 으리으리
했다. 아치형으로 굽은 현관은 우리 머리 위로 한참 높게 솟아 있었
다. 이런 거대한 문이 이 동네에는 어딜 가나 있다. 리드 씨네 욕실
문은 최소 2.5미터로, 욕실이 집 안에서 가장 작은 공간임에도 웅
장하고 중요한 곳이라는 느낌을 줬다.

에디가 나와 베어를 집 안으로 안내하자 베어는 곧바로 몸을 털
어 대리석 바닥에 물방울을 흩날렸다.

"베어!" 나는 날카롭게 외치며 목줄을 잡아당겼지만 에디는 어
깨만 으쓱할 뿐이었다.

"너보다 바닥이 더 빨리 마를 거야. 안 그러니, 이 커다란 녀석
아?" 에디는 베어를 한 번 더 쓰다듬고는 내게 자신을 따라 복도로
들어오라고 손짓했다.

내 바로 오른편에는 연철과 대리석으로 만든 육중한 탁자가 있
었다. 그 위로 정교한 꽃꽂이 작품이 놓여 있길래 지나가면서 가장
가까운 꽃을 손가락으로 훑어보았다.

손가락에 닿는 꽃잎은 차갑고 실크처럼 부드러운 데다 살짝 축축했다. 생화였다. 에디가 매일 꽃을 사들이는 걸까? 현실적으로 생각하면 그의 아내가?

복도를 따라가니 층고가 높은 거대한 거실이 나왔다. 리드 부부네 거실처럼 무채색의 향연이 펼쳐지리라 예상했지만 배치된 가구는 색감이 밝고 편안해 보였다. 소파 한 쌍은 짙은 크랜베리색이었고, 무늬가 과감한 윙백 체어 세 개는 각각 개성이 넘치는데도 서로 잘 어우러졌다. 바닥은 밝은 색감의 견목이고, 러그도 몇 장 보이는데 역시 채도가 높은 밝은색이었다.

플로어 스탠드 두 대가 바닥에 따뜻한 금빛 웅덩이를 드리우고, 벽난로가 설치된 벽에는 붙박이 책장이 짜여 있었다.

"책이 있네요." 내 말에 에디가 가던 길을 멈추고 몸을 돌렸다. 두 손을 주머니에 꽂고 눈썹을 치켜세운 모습이었다.

나는 책장을 위아래로 훑어보았다. 책장은 양장본으로 빽빽했다. "그냥…… 이 동네 다른 집에는 책장은 있는데 책이 없더라고요."

리드 부부네 붙박이 책장은 사진을 넣은 액자 몇 개와 이상하게 생긴 꽃병 여러 개가 놓여 있을 뿐 거의 텅 비어 있다. 클라크 부부는 책장을 그릇을 진열하는 용도로 사용하는지, 사기 접시를 작은 거치대에 꽂아 올려두고 독특한 모양의 은그릇 따위로 장식해놓았다.

에디는 알 수 없는 표정으로 나를 빤히 바라보더니 마침내 입을 열었다. "관찰력이 좋으시군요."

칭찬인지 아닌지 알 수 없는 소리에 나는 문득 아예 말을 꺼내지 말걸, 하는 후회가 들었다.

거실 한쪽 벽에는 창문이 여러 개 나 있었다. 창문 너머로 시원하게 펼쳐진 뒤뜰은 앞뜰과 마찬가지로 다른 집보다 무성했다. 풀은 더 길고 관목도 모양이 들쑥날쑥하지만, 공장에서 찍어낸 쿠키처럼 똑 닮은 다른 집 잔디보다 예뻤다. 뒤편은 숲으로 이어지는데, 키 큰 나무들이 흐린 하늘을 향해 뻗어나가고 있었다.

에디가 내 시선을 따라갔다. "아, 저 뒤로 난 땅까지 우리가 산 거예요. 다른 집 뒷모습을 보고 싶지 않아서요." 에디가 아직 손에 쥐고 있던 차 열쇠를 쟁그랑거렸다. 우아한 모습과는 어울리지 않는 신경성 반복 행동 같았다.

그가 방금 언급한 **우리**라는 단어에 생각이 머물렀다.

실망하다니, 바보 같았다. 이런 남자에게는 당연히 아내가 있다. 트립 잉그러햄을 제외하면 손필드 주택 단지에 혼자 사는 남자는 없을뿐더러, 트립 잉그러햄은 홀아비다. 미혼 남성은 이런 곳에 살지 않는다.

"섬처럼 떨어져 있네요." 겨우 에디에게 말을 건넸다.

외롭겠어요, 그런 생각도 들지만 입 밖에 내지 않았다.

에디는 목을 가다듬으며 창문에서 몸을 돌려 주방으로 걸어갔다. 나는 그를 뒤따랐고, 베어도 계속 내 뒤를 터덜터덜 따라왔다. 비옷에 맺힌 물방울이 바닥에 뚝뚝 떨어졌다.

주방 역시 근사했다. 거대한 스테인리스 냉장고와 어두운 빛깔의 화강암 아일랜드 식탁, 아름다운 크림색 수납장이 보였다. 모든 것이 반짝였다. 커피머신 앞에 서서 캡슐을 넣고 있는 저 남자조차도.

"어떻게 마셔요?" 에디가 등을 돌린 채 물었다. 나는 한 손으로 베어의 목줄을 쥐고 스툴 끝에 걸터앉았다.

"블랙이요." 사실 블랙커피를 그리 좋아하지 않지만, 어느 카페에서든 블랙커피가 가장 싸다. 그래서 습관이 되었다.

"그렇다면 강한 분이로군요."

에디가 어깨 너머로 나를 돌아보며 웃었다. 그의 눈이 너무나 푸르러서 내 얼굴은 다시 뜨거워졌다.

결혼한 사람이야. 나는 스스로를 타일렀다.

하지만 에디가 커피잔을 건넬 때 나도 모르게 그의 손을 흘끔 내려다보고 말았다. 손가락은 갸름하고 손톱은 깨끗하게 손질되어 있었다. 관절 위로는 거무스레한 털이 조금씩 나 있었다.

그리고 반지가 없었다.

"자, 개 산책가 제인 씨. 제인 씨에 대해 말해줄래요?" 에디는 자기 몫의 커피를 내리려 다시 몸을 돌렸다. "버밍햄 출신인가요?"

"아니요." 나는 커피잔 위로 입김을 후후 불었다. "애리조나주에서 태어났어요. 작년까지는 주로 서부에 살았죠."

사실이긴 하나 모호한 대답이었다. 새로 알게 된 사람들에게 내 배경을 설명할 때 자주 쓰는 방식이었다.

에디는 커피머신에서 잔을 빼내 조리대에 등을 기대며 나를 마주 봤다. "그러면 이곳엔 어떻게 오게 됐어요?"

"무언가 새로운 걸 찾고 싶었어요. 그때 마침 학교에서 알게 된 친구가 여기로 오면 자기 방을 하나 내주겠다고 했고요."

거짓을 얽는 데는 요령이 있다. 거짓에 진실을 아주 살짝이라도 끼워 넣어야 한다. 진실이 사람들을 사로잡으면 나머지 거짓도 진실처럼 들리기 때문이다.

무언가 새로운 걸 찾고 싶었어요. 정말 그랬다. 과거로부터 도망치고 있었으니까.

학교에서 알게 된 친구. 그는 내 마지막 위탁 가정이 좋지 않게 끝난 뒤에 한 공동생활시설에서 만난 남자였다.

에디가 고개를 끄덕이며 커피를 한 모금 마셨다. 나는 의자에 앉아 몸을 꼼지락대고 싶은 충동과 싸웠다. 도대체 나를 집에 데려와 시답잖은 대화를 이어가는 이유가 무엇인지, 아내는 어디에 있는지, 왜 회사에 가지 않는지, 회사가 아니라도 아까는 그토록 서둘러 가려던 곳에 왜 지금은 가지 않는지 묻고 싶어서 입이 근질근질했다.

하지만 에디는 주방에 앉아 한가롭게 나와 커피를 마시며 나라는 퍼즐을 맞추는 게 즐거운 듯 보였다.

아까 도로에 머리를 찧을 때 이상한 세계로 이동해버렸나? 에디를 보고 있자니 잘생기고 돈 많은 남자들이 내게 관심을 보이는 낯선 세계로 떨어진 것만 같은 기분을 지울 수 없었다.

"그쪽은요? 버밍햄이 고향인가요?"

"아내가 버밍햄 출신이었죠."

이었죠. 어미가, 시제가 마음에 박혔다.

"아내는, 음, 이 근방에서 자라서 이곳으로 다시 돌아오고 싶어 했어요." 에디가 말을 이으며 손가락으로 머그잔 옆면을 두드렸다. 아까 도로에서 본 것과 똑같은 몸짓이었다. 에디는 머그잔을 내려놓더니 팔짱을 낀 채 아일랜드 식탁에 몸을 기댔다.

"그럼 마운틴브룩에서 지내는 거예요?" 그의 물음에 내가 눈썹을 치켜세우자 그는 웃음을 터뜨렸다.

"좀 징그러운가요? 심문하는 것 같나?"

어쩌면 그의 말대로 불쾌한 마음이 들어야 하는지도 모르지만, 오히려 모처럼 받아보는 다정한 관심에 기분이 좋았다. 에디는 리드 부인처럼 꾸며낸 가짜 관심이 아니라 진정한, 진짜 관심을 보이고 있었다. 더욱이 이 빗속에서 베어를 산책시키느니 근사한 주방에 앉아 에디와 커피를 마시며 대화하는 편이 나았다.

나는 손가락으로 식탁 대리석에 난 무늬를 훑으며 말했다. "살짝만요. 징그러움 척도에서 1단계라 할 수 있죠."

에디가 다시 미소를 짓자 몸속 깊은 곳 어딘가가 찌릿했다. "1단계 정도면 감당할 수 있어요."

나도 그를 따라 미소를 지으며 긴장을 누그러뜨렸다. "그리고 마운틴브룩에서 지내는 건 아니에요. 친구 집은 센터포인트에 있거든요."

센터포인트는 여기서 약 30킬로미터 떨어진 작고 볼품없는 지역이다. 한때는 버밍햄에서 뻗어 나온 교외 지역이었지만, 지금은 쇼핑센터와 패스트푸드점의 천국이 됐다. 센터포인트 안과 주변 곳곳에 아직 좋은 동네들이 있긴 해도 손필드 주택 단지와 비교하면 거의 다른 행성이나 마찬가지다. 지금 에디의 표정이 그 사실을 말해주고 있다.

"아이고." 에디가 등을 꼿꼿이 세우며 말했다. "여기서 센터포인트까지는 꽤 멀잖아요."

그렇다. 아마도 내 고물차가 더는 버텨주지 못할 수도 있다. 그래도 구질구질한 센터포인트를 뒤로하고 손필드의 잘 정돈된 잔디와 벽돌집의 세계로 오는 건 그만한 가치가 있는 일이다. 존처럼 센터포인트에서 일자리를 찾는 편이 나았겠지만, 이사를 오자마자 탈출할 길부터 모색한 나였다.

그러니 운전쯤은 아무렴 괜찮았다.

"센터포인트에는 일자리가 별로 없었어요." 이 말도 절반은 진실이었다. 달러 제너럴' 같은 생활용품점이나 윈딕시" 같은 잡화점의 계산원 자리, 비디오 대여점 '블록버스터'가 있던 자리에 새로 들어선 '뚱뚱 말고 탄탄!'이라는 이름의 헬스장 청소부 자리는 있었지만 모두 내가 원하던 일자리는 아니었다. 그런 곳에서는 내가 꿈꾸는 내 모습에 조금도 더 가까이 다가갈 수 없었다.

"친구가 빌리지의 카페 로스티드에서 일하는 사람을 안다며 소개해줬고, 거기서 일하던 중 리드 부인을 만나게 됐죠. 뭐, 베어를 먼저 만났다고 해야 맞겠지만요."

자기 이름이 들리자 베어는 꼬리를 흔들며 스툴의 다리를 두드렸다. 이제 가야 한다는 신호처럼 들렸지만 에디의 시선은 여전히 나를 향해 있었고, 나는 말을 멈출 수가 없었다.

"베어는 카페 밖에 묶여 있었는데, 제가 물을 좀 가져다줬어요. 베어가 리드 부인네 집에 온 후로 으르렁대지 않은 사람은 제가 처음이라나요. 리드 부인이 저한테 개를 산책시켜본 적이 있느냐고 물었고, 그래서 지금 이렇게……."

- '미국판 다이소'라 할 수 있는 생활용품 할인업체.
- •• 미국의 식품·잡화 판매사.

"지금 이렇게 여기 있는 거군요." 에디가 문장을 끝맺으며 한쪽 어깨를 으쓱했다. 옷에 주름이 졌는데도 몸짓이 우아했다. 그의 입술이 미소와 냉소의 중간 어디쯤에 걸쳐 있다는 점도 마음에 들었다.

"여기 있는 거죠." 내가 말을 마치자 그가 내 눈을 빤히 바라봤다. 에디의 눈동자는 무척 푸르지만 가장자리가 붉게 충혈되어 있었다. 검은빛으로 짧게 자란 수염 때문에 창백한 피부가 더 창백해 보였다.

집은 잘 관리되어 있고 깨끗한데도, 내부를 감도는 공허함과 에디의 눈 속 텅 빈 무언가가 트립 잉그러햄의 모습과 겹쳐졌다. 나는 그 집 개를 산책시키기 싫었다. 트립의 집은 그의 아내가 죽은 바로 그 순간 정지 버튼이라도 눌린 것처럼 폐쇄적이고 숨이 막혔다.

문득 트립의 아내가 죽었을 때 혼자가 아니었다는 사실이 떠올랐다. 트립의 아내는 불과 6개월 전에 절친한 친구와 보트 사고로 목숨을 잃었다고 들었다. 솔직히 말하자면 오래된 소문이라 그다지 관심을 두지 않아서 그 친구의 이름은 기억나지 않는다. 하지만 지금 이 순간, 관심을 좀 가져볼걸 하는 후회가 든다.

이었죠. 에디는 **이었죠**라고 말했다.

"내가 그쪽을 차로 칠 뻔한 것도 모자라 억지로 시답잖은 대화까지 해가면서 일을 못 하게 잡아두고 있네요." 에디의 말에 나는 미소를 지으며 두 손으로 감싼 머그잔을 빙빙 돌렸다.

"시답잖은 대화, 좋았어요. 굳이 차에 치여 죽음의 문턱을 밟고 올 필요는 없었겠지만 말이죠."

에디가 다시 웃음을 터뜨렸고, 나는 문득 해야 할 일이 없어서 하루 종일 여기 앉아 에디와 대화나 나눌 수 있으면 참 좋겠다고 생각했다.

"커피 한 잔 더 할래요?" 그의 물음에 나는 아직 커피가 반이나 남아 있는 머그잔을 밀어냈다.

"아니요, 이제 가봐야 해요. 산책을 마저 끝내야죠."

에디도 커피머신 옆으로 난 보조 개수대에 머그잔을 내려놓았다. 이 동네에는 집마다 저런 보조 개수대가 따로 있다. 부자들은 부엌 중심에 설치된 개수대를 쓰러 1미터나 더 걷지 않기 때문이다.

"이 동네에서 개를 몇 마리나 산책시키고 있죠?" 내가 스툴에서 천천히 일어나 베어의 목줄을 잡으려는데 에디가 물었다.

"지금은 넷이요. 아, 다섯이네요. 클라크 씨네 개가 두 마리니까요. 그러니까 네 집에서 다섯 마리를 산책시키고 있어요."

"여섯 번째도 끼워줄 수 있어요?"

에디의 물음에 나는 그대로 멈췄고, 베어는 자리에서 일어나 몸과 다리를 쭉 폈다.

"개를 키우세요?"

에디가 또다시 미소를 지었다. 진짜 미소였다. 가슴속 심장이 기분 좋게 뒤틀렸다.

"하나 키워볼까 해요."

4

"에디 로체스터가 언제부터 개를 키웠대?"

클라크 부인, 그러니까 에밀리(에밀리는 자신을 이름으로 불러 달라고 했다)가 웃으며 말했다.

에밀리는 늘 웃고 있다. 분명 큰돈을 들여 시술했을 저 완벽한 래 미네이트를 과시하려는 것이다. 에밀리는 딱 리드 부인만큼 날씬 하고 딱 리드 부인만큼 부자이지만, 리드 부인이 귀여운 민소매와 카디건 세트를 즐겨 입는 반면 에밀리는 언제나 비싼 운동복 차림 이다. 실제로 운동을 다니는지는 모르겠으나, 그녀는 언제나 요가 수업이 시작되길 기다리는 사람처럼 보였다. 오늘 에밀리는 이니 셜 E가 굵은 글씨로 새겨진 꽃무늬 보온병을 들고 있었다. 저렇게 웃고 있어도 눈빛에 담긴 매서움을 나는 놓치지 않았다. 위탁 가정 에서 자라면서 한 가지 터득한 것이 있다면 사람들의 말보다 눈을 믿어야 한다는 것이다. 입은 능숙하게 거짓말을 할지 몰라도 눈은 보통 진실을 말하게 마련이다.

"데려온 지 얼마 안 돼요. 지난주일 거예요." 내가 대답했다.

내가 이 사실을 알고 있는 이유는 에디가 내게 했던 말을 지켰기 때문이다. 에디는 우리가 만난 다음 날 '아델'이라는 아이리시 세터 종 개를 입양했고, 나는 그다음 날부터 아델을 산책시키기 시작했다. 오늘 아침 에밀리가 나를 만나자마자 "어제 산책시키던 개는 누구네 개야?"라고 물어보는 걸 보면 나를 발견했던 모양이다.

에밀리는 한숨을 내쉬고 고개를 저었다. 그녀는 작은 엉덩이 위에 한쪽 주먹을 올려놓고 있었는데, 손가락에 낀 반지 여러 개가 동시에 빛을 받아 흰 수납장 위로 작은 무지개를 드리웠다. 에밀리는 반지가 참 많다. 너무 많아서 다 끼지도 못할 지경이다.

너무 많아서, 2주 전에 루비가 박힌 반지 하나가 사라진 것도 모르고 있다.

"어쩌면 도움이 될지도 모르겠네." 에밀리는 비밀을 공유하기라도 하듯 내 쪽으로 몸을 기울였다.

"알다시피, 아내가 죽었잖아." 속삭임에 가까운 목소리였다. **죽었잖아**라는 대목에서는 목소리가 너무 작아서 거의 들리지도 않았다. 크게 말하면 저승사자가 찾아와 문을 두드리기라도 한다는 듯이. "정황이 그래. 6개월째 실종 상태이니 조짐이 좋지 않지."

"네, 들었어요." 나는 무심히 말했다. 마치 지난밤 블랜치 잉그러햄 실종 사건을 검색하지 않은 것처럼, 캄캄한 방 안에 앉아 다음 문장을 읽지 않은 것처럼. "또 다른 실종자는 소매업 제국 '서던 매너스'의 창립자 베 로체스터이며, 사망한 것으로 추정된다."

이어서 베 로체스터의 남편을 찾아보지 않은 것처럼.

에드워드.

에디.

기사를 읽는 동안 가슴속에 어둡고 추한 기쁨이 꽃폈다. 고인에 대한 예의가 아니라는 걸 알았지만, 좀처럼 마음이 진정되지 않았다. 에디는 어디에도 매여 있지 않고, 아내는 사라졌으며, 이제 내게는 매주 그를 볼 구실이 있다. 그 멋진 집에 있을 구실이.

"**너어무 슬픈** 일이었어." 에밀리는 모음을 길게 빼며 느릿느릿 말했다. 이야기를 하나도 빠짐없이 다 들려줄 작정인 듯 검은 눈동자가 반짝거렸다. 이 동네에서 소문은 화폐나 다름없는데, 에밀리는 소문이라는 돈을 비처럼 쏟아부을 태세였다.

"베와 블랜치는 **이런** 사이였어." 에밀리는 검지와 중지를 꼬아 내 얼굴 높이까지 들어 보였다. "아주 오래전부터 절친한 친구 사이였지. 꼬꼬마 때부터 말이야."

나는 고개를 끄덕였다. 절친한 친구를 둔다는 게 어떤 것인지 안다는 양. 혹은 **꼬꼬마** 때부터 알아온 사람이 있다는 양.

"에디와 베는 스미스 호수 근처에 별장을 한 채 두고 있었는데, 블랜치와 트립이 늘 함께 놀러가곤 했어. 하지만 사건이 일어났을 때 남자애들은 거기 없었지."

남자애들. 마치 두 사람이 30대 남자가 아닌 중학생이라도 되는 것처럼 말한다.

"애초에 보트를 왜 끌고 나갔는지도 모르겠어. 베는 보트 타는 걸 별로 좋아하지 않았거든. 보트는 에디가 좋아했지. 아마 이제 다시는 보트에 오르지 못하겠지만."

내 안색을 살피던 에밀리가 살짝 눈을 찌푸렸다. 내가 무슨 반응을 보이기를, 충격받은 표정을 짓거나 빨리 다음 이야기를 들려달라고 발을 동동 구르기를 바라는 눈치였다. 듣는 사람이 지루해하면 소문을 흘리는 게 무슨 재미인가. 그래서 나는 일부러 더 태연하게, 마치 날씨 이야기를 나누고 있다는 듯 굴었다.

어떻게든 내 반응을 끌어내려 애쓰는 에밀리를 보고 있자니 마음이 흡족했다.

"정말 끔찍한 일이네요." 내가 선심을 쓰듯 말했다.

에밀리는 목소리를 낮추며 아까보다 훨씬 더 가까이 몸을 기울였다. "아직도 정확히 어떻게 된 일인지 몰라. 보트가 호수 중앙에서 발견됐는데, 불이 다 꺼져 있었대. 블랜치와 베의 소지품은 모두 별장에 그대로 있었고. 경찰은 두 사람이 술에 취해서 보트를 끌고 나갔다가 물에 빠졌다고 보고 있어. 아니면 한 명이 먼저 물에 빠지고 다른 한 명이 도와주려 했거나."

에밀리는 또 한 번 머리를 내저었다. "정말, 정말 슬픈 일이야."

"그러네요." 이번만큼은 무심한 척하기가 조금 어려웠다. 머릿속으로 그 광경을 그려보는데 기분이 이상했다. 캄캄한 물 위에 뜬 보트. 한 여자가 보트 옆면을 잡으려 필사적으로 손을 뻗고, 다른 한 여자는 몸을 굽혀 도와주려다 함께 물에 빠지고 마는……

그래도 놀란 티가 나지는 않았는지 에밀리는 이제 거의 얼굴을 찡그리고 있었다. "뭐, 그 일로 우리 모두 정말 힘들었어. 동네 전체가 충격을 받았지. 트립은 **엉망**이 되었고. 제인도 알겠지만 말이야." 어깨를 으쓱하는 에밀리의 몸짓이 어딘가 로봇 같았다.

이번에도, 나는 아무 말도 하지 않았다. **엉망**이라는 말로는 트립의 상태를 설명하는 운조차 뗄 수 없었다. 불과 며칠 전 트립은 차마 엄두가 나지 않는다며 내게 아내의 물건을 일부 정리해줄 수 있겠느냐고 물었다. 답답하고 숨 막히는 그 집에 웬만하면 오래 머물고 싶지 않았지만, 돈을 두 배로 주겠다는 제안에 그냥 승낙할까 생각하던 참이었다.

이제 나는 심드렁한 표정으로 에밀리를 바라봤다. 결국 에밀리는 한숨을 내쉬고 말야. "아무튼, 에디가 개를 키우기로 했다면 어쩌면 이제 마음 정리를 하고 일어서겠다는 뜻인지도 몰라. 그래도 트립에 비하면 에디는 괜찮아 보였는데. 평소에 베 없으면 아무것도 못하는 사람도 아니었고 말야. 장담하는데, 트립은 블랜치한테 물어보지 않고는 화장실에도 못 갔을 거야. 에디가 그 정도로 베에게 의존하진 않았겠지만, 어휴, 속은 곪고 있었나 봐."

에밀리가 다시 내 쪽으로 고개를 휙 돌리자 검은 머리카락이 어깨 위에서 찰랑거렸다. "에디는 베를 참 많이 좋아했어. 우리 모두 그랬지."

나는 요동치는 가슴을 진정시키려 애쓰면서 지난밤 인터넷에서 찾아낸 베 로체스터의 사진을 떠올렸다. 빼어나게 아름다웠지만, 에디 역시 만만찮게 잘생겼다. 이 동네에서 볼 수 있는 다른 남편들과 비교하면 더더욱 그렇다. 그러니 두 사람이 얼마나 잘 어울리는 한 쌍이었을지 공들여 상상하지 않아도 알 수 있었다.

"상실감이 정말 컸겠네요." 내가 말을 끝마치자 에밀리는 마침내 한 손을 흔들며 나와 개들을 보내주었다.

"돌아오면 나는 아마 없을 거야. 애들은 차고에 있는 개집에 넣어두면 돼."

메이저와 커널을 산책시키고 돌아오니, 정말 에밀리의 SUV는 사라지고 없었다. 메이저와 커널을 개집에 넣어주자 둘은 신이 나서 작고 복실복실한 몸을 살짝 떨었다. 메이저와 커널은 내가 산책시키는 개 중에 가장 몸집이 작았는데, 산책을 그다지 좋아하는 아이들이 아니었다.

"애들아, 너희 마음이 어떤지 나도 알아." 개집 걸쇠를 걸며 내가 말했다. 메이저는 강아지 침대에 몸을 파묻었다. 내가 2주 동안 버는 돈보다 비싼 침대였다.

그래서 메이저의 목에 달린 순은 이름표를 떼어 주머니에 슬쩍 넣고도 나는 그다지 미안하지 않았다.

5

"이번 달 월세가 늦네? 절반이 네 몫이잖아."

나는 소파에 앉아 고개를 들었다. 오늘 오후에는 존을 피할 수도 있겠다고 기대했지만 존은 나보다 먼저 집에 와 있었다. 나는 집에 온 지 10분도 되지 않아 도로 나가고 싶어졌다. 존은 동네 교회에서 사무 보조를 보고 있고, 추가로 '청년음악부' 일도 맡고 있다. 청년음악부가 도대체 뭘 하는 곳인지는 모른다. 교회에 열심히 다녀본 적이 없으니까. 무엇보다 존의 근무 시간은 내 바람과 달리 따로 정해져 있지 않았다. 집으로 돌아왔을 때 존이 부엌 조리대에 엉덩이를 걸치고 내 요거트를 먹고 있던 적이 이번이 처음은 아니었다.

끈질기게 이름을 써놓아도, 이토록 코딱지만 한 주방에 아무리 최선을 다해 여기저기 숨겨놓아도 존은 늘 내 음식을 찾아 먹었다. 마치 이 아파트가 애초에 자기 소유이며, 나를 이곳에 살게 해준 만큼 이 공간에 내 물건은 아무것도 없다는 듯 굴었다. 존은 노크도 없이 내 방문을 열고, 내 샴푸를 쓰고, 내 음식을 먹고, 내 노트북을 "빌렸다." 키 작고 비쩍 마른, 아주 왜소한 체격의 남자인데도 나는 가끔 존이 우리가 함께 쓰는 20평짜리 공간을 전부 빨아들이는 것처럼 느껴졌다.

내가 이 집에서 나가고 싶은 또 하나의 이유였다.

존의 아파트에 이렇게 오래 머물 생각은 아니었다. 내 과거를 아는 사람과 지내는 건 위험한 일이니까. 다음 행보를 고민하는 한 달, 어쩌면 6주 정도만 머물다 떠날 생각이었다.

하지만 그게 벌써 6개월 전 일이고, 나는 아직 이곳에 있다.

탁자에서 발을 내리고 일어나 주머니 속에서 20달러짜리 지폐 뭉치를 꺼냈다. 오늘 오후 전당포에 들른 뒤 쑤셔 넣어둔 돈이었다.

훔친 물건을 늘 팔아치우지는 않았다. 그도 그럴 것이, 돈을 목적으로 물건을 훔친 적은 없었다. 내가 그것을 **가지는 것**이 핵심이었다. 물건이 사라졌다는 사실을 그들이 영원히 모르리라고 생각하면 내가 이긴 기분마저 들었다.

하지만 개를 산책시켜서 버는 돈으로는 집세와 생활비를 전부 감당할 수 없었다. 그래서 나는 오늘 서랍장 속 보물 더미에서 리드 부인의 다이아몬드 귀걸이 한 짝을 꺼냈다. 값이 어느 정도 나가는지는 모르겠지만, 이 구린 콘크리트 상자의 월세 절반을 부담하기에는 충분할 것 같았다.

존의 빈손에 지폐를 찔러주자 그의 손가락이 내 손가락에 슬쩍 닿으려는 듯 움직였다. 단 몇 초라도 더 접촉하고자 하는 움직임이었지만 나는 굳이 내색하지 않았다. 이 아파트에서 나는 존이 마음만 먹으면 눈치 보지 않고 소비할 수 있는 또 하나의 대상이었다. 하지만 우리 둘 다 그 사실을 모르는 체했다.

"개 산책인가 뭔가 하는 일은 어떻게 돼가냐?" 내가 다시 빛바랜 소파로 돌아가는데 존이 물었다. 존의 입가에 요거트가 살짝 묻어 있었지만, 나는 구태여 지적하지 않았다. 이번에도 하루 종일 입가에 달고 다니다 굳어버릴 것이다. 존이 한 주에 몇 밤 정도 자원봉사를 나가는 침례교 학생센터의 어떤 여자애가 그 모습을 보고는 기겁을 하겠지.

나는 벌써 얼굴 한번 본 적 없는 그 여자애에게 '존 리버스에 대한 막연한 혐오'라는 끈끈한 연대감을 느꼈다.

그 생각에 피식 웃음이 나왔다. 그러고는 소파 밑에 깔린 고대 유물 같은 아프가니스탄 담요를 잡아 빼면서 말했다. "잘돼가지. 고객도 몇 명 더 생겨서 요즘 좀 바빠."

존이 수저로 요거트(내 요거트) 통을 벅벅 긁으며 나를 주시했다. 검은 머리칼이 한쪽 눈 위로 축 늘어져 있었다.

"고객이라." 존이 코웃음을 쳤다. "꼭 창녀 같네."

개 산책이라는, 세상에서 가장 건전한 일을 가지고도 여자에게 불쾌감을 줄 수 있다니. 그 능력에 박수가 나올 지경이었지만 나는 대수롭지 않게 넘겼다. 상황이 지금처럼 잘 돌아가기만 한다면 머지않아 이곳을 떠날 수 있을 터였다. 내 물건으로 채운, 내가 먹을 수 있는 망할 요거트로 가득한 내 집을 머지않아 가질 수 있을 터였다.

"창녀일지도 모르지. 실제로 하는 일이 그건데, 너한테는 개를 산책시킨다고 둘러대는 걸 수도 있잖아?" 나는 탁자에서 리모컨을 집으며 대꾸했다.

그리고 소파에서 몸을 비틀어 존을 바라봤다.

존은 여전히 냉장고 옆에 서서 아까보다 고개를 훨씬 더 낮게 숙이고 있었다. 나를 살피는 눈에 경계심이 어렸다.

그 눈을 보니 존을 더 도발하고 싶어졌다.

"존, 지금 네 주머니에 들어간 돈 말이야, 오럴섹스를 해서 번 돈일 수도 있어. 침례교도들이 어떻게 생각할까?"

존은 내 말에 움찔하더니 주머니에 손을 넣었다. 돈을 만지려거나, **오럴섹스**라는 말에 불거진 발기를 감추려거나, 둘 중 하나일 것이다.

에디라면 이런 농담에 민망해하지 않을 텐데. 불현듯 드는 생각이었다.

에디라면 자기를 놀렸다면서 웃음을 터뜨릴 텐데. 그 밝고 파란 두 눈으로.

그날 주방에서처럼.

"너, 나랑 교회에 가야겠어." 존이 말했다. "오늘 오후도 좋아."

"너는 사무실에서 일하잖아. 예배당이 아니라. 네가 오래된 소식지나 철하는 모습을 보는 게 나한테 무슨 도움이 되겠니."

보통은 이렇게까지 노골적으로 무례하게 존을 대하지는 않는다. 엄밀히 말해 이곳은 전부 존이 소유한 공간이고, 존은 언제라도 나를 쫓아낼 수 있다. 하지만 오늘만큼은 자제가 되지 않았다. 에디의 주방에 들어간 그날 때문이다. 살면서 새로운 시작을 이미 여러 번 경험한 나는 무언가가 딱 맞아 들어가는 순간을 알아차릴 수 있었다. 그리고 나는 이 구린 상자 속에서 이 구린 인간과 보내는 시간이 다해가고 있음을 느꼈다, 아니, **알았다.**

"제인, 넌 쌍년이야." 존은 샐쭉 중얼거리면서 빈 요거트 통을 던져버렸다. 그리고 물건을 챙기더니 다른 말 없이 슬그머니 문밖을 나섰다.

존이 나가고, 나는 그가 아직 건드리지 않은 음식을 찾아 수납장을 뒤졌다. 다행히도 인스턴트 맥앤치즈가 두 개 남아 있었다. 두 개를 다 데워서 그릇에 쏟아부은 다음 노트북을 끼고 웅크려 앉아 베 로체스터를 검색한 기록을 불러왔다.

베 로체스터의 죽음에는 별 관심이 없었다. 이미 소문을 들은 데다, 솔직히 말하자면 내 눈에는 꽤 흔해 빠진 사건으로 보였다. 두 여자가 호숫가의 화려한 별장에서 코가 삐뚤어지게 술을 마시고, 화려한 보트에 올라탔다가, 아주 화려한 죽음에 지고 말았다. 슬픈 일이지만 꼭 비극이라고는 할 수 없었다.

아니, 내가 알고 싶은 건 베 로체스터의 **삶**이었다. 무엇 때문에 에디 같은 남자가 그녀와 사랑에 빠졌는지, 그녀는 누구인지, 두 사람의 관계는 어떠했는지 알고 싶었다.

노트북을 켜고 처음으로 열어본 것은 그녀가 운영했던 회사의 홈페이지였다.

서던 매너스 Southern Manors.

"포천지에서 선정한 500대 기업의 이름치고 말장난*이 구리네."
나는 또다시 한 입 분량의 마카로니를 포크로 찍으며 중얼거렸다.

홈페이지 첫 화면이 뜨자 인사말이 등장했다. 나는 곧바로 내용을 훑어 내려가며 인사말을 쓴 사람이 에디인지 확인했다.

에디가 아니었다. 인사말에는 수잔이라는 이름이 쓰여 있었는

• 회사명에서 'manors(영주의 저택)' 부분이 동음이의어인 'manners(예의)'를 연상시키는 것을 의미.

데, 베를 잇는 2인자로 보였다. 인사말은 상투적인 내용으로, 회사 창립자가 급작스럽게 사망했을 때 쓸 법한 말들이 가득했다. 창립자를 잃은 상심이 얼마나 큰지, 이 얼마나 큰 손실인지, 앞으로 회사가 어떻게 창립자의 유산을 계승할 것인지 등등의 말이 적혀 있었다.

깜찍한 쓰레기에 터무니없는 값을 매겨서 파는 것도 유산인가, 나는 생각했다.

마우스를 클릭해 화면을 이동하자 서던 매너스의 상품 목록이 나왔다. 값비싼 메이슨 자 유리병과 왼쪽 귀퉁이에 '어이, 너희들!'이라고 작게 수놓은 500달러짜리 스웨터, 손잡이가 벌 모양으로 된 은빛 샐러드 집게가 보였다.

깅엄* 제품이 너무 많아서 꼭 《오즈의 마법사》 주인공 도로시 게일이 불쑥 나타날 것만 같았지만 눈을 뗄 수 없었다. 나도 모르게 물건을 하나하나 클릭하고 또 클릭했다.

이니셜을 새긴 강아지 목줄.

양철을 망치로 두드려 만든 물뿌리개.

누군가가 방금 한 입 베어 먹은 듯한 사과 모양의 거대한 유리 사발.

모두 비싸기만 하고 쓸모없는 쓰레기로, 버밍햄에서 열리는 상류 집안의 결혼식에 참석할 때 선물로 가져가기 좋은 물건이었다. 귀엽고 값비싼 상품들을 한참 동안 탐닉한 뒤 첫 화면으로 돌아가 베 로체스터의 사진을 다시 봤다.

베 로체스터는 낡고 따스한 느낌이 나는 목제 식탁 앞에 서 있었

• 굵은 실로 격자무늬를 넣어서 짠 면직물.

다. 에디의 집에 갔던 날 저 다이닝룸에는 들어가보지 않았지만, 사진을 보자마자 집 안에서 찍은 사진임을 알 수 있었다. 저택을 조금 더 깊숙이 들어가면 저 공간을 찾을 수 있을 터였다. 다이닝룸은 거실과 분위기가 똑같았다. 그러니까 의자 여덟 개에 씌운 꽃무늬 벨벳 커버부터 가지색 커튼과는 뚜렷한 대비를 이루는, 오렌지색과 청록색이 어우러진 식탁 중앙의 장식물까지 하나하나 요란한 색상이었지만 어쩐지 조화로웠다.

베 역시 튀었다. 검게 윤이 나는 긴 단발머리가 어깨 바로 위에서 살랑거리는 듯했다. 베는 팔짱을 끼고 고개를 살짝 한쪽으로 기울인 채 카메라를 향해 웃고 있었다. 내가 지금껏 본 붉은 립스틱 중에서 가장 예쁜 색조였다.

남색 스웨터를 입고 허리에는 얇은 금빛 벨트를 둘렀으며 남색과 흰색이 교차하는 깅엄 재질의 펜슬스커트를 입은 베는 귀여우면서도 동시에 섹시한 느낌이 났다. 나는 곧바로 그녀가 싫어졌다.

동시에 베에 관해 전부 다 알고 싶어졌다.

맥앤치즈는 그릇 속에서 차갑게 엉겨 굳어가고 있었다. 그릇 아래 탁자에는 컵 모양 물 자국과 긁힌 자국이 가득했다. 나는 커서를 빠르게 움직여 두 눈과 머릿속을 베 로체스터로 채워갔다.

그런데 정보가 많지 않았다. 베 로체스터는 베일에 가려진 인물이었다. 베는 회사를 성장시키고 매력적인 상품을 만들어 돈을 쓸어 담았지만 정작 자기 자신은 드러내지 않은 듯했다.

찾아낸 인터뷰는 하나뿐이었다. 놀라울 것도 없이 〈서던 리빙〉에서 한 인터뷰였다. 인터뷰 기사에 실린 사진을 보니 베는 또 식탁 앞에 앉아 있었다(아니, 베는 밥 먹는 곳에서만 지냈나?). 이번 사진 속 베는 노란색 옷을 입고 데이지꽃 무늬가 그려진 에나멜 커피 잔을 한 손에 무심히 들고 있었다. 팔꿈치 옆에 놓인 우묵한 크리스털 그릇 안에는 레몬이 담겨 있었다.

인물 소개는 영락없이 미화된 글이었다. 베는 앨라배마주에서 자랐으며 조상 중 한 사람은 1800년대에 상원의원을 지냈고, 베의 가족은 칼레라라 불리는 한 지역에 멋진 집을 두고 살았는데 몇 년 전에 화재로 소실됐단다. 어머니는 슬프게도 베가 서던 매너스를 창립하고 얼마 지나지 않아 돌아가셨으며, 베는 "어머니를 기리기 위해 할 수 있는 모든 것을 했다"고 한다.

나는 이미 알고 있는 사실, 그러니까 베가 랜돌프메이컨 대학에서 학위를 받았고 이후 버밍햄으로 돌아와 사업을 키웠다는 내용을 눈으로 빠르게 훑어 내려가다가 마침내 에디의 이름에서 시선을 탁 멈췄다.

3년 전, 베 메이슨은 하와이에서 휴가를 보내던 중에 에드워드 로체스터를 만났다. "분명히 말하는데, 저는 사랑을 찾으러 하와이에 간 게 아니었답니다." 그녀가 웃는다. "그저 책이나 읽고 이름이 특이한 칵테일 스무디나 마시면서 한가하게 시간을 보낼 생각이었죠. 그런데 에디가 눈앞에 나타났고……."

말꼬리를 흐리며 살짝 고개를 젓는 그녀의 얼굴이 붉어진다. "모든 게 회오리바람처럼 정신없이 진행됐어요. 제게는 에디와의 결혼이 지금껏 유일하게 충동적으로 내린 결정이에요. 다행히도, 살아보니 **최고의** 결정이었죠."

나는 한숨을 내쉬며 노트북에서 몸을 뗐다. 얼마나 오래 같은 자세로 있었는지, 소파에 닿은 등이 뻐근하고 두 다리가 저렸다. 허벅지 위에 두른 담요에서 싸구려 세제 냄새가 훅 났다. 나는 코를 찡긋하며 담요를 치워버렸다.

하와이.

어째서 하와이가 더 마음에 걸리는 걸까? 나는 왜 두 사람이 이 일대에 차고 넘치는 교회나 컨트리클럽 같은 지루한 곳에서 만났기를 바랐을까?

특별할 것 없기를 바랐으니까. 그녀가 특별하지 않기를 바랐으니까.

하지만 베 로체스터는 특별했다. 아름답고 똑똑한 데다 백만장자였다. 혼자 힘으로 무언가를 세운 여자였다. 비록 부유한 환경을 타고난 그녀가 나 같은 사람보다 성공하기가 빌어먹게 쉬웠다 해도 말이다.

사진을 계속 뚫어져라 쳐다보면서 나는 베의 목소리를, 키를, 에디와 함께 있는 모습을 상상했다.

분명 아주 멋졌겠지. 뜨거웠겠지. 두 사람은 서로를 바라보며 어떤 미소를 지었을까? 에디가 베의 허리에 팔을 두르면 베는 에디의 어깨에 손을 올리고, 그렇게 자연스럽게 서로에게 다가갔을까? 은밀한 애무가 있었을까? 탁자 밑에서 남몰래 서로의 손을 스쳤을까?

분명 그랬을 테다. 결혼은 그런 것이다. 물론 내가 보아온 대부분의 결혼은 그만한 노력을 들일 가치가 없어 보였지만.

정리하자면, 베 로체스터는 완벽했다. 완벽한 거물이자 완벽한 여자, 완벽한 아내였다. 아마도 인스턴트 맥앤치즈는 들어보지도 못했거나 전당포 내부를 본 적도 없을 것이다.

하지만 한 가지, 내가 그녀보다 나은 점이 있었다. 나는 아직 살아 있다.

6

다음 날 아침, 아델을 산책시키러 가보니 에디는 없었다. 차고도 비어 있었다. 나는 실망하지 않았다고 혼자 중얼거리면서 뒤뜰에 있는 아델을 데리고 산책하러 나섰다.

손필드 주택 단지에서 언덕만 내려가면 바로 내가 일하던 마운 틴브룩 빌리지가 나온다. 그래서 오늘은 아델을 데리고 마운틴브 룩 빌리지에 가기로 했다. 동네를 벗어나자 아델은 즐겁다는 듯 자 그마한 다리를 총총거리며 걸었다. 마운틴브룩으로 향하는 이유 는 매번 다니던 산책길이 지루해서라고 핑계를 댔지만, 사실 나는 사람들이 우리를 봤으면 했다. 내가 돈을 받고 개를 산책시키는 사 람인 줄 모르는 사람들이 내가 에디의 개와 함께 있는 모습을 보길 바랐다. 사람들의 머릿속에서 내가 에디와 연결되길 바랐다.

그런 생각을 하자 고개가 살짝 올라갔다. 카페 로스티드를 지나 작은 부티크를 지나치는데, 이제야 그곳에서 파는 물건들이 서던 매너스 제품의 모조품이라는 게 보였다. 창가마다 화려한 무늬의 퀼트가방을 진열해놓은 가게 세 곳을 지나면서는 문득 저 중에서 손필드 주택 단지의 옷장에 처박혀 있을 가방이 얼마나 많을까 생각했다.

저 못생긴 가방에 아무렇지 않게 250달러를 쓰는 여자로 산다는 건 어떤 기분일까?

아델이 옆에서 총총걸음을 내디딜 때마다 발톱이 보도에 닿아 딸까닥거리는 소리가 났다. 막 서점을 끼고 모퉁이를 돌려는 참에 "제인?" 하는 소리가 들려왔다.

매클래런 부인이었다. 수요일마다 달마티안 메리베스를 맡기는 매클래런 부인이 로스티드 카페의 컵을 들고 내 앞에 서 있었다. 매클래런 부인은 에밀리 클라크처럼 고급 요가복을 자주 입는데, 에밀리나 리드 부인보다 몸집이 더 작고 굴곡은 더 뚜렷했다. 옆얼굴을 따라 곱슬곱슬 내려오는 머리칼은 서로 다른 네 가지 금빛을 띠었다.

"여기까지 와서 뭘 하고 있어요?" 매클래런 부인이 미소를 머금고 물었지만, 나는 마치 나쁜 일을 하다가 걸린 사람처럼 얼굴이 뜨겁게 달아올랐다.

"기분 전환 삼아서 와봤어요." 나는 멋쩍게 어깨를 으쓱하며 매클래런 부인이 그냥 넘어가주길 바랐다. 하지만 매클래런 부인은 점점 더 가까이 다가왔다. 그녀의 시선이 아델에게 툭 떨어졌다.

"자기야, 동네 밖으로 개를 데려오는 건 안전하지 않은 것 같아요." 달콤한 솜사탕처럼 온화한 꾸짖음이었다. 바로 그 점 때문에 나는 매클래런 부인이 싫었다.

매클래런 부인은 마치 내가 어린애라도 된다는 양, 더 나쁘게는 주인의 허락도 없이 출입이 제한된 정원 밖으로 나온 하인이라도 된다는 양 말하고 있었다.

"집에서 그리 멀지도 않아요." 아델이 옆에서 목줄을 끌어당기며 낑낑거렸다. 꼬리가 살짝 흔들렸다.

집.

내게 더 가까이 다가오는 매클래런 부인의 손목에서 쇼핑백 하나가 달랑거렸다. 쇼핑백에는 내가 방금 지나쳐 온 작은 부티크 중 한 상점의 이름이 새겨져 있었다. 안에 뭐가 들어 있을지 궁금했다. 물건을 슬쩍 보고 싶었다. 그래야 나중에 부인의 집에서 가져올 수 있으니까. 어리석고 옹졸한 대응이자 삐뚤어진 화풀이라는 걸 알았다. 하지만 어쩌겠는가. 내 안에서 끈질기게 맥이 뛰는 것을.

이 년이 오늘 무얼 샀든 곧 잃게 되리라. 나를 이렇게 초라하게 만들어놓고 원하는 걸 가질 수는 없지.

"좋아요. 그러면 이제 다시 손필드로 돌아가야겠네요?" 매클래런 부인은 말꼬리를 살짝 올려서 명령을 질문처럼 들리게 했다.

"그리고 자기야, 메리베스는 동네 밖으로 데리고 나오지 말아줘요. 알겠죠? 워낙 흥분을 잘하는 애라 이런 곳에 두기 싫네요. 이런……." 매클래런 부인이 한 손을 내저었다. 손목에서 여전히 쇼핑백이 달랑거렸다. "복잡하고 정신없는 곳에."

오늘 아침에 차를 세 대쯤 본 게 전부였다. 지금 이곳에서 벌어지는 유일하게 **복잡하고 정신없는** 상황은 매클래런 부인이 내가 감히 손필드 문밖으로 개를 산책시키러 나간 것이 무슨 범죄라도 되는 양 나를 멈춰 세운 일이다.

하지만 나는 고개를 끄덕였다.

미소를 지었다.

이런 일에는 이미 굳은살이 박여 있었다. 나는 입안에서 넘쳐흐르는 독을 삼키고 다시 손필드 주택 단지로, 에디의 집으로 향했다.

집 안에 들어서니 상쾌하고 조용했다. 몸을 숙여 아델의 목줄을 풀어주자 아델은 대리석 바닥을 지나 견목 바닥을 발톱으로 할퀴어가며 미닫이 유리문을 향해 잽싸게 달려갔다. 뒤따른 내가 미닫이문을 열어 아델을 뒤뜰로 내보냈다.

지금이 바로 기로였다. 현관 옆에 달린 고리에 아델의 목줄을 걸고 에디에게 '내가 들렀다 갔으며 아델은 뜰에 풀어놨다'라는 메모를 남긴 후 이 집을 떠나야 할 시점이었다. 다시 세인트피에르 거리의 콘크리트 상자로 돌아가서 언제나 그랬듯 대학원 입학 자격 시험을 볼까 고민하다가 서랍장 속에, 세면대 위에, 작은 탁자 옆에 모아둔 보물이나 뒤적일 시간이었다.

하지만 나는 이 집을 떠나는 대신 거실로 돌아갔다. 그리고 분홍빛이 밝게 도는 빨간 소파와 꽃무늬 의자, 책이 빼곡히 꽂힌 책장을 차례차례 둘러봤다.

이번만큼은 가져갈 만한 것이 있나 해서 둘러보는 게 아니었다. 에디에게서는 어떤 것도 빼앗고 싶지 않았다. 이런 마음이 나나 에디, 혹은 에디에게 느끼는 내 감정에 대해 무엇을 말해주는지는 모르겠지만 에디에게서만큼은 가져가고 싶은 게 없었다. 다만 나는 에디를 **알고** 싶었다. 내가 모르는 사실을 알고 싶었다.

솔직하게 말하자면 에디가 베와 함께 찍은 사진을 보고 싶었다.

거실 벽에는 사진이 한 장도 없었지만, 전에는 사진을 걸어두었을 법한 공간이 몇 군데 보였다. 벽난로 위 선반도 어색하게 비어 있었는데, 예전에는 한 쌍의 은촛대 말고도 다른 물건을 더 올려두었을 것 같았다.

복도를 따라 걷자 운동화 밑에서 끼익 소리가 났다. 아무 장식 없이 텅 빈 공간이 계속 이어졌다.

위층으로 올라갔다.

발밑에 닿는 견목 바닥이 매끄러웠다. 계단을 오르는 길에는 빈 공간이 없었다. 곳곳에 고상한 예술작품이 가득했다.

층계참에 다다르니 탁자가 하나 보였다. 그 위에는 서던 매너스 홈페이지에서 본 사과 모양의 유리사발이 있었다. 나는 손가락으로 유리사발의 표면을 쓸다가 가던 길을 마저 걷기 시작했다. 방금 걸어온 계단보다 더 짧은 계단을 올라 2층으로 향했다.

2층은 어둑했다. 불은 다 꺼져 있고, 아침 해는 아직 2층 창문을 뚫고 들어올 만큼 높이 뜨지 않았다. 복도 양쪽으로 문이 나 있지만 나는 어느 쪽 문도 열어보지 않았다.

대신 복도 끝에 보이는 작은 나무 탁자를 향해 걸었다. 둥그런 스테인드글라스 창문 밑에 놓인 나무 탁자였다.

탁자 위에 세워진 물건은 단 하나, 은빛 액자에 끼운 사진이었다. 그토록 보고 싶었는데도 보는 순간 보지 않았다면 좋았을 걸 하며 후회하고 말았다.

에디가 베와 함께일 때 어떤 모습인지 이제 나는 안다.

두 사람은 아름다웠다.

하지만 아름답다는 말로는 충분하지 않았다. 아름다운 사람은 세상에 많다. 특히 모두가 꾸미는 데 시간과 돈을 아끼지 않는 이런 동네에서는 그냥 걷기만 해도 아름다운 사람이 지나간다. 내가 아름답다고 함은 베의 완벽한 머리 모양과 흠잡을 데 없는 몸매, 밝은 미소와 디자이너 수영복을 두고 하는 말이 아니었다. 두 사람이 서로 꼭 **들어맞아** 보인다는 의미였다. 멋진 해변을 배경으로 베는 카메라를 향해, 에디는 베를 향해 미소를 짓고 있었다.

베와 에디는 그림처럼 어울렸다. 우리 대부분이 평생을 찾아 헤매지만 결코 찾지 못하는 단 한 사람을 그들은 찾아냈다. 내가 이 넓은 세상에 존재할 리가 없다고 믿었던 한 사람 말이다.

베는 에디에게 딱 맞는 사람이었다. 문득 내가 너무도 어리석고 작게 느껴졌다. 에디가 내게 추파를 던진 건 맞지만, 추파를 던지는 일이 제2의 천성인 그런 남자일지도 몰랐다. **이런** 관계를 가졌던 사람이다. 나를 원할 리가 없다.

"하와이에서 찍은 사진이죠."

휙 돌아서는데 손가락이 굳어서 열쇠가 바닥으로 떨어졌다.

에디가 계단으로 이어지는 복도 끄트머리에 발목을 교차한 채 벽에 기대고 서 있었다. 오늘은 파란색 셔츠와 청바지를 입었지만, 그런 특별할 것 없어 보이는 옷들조차 내가 2주 동안 카페 일이나 개 산책으로 버는 금액보다 비쌀 터였다. 돈이 너무 많은 나머지 자신이 셔츠 한 장에 쓰는 값을 누군가는 월세로 낸다는 사실을 모르고 산다는 건 어떤 기분일까, 문득 궁금해졌다.

에디는 한 손으로 선글라스를 달랑이며 탁자를 향해 고개를 까딱했다. "저 사진은." 에디는 내가 이 사진에 대해 안다는 사실을 모르고 설명했다. "작년에 하와이에서 베와 함께 찍은 겁니다. 하와이는 우리가 처음 만난 곳이죠."

나는 마른침을 삼키며 두 손을 청바지 뒷주머니에 찔러 넣고 어깨를 폈다. "그냥 화장실을 찾다가." 그러고는 살짝 웃어 보였다.

"그랬겠죠." 에디는 벽에서 몸을 떼고 내게 다가왔다. 복도는 천장 창문을 통해 쏟아지는 빛을 받아 환하고 넓어 보였지만, 에디가 가까이 다가올수록 좁고 답답하게 느껴졌다.

"차마 버리지 못하고 남은 한 장이에요." 이제 에디는 팔꿈치가 내 옆구리를 아슬아슬하게 스칠 만큼 가까이 와 있었다.

"다른 사진은 거의 결혼식 사진이고, 이 집을 지을 때 찍은 사진도 몇 장 있었어요. 그런데 이 사진만큼은……." 에디는 말꼬리를 흐리며 액자를 들어 사진을 찬찬히 살펴봤다.

"모르겠어요. 그냥 못 버리겠더군요."

"다른 사진은 다 버린 거예요? 결혼사진도요?"

에디는 집어 들었던 액자를 다시 탁자 위로 부드럽게 올려놓았다. "사실 다 태워버렸죠. 사고가 있고 사흘 뒤에 뒤뜰에서."

"유감이에요." 나는 나직이 말하며 에디가 불 앞에 서서 타들어가는 베의 얼굴을 바라보는 장면을 상상하지 않으려 애썼다.

그런데 그때 에디가 나를 쳐다봤다. 그는 미간을 살짝 찌푸렸다. "정말 그렇게 생각해요?" 그의 말에 나는 입이 바짝 마르고 심장이 쿵쾅댔다. 위층까지 올라온 걸 후회하면서도, 올라오길 잘했다는 생각이 들었다. 올라오지 않았더라면 바로 지금 여기에 우리가 서 있는 일은 없었을 테니까. 에디가 나를 저런 눈으로 보고 있지 않았을 테니까.

"끔찍한 일이잖아요." 내가 한 번 더 안타까움을 표해보자 에디가 고개를 끄덕였다. 하지만 그는 이미 내 팔꿈치를 감싸 쥐고 있었다. 그의 손가락이 내 팔꿈치의 뾰족한 끝을 따라 원을 그렸다. 나는 그의 손이 닿은 지점과 내 살갗을 만지는 그의 손을 번갈아 내려다봤다.

"끔찍했죠." 에디가 내 말을 그대로 따라 했다. "하지만 유감이라고는 생각하지 않잖아요. 베가 여기 없어서 당신이 여기, 나와 함께 있을 수 있는 거니까."

반박하고 싶었다. 나를 그런 식으로 평가하다니, 이 얼마나 소름 끼치는 일인가. 내가 여기 **있다**는 게 얼마나 소름 끼치는 일인가.

하지만 에디의 말이 맞았다. 나는 베 로체스터가 그날 밤 블랜치 잉그러햄과 보트를 타서 좋았다. 에디가 혼자가 되어서 좋았다.

에디는 이제 자유다.

에디가 내게서 이런 생각을 엿본다는 사실에 수치심을 느껴야 마땅하지만, 나는 다만 현기증이 났다.

"전 당신과 **함께하고** 있지 않아요." 사실이었다. 우리가 여기 서 있고 그의 손은 내 팔에 닿아 있지만, 우리가 함께인 것은 아니었다. 에디 로체스터와 나 사이에는 여전히 빌어먹게 깊은 협곡이 수도 없이 패어 있었다.

그때 에디가 웃었다. 한쪽 입꼬리를 천천히 올린 에디는 더 젊고 매력적이게 보였다.

"오늘 나랑 저녁 먹죠." 에디가 말했다.

그 점이 좋았다. 물음이 아니라는 점이.

"좋아요." 내 목소리가 들렸다. 이렇게나 쉬운 일이라니.

마치 어떤 문을 통과하고 있는 것만 같았다.

.7

나는 에디에게 데리러 올 필요 없다고 말했다.

내가 사는 곳을 에디가 본다면 나는 정신을 놓을지도 모른다. 에디와 존이 마주치는 모습을 상상하는 것만으로도 몸서리가 났다. 아니, 나는 에디의 세계에서만 존재하고 싶었다. 마치 내가 다른 어딘가에서, 완전한 형태로, 불가해한 방식으로 솟아나기라도 한 것처럼.

그건 사실이기도 했다.

아무튼, 그래서 나는 에디와 잉글리시 빌리지에서 만났다. 잉글리시 빌리지는 마운틴브룩의 한 부분으로, 전에 와본 적은 없지만 에밀리가 언급하는 걸 들은 적은 있었다. 마운틴브룩에는 '빌리지'가 참 많다. 카하바 빌리지도 있고, 오버턴 빌리지도 있다. 마운틴브룩과 이름이 같은 '마운틴브룩 빌리지'까지 있다. **한 지역 안에서 서로 다른 구역**을 가리키기 위해 **빌리지**와 같은 단어를 쓰는 것이 내게는 우스워 보였다(그냥 **동네**라는 말을 쓰란 말이야, 이 허세에 가득 찬 재수 없는 자식들아. 영국의 전원 지대에 사는 게 아니잖아). 하지만 내가 뭘 알겠는가?

나는 에디가 예약해둔 프랑스 음식점에서 멀리 떨어진 곳에 차를 세웠다. 식사가 끝난 후 에디가 나를 차가 있는 곳까지 바래다주겠다고 하지 않기를 기도할 뿐이었다. 식당에 도착하자 금색과 검은색이 갈마든 차양 아래에 그가 서 있었다.

에디가 선택한 흰색 셔츠와 진회색 슬랙스는 내가 입은 짙은 가지색 원피스와 완벽하게 어울렸다. 지배인이 우리를 자리로 안내하는 동안 등허리에 닿은 그의 손에서 온기가 전해졌다.

은은한 조명, 하얀 식탁보, 와인 한 병. 내가 와인의 잔당 가격을 살피며 어느 것을 골라야 세련돼 보이면서도 부담스럽지 않을까 고민하는 사이 에디는 아무렇지도 않게 와인 한 병을 통째로 주문했다. 역시.

에디가 고른 와인은 가격이 100달러가 넘었는데, 내가 그에게 그만한 가치가 있는 사람이라는 생각이 들자 두 뺨이 붉어졌다. 그래서 나는 아예 메뉴판을 내밀며 그에게 주문을 부탁했다.

"내가 고른 메뉴가 마음에 안 들면 어쩌죠?" 에디는 이렇게 물으면서도 미소를 머금었다. 그는 첫날만큼 창백해 보이지 않았다. 파란 눈동자 주변부의 충혈도 사라지고 없었다. 혹시 그가 나 때문에 행복해진 걸까, 문득 궁금해졌다. 와인보다 훨씬 더 달콤한 생각이었다.

"다 좋아해요." 섹시하게 들리려고 한 말은 아니지만, 섹시하게 들렸다. 그의 보조개가 깊게 패는 모습을 보면서 또 어떤 말을 해야 저 표정을 다시 볼 수 있을지 고민했다.

그때 에디가 시선을 내렸다.

처음에는 원피스의 깊이 파인 목둘레선을 보는 줄 알았다. 그런데 그때 에디가 말했다. "그 목걸이."

젠장.

목걸이를 하고 나오다니, 어리석었다. 무모했다. 나는 웬만해서는 무모한 행동을 하지 않는 사람인데, 오늘 집을 나서기 전에 거울을 보니 보석 하나 없는 내 차림이 너무 평범해 보여서 목걸이를 하나 두른 것이었다. 매클래런 부인에게서 슬쩍한 목걸이는 다이아몬드나 보석이 달리지 않아 수수했다. 은으로 된 줄에 금과 은이 섞인 장식이 자그맣게 달린 담백한 목걸이였다.

벌 모양 장식이구나, 이제야 알아봤다. 당황한 나머지 손가락으로 냅킨만 휘적댔다.

"친구가 줬어요." 애써 가볍게 넘기려 했지만 손은 이미 장식을 만지작거리고 있었다. 가슴에 닿은 장식이 따뜻했다.

"예쁜 목걸이네요. 죽은 아내의 회사에서도 비슷한 걸 만들죠, 그래서……." 에디가 시선을 떨궜다.

에디가 말끝을 흐리며 또다시 손가락으로 탁자를 두드리기 시작했다.

"정말 유감이에요. 저…… 저도 서던 매너스에 대해 들었어요. 그건……."

"그 이야기는, 아내 이야기는 그만합시다." 에디가 불쑥 고개를 들었다. 그는 다시 입가에 미소를 띠었지만 진짜 미소는 아니었다. 탁자 위로 손을 뻗어 그의 손을 잡고 싶지만 우리는 아직 그런 사이가 아니었다. 그렇지 않은가? 나는 베에 관해 전부 물어보고 싶으면서도 동시에 그녀가 존재했다는 사실조차 잊고 싶었다.

묻고 싶다.

잊고 싶다.

웨이터가 값비싼 와인을 들고 다가오자 나는 에디를 향해 싱긋 웃었다. "그럼 당신에 대해 이야기해봐요."

에디가 눈썹을 치켜세우며 의자에 등을 기댔다. "뭘 알고 싶어요?"

나는 웨이터가 에디의 잔에 시음용 와인을 따를 때까지, 이어 에디가 한 모금을 마신 뒤 고개를 끄덕이고 우리 두 사람의 잔을 채워달라는 손짓을 할 때까지 기다렸다. 영화나 부유한 사모님들이 등장하는 리얼리티쇼에서만 보던 장면이 지금 내 눈앞에서 펼쳐지고 있었다. 영화 속 한 장면으로 들어온 것만 같았다.

잔도 다 채워졌겠다, 나는 등을 뒤로 기대며 에디의 자세를 따라 했다. "자란 곳은?"

"메인주." 에디가 가볍게 대답했다. "시어스포트라는 작은 도시에서 자랐죠. 나는 가능한 한 빨리 그곳을 떠났는데, 어머니와 형은 아직 시어스포트에 살고 있어요. 뱅고어에서 대학을 다녔고요." 에디가 와인을 홀짝이며 나를 바라봤다. "메인주에 가본 적 있어요?"

나는 고개를 저었다. "아니요. 그런데 10대 때 스티븐 킹 소설을 많이 읽어서 어떤 곳인지 대충 알 것 같아요."

내 바람대로, 에디가 웃었다. "뭐, 반려동물 공동묘지나 살인마 광대 같은 건 없겠지만, 생각한 게 맞을 거예요."

나는 몸을 앞으로 기울이고 탁자 위로 팔짱을 끼면서 에디의 시선이 내 얼굴에서부터 원피스의 목둘레선으로 흘러가는 것을 놓치지 않았다. 빠르게 지나가는 시선이었고 남자들이 나를 그런 식으로 쳐다보는 데도 익숙했지만 에디의 눈빛은 소름 끼치거나 꺼림칙하지 않았다. 사실, 그가 나를 보고 있다는 게 좋았다.

그 점이 신기했다. "이곳으로 오고 많은 게 달라졌겠어요." 내 말에 에디가 어깨를 으쓱였다.

"대학을 졸업하고 이곳저곳 옮겨 다녔어요. 친구와 중서부 곳곳에서 주택을 싸게 사들여 수리한 뒤 되파는 일을 했죠. 잠시 캘리포니아주에 있기도 했어요. 거기에서 처음 토목건축 면허를 땄거든요. 영원히 캘리포니아에 남을 줄 알았는데, 어느 날 휴가를 떠났고 그곳에서……."

에디가 말끝을 흐렸다. 나는 또다시 무거운 정적이 흐르는 게 싫어서 불쑥 끼어들었다.

"돌아갈 생각은 안 해봤어요?"

놀란 에디가 잔에 와인을 더 따랐다. "메인주로요?"

나는 어깨를 으쓱했다. "아니면 캘리포니아로요." 에디는 이곳에 나쁜 기억이 너무도 많을 텐데 왜 이곳을 떠나지 않는지가 궁금했다. 물론 에디 역시 이 동네 사람들처럼 부자인 데다 좋은 옷을 입지만, 그럼에도 어딘가 조금 튀고 동떨어져 보이지 않는가.

"음, 서던 매너스가 이곳에 있어서요." 에디가 대답했다. "토건 사업이야 다른 곳에서도 할 수 있겠지만, 베는 서던 매너스가 앨라배마주에 남기를 몹시 바랐어요. 마치…… 뭐랄까, 배신이 될 것 같아요. 서던 매너스를 다른 곳으로 옮긴다면요. 혹은 매각한다면."

에디의 표정이 조금 누그러졌다. "서던 매너스는 베의 유산이에요. 베의 유산을 지켜야죠."

나는 고개를 끄덕였지만 때마침 음식이 나온 덕에 이 대화를 자연스럽게 끝낼 수 있어서 기뻤다. 서던 매너스가 에디에게 얼마나 중요한지는 이미 알고 있었다. 구글 스토킹으로 찾아낸 여러 기사에 따르면 에디는 베가 실종되고 몇 달이 채 되지 않아 베가 법적으로 사망했다는 법원 판결을 받기 위해 공방을 벌였다. 서던 매너스를 지키기 위해서였다. 기사에는 어려운 경영 용어와 법률 용어가 많이 등장했지만 요지는 대강 파악할 수 있었다. 에디가 회사를 넘겨받아 베가 원했을 방식으로 운영하기 위해서는 베가 서류상으로 죽은 사람이어야 했던 것이다.

아내의 죽음을 공식적이고 최종적으로 선고받아야 했던 에디의 마음이 어땠을까.

에디는 스테이크를 썰다가 나를 올려다보고는 살짝 웃었다. "내 이야기는 이쯤 하기로 해요. 이제 제인의 이야기를 들려줘요."

나는 몇 가지 흥미로운 일화를 꺼냈다. 실제 내 삶보다 빛나 보이도록 꾸민 이야기였다. 이야기 중 일부(애리조나주에서 고등학교를 나온 것)는 사실이고, 일부는 절반쯤 사실이며, 일부는 친구들에게서 훔친 내용이었다.

그래도 에디는 식사하는 내내 미소를 짓고 고개를 끄덕이며 내 이야기를 경청해줬다. 계산서가 나올 즈음 나는 내가 오늘 데이트에서 이러하리라고 생각한 모습보다 더 편안하고 당당해져 있었다.

에디는 식당을 나서면서 내 손을 가져가 자신의 팔꿈치 안쪽에 끼웠다.

말도 안 되는 일이라는 걸 나도 알았다. 내가, 여기에 그와 함께 있다니. 내 팔이 그의 팔에 포개어 있다니.

내가, 그의 인생에 들어왔다니.

하지만 사실이었다. 이제 나는 고개를 조금 더 높이 들고 그에게 더 가까이 다가갔다. 치맛자락 끝이 그의 허벅지를 스쳤다.

따뜻하고 축축한 밤이었다. 머리칼은 얼굴에 곱슬곱슬 감기고, 가로등은 곳곳에 빛 웅덩이를 드리웠다. 나는 그가 내게 키스할지 궁금했다.

내게 이 밤을 함께 보내자고 하려나.

나는 그러고 싶었다.

에디는 식당을 나서기 전에 파이 한 조각을 포장 주문했다. 나는 에디의 멋진 주방에서 그와 함께 파이를 먹는 상상을 했다. 혹은 침대에서. 에디도 나와 같은 생각일까?

낮이 아닌 밤에 에디의 집에 들어가는 상상을 했다. 어둠 속에서 매립조명은 얼마나 반짝거릴까. 해가 뜰 무렵 뒤뜰은 얼마나 예쁠까. 침대보는 어떤 촉감이고 어떤 냄새가 날까. 그 집에서 잠이 깨면 어떤 기분일까.

"말이 없네요." 에디가 나를 자기 쪽으로 더 가까이 끌어당겼다. 나는 고개를 기울이고 미소를 지었다.

"솔직히 말해도 돼요?"

"못 하게 해도 돼요?"

나는 팔꿈치로 에디의 옆구리를 살짝 찔렀다. 내 옆에 선 에디는 단단하고 따뜻했다. "데이트가 참 오랜만이라는 생각을 하고 있었어요."

"나도 마찬가지예요."

가로등 아래서 보는 에디는 가슴이 아릿할 정도로 멋졌다. 부드러운 그의 재킷을 손가락으로 문질러봤다. 비싼 소재로 된 고급 재킷이었다. 내가 가진 어떤 것보다도 좋은 옷이었다.

"저는……." 내가 입을 여는 순간 에디가 내 쪽으로 고개를 돌렸다. 그가 지금 내게 키스할지도 모른다고, 누가 보든 상관하지 않고 잉글리시 빌리지 거리 한가운데에서 키스할지도 모른다고 생각했다. 그때 어떤 목소리가 들려왔다.

"에디!"

우리는 거의 동시에 돌아섰다. 인도 위에 한 남자가 서 있었다. 트립 잉그러햄이나 맷 매클래런, 솔 클라크처럼 손필드 주택 단지에서 흔히 보이는 파스텔 색감의 옷을 입은 남자였다.

남자는 얼굴을 일그러뜨렸다. 입술과 눈썹을 비틀어 애석하다는 표정을 지었다. 벗겨지기 시작한 금발은 가로등 불빛을 받아 오렌지빛을 띠었다. 나는 남자가 에디와 악수하려 손을 들어 올릴 때 결혼반지가 반짝이는 것을 놓치지 않았다.

"이런 데서 다 보네." 남자가 말했다. "베 일은 유감이야."

내게 닿은 에디의 몸이 딱딱하게 굳었다. "크리스." 에디가 남자의 손을 맞잡고 흔들며 말했다. "그러게, 반갑다. 고맙고. 보내준 꽃도 잘 받았어. 정말 고마워."

크리스는 고개만 저을 뿐이었다. 밝은 회색 슈트를 차려입은 크리스 바로 뒤에는 벤츠 한 대가 연석에 바짝 세워져 있었다. 여자 한 명이 조수석에 앉아서 우리를 지켜보는데, 시선이 내게 꽂힌 기분이 들었다.

나는 원피스 치맛자락이라도 꽉 움켜쥐고 싶은 심정이었지만 내가 가진 유일하게 좋은 옷이라 간신히 참았다.

"끔찍한 일이야. 정말 끔찍해." 크리스는 마치 에디가 자신의 아내가 익사한 일이 얼마나 끔찍한지 모른다는 듯 강조했다. 에디는 그저 얼굴을 찡그리며 고개만 끄덕였다.

"다시 말하지만, 고마워." 에디는 달리 더 할 말이 없어 보였다. 그때 크리스가 나를 휙 쳐다봤다.

"대단한 여자였지." 그렇게 말하는 크리스의 입속에서 얼마나 많은 질문이 끓어오르고 있는지 짐작할 수 있었다.

내가 도대체 누구인지, 데이트 중인 건지, 에디가 정말 베를 나로 대체할 작정인지, 자신의 몸보다 한 치수 큰 원피스를 입은 이 창백하고 평범한 여자가 정말 베를 대신할 수 있는지.

"그랬지." 에디가 대답했다. 나는 에디가 나를 크리스에게 소개하기를 기다렸다.

크리스도 기다리고 있었지만, 에디는 어색한 미소를 짓고 크리스의 어깨를 힘주어 두드리며 지나가버렸다. "또 보자. 베스한테 안부 전해주고."

우리는 다시 인도를 따라 걷기 시작했다. 크리스가 등장하고 우리 사이에 베의 이름이 유령처럼 떠오른 후 에디는 내게 시선을 주지 않았다.

차까지 바래다줄지도 묻지 않았다.

작별의 키스 따위 없었다.

8

트립 잉그러햄의 집에 들어가자 그 안의 모든 것이 블랜치가 돌아오길 기다리고 있는 것처럼 보였다.

지난밤 실패로 끝난 에디와의 데이트가 마음속 깊은 곳에 바위처럼 내려앉았는지 다음 날 트립의 집으로 걸어가는 발걸음마저 무거웠다. 오늘은 트립이 부탁한 대로 블랜치의 물건을 정리하는 날이었는데, 타이밍이 절묘했다.

지난밤은 베의 유령, 오늘은 블랜치의 유령.

블랜치가 실종된 지 몇 달이 지났는데도 그녀의 핸드백은 현관 탁자 옆에 그대로 놓여 있었다. 그 옆에는 똘똘 말린 목걸이와 반지 따위의 보석 더미가 아무렇게나 쌓여 있었다. 나는 상상했다. 저녁 식사를 마치고 집에 돌아온 블랜치가 가방과 장신구를 모두 빼서 전등 옆에 무심히 던져놓고는 탁자 밑으로 신발을 벗어 던지는 모습을.

깅엄 재질의 분홍색 단화가 탁자 아래 그대로 있었다. 블랜치가 실종된 건 7월이었다. 그래서 나는 분홍색 단화에 어울리는 분홍색 블라우스와 흰색 칠부바지를 입었을 블랜치의 모습을 쉽게 상상할 수 있었다. 이곳 여자들은 여름이 오면 너 나 할 것 없이 꽃처럼 옷을 입는다. 그래서 눈부시게 파란 하늘과 짙푸른 잔디를 배경으로 화사한 색감이 알록달록 펼쳐진다. 내가 자란 동부와는 어찌나 다른지. 동부에서는 언제나 검정이 가장 세련된 색이었다. 이곳 사람들은 장례식에 라벤더색 옷을, 결혼식에 붉은 양귀비색 옷을 입고도 남을 사람들이다.

나는 트립의 집에서는 어떤 것도 슬쩍하지 않을 생각이었다. 작은 물건 하나라도 사라지면 트립은 분명 알아차릴 것이다.

에디와 달리 트립은 블랜치의 사진을 치우지 않고 눈에 잘 띄는 곳에 두었다. 어쩌면 몇 장 더 가져다 놓았을 수도 있다. 공간만 있으면 액자부터 올린 듯 사진이 넘쳐났다.

결혼사진만 해도 다섯 장은 보였다. 모든 사진에서 블랜치는 금발 머리를 한 채 웃고 있었다. 트립은 어딘가 모르게 친오빠처럼 보였지만, 그래도 배가 불룩 나오고 의기소침한 지금의 모습과는 전혀 달랐다.

안으로 들어서자 거실에 앉아 있는 트립이 보였다. 트립은 호박색 액체와 얼음으로 가득 찬 플라스틱 잔을 들고 있는데, 아이스티가 아닌 것만은 분명했다.

오전 9시 23분이었다.

"안녕하세요, 잉그러햄 씨."

혹시 그가 내게 열쇠를 준 사실을 잊었을까 봐 나는 괜스레 손에 쥔 열쇠를 달가닥거렸다. 열쇠를 주던 때까지만 해도 그는 금방이라도 일을 하러 가야 하는 사람처럼 굴었다. 솔직히 말하자면 나는 그가 무슨 일을 하는지도 잘 모른다. 변호사 같긴 한데, 그런 부류의 사람처럼 보여서 혼자 추측한 것뿐이다. 트립은 여느 때처럼 폴로셔츠와 카키색 면바지 차림이었고, 집 안 곳곳에는 골프의 잔해가 어지럽게 널려 있었다. 골프채 가방은 현관문에 기대어 있고, 현관 바로 안쪽에 놓인 등나무 바구니에는 골프화 여러 켤레가 뒤섞여 있으며, 골프공을 얹을 때 쓰는 티는 아내의 보석만큼이나 무심히 떨어져 있었다.

바로 지금, 청승맞게 아침 술을 홀짝이는 동안에도 트립은 골프 클럽 휘장이 새겨진 컵을 들고 있다.

트립은 무릎 위에 앨범을 펼쳐놨는데 내가 어둑한 거실 안으로 더 들어오고 나서야 고개를 들어 나를 바라보았다. 맞춤 제작된 안경 너머로 게슴츠레한 두 눈이 보였다.

"젠." 나는 굳이 제인이라고 고쳐주지 않았다. 이미 몇 번이나 고쳐주었음에도 뇌에 위스키 찌꺼기가 쌓였는지 새로운 정보가 입력되지 않는 듯했다.

"오늘 손님방부터 시작해달라고 하셨죠." 내가 위층을 가리키며 묻자 트립이 바로 고개를 끄덕였다.

하지만 계단을 오르면서도 트립이나 블랜치 생각은 나지 않았다.

나는 여전히 지난밤 에디와의 저녁 식사를 생각하고 있었다. 내가 차까지 혼자 가겠다고 말했을 때 고개만 끄덕이던 에디. 인도에서 어색하게 포옹하고는 빠르게 멀어지던 에디.

나는 우리 사이에…….

젠장, 상관없다. 기대한 내가 바보지. 어쨌든 **지금 당장은** 잉그러햄 부부의 집에서 뭔지 모를…… 물건을 정리하러 '손님방'으로 가야 한다.

2층 손님방은 생각보다 작았다. 방 안은 온통 파랬고 아열대성 꽃무늬가 새겨진 물건들로 가득했다. 바닥에는 상자와 플라스틱 보관함이 여러 개 놓여 있었는데, 트립이 가져다 놓은 건 아닌 것 같았다. 트립에게는 여자 형제들이 있다. 어쩌면 그 사람들이 내가 방을 정리할 수 있도록 준비해뒀는지도 모른다. 그렇게 해서라도 마음을 다잡았다는 트립의 허황된 믿음을 지켜주고 싶었겠지.

물론, 트립은 누가 봐도 마음을 다잡지 못했다.

위층에서 정리를 시작한 지 10분밖에 되지 않았는데 트립이 올라오는 소리가 들렸다.

아마도 트립은 인생의 어느 한 시점에서는 존과 많이 닮은 사람이었을 것이다. 물론, 존보다는 덜 한심하고, 더 잘생긴 금발이고, 냉장고 뒤편의 어두운 공간에서 자란 느낌도 없었을 것이다. 하지만 트립은 존과 비슷한 분위기를 풍겼다. 다른 사람의 이름이 붙은 음식을 멋대로 먹어치울 것만 같은 기운이랄까. 나는 앨라배마 대학에서 트립 잉그러햄 때문에 소름 끼쳐본 여학생이 여럿일 거라고 확신했다. 길을 가다 문득 뒤를 돌아보았을 때 문 앞에 서 있는 트립을 발견하고는, 어떻게 저리도 무해하게 생긴 사람이 갑자기 너무도 무섭게 느껴질 수 있는지 의아해했을 것이다.

하지만 그렇게 술을 마셔대는 통에 트립의 으스스한 면은 영 위력을 발휘하지 못했다. 나 몰래 이 '파란 손님방'으로 다가오려는 듯 느리고 조심스러운 기척이었지만 저벅저벅하는 발소리가 여기까지 다 들렸다.

나무 바닥에서는 골프화 말고 다른 신발을 신는 게 어때? 멍청이 자식. 하지만 속으로 생각만 할 뿐, 나는 문 앞으로 다가온 그를 향해 몸을 돌리면서 미소를 지었다.

"무슨 일 있으세요?"

내 물음에 트립의 축축한 녹갈색 눈동자가 조금 커졌다. 내가 자신의 기대를 망쳐버리기라도 한 듯 못마땅한 기색이 역력했다. 아마도 내가 자신을 보고 놀라서 여자아이처럼 꺅 외마디 비명을 내지르거나 혹은 들고 있던 상자를 떨어뜨리고 두 손으로 입을 틀어막으며 두 뺨을 빨갛게 물들이길 기대했겠지.

트립은 그런 모습에 만족감을 느꼈을 것이다. 분명 트립 잉그러햄은 갑자기 운전대를 홱 틀고, 엘리베이터 안에서 쿵쿵 뛰고, 높은 곳에서 여자 친구를 밀어버리는 시늉을 하는 그런 유형의 개자식이었다.

나는 그런 유형을 잘 안다.

"여기 있는 건 다 정리해도 됩니다." 트립이 유리 막대로 플라스틱 컵을 달그락거리며 말했다. "이 중에 블랜치가 소중히 여기던 물건은 아무것도 없으니까요."

내가 보기에도 그랬다. 방은 예뻤지만, 취향으로 채워진 공간이 아니라 그저 보기에 좋은 물건들로 채워놓은 호텔방 같았다.

나는 침대 옆을 흘끗거리다가 예스럽게 생긴 양동이 모양의 전등에서 시선을 멈추었다. 전등갓에는 파란색과 녹색이 은은하게 어우러진 꽃무늬 패턴이 그려져 있었는데, 분명 낯이 익었다. 하긴, 그도 그럴 것이 이 동네 집들은 장식품이 다 똑같이 생겼다. 에디의 집만 빼고.

문득 이 동네에서 볼 수 있는 모든 물건이 에디의 집에서 나온 복제품 같다는 생각이 들었다. 다만 복사기 잉크가 거의 바닥나서 원본보다 살짝 희미하고 흐릿하게 찍혀 나온 물건들 같았다.

바로 그때 어디에서 저 양동이 전등을 보았는지 생각이 났다.

"서던 매너스 제품, 맞죠?"

나는 침대 옆 작은 탁자를 향해 고갯짓을 했다. "얼마 전 밤에 서던 매너스 홈페이지를 보다가……."

트립이 귀에 거슬리는 소음을 내며 내 말을 자르고는 잔을 입가로 기울였다. 잔을 내리자 들쭉날쭉한 턱수염에 버번위스키 한 방울이 맺혔고, 트립은 그 방울을 핥아먹었다. 분홍빛 살덩이가 눈에 들어오자 나도 모르게 얼굴이 구겨졌다.

"아니, 전등은 **블랜치의 것**이에요. 블랜치의 어머니 것이었나, 뭐 그랬던 것 같은데. 잘은 모르지만 에스테이트 세일* 때 가져왔겠지."

트립이 어깨를 으쓱하자 폴로셔츠 안에서 뱃살이 출렁였다.

"베 로체스터는 다른 사람의 아이디어를 가져다 쓰다가 발목이 잡히는 한이 있어도 그게 그 탓인지 모를 거요. 서던 매너스의 그 모든 쓰레기 같은 제품이 다 블랜치의 것이었지."

나는 절반쯤 채운 상자를 내려놓았다. "베가 블랜치의 스타일을 베끼기라도 했다는 뜻인가요?"

트립은 내 말을 비웃으며 방 안으로 더 깊숙이 들어왔다. 꾹꾹 눌

• 집주인이 사망하거나 이사할 때 유품 혹은 집 안의 물건을 한꺼번에 처분하기 위해 여는 판매 행사.

러 담아 문가에 세워둔 쓰레기봉투가 트립의 신발 끝에 걸려 찢어졌다. 찢어진 틈으로 분홍색 천 조각이 맥없이 흘러나왔다.

"베꼈고, 훔쳤지……." 트립이 내게 잔을 흔들어 보이며 말했다. "두 사람은 함께 자랐어요. 같은 학교에 다녔지. 명문 사립학교 말이요. 심지어 룸메이트였던 것 같고."

나는 다시 침대 위에 쌓인 책들을 발밑의 상자에 집어넣기 시작했다. "가까운 사이였다고는 들었어요." 트립 잉그러햄이 얼마나 더 많은 정보를 털어놓을지 몹시 궁금했다.

트립 잉그러햄은 지금껏 내가 이 동네에서 만난 사람 중 베를 아주 특별하고 대단한 사람으로 묘사하지 않은 유일한 사람이다. 그의 말을 더 들어봐도 좋을 것 같았다. 하지만 소문이란 교묘하고 까다로운 것이어서 지나치게 관심을 보이면 도리어 수상하다고 의심을 받는다. 지루하고 별 관심이 없다는 듯이 굴면 누군가는 더 말을 꺼내지 않겠지만, 누군가는 에밀리 클라크처럼 더 안달이 나서 어떻게든 관심을 끌기 위해 머리를 굴리고 미끼를 던질 것이다.

트립이 어느 쪽에 속하는지는 모른다. 그는 이제 침대 구석에 자리를 잡고 앉았다. 엉덩이 주변으로 매트리스가 꺼졌다.

"베 로체스터. 원래 이름은 버사였지." 트립이 중얼거렸다.

그의 말에 나는 고개를 들고 머리칼을 귀 뒤로 넘겼다. 트립이 나를 보고 있었다. 흐리멍덩한 두 눈이었지만 분명 내 얼굴을 빤히 보고 있었다.

"정말요?" 내 물음에 트립이 고개를 끄덕였다. 트립은 한쪽 다리를 가만히 두지 못하고 들었다 내려놓길 반복했다. 두 손으로는 빈 잔을 빙글빙글 돌렸다.

"블랜치의 말에 따르면 베가 대학에 가면서 이름을 바꿨다고 합니다. 어느 날 버밍햄에 돌아와서는 '베라고 불러'라고 했대요."

트립이 다시 한숨을 내쉬었다. 다리가 계속 흔들리고 있었다.

"블랜치는 베가 원하는 대로 해줬지. 내가 아는 한, 사람들에게 베의 진짜 이름을 떠벌린 적도 없어요."

버사. 그 이름이 혀에 무겁게 내려앉았다. 지난밤 본 사진을 떠올렸다. 사진 속 붉은 입술과 반짝이는 검은 머리는 확실히 버사라는 이름과 어울리지 않았다. 이름을 바꿀 만도 했다.

베와 나 사이에 또 한 가지 공통점이 생겼다. 내게도 가슴속에 묻어둔, 베와 똑같은 비밀이 있었다. 즉, 나는 '제인'으로 태어나지 않았다. 하지만 예전 이름은 이제 너무도 희미해져서 가끔 TV를 보거나 상점에 들렀을 때 그 이름을 들어도 나는 동요하지 않는다. 라디오를 듣거나 길을 걷다가 들려오는 대화 한 토막에서 그 이름을 접해도 더는 뒤를 돌아보지 않는다. 애리조나주 어딘가에 묻어둔 그 이름은 이제 내게 아무런 의미도 갖지 못했다.

그래도 나는 운이 좋은 편이었다. 이곳에 사는 그 누구도 또 다른 나에 대해 알지 못하니까. 하지만 베 로체스터는 나 같은 호사를 누리지 못했다. 길 건너에 사는 사람이 내 예전 모습을 다 알고 있는 기분이 어땠을까?

트립은 계속 떠들어대지만 유용한 정보는 이제 없었다. 그는 술기운에 힘입어 다시 블랜치 타령을 하면서 고충을 토로하기 시작했다. 아내의 물건을 모두 어떻게 처리하면 좋을지 잘 모르겠다는 이야기였다.

내가 이 집에 들를 때마다 꼭 한 번은 듣는 소리였다. 트립은 블랜치의 물건을 모두 버리고 새롭게 시작하겠다는 둥, 더 작은 집을 구해서 "골프장 근처 어디쯤"으로 이사를 하겠다는 둥 넋두리를 자주 했다.

하지만 트립은 그렇게 하지 않을 것이다. 바로 여기, 블랜치를 모시는 사당이 되어버린 이 집에 그대로 남을 것이다.

로체스터 부부의 집은 사당이 아니다.

나는 이 집에 감도는 무거운 슬픔과 숨 막히는 비통함을 뒤로 한 채 문을 닫고 나서면서 생각했다. 에디가 남겨놓은 베의 사진이라곤 하와이에서 찍은 단 한 장뿐이었다. 에디가 마음 정리를 하고 있거나 혹은 적어도 마음 정리를 하고 싶다는 의미일까?

내가 보기에는 그랬다.

바로 그때, 보도 위를 달리고 있는 에디가 보였다. 마치 내가 마법을 부려 에디를 불러내기라도 한 것처럼 갑자기 그가 나타난 것이다. 그는 나를 보더니 멈춰 섰다. 땀에 젖은 검은 머리칼이 이마에 달라붙어 있었다.

"제인."

"안녕하세요."

우리는 그대로 섰다. 나는 오래된 가방을 움켜쥐며 몸에 딱 붙였고, 에디는 비싼 러닝복 차림으로 두 손을 골반 위에 올리며 가쁜 숨을 몰아쉬었다.

땀에 젖은 티셔츠 위로 그의 넓은 가슴이 윤곽을 드러냈다. 문득 어젯밤 일도, 그의 죽은 아내도, 지금 우리를 보고 있을 사람이 몇 명이나 될지도 더는 신경이 쓰이지 않았다.

"트립네 일을 도와주고 있습니까?"

그렇게 묻는 에디의 이마에 주름이 세 줄 접혔다. 나는 어깨를 으쓱해 보였다.

"그렇다고 해야겠죠? 한동안 트립의 개를 산책시키다가 지금은 주로 아내의 물건을 정리하는 일을 돕고 있어요."

에디의 이마에서 주름이 깊어졌다. 골반을 짚은 그의 손가락은 뼛속까지 파고들 것처럼 힘이 들어가 있었다. 에디가 말했다.

"지난밤에는 내가 나쁜 놈이었어요."

나쁜 놈까지는 아니었다. 내가 고개를 젓자 에디가 한 손을 들어 보였다.

"아니요, 정말로요. 크리스는 예전에 같이 일하던 사람인데, 베 이야기를 꺼내니까…… 젠장, 갑자기 당황하게 되더군요. 너무 빠른가, 제인이 곤란해지면 어쩌지, 사람들이 제인한테 취조하듯 캐물을 텐데, 그런 생각이 들자 나도 모르게……."

에디는 한숨을 내쉬고 잠시 고개를 떨궜다. 다시 고개를 들어 나를 쳐다보는 순간 그의 이마 위로 어린아이처럼 머리칼이 쏟아졌다. 그 모습이 너무도 아름답고 너무도 완벽해서 손가락으로 쓸어 넘겨주고 싶었다.

"나한테 한 번 더 기회를 줄 수 있어요?" 그가 물었다.

그가 미소 짓지 않았더라도, 두 눈이 저렇게 푸르지 않았더라도, 턱이 아려올 만큼 절실하게 그를 안고 싶지 않았더라도 나는 결국 그러겠다고 대답했을 것이다.

동시에 트립의 집 냄새를 떠올리고, 지금 서 있는 곳이 트립의 집 근처라는 사실을 상기했을 것이다.

마운틴브룩 빌리지에서 나를 보던 매클래런 부인의 시선을.

에밀리 클라크의 매서운 눈초리를.

에디의 집을, 그가 저녁 식사 자리에서 슬며시 내 손을 잡았을 때 두근거리던 기분을 떠올렸을 것이다.

좋아요, 나는 대답했다.

9

4월

회오리바람.

에디와의 관계를 생각하면 늘 회오리바람이 떠오른다. 그리고 그런 생각이 들 때마다 베가 휴가지에서 에디와 만나는 모습이 그려진다.

베도 에디와 있을 때 회오리바람이 부는 것 같다고 말했다.

어쩌면 에디가 그런 남자인지도 모른다. 그의 인생에 들어온 여자라면 모두 이렇게 휩쓸리게 되는지도 모른다. 에디가 한번 누군가를 좋아하기 시작하면 그가 할 수 있는 유일한 일은 회오리바람을 일으키는 것밖에 없는지도 모른다.

나는 에디의 바람대로 그에게 두 번째 기회를 주었지만 이번에는 내 방식대로 데이트를 즐기기로 했다. 우리는 이제 마운틴브룩이 아닌, 그가 사는 곳과 내가 사는 곳의 중간 지역에서 만난다. 에디는 내가 손필드 주택 단지 사람들에게 우리 관계를 들킬까 봐 격정하는 줄로 알았다. 물론, 아직은 알리고 싶지 않았다. 그리고 크리스 같은 사람이 또 나타나서 데이트를 망쳐놓을 위험을 감수하기도 싫었다. 하지만 그게 전부는 아니었다. 에디와 만나는 게 알려져서 일자리를 잃는 것은 괜찮았다. 어차피 개를 산책시키는 일은 끝을 향해 가고 있어서, 째깍째깍 시곗바늘이 움직이는 소리가 귀에 들릴 지경이었다.

그보다는 비밀을 품고 있는 게 좋았다. 이 동네를 떠들썩하게 할 스캔들의 주인공이 나라는 사실을 아직은 아무도 모르길 바랐다.

결국은 알려지겠지만, 그때쯤에는 사람들이 뭐라 참견할 수 없을 정도로 에디의 삶에 깊숙이 자리를 잡을 생각이었다.

그렇게 달력이 2월에서 3월로, 3월에서 4월로 넘어가는 동안 우리는 내가 간신히 메뉴판을 읽을 수 있는 고급 식당들을 다녔다. 어깨와 엉덩이가 닿을 정도로 가까이 붙어서 공원을 거닐었다. 영화를 보러 가서는 10대처럼 뒷자리에 앉았다. 에디의 손은 늘 내게 닿아 있었다. 내 손바닥 위에 포개놓기도 하고, 내 쇄골을 따라 선을 그리기도 하고, 등허리에 따뜻한 무게를 싣기도 해서 나는 에디와 떨어져 있을 때조차 그의 손길을 느낄 수 있었다.

내가 이 관계에서 가장 이해가 가지 않는 부분은 데이트 방식도 아니고, 에디 로체스터 같은 사람이 나와 시간을 보낸다는 것도 아니고, 바로 나 역시 그를 많이 원한다는 것이었다.

이런 감정은 익숙하지 않았다.

물건을 가지고 싶다는 마음이야 익숙했다. 그런 마음은 변수라기보단 상수에 가까웠다. 어렸을 때부터 나는 남의 손목이나 목 위에서 반짝이는 비싼 액세서리에서 시선을 뗄 줄 몰랐고, 침실 벽에는 또래 아이들이 관심을 보이는 것 대신 내가 꿈꾸는 집의 사진을 붙여놓았다.

하지만 열두 살 이후로는 남자의 손길을 피해왔기에 남자가 나를 만져주길 바라는 마음이 낯설었다.

뭐, 나쁘지 않았다.

에디는 식당 밖에 세워둔 자신의 차 앞에서 내게 처음으로 키스했다. 입술에서 우리가 나눠 마신 레드와인 향이 났고, 내 얼굴을 감싸는 그의 손은 거칠지 않고…… 따뜻하고 안전했다. 모든 것이 아름다웠다.

내가 몸을 뒤로 빼자 그의 눈에 실망한 빛이 역력했다. 그 표정이 좋았다. 내가 몸을 빼서 아쉽다는 표정이. 이 관계를 이어나가려면 타이밍이 가장 중요했다. 나는 쉽게 넘어가서 큰일을 망쳐버릴 생각이 없었다.

지금은 딱 키스까지가 좋았다. 가끔은 서로 달아올라 그가 손바닥으로 내 팔뚝과 허벅지를 쓸어내리고 나는 손가락으로 그의 단단한 복근을 만지기도 했지만, 더 아래로 내려가지는 않았다.

에디는 지금껏 원하는 걸 기다려본 적이 없을 테니 이번만큼은 나를 기다릴 수 있을 것이다.

에디와의 키스나 그를 향한 나의 욕망도 즐거웠지만, 나를 정말 황홀하게 만드는 건 이런저런 세심한 부분까지 **내게** 관심을 기울이는 에디의 태도였다.

세 번째 데이트 때 우리는 베스타비아의 어느 식당에서 샌드위치를 먹었다. 나는 냉장 박스에서 크림소다 한 병을 꺼내면서 나도 모르게 열 살 때 함께 살았던 위탁 가정의 아버지 이야기를 늘어놓고 말았다. 그는 크림소다라면 사족을 못 써서 코스트코에서 대용량으로 사다 놓곤 했는데, 나나 당시 그 집에 있던 또 다른 아이 제이슨은 손도 못 대게 했다. 그게 결핍이 되었는지, 나는 크림소다만 보면 너무 마시고 싶었다.

이런 이야기를 이리도 쉽게 쏟아낼 수 있을 줄은 몰랐다. 물론, 아주 정확한 이야기는 아니었다. '아버지'라고만 말하며 위탁 가정 이야기는 생략했지만 적어도 지난 몇 년간 내가 누군가에게 밝힌 내 과거 이야기 중에서는 가장 진실했다.

에디는 꼬치꼬치 캐묻지도, 그렇다고 안됐다는 시선을 보내지도 않았다. 그저 내 손을 꼭 잡아주었다. 그리고 다음 날 그의 냉장고를 열어보니 색이 짙은 유리병이 가득했다.

레너드 씨가 코스트코에서 사다 놓은 싸구려 크림소다가 아니라 소규모 식품점이나 최고급 상점에서만 파는 고급 제품이었다.

오랜 시간 남의 눈에 띄지 않으려 애쓰며 살아왔기에 에디가 나를 제대로 **보려는** 모습을 보고 있으면 달큰하게 취할 것만 같았다.

존은 무슨 일이 벌어지고 있다는 사실을 눈치챘다. 평소보다 눈을 번득이며 나를 의심하고 주의 깊게 살폈지만 그조차도 이제 거슬리지 않았다. 존 앞에서 비밀을 숨기고 있다는 게 좋았다. 내가 의기양양한 미소를 짓는 이유를, 집에 들어오고 나가는 시간이 달라진 이유를 나만 알고 있다는 게 좋았다.

하지만 그중에서 최고는 리드 부인을 속이는 것이었다. 그 즐거움은 에디와 키스하고 존을 가지고 노는 일에 비할 바가 안 됐다. 지금 나는 베어를 산책시키고 돌아와 개집 앞에 웅크리고 앉아 있다. 리드 부인의 휴대폰 너머로 어떤 목소리가 들려오자 온몸에 짜릿한 전율이 흘렀다. "에디가 **누굴 만나는 것 같아.**"

엷은 미소가 번졌다. 기분이 좋을 줄은 알았지만 이 정도일 줄은 몰랐다. 반지를 슬쩍하거나 남의 시계를 내 주머니에 넣을 때만큼이나 짜릿했다.

아니, 훨씬 더 좋았다.

"그럴 줄 알았다니까!" 내 뒤에서 리드 부인이 외쳤다. 통화 상대는 누구일까. 에밀리? 두 사람은 친구와 적을 왔다 갔다 하는데, 이번 주는 친구 주간이었다. 요가 바지가 네 몸에 너무 꽉 낀다는 지적이나 아이가 없어서 좋겠다는 빈정댐이 한 번이라도 나오면 두 사람은 금방 틀어질 터였다. 아무튼, 지금은 죽이 잘 맞았다.

그리고 나에 대해 이야기하고 있었다.

다만 그 사람이 나라는 사실을 모를 뿐. 그게 바로 이야기의 백미이자 내가 몇 주를 기다려 온 대목이었다.

나는 리드 부인을 향해 몸을 돌려 베어의 목줄을 건네주면서 미소를 지었다.

리드 부인이 목줄을 건네받고는 휴대폰에 대고 말했다. "지지배, 내가 다시 전화할게."

그렇다면 에밀리가 분명했다. 두 사람은 다시 친구가 될 때마다 '지지배' 놀이를 했다.

리드 부인은 휴대폰을 조리대 위에 올려 놓으며 나를 향해 활짝 웃었다. "제인."

고양이처럼 교태를 부리는 목소리에 앞으로 벌어질 일이 짐작이 갔다. 리드 부인은 예전에 나에게 트립 잉그러햄에 관한 정보를 캐낼 때도 이런 식으로 굴었다. 나를 쥐어짜서 어떤 뜬소문이라도 얻어내려고, 트립 잉그러햄의 집을 드나들면서 주워들었을 작은 정보라도 빼내려고 간드러진 목소리를 냈다. 그렇게만 하면 내가 술술 불 거라고 생각한다는 게 배꼽 빠지게 웃긴 부분이었다.

"로체스터네 집 주변에서 새로 본 얼굴이 있던가요?"

리드 부인이 물어오자 나는 언제나처럼 건조한 미소를 띠고 어깨를 으쓱했다.

"못 본 것 같아요."

시시한 대답이었다. 리드 부인이 어찌할 줄을 몰라 눈만 깜빡이는 모습이 볼만했다. 나는 리드 부인을 지나치며 손을 흔들고 명랑하게 외쳤다. "다음 주에 봬요!"

문가 탁자에 샤넬 선글라스와 깔끔하게 접힌 현금 뭉치가 친절하게 놓여 있었지만 눈길조차 주지 않고 나왔다.

대신 인도에 올라서자마자 휴대폰을 꺼내 에디에게 문자메시지를 보냈다.

내가 먼저 데이트를 신청했고, 그것도 "집에서" 먹자고 제안했지만 에디는 놀란 티를 내지 않았다. 몇 분 안에 답장이 왔고, 그날 저녁 7시에 내가 그의 집을 찾았을 때는 이미 저녁 식사가 준비되어 있었다.

그가 직접 요리했는지, 아니면 빌리지에 있는 작은 고급 식료품점에서 음식을 사 왔는지는 묻지 않았다. 고급 식료품점에서는 근사한 음식을 대강 만들어서 진열해놓고 파는데, 거기서 산 음식을 오븐에 데우고 그럴듯한 냄비에 담아서 식탁에 내면 직접 요리한 것처럼 연출할 수 있었다.

아무럼 어떤가.

배달 음식을 시킬 수도 있었는데 이 데이트에 조금은 공을 들였다는 사실이 중요했다. 그 노력 덕분에 나는 다음 단계로 넘어갈 결심이 섰다.

나는 식사를 마치고 다시 거실로 돌아갈 순간을 기다렸다. 에디가 촛불을 켰고, 전등은 견목 바닥에 따뜻한 황금빛 웅덩이를 드리웠다. 에디는 내게 와인을 한 잔 따라주고는 자신이 마실 위스키를 가져왔다. 그의 입술에서 위스키 맛이 났다. 훈연한 향과 비싼 맛이 느껴지는 위스키였다.

우리가 여기 처음으로 함께 있던 날을 떠올렸다. 커피를 마시며 서로를 탐색하던 그날을. 이제 우리는 새로운 모습으로, 더 좋은 옷을 입고(나는 갖고 있는 바지 중에서 가장 색이 덜 빠진 검은색 스키니진과 헌 옷 매장에서 건진 H&M 인견 상의를 입었다) 커피 대신 술을 마시며 전과 다른 방식으로 서로를 탐색했다. 초반의 제인과 에디 위에 수많은 층이 켜켜이 쌓인 듯했다.

제인과 에디. 얼마나 듣기 좋은가. 나는 이제 영원히 제인으로 남기로 했다. 그 모든 도피와 그 모든 거짓말이 이끈 지점이 바로 여기였다. 그만한 가치가 있었다. 이제 나는 여기 이 아름다운 집에 아름다운 남자와 함께였다.

마지막으로 할 일이 있었다.

나는 에디에게서 몸을 돌리며 두 손에 쥔 와인잔을 빙빙 돌렸다. 거대한 유리문 바깥으로는 아무것도 보이지 않고 오직 내 모습과 에디의 모습만이 비쳤다. 에디는 거실과 주방을 나누는 대리석 아일랜드 식탁에 몸을 기대고 있었다.

"최고의 밤이에요. 이곳이 정말 그리울 거예요." 나는 목소리에 적당히 아쉬움을 담아 말했다.

슬픔을 담아 말하는 건 어렵지 않았다. 이곳을 떠난다는 생각만으로도 정말 가슴이 죄어왔으니까. 이 역시 이상하고 익숙하지 않은 감정이었다. 내가 정착을 하고 싶어 하다니. 도망치는 데 지쳐버린 걸까? 아니면 다른 문제일까? 왜 이곳이지? 왜 지금이지?

모르겠다. 하지만 임시변통으로 살아온 그간의 세월과 달리 이곳은, 이 집은, 이 동네는 안전하게 느껴졌다.

유리문에 비친 에디의 얼굴이 찌푸려졌다. "무슨 뜻이에요?"

나는 에디를 향해 몸을 돌리고 어깨를 으쓱했다. "버밍햄에 얼마나 더 오래 머무를 수 있을지 모르겠어요. 개를 산책시키는 일을 평생 할 수도 없고, 함께 사는 친구와도 정말 안 맞거든요. 서부 쪽으로 대학원을 알아보고 있는데⋯⋯." 나는 말꼬리를 흐리며 어깨를 한 번 더 으쓱해 보일까 하다가 침울하게 한숨을 내쉬는 쪽을 택했다.

"우리는 어쩌고요?" 에디의 물음에 내가 할 수 있는 일이라고는 새어 나오려는 미소를 감추는 게 전부였다.

나는 에디에게 시선을 보내며 고개를 기울였다. "에디, 그동안 정말 즐거웠어요. 하지만⋯⋯ 우리에게 미래가 있다거나 뭐 그런 게 아니잖아요, 안 그런가요? 당신은 결국 나보다 더⋯⋯ 나은 사람을 찾게 될 거예요. 더 세련되고, 더 예쁜 사람을요." 나는 잔을 들지 않은 손을 내저었다.

그러고는 숨을 깊게 내쉬었다. "내 과거를 완전히 털어놓지도 못했고요⋯⋯ 당신을 만나기 전의 인생에 관해서 말이에요."

에디는 가만히 서서, 나를 바라보고, 기다렸다. "좋아요. 그럼 지금 시작해볼래요?" 그의 목소리는 부드럽고 침착했다.

나는 고개를 끄덕인 다음 큰 도박을 감행했다. 에디에게 진실을 말하기로 한 것이다.

"세 살 때부터 성인이 되기 전까지 위탁 가정에 있었어요. 요전에 말한 아버지는…… 진짜 아버지가 아니에요. 위탁 가정의 아버지죠. 그나마 좋은 사람도 아니었어요. 나는 내 부모가 누구인지 몰라요. 이름은 알지만 서류상으로만 아는 거죠. 부모에 대한 기억이 전혀 없어요. 내가 누구인지조차 모르겠어요. 정말 이런 사람과 함께하고 싶어요? 어디에서 왔는지도 모르는 사람과?"

에디는 조리대에 잔을 내려놓고 몇 걸음 만에 성큼성큼 내게 다가왔다.

"네." 에디는 낮은 목소리로 말하며 나의 드러난 팔 위에 두 손을 올렸다. 손길이 발끝까지 느껴졌다. 그의 두 눈이 아랫입술을 깨무는 내 동작을 좇았다.

"말해줘서 고마워요, 제인. 얼마나 힘들었을지, 그간 어떤 일들을 겪었을지……."

에디는 말끝을 흐리며 나와 눈을 맞추려 했다. 두 눈에 공감과 다정이 가득해서 다리가 살짝 풀렸다.

"전보다 더 당신을 원해요." 살면서 들어본 말 중에 가장 듣기 좋은 말이었다.

"에디." 내가 입을 열자 에디의 손에 힘이 들어갔다.

"에밀리 클라크든, 캠벨 리드든 내가 다른 사람을 원했다면 그 사람과 함께했을 거예요. 내가 지금 당신과 함께 있는 이유는 **당신**

을 원하기 때문이에요, 제인."

에디가 고개를 숙였고, 그의 입술이 내 입술을 아주 살짝 스쳤다. 잠시 후 그가 이로 내 입술을 가볍게 물자 따가운 감촉이 선명하게 전해졌다. 강렬한 욕망이 흘러넘쳐 몸이 떨릴 지경이었다.

"나의 제인." 낮고 거친 그의 목소리에 나는 마른침을 삼켰다. 지금 이 순간 에디와 나 사이엔 꾸며낸 것도, 환상도 없었다.

"나는 당신의 제인이 아니에요." 나는 간신히 말했다. "새처럼 자유롭다고요."

에디는 웃었고, 곧 그의 입술이 다시 내 입술에 닿았다. 이번에는 내가 조금 전 에디에게 물린 지점을 찾아 똑같이 깨물어줬다.

오늘 밤 나는 이 집을 떠나지 않을 것이다. 우리 두 사람 모두 알고 있었다.

다시는 떠나지 않을 것이다.

Part 2

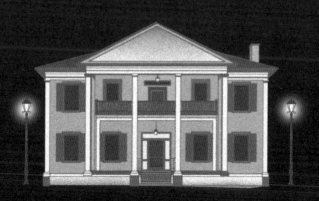

베

7월, 블랜치 실종 다음 날

누구를 상대로 이 글을 쓰고 있는지 모르겠다.

나한테 쓰는 거겠지. 아직 기억이 생생할 때 전부 적어둘 생각이다. 누군가가 이 글을 발견하리라고 기대하긴 어렵다. 사실 지금은 어떤 기대도 하기 어렵다.

그래도 전부 글로 적어놓으면, 어쩌면 그날의 일부가 이해되기 시작할 테고, 미치지 않고 버틸 수 있을지도 모른다.

지난밤 나는 평정심이라는 게 얼마나 쉽게 손가락 사이로 빠져나갈 수 있는지 태어나 처음으로 느꼈다.

에디는 여러 가지 물품과 함께 책 한 권을 가져다줬다. 내가 대학생 때부터 가지고 있던 값싼 문고판이었다. 그리고 방금 나는 불과 몇 달 전 우리가 여기까지 함께 나른 협탁 서랍의 깊숙한 곳에서 펜 한 자루를 발견했다.

젊었을 적 읽고 또 읽었던 단어들 위로 내 이야기를 써 내려가려니 기분이 이상하다.

하지만 더 이상한 건 내가 목격한 진실이다.

지난밤, 나의 남편, 에드워드 로체스터가, 나의 가장 친한 친구, 블랜치 잉그러햄을 살해했다.

블랜치가 죽었다. 에디가 그녀를 죽였다. 나는 우리 집에 갇혔다. 이 사실을 몇 번이나 되뇌어봐도 여전히 믿어지지 않고 너무도 말이 안 돼서 지금 내가 끔찍한 꿈을 꾸고 있는 건 아닌지 자꾸만 의심이 든다. 아니면 그날 블랜치와 함께 물에 빠져서 지옥에 왔거나.

아무리 생각해도 그게 더 말이 된다.

하지만 아니었다. 블랜치와 나는 주말을 맞아 호숫가 별장을 찾았다. 단둘이서 즐거운 시간을 보낼 생각이었다. 그간 우리는 너무 바빴다. 나는 서던 매너스를 운영하느라, 블랜치는 트립을 상대하느라. 주말 동안 단짝 친구와 함께 앉아 와인을 마시고 이야기를 나누며 10대 때처럼 깔깔 웃을 수 있어서…… 행복했다. 완벽한 주말이었다.

그날 일어난 모든 일을 머릿속에 하나하나 천천히 재생해봤지만 다음 순간 일어날 사건을 암시하는 징후는 어디에도 없었다.

정말이지, 뒤엉킨 실타래를 풀기란 어려운 일이다.

내 기억이 맞다면 에디가 느닷없이 별장에 나타났고 우리 세 사람은 보트를 끌고 나가 한밤중의 유람을 즐겼다. 에디가 보트를 몰고 블랜치와 나는 스피커에서 나오는 음악에 맞춰 춤을 췄다. 그러다 머리가 무거워지고, 생각이 흐려졌으며, 주변이 캄캄해졌다. 블랜치가 소리를 지르고 있었다. 나는 물속이었다. 따뜻했다. 목욕물에 잠긴 듯 따뜻했지만, 쉬지 않고 헤엄쳐야 한다는 건 알 수 있었다. 해안에 다다르자 에디가 그곳에 있었고, 눈이 멀 정도의 극심한 통증이 머리를 스친 뒤 암흑이 찾아왔다. 눈을 떴을 때 나는…… 이곳에 있었다.

이 방에 있었다.

3층에 재난 대피용 밀실을 만들자는 것은 에디의 생각이었다. 한 탐사보도 프로그램에서 신축 건물에 밀실을 설치하는 것이 유행하고 있다는 이야기를 듣고 에디가 낸 의견이었다. 나는 동의해 주었는데, 우리의 새집이 모든 걸 완벽하게 갖춘 곳이길 바라서였다. 게다가 에디가 그러고 싶다는데 마다할 이유가 없었다.

에디가 원한다면 난 뭐든 했을 거다.

밀실을 방처럼 꾸미자는 것도 에디의 생각이었다. 여기에 침대를 들여놓자고 제안한 사람도 그였다.

"우리가 한동안 여기에 갇힐 경우를 대비하는 거지." 에디는 짓궂게 말하며 내 허리를 감아 가까이 당겼다. 결혼한 지 1년이 되어가는데도 첫 키스를 하던 밤 나를 관통하던 전율을 여전히 느낄 수 있었다.

에디의 손길이 닿으면 늘 그랬다. 어쩌면 그 때문에 다가올 일을 전혀 예상하지 못했는지도 모른다. 너무나 사랑했기에, 너무나 믿었기에, 너무나…….

마지막 부분을 쓰고 있는데 에디가 들어왔다. 문이 열리기 전에 책을 침대 밑으로 밀어 넣은 덕에 글을 쓰는 모습을 들키지 않았다. 천만다행이다. 앞으로 더욱 조심해야겠다.

딱히 위안이 된 건 아니지만, 에디는 처참해 보였다. 늘 정돈된 모습과 다르게 오늘은 두 눈이 빨갛고 피부는 살짝 늘어진 데다 잿빛처럼 창백했다. 기가 막히고 어이가 없는 지금의 상황 속에서도 나는 아주 잠시 에디가 안쓰러웠다. 도와주고 싶었다. 그도 그럴 것이, 우리의 결혼 생활은 늘 이런 식이었다. 내가 계획을 세우면 에디가 실행에 옮겼다.

에디가 무슨 말이라도 해주기를 바랐다. 최소한 지금 이게 무슨 상황인지 설명하려는 성의라도 보이기를 바랐다. 아니면 내가 소리를 지르고 달려들고 그를 마구 때리기라도 해야 했나? 뭐라도?

하지만 나는 얼어붙은 듯이 앉아 있었다.

에디가 방에 들어선 순간부터 두려움과 충격이 뒤섞여 온몸이 굳어버렸다. 그가 나와 블랜치에게 먹인 약의 기운이 아직 남은 탓이라고 믿고 싶었다.

나는 그저 에디가 물병과 피넛버터 크래커, 사과와 바나나를 문가 탁자에 내려놓는 뒷모습을 지켜볼 수밖에 없었다.

에디가 블랜치를 죽였다.

블랜치를 죽였고, 어쩌면 나까지 죽일 수도 있다.

에디, 내 남편, 내 반쪽. 내가 너무나 잘 안다고 생각했던 남자. 처음 만난 날 다정한 눈으로 나를 바라보며 미소 짓던 사람. 내가 하루 동안 있었던 일이나 사업 이야기, 꿈에 관한 이야기를 할 때마다 늘 세심히 귀를 기울이던 사람. 내가 가장 좋아하는 핫소스 브랜드부터 커피에 일반 설탕과 인공 감미료를 한 스푼씩 넣어 마시던 습관까지, 작고 시시한 것들을 기억해주던 사람.

그런 남자가, 나의 에디가, 살인자였다.

이런저런 생각에 빠져들수록 소리를 지르고 싶었지만 한번 소리를 지르기 시작하면 절대 멈추지 못할까 봐 두려웠다. 그래서 깊게 숨을 골랐다. **4초 동안 들이마시고, 4초 동안 숨을 참고, 6초 동안 내보낸다.** 심호흡을 반복하는 동안 지난달에 블랜치와 함께 들은 요가 수업이 떠올랐다.

세상에, 그게 고작 한 달 전 일이라니. 지난 생에 있었던 일처럼 아득하다.

에디는 아무 말도 하지 않고 음식과 물을 내려놓고는 나갔다. 그의 모습이 사라지자 나는 바닥에 누워 눈물을 쏟았다. 몸이 너무 심하게 떨려서 치아가 딱딱 맞부딪쳤다.

나는 어쩌다 괴물과 결혼하고 뒤늦게야 그 실체를 깨닫게 된 걸까?

블랜치 실종 4일째

오늘 에디가 또다시 들렀다. 에디는 물과 음식을 더 가져왔다. 이번에는 에디에게 말을 걸어보려 했지만 내가 이름을 부르자마자 그는 고개도 돌리지 않고 한 손을 들어 보였다.

마치 낯선 사람 같았다. 에디와 많이 닮았을 뿐인, 내가 모르는 사람. 이렇게 차갑고 위험한 남자를 나는 알지 못했다. 그가 떠난 방에서 나는 안도의 한숨만 내쉬었다. 이번에는 울지도, 떨지도 않았다. 어쩌면 이렇게 글을 써 내려가는 게 도움이 되고 있는지도.

블랜치 실종 6일째

에디가 마지막으로 이 방에 들르고 이틀이 지났다. 이틀 동안 나는 차분하게 안정을 되찾아갔다.

그가 무슨 생각인지, 왜 나를 계속 이곳에 두는지, 왜 블랜치와 함께 호수 밑바닥으로 보내지 않았는지 아직도 이해되지 않는다. 하지만 분명 이유가 있을 것이다. 이유를 알아내고 말 것이다.

그러려면 영리하게 움직여야 한다.

에디보다 영리하게.

이 방에서 살아서 나가려면 그 수밖에 없다.

베는 시간에 맞춰 나왔지만 도로 사정이 나쁜 데다 비까지 내려 늦고 말았다.

약속 장소는 평소 블랜치와 즐겨 찾던 식당 '라 파스'였다. 베는 식당에 들어가 칸막이 자리에 자리를 잡은 블랜치 맞은편에 스르륵 앉았다. 블랜치는 이미 마가리타를 두 잔째 마시고 있었고, 감자칩 바구니는 거의 바닥을 보였다.

베가 자리에 앉자마자 블랜치는 웨이터에게 신호를 보내 자신의 잔과 베를 가리켰다. 베는 표정 관리를 하려고 애썼다. 베도 보통 마가리타를 마시긴 하지만 그날 밤은 술 마실 생각이 없었기 때문이다.

하지만 결국은 짜증이 밴 날카로운 목소리가 나오고 말았다.

"하, 화요일 밤에 마가리타 세 잔이라니?"

블랜치는 태연한 얼굴로 감자칩을 집어 파란 그릇 속 살사소스를 쓱쓱 훑었다.

"왜, 이런 말도 있잖아. 담배가 있다면 피워라!"

블랜치는 밝게 말했지만 베의 귀에는 허세처럼 들렸다.

요즈음 블랜치는 나사가 하나 풀린 듯한 모습인데, 그 이유는 베도 알 수 없었다. 트립 때문일지도 몰랐다. 트립과 블랜치는 결혼한 지 이제 겨우 1년 차인데도 관계에 위태로운 긴장감이 감돌았다. 지난주 베가 술을 한잔하러 부부의 집에 갔을 때도 거의 두 시간 내내 두 사람이 꾸준히 조금씩 서로를 갉아먹는 모습을 지켜봐야 했다. 애정으로 포장한 작은 모욕을 폭탄처럼 주고받는 게 일상이 된 듯했다.

베는 맞은편에 앉은 블랜치를 지켜보다가 블랜치의 부은 두 눈과 칙칙해진 피부를 발견했다. 마가리타를 세 잔이나 마신다고 비아냥거리지 말걸, 베는 후회했다.

두 사람 앞에 술이 놓이자 베는 가장자리에 소금을 두른 묵직한 잔을 들어 올려 블랜치의 잔에 부딪쳤다.

"우리를 위하여. '엘 칼로르'의 끔찍한 설탕 폭탄 칵테일에서 벗어난 것을 기념하며!" 베가 외쳤다.

베의 바람대로 블랜치가 살짝 웃었다. 엘 칼로르는 베와 블랜치가 10대 때 다닌 사립학교 인근의 저렴한 멕시코 음식점이었다. 술을 마실 수 있는 나이가 되기 한참 전부터 두 사람은 거의 매주 금요일 밤마다 그곳을 찾아 가게에서 가장 악명 높은 마가리타를 주문하곤 했다. 거대한 사발에 얼음을 갈아 넣은 마가리타는 새빨갛거나 새파랗거나 샛노랬는데, 그 혼합물을 한번 마시고 나면 입술과 치아도 똑같은 색으로 물들었다.

베는 마지막 학년에 블랜치와 함께 찍은 사진을 아직 간직하고 있었다. 카메라를 향해 블랜치는 보라색 혀를, 베는 주홍색 혀를 내밀고 찍은 사진이었다. 사진 속 두 사람의 눈은 알코올과 젊음으로 빛나고 있었다.

베는 그 사진을 사랑했다.

사진 속 소녀들이 그리웠다.

어쩌면 오늘 밤 그 시절의 소녀들을 조금이나마 되찾을 수 있을지도 몰랐다.

그런데 그때, 메뉴판을 집어 드는 블랜치의 팔목에서 팔찌 하나가 달랑거렸다.

베는 무의식적으로 블랜치의 팔목에 손을 뻗어 팔찌를 살폈다. 얇은 은고리에 앙증맞은 장식이 달린 예쁜 팔찌였다. 장식은 블랜치의 별자리인 전갈자리 문양으로, 다이아몬드가 세공되어 있었다.

"내년에 우리 회사에서 출시할 상품이랑 비슷하다."

베는 팔찌를 더 자세히 보려고 블랜치의 팔목을 뒤집었다.

"우리는 장식 뒤편에 에나멜 처리를 하고 다이아몬드 대신 천연보석을 다양하게 선택할 수 있게 하려고. 너도 하나 줄게."

블랜치가 손을 홱 잡아 빼면서 팔꿈치로 잔을 엎지를 뻔했다. 너무도 갑작스럽고 너무도 공격적인 몸짓이라 아주 잠시 베의 손은 오도 가도 못하고 감자칩과 살사소스 위를 서성였다.

"나는 이 팔찌가 좋아."

블랜치는 메뉴판에 시선을 고정하고 말했다.

"다른 건 필요 없어."

"나는 단지……." 베는 말을 시작하려다가 이내 그만뒀다. 대신 메뉴판을 집어 들었다. 이곳 라 파스에서는 늘 같은 음식을 주문해서 메뉴판을 볼 필요가 없는데 말이다.

그건 블랜치도 마찬가지지만, 마치 메뉴판 위에 우주의 비밀이 암호로 새겨져 있기라도 한 듯 부리토와 엔칠라다를 설명하는 소개 문구를 열심히 노려봤다.

두 사람 사이에 감도는 무겁고 어색한 침묵을 견디며 베는 블랜치에게 언제 마지막으로 이런 감정을 느꼈는지 떠올리려 애썼다. 베는 열네 살 때 처음으로 집을 떠났다. 호화로운 사립학교 생활에 적응하려 애쓰던 그 불안한 시절 가장 힘이 되어준 친구가 바로 블랜치였다.

웨이터가 다가오고, 평소처럼 베는 엔칠라다 베르데를, 블랜치는 토르티야 수프를 주문했다. 그러고 나자 또다시 침묵이 흘렀다. 휴대폰이라도 뒤적여야 하나, 베가 고민하는 사이 블랜치가 물었다. "그래서, 녀석은 잘 지내?"

베는 또다시 짜증이 치밀어 올랐다.

"에디는 잘 있어."

베는 이름을 각별히 강조하며 말했다. 어쩐 일인지 블랜치는 에디를 이름으로 부르는 법이 없었다. 에디는 언제나 '녀석' 가끔은 '그 녀석'이었고, 한번은 사립학교 동창들과의 점심 식사 자리에서 '베랑 만나는 그 어린 남자 친구 씨'로 불리기도 했다.

베는 블랜치가 사람을 무시하는 조의 표현을 즐겨 쓰는 것을 몇 년간 많이도 봐왔지만 자신을 상대로 빈정거린 것은 그때가 처음이었다. 결국 그날 베는 점심 식사 자리를 일찍 뜨고 말았다.

이제 블랜치는 잔에 남은 마가리타를 다 비우고 베의 말을 따라 했다. "에디라." 그러고는 탁자 위로 팔짱을 끼며 몸을 앞으로 숙였다. 낙낙한 블라우스 소맷자락이 팔을 타고 내려와 살사소스가 묻을 듯 위태위태했다.

"난 자기 이름을 그렇게 애칭으로 부르는 남자한테는 전혀 신뢰가 안 가. 애도 아니고, 성인 남자가 말이야. 이름이 로버트면 로버트라고 해야지, 어떻게 바비가 되냐고. 존은 왜 또 조니가 되는 거니?"

"네 말이 맞아. 자기 이름 뒤에 '3세'가 들어갈 때 그걸 굳이 '트립'으로 바꿔 부르는 남자처럼 말이야." 베는 되받아치지 않을 수가 없었다.

블랜치는 베의 말에 놀란 듯 두 눈을 끔뻑이다 이내 웃음을 터뜨리며 의자에 등을 기댔다. 베가 생각지 못했던 반응이었다.

"정곡을 찔렀군. 그래, 내가 졌다. 이년아." 블랜치는 그렇게 말했지만 화가 난 목소리는 아니었다. 두 사람 사이를 감돌던 긴장이 조금 수그러들자 베는 오늘 밤 어쩌면 즐겁게 시간을 보낼 수 있을지도 모른다고 생각했다.

그런데 그때 블랜치가 몸을 앞으로 기울여 베의 손을 덥석 잡았다. 베는 블랜치가 마가리타 세 잔에 마침내 정신이 해롱해롱해졌다는 것을 알 수 있었다. 블랜치의 손아귀는 놀라울 정도로 억셌다.

"베, 진짜 궁금해서 그러는데, 네가 그 남자에 대해 뭘 아니? 해변에서 만났잖아. 누가 여행지에서 남자 친구를 만들어 오느냐 말이야."

"이제 약혼자야. 지난주에 청혼받았어. 그래서 오늘 너한테 저녁 먹자고 한 거야. 알려주려고. 깜짝 놀랐지?" 베는 블랜치의 눈을 보며 말했다.

베는 두 손을 얼굴 양쪽으로 어색하게 펼치고 손가락을 꼼지락대며 미소를 지어 보였지만 다른 여자들처럼 축하받지 못하리라는 것을 알았다. 자신이 블랜치에게 선사해줬던 그런 순간이 오지 않으리라는 것을 직감했다. 잠깐의 침묵 뒤에 꺅 하고 터지는 비명 소리, 눈에 그렁그렁 맺히는 눈물, 주책맞은 포옹, 곧바로 이어지는 브라이덜 샤워 계획, 반지, 드레스, 신혼여행에 관한 소란스러운 질문들.

없었다.

블랜치는, 베의 가장 친한 친구는 베에게 그 순간을 안겨주지 않았다.

그 대신 등받이에 몸을 기대고 충격에 잠겨 입을 벌리고 있었다. 염색한 지 얼마 되지 않은 블랜치의 금발 머리가 너무 밝아서 베는 잠시 맞은편에 낯선 사람이 앉아 있는 것처럼 느껴졌다. 블랜치는 잠시 후또 한 번 어깨를 으쓱하더니 잔에 담긴 얼음을 잘그랑댔다. "뭐, 적어도 혼전계약서를 쓸 때 트립이 아는 사람을 소개해줄 수는 있겠네."

때마침 음식이 나왔고, 웨이터가 그릇을 내려놓는 동안 베는 블랜치만 노려보면서 다시 두 사람만 남게 되기를 기다렸다. 이내 몸을 더 가까이 기울이고 조용히 식식대며 말했다.

"고맙다. 정말 큰 힘이 되네."

블랜치는 두 손을 내던지듯 쳐들었다. 은팔찌가 바싹 마른 팔을 타고 흘러내렸다.

"너 내가 무슨 말을 해주길 바라는 거야? 축하한다고? 해변을 어슬렁대다가 마주친 게 전부인 섹시한 남자랑 결혼해서 다행이라고?"

"그렇게 단순한 만남이 아니었어." 베는 냅킨을 무릎 위에 올려놓으며 흘깃흘깃 주변을 살폈다. 두 사람은 줄곧 낮은 목소리로 말하고 있었지만, 금방이라도 막장 리얼리티쇼 같은 장면이 연출될 것만 같아 베는 가슴이 조마조마했다. 그것만은 피하고 싶었다.

예전의 블랜치라면 베와 같은 마음이었을 것이다. 하지만 지금의 블랜치라면? 빼빼 마르고 술에 취한, 밝은 금발을 한 블랜치라면? 모를 일이었다.

"이해를 못 하는구나." 블랜치가 강한 어조로 말하자 옆 테이블에 앉은 여자가 눈썹을 살짝 치켜세우며 흘끗 쳐다봤다.

"넌 이제 부자야. 그것도 보통 부자가 아니라고. 성공한 변호사나 의사 정도가 아니잖아. 평생 놀고먹어도 될 만큼 돈을 벌고 있다고. 그 남자도 그걸 아는 거라고."

"그래, 그래서 에디가 나를 좋아하는구나? 내가 부자라서?" 베는 온몸의 피가 쏠리는 듯 얼굴이 뜨거웠지만 몸의 다른 부분은 전부 차갑게 식어감을 느꼈다.

"그러는 너는? 내가 부자라서 거슬리지? 내가…… 내가 불쌍해서 네가 뭐라도 베풀 수 있었을 때, 너는 그때가 더 좋았겠지."

블랜치는 그 말에 코웃음을 치며 등받이가 덜커덩할 정도로 몸을 세게 젖혔다. "그래, 좋아. 나는 네가 상처 받을까 봐 이러는 거야. 잘해 준다고 홀라당 넘어가면 안 된다는 걸 알려주려는 것뿐이라고. 하지만 네 생각이 그렇다면, 더 말해봐야 내 입만 아프지."

베는 이제 거의 몸을 바들바들 떨었다. 몇 술 뜨지도 않은 음식을 옆으로 치우고 잔을 들었다. 얼음이 녹은 마가리타는 짜고 시고 자극적이었지만, 아무튼 마셨다.

"조심해서 나쁠 거 있어?" 블랜치의 표정이 누그러졌다. "너는 그 남자를 거의 모르잖아. 만난 지 얼마나 됐니, 한 달?"

"세 달이야." 베가 응수했다. "그리고 내가 알아야 하는 건 다 알아. 그가 나를 사랑한다는 걸 알고, 내가 그를 사랑한다는 걸 알아."

블랜치의 얼굴이 뒤틀렸다. "그래. 사랑이 최고지."

"네가 지금 트립이랑 안 좋다는 건 알지만……."

"우리는 '안 좋은' 게 아니야." 블랜치는 손가락으로 허공에 따옴표를 그리며 말했다.

"결혼은 네가 생각하는 것보다 훨씬 더 복잡해." 그러더니 고개를 젓고 포크를 내려놓았다. "그래도 그 남자는 섹시하고 너는 부자니까, 애, 어쩌면 너희 두 사람한테는 간단한 일일 수도 있겠다. 어쩌면 그게 순탄한 결혼 생활의 비결일지도?"

베는 이제 화가 나지 않았다. 마치 누군가가 플러그를 뽑기라도 한 것처럼 분노가 순식간에 사라져버렸다.

블랜치는 베를 질투하고 있었다.

그게 전부였다.

블랜치는 질투했다. 베의 재산을 질투하고, 베의 성공을 질투하며, 지금은, 베의 남자를 질투하고 있었다.

베는 블랜치가 자신이 가진 것을 조금이라도 탐하리라고 상상한 적이 없었다. 그런데 지금 블랜치는 베의 모든 것을 원하고 있었다.

그렇게 생각하자 베는 한층 수월하게 블랜치의 손을 다정스레 잡을 수 있었다.

"우리 휴전하자. 결혼식 날 신부랑 들러리가 말도 안 하고 어색하게 서 있을 수는 없잖아?"

블랜치는 코웃음을 쳤지만 잠시 후 베의 손을 꼭 맞잡았다.

Part 3

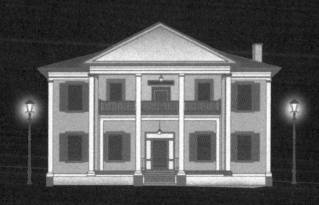

제인

10

에디의 이불에서는 부드러운 **냄새**가 났다. 이불에서 이런 냄새가 날 수 있다니, 여태껏 모르고 살았다.

매일 아침 커다란 쿠션형 프레임 침대에서 눈을 뜰 때마다 나는 이불을 코까지 끌어올리고 숨을 들이마시면서 어쩌다 내 팔자가 이렇게 좋아졌는지 생각한다.

에디네 집에서 살다시피 한 지도 2주가 되어간다. 이제 나는 부드러운 리넨 이불에 코를 킁킁대다 오후가 되면 거실로 나와 플러시* 소파에 폭 파묻혀서는 초대형 TV로 하찮은 리얼리티쇼를 본다.

이곳을 절대 떠나지 않으리라.

나는 침대에서 천천히 빠져나와 내 발을 기다리는 플러시 러그 위로 발가락을 웅크렸다. 침실에 있는 모든 것이 조화로우면서 호화로웠다. 어두운 빛깔의 목재, 짙은 파랑, 드문드문 보이는 회색빛. 무채색을 바탕으로 남성적인 느낌을 주는 공간이었다.

• 벨벳과 비슷하나 모장이 더 길고 두툼한 고급 직물.

에디는 침실에서 베의 스타일을 지워낸 듯했다. 그전에는 침실 역시 집 안의 다른 공간처럼 어지럽고 쨍한 색감이 가득했을 것이다. 짙은 청록색과 밝은 노란색, 선명한 자홍색이 군데군데 존재감을 드러냈을 것이다. 하지만 여기 이 공간에서만큼은 에디만 보인다.

그리고 이제 나도 존재한다.

슬렁슬렁 들어선 주방에 에디가 있었다. 벌써 출근 준비를 마친 모습이었다.

미소를 짓는 에디의 손에서 커피가 김을 내뿜고 있었다.

"좋은 아침." 에디가 커피를 건네며 말했다. 내가 이 집에서 눈을 뜬 첫날 아침, 에디는 우리가 처음 만난 날처럼 아무것도 더하지 않은 블랙커피를 내려주었다. 나는 에디에게 사실 블랙커피를 그다지 **좋아하지** 않는다고 수줍게 고백했고, 곧 주방에는 비싼 우유 거품기와 온갖 종류의 값비싼 시럽이 들어왔다.

오늘의 커피는 시나몬 향을 풍겼다. 나는 향을 음미한 뒤에 커피를 한 모금 마셨다.

"어떻게 말을 꺼내야 할지 모르겠지만, 내가 당신이랑 자는 이유는 커피 때문이야."

내 말에 에디가 장난스럽게 한쪽 눈을 찡긋했다.

"커피 타는 실력 빼면 시체지."

"뭐, 다른 장점도 조금 더 있는 것 같아."

"고작 조금?" 에디는 나를 흘끔 보더니 눈썹을 치켜세웠다.

나는 엄지와 검지를 들어 올려 가까이 모았다. 에디가 웃음을 터뜨렸는데, 그 웃음에는 커피처럼 따뜻한 온기가 담겨 있었다.

에디가 좋다. 그 마음은 피할 길이 없다. 집이나 돈 때문만은 아니다. 물론 그의 집과 돈에 반한 것도 사실이지만, 믿어달라. 나는 에디와 함께 있는 것이…… 좋다.

에디도 **나를** 좋아한다. 내가 만들어낸 모습뿐만이 아니라 문득문득 나오는 나의 진짜 모습을, 이제 굳이 감추려 하지 않는 그 모습도 좋아한다.

그에게 진짜 내 모습을 더 보여주고 싶기도 하다. 이런 기분은 정말 오랜만이다.

에디는 다시 개수대로 몸을 돌려 커피잔을 헹구며 말했다.

"자, 오늘 계획은?"

지난 2주 동안 이 순간을 기다려왔다. 하루 종일 무얼 하느냐고 물어봐주길 바랐다. 아직도 빌어먹을 개 산책 아르바이트를 하고 있다는 걸 에디가 알아주길 바랐다. 에디의 집에 기거하면서 에디가 사놓은 음식을 먹지만, 그 외에 모든 것은 아직 스스로 해결하고 있다. 내 돈으로 차에 기름을 넣고, 내 돈으로 옷이며 잡화를 사고, 집세도 계속 내고 있다.

"개 산책." 짧은 대답에 에디가 고개를 들고 살짝 얼굴을 찌푸렸다.

"여태 그 일을 하는 거야?"

그에게서 느껴지던 온기가 살짝 식었다. 내가 하루 종일 무얼 하리라 생각한 거지? 그저 빈둥거리면서 자기가 돌아오기만을 기다린다고 생각했나?

그래도 나는 태연하게 어깨를 으쓱하며 스툴에서 일어났다.

"응. 돈을 벌어야 하니까."

에디는 얼굴을 찡그리며 주방 곳곳에 놓인 서던 매너스 수건 하나에 손을 닦았다. 수건에는 깔끔하게 한 입 베어 문 듯한 수박 한 조각이 그려져 있었다. "필요한 게 있으면 내 카드로 마음껏 사. 오늘 당좌예금에 당신을 추가해놓을게. 서던 매너스 계좌가 아니라 내 개인 계좌야. 서던 매너스 계좌를 쓰려면 서류 작업이 복잡한데, 그것도 결국은 처리할 수 있을 거야."

나는 에디가 수건을 뭉치고 몸을 돌려 주방 옆 세탁실에 던져 넣는 동안 그 자리에 그대로 서 있었다.

에디 같은 사람에게는 그게 그렇게 쉬운 일인가? 수천 혹은 수만 달러를 쓰게 해주면서 마치 별일 아니라는 양, 나는 그냥······ 받으면 된다고? 필요한 게 있으면 마음껏 사라고?

어쩌면 이런 것일지도 모르겠다. 에디는 내가 덥석 받으리라고는 결코 생각하지 못한 거다. 누구도, 특히 여자가 그럴 거라고는 생각하지 못한 거다.

하지만 이런 상황이야말로 내가 딱 원하던 바였기에 나는 미소를 지으며 고개를 살짝 흔들었다.

"그건······ 그건 정말 엄청난 제안이야, 에디. 고마워."

"내 여자가 쓰지 못하면 돈은 벌어서 뭐 하겠어."

에디는 조리대를 빙 둘러 다가와 한쪽 팔을 내 허리에 두르고 내 머리에 코를 비벼댔다.

"또 한 가지." 에디가 몸을 떼고 말했다. "살던 집을 정리하고 여기로 오는 게 어때? 정식으로."

나는 한 손으로 가슴을 누르며 내가 꾸며낼 수 있는 가장 유혹적인 표정을 지어 보였다. "에드워드 로체스터, 지금 같이 살자는 말인가요?"

에디는 문을 향해 뒷걸음을 걸으며 또 한 번 씩 웃었다. "그런 것 같네. 그렇게 해줄 거지?"

"아마도." 내 말에 에디가 더욱 활짝 웃으며 돌아섰다.

"카드는 문 옆에 놓고 갈게!" 에디가 외쳤다. 대리석 위로 플라스틱이 가볍게 떨어지는 소리가 들리고 이어서 문이 열리고 닫히는 소리가 났다. 이제 집에는 나만 남았다.

내 집에.

나는 커피를 한 잔 더 내린 후 위층을 올라 욕실이 딸린 거대한 침실로 갔다. 내가 이 집에서 가장 좋아하는 공간이었다.

저택의 다른 공간들처럼 욕실도 어마어마하게 넓었지만 기가 눌릴 정도는 아니었다. 물론 여기에도 베의 도장이 찍혀 있었다. 에디가 이곳을 꾸몄더라면 아마도 더 산뜻하고 현대적인 느낌이 났을 테다. 지금 이 욕실 내벽은 대리석과 구리 자재를 주로 사용한 데다 바닥은 충격적이게도 중앙에 목련이 그려진 모자이크 타일을 깔았다.

나는 맨발로 타일의 짙은 초록색 잎 하나를 쓱 문지르고는 욕조로 향했다.

존의 아파트에도 욕조가 있지만 술에 취하지 않고는 쓸 엄두가 안 날 정도로 소름 돋는 욕조다. 비좁고 구석구석 검은 곰팡이가 핀 데다 존이 벌거벗은 몸으로 욕조에 앉아 있는 모습은 상상만으로도 너무도 끔찍해서 발을 디딜 생각조차 하지 않았다. 욕조 목욕은 커녕 언제나 세상에서 가장 빠른 속도로 샤워를 끝냈고, 샤워 커튼이 몸에 닿을 때마다 몸을 움츠렸다.

젠장, 나는 여기서 이런 욕조를 쓸 자격이 있다.

욕조 가장자리에 걸터앉아 몸을 숙여 온수를 틀고 손으로 온도를 점검했다. 다른 손에는 아직 커피잔이 있었다.

이제 매일, 영원히 이 안에서 몸을 씻을 것이다. 이런 아침을 보낼 것이다. 더는 센터포인트에서부터 차를 몰고 오지 않을 것이다. 더는 개를 산책시키지 않을 것이다.

일단 목욕이 끝나면 옷을 입은 후 작고 우중충한 아파트로 갔다가 그곳에 있었던 모든 일을 묻어버리고 다시는 뒤돌아보지 않을 것이다.

나는 에디가 "실용적인 차"라고 부르는 벤츠 SUV를 타고 마운틴브룩의 그늘진 군락을 지나 센터포인트의 쇼핑센터로, 내가 살았던 볼품없는 아파트 단지로 향했다.

낡아빠진 현대자동차를 주차하던 공간에 이렇게 좋은 차를 주차하자니 기분이 이상했다. 새 가죽 샌들을 신고 콘크리트 계단을 오르는 기분은 훨씬 더 이상했다. 뒷굽이 바닥에 닿을 때마다 딸깍이는 소리가 너무 커서 나는 몸을 움찔거렸다.

어쩐지 234호라는 숫자가 평소보다 우중충해 보인다고 생각하면서 가방에서 열쇠를 꺼냈다.

열쇠를 꽂는데, 이상하게도 문이 잠겨 있지 않았다. 나는 인상을 쓰며 안으로 들어갔다. 존이 멍청하긴 해도 부주의한 유형은 아닌데.

그 순간 부주의한 사람은 나라는 걸 깨달았다. 여기 오기 전 아침에 교회로 전화를 해봤어야 했다. 존이 출근을 했는지 확인했어야 했다. 소파에 앉아 내 아프가니스탄 담요를 두르고 지루한 아침 방송을 보고 있는 존과 마주칠 수도 있다는 생각을 했어야 했다.

"돌아오셨군." 존이 입안 가득 시리얼을 물고 말했다. 존은 끼니 마다 아이들 군것질거리로 만들어진 시리얼 따위의 저렴한 설탕 범벅 쓰레기를 먹는다고 해도 놀랍지 않은 인간이었다. 브랜드 이름이 적힌 제품을 먹는 모습은 한 번도 본 적이 없다. 지금 퍼먹고 있는 시리얼이 뭔지는 몰라도 우유가 흙탕물처럼 잿빛이었다. 나는 굳이 역겨운 표정을 감추지 않으며 물었다. "교회에 있을 시간 아니야?"

존이 TV에 시선을 고정하고 어깨를 으쓱했다. "휴가야."

아주 좋군.

고개를 돌린 존의 눈이 살짝 커졌다. "그 옷, 어디서 났어?"

그런 말은 아껴뒀다가 채팅으로 만난 여자 친구들한테나 써먹으라고 빈정대고 싶었지만, 그랬다가는 존을 상대하는 시간만 길어질 게 뻔했다. 그것만은 정말 피하고 싶었기 때문에 나는 그저 한 손을 휙 내젓고 내 방으로 향했다.

방문을 닫고 나온 것을 똑똑히 기억하는데 지금 보니 열려 있었다. 입술을 꽉 다물었다. 짜증이 치밀었다. 그래도 침대는 정리해둔 그대로였고 서랍을 열어보니 사라진 속옷도 없어 보였다. 다행이었다, 그나마.

침대 밑으로 손을 넣어 낡은 운동 가방을 꺼낸 다음 지퍼를 열다가 문득 손을 멈추고 주위를 둘러봤다.

내 방이 우중충하다는 건 알고 있었다. 흡사 감옥처럼 답답한 분위기를 풍겨서 아무리 가꿔도 지저분해 보였다.

에디의 집에서 2주를 보내고 온 지금은?

더더욱 가져가고 싶은 물건이 하나도 없었다.

이 답답함을, 싸구려 천을, 너덜너덜해진 모서리를, 방 안의 모든 것을 다 뒤로하고 떠나고 싶었다.

그 이상으로,

전부 다 불태워버리고 싶었다.

방을 나설 때 내 손에 들린 것은 아무것도 없었다. 운동 가방도 다시 침대 밑에 처박아버렸고, 존이 내 속옷을 가지고 마음껏 변태 짓을 해도 이젠 상관없었다. 손필드 주택 단지에서 슬쩍해온 자질구레한 장신구와 보물도 필요 없었다.

존은 이제 TV를 끄고 소파에 앉아 나를 바라봤다. 소파 위에 접어 올린 무릎 위로 여전히 아프가니스탄 담요를 두르고 있었다. 내가 담요를 내놓으라고 할 줄 알았는지 히죽히죽 웃는 얼굴이었다. 존은 무언가 선을 아슬아슬하게 넘는 말을 하고 싶은 듯 보였다. 가령 지금 자신이 담요 밑에서 역겨운 짓을 하고 있는지 아닌지(물론 그는 역겨운 게 맞다) 맞춰보라는 질문이라든가.

저 담요 역시 존이 가져도 좋았다.

"나, 여기서 나간다." 두 손을 뒷주머니에 찔러 넣으며 서론 따위 없이 말했다. "월세는 정산해서⋯⋯."

"네 마음대로 나갈 수 있는 게 아니야."

가슴속에서 분노가 일었다. 그런데 바로 이어서 전혀 다른 감정이 타올랐다.

즐거움이었다.

다시는 이 개자식의 얼굴을 볼 일이 없었다. 이 우울한 아파트에서 잠을 자거나 졸졸 떨어지는 미지근한 물을 맞으며 서글프게 샤워할 일도 없었다. 다시는 존 리버스에게 돈을 건네려 주머니를 뒤적일 일도 없었다.

"그래도 나는 **나가**. 무조건."

존이 눈살을 찌푸렸다. "2주 전에 통보해야 해." 나는 이제 고개까지 뒤로 젖히며 깔깔댔다.

"너는 내 집주인이 아니야. 그저 작고 애처로운 남자애지. 나를 여기 살게 해주면 내가 너랑 자줄 거라고 생각한 가여운 남자애. 게다가 집세도 바가지 씌웠고."

존의 목에서부터 스멀스멀 검붉은 빛이 올라왔고, 곧 아랫입술이 살짝 튀어나왔다. 나는 다시 한번 이게 끝이라서, 존과 말을 섞어야 하는 마지막 순간이라서 크게 안도했다.

이제 곧 존 리버스 같은 사람은 내 인생에서 먼지 한 톨 남기지 않고 사라질 것이다. 벌써부터 그의 형체가 희미하게 보이기 시작했다.

"너랑 자고 싶던 적은 한 번도 없어." 존이 웅얼댔다. 여전히 샐쭉한 얼굴이었다. "섹시하지도 않아, 넌."

예전이었다면 저 말이 가슴에 콕 박혔을 것이다. 아무리 존 같은 인간이 내뱉은 말이라 해도 자존심이 상했을 것이다. 나는 늘 내가 얼마나 완벽하게 평범한지, 작은지, 별 특징이 없는지 의식하며 살아왔다. 그에 비해 베는 눈이 커다랗고 광대가 볼록 솟은 예쁜 얼굴과 윤기가 흐르는 검은 머리칼을 가졌다. 베의 몸은 어쩐지 육감적이면서도 동시에 늘씬해서 일자로 죽 내려오는 소년에 가까운 내 몸과는 매우 달랐다.

하지만 에디가 나를 원했다. 작고, 평범하고, 지루한 나를.

그 덕분에 나는 처음으로 나를 아름답다고 느낄 수 있었다. 그리고 영향력이 있는 사람이라고도.

그래서 나는 존을 향해 만족스러운 웃음을 지었다. "계속 그렇게 혼자 지껄여보시든지." 그 말과 함께 돌아서서 나가버렸다.

등 뒤로 문이 닫히는 소리가 시원하게 들렸다. 뒷굽이 콘크리트 바닥을 딱딱 때리는 소리가 어찌나 크게 울리는지 신이 날 지경이었다.

꺼, 져. 걸음에 박자를 맞추며 머릿속으로 외쳤다. **꺼, 져. 꺼, 져.** 연신 싱글대며 벤츠에 다다른 나는 열쇠의 작은 버튼을 눌러 문을 열었다. 그런데 주차장 바로 건너편에 주차된 빨간색 차가 어쩐지 눈에 익었다. 처음에는 여기 사는 사람 중에 저렇게 좋은 차를 모는 사람도 있다니 별일이라고 생각했다.

에디가 운전석 문을 열고 나와 나를 향해 걸음을 뗄 때는 모습을 보고 나서야 저 차의 주인이 에디라는 사실을 온전히 받아들일 수 있었다. 그가…… 여기에 있다. 센터포인트에, 이 구린 아파트 단지에.

이곳에서 에디를 마주치리라고는 꿈에도 생각하지 못했다. 당장 여기서 벗어나 내 차로(그의 **차**라고, 망할 머리가 고쳐준다) 도망가고 싶은 충동이 본능적으로 들었다.

"이봐, 예쁜이!" 에디가 내게 다가오며 외쳤다. 그의 손가락에서 열쇠가 달랑거렸다.

"날 미행한 거야?" 나는 그만 불쑥 내뱉고 말았다. 선글라스 안으로 표정을 숨길 수 있어서 다행이었다. 에디가 **나를 미행하다니,** 이상할 정도로 에디답지 않은 행동과 그가 지금 **여기에** 있다는 사실 때문에 당최 진정이 되지 않았다. 두 번 다시 오지 않을 곳이지만 그건 중요하지 않았다. 이곳을 에디가 봐버렸다는 사실에 주저앉아 울고 싶었다.

에디는 한숨을 내쉬며 두 손을 뒷주머니에 찔러 넣었다. 바람이 그의 머리칼을 헝클어뜨렸다. 이 주차장에, 이런 형편없는 삶에 들어온 에디가 어색해 보였다.

현기증이 일면서 머리가 팽 돌았다.

"나도 알아. 미친 짓이고, 해서는 안 되는 일이라는 걸." 에디가 말했다.

이어 에디는 멋쩍다는 듯 웃었다. 그는 밝은 햇살 아래 선글라스를 쓰지 않은 눈을 살짝 가늘게 뜨고 있었다.

"그런데 당신이 나를 미치게 하잖아. 어쩌겠어?"

햇볕이 쨍쨍 내리쬐고 있는데도 한기가 들었다.

에디는 분명 낭만적인 사람이다. 열정적인 사람이다. 하지만 이건…… 에디답지 않았다.

그를 안 지 얼마 안 됐잖아. 어쩌면 그를 잘 모르는지도 몰라, 나는 그렇게 곱씹었다.

이 상황에서 취할 수 있는 행동은 단 하나였다. 나는 눈을 굴리며 에디를 따라 웃었다. "너무 유치하잖아." 이렇게 말하면서도 기쁜 표정을 짓는 것을 잊지 않았다. 아랫입술을 힘껏 당겨가며 진심인 듯 크게 웃었다.

효과가 있었는지 에디의 어깨가 안도감으로 살짝 내려갔다. 에디는 한 발 앞으로 다가와 두 팔로 내 허리를 쏙 감았다.

나는 그의 가슴에 이마를 묻으며 그를 들이마셨다. **너는 지금 바**

보처럼 굴고 있어, 나 자신에게 말했다. 나를 속이고 조종하려 드는 남자들에게 익숙해진 나머지 경계하지 않아도 되는 상황에서조차 그런 남자들의 환영을 보는 것이다. 어쩌면 에디는 누군가에게 푹 빠지면 살짝 도를 넘는 그런 유형일지도 몰랐다. 내가 아직 파악하지 못한 에디의 모습들이 많을 수도 있다.

"댁이 남자 친구요?"

우리는 동시에 고개를 돌렸다. 존이 티셔츠와 늘어진 운동 바지 차림으로 계단에 서 있었다. 신발도 신지 않은 데다 기름진 머리가 삐죽삐죽 튀어나온 저 꼴을 보고 있자니 새삼 에디와 존이 같은 종이라는 사실이 믿어지지 않았다.

"그런 것 같네요." 에디가 대답했다. 목소리는 부드러웠지만 나는 그의 몸이 살짝 굳고 근육이 긴장되었음을 느꼈다.

"끝내주네." 존이 중얼댔다. 존의 두 눈이 우리 두 사람을 바쁘게 오갔다. 여기서 무슨 일이 벌어지고 있는지 이해하려 애쓰는 움직임이었다.

그런 존을 보며 에디는 여전히 미소를 짓고 있었다. 친절하고 여유가 넘쳤지만 무언가 알 수 없는 기운이, 어둡고 격렬한 기운이 뿜어져 나왔다. 흘깃 내려다보니 에디는 손을 주먹으로 말아 쥐고 있었다.

하지만 존은 눈치채지 못하고 계단을 내려와 우리 바로 앞에 섰다. 존의 땀 냄새와 그가 조금 전까지 먹던 시리얼의 단내가 풍겨올 만큼 가까웠다.

"제인이 나가려면 2주 전에 나한테 통보해야 하는데요." 존의 말에 에디의 눈썹이 위로 솟았다.

"아니야. 그런 건 없어." 내가 말했다.

"있어." 존은 고집을 피워서라도 주도권을 쥐려는 듯했다. 그 절박한 몸짓을 이해한다고 해서 나아지는 건 하나도 없었다. 가슴에서부터 스멀스멀 열이 올라와 얼굴이 살짝 얼얼할 정도로 뜨겁게 달아올랐다.

"내 변호사한테 관련 서류를 보내시죠." 에디가 지갑을 뒤져 명함을 한 장 꺼냈다. 에디는 명함을 건네면서도 여전히 미소를 거두지 않았다. 존은 명함과 에디의 얼굴을 번갈아 휙휙 바라보더니 명함을 받아 들었다.

"그러죠." 존은 그렇게 말했지만, 나는 존 리버스가 어떤 서류도 보내지 않을 거라는 걸 알았다. 존의 이런 헛소리는 달리 선택지가 없는 여자한테나 겨우 통하는 거였다. 에디 같은 사람에게는? 좋은 차를 몰고 '내 변호사'를 예사로 쓸 수 있는 사람한테는? 존은 무엇도 얻지 못할 것이다.

하지만 존은 참지 못하고 마지막 일침을 놓았다. 존의 시선이 내게로 미끄러지듯 옮겨왔다.

"잘해보쇼. 얘는 더럽게 감당하기 힘든 애니까."

목구멍까지 차오르는 수치심에 질식할 것만 같았다. 너무 싫다. 저 개자식이 한때 내 삶의 일부였다는 것을 에디가 알아버렸다. 에디와 만나기 전 내가 가졌던 모든 것이 얼마나 추레했는지를 에디가 똑똑히 봐버렸다.

에디는 한쪽 팔을 내 허리에 쓱 두르며 잠시 나를 껴안았다. "제인, 내 차에서 휴대폰 좀 가져다줄래? 혹시 다른 문제가 생길지도 모르니까 존의 전화번호를 받아두려고."

예상과는 전혀 다른 반응에 나는 고개만 끄덕이고 주차장을 가로질러 에디의 차로 향했다.

뒤 범퍼에 도착한 나는 고개를 돌려 힐끗 에디와 존을 봤다.

두 사람은 아까보다 거리가 가까웠는데, 에디가 머리를 낮추어 존에게 무어라 말하고 있었다.

에디는 존의 몸에 손끝 하나 대지 않았고, 우월한 키를 이용해 존을 압도하거나 위협하지도 않았지만 에디의 몸 선 하나하나가 어딘가 폭력적인 분위기를 자아내고 있었다. 마음 같아서는 존을 들어 차 유리창에 던져버리고 싶다는 게 느껴졌다.

존 역시 멍청하긴 해도 나와 같은 것을 봤는지 얼굴이 창백했다. 미소를 머금은 에디가 무슨 말을 했는지는 몰라도 존은 그 말을 듣고 뒤로 물러서며 계단을 올랐다. 두 손을 바지 주머니에 깊이 찔러 넣고 허둥대다가 발을 헛디뎌서 풍차를 돌리듯 두 팔을 허우적댔다. 에디는 존을 잡아주지 않고 알아서 균형을 잡을 때까지 내버려뒀다. 존은 마지막으로 비열한 눈빛을 내게 던지고는 돌아서서 아파트 계단을 마저 올랐다.

존은 이제 사라졌다. 다시는 그와 엮이는 일이 없으리라.

에디가 차를 향해 걸어왔다. 발걸음이 가벼워 보였다. 마치 아무 일도 없었다는 듯 편안한 분위기였다.

에디가 두 손을 내밀어 내 손을 잡고 힘을 줬다.

"저 얼간이랑 사귄 적 없다고 말해줘." 에디가 씩 웃으며 말했다. 그를 안고 싶은 충동에 몸이 살짝 떨리지 않았다면 거짓말이다. 그가 너무 가까워서일까? 아니면 존이 얼쩡거리지 못하도록 보호해준 모습에 흥분한 걸까?

어느 쪽이든 나는 에디에게 몸을 더 밀착하고 꾸밈없이 말했다.

"내가 남자 보는 수준이 그 정도는 아니야."

에디는 미소를 거두지 않은 채 몸을 숙여 내 코끝에 키스했다.

"나와 사랑에 빠졌는데 당연하지."

11

손필드 주택 단지의 부인들과 '우연히' 마주치는 첫 장면을 계획하기까지 오랜 시간이 걸렸다. 그도 그럴 것이, 그 순간은 완벽해야 했다. 단 한 번의 기회로 강렬한 인상을 남겨야 했다. 빌리지 안에서 마주친다면 로스티드에서 우연히 마주치는 게 좋을지 혹은 인도를 거닐다가 맞닥뜨리는 게 자연스러울지 고민이 되었다. 팔에는 값비싼 부티크 가방을 하나 걸어야 하나.

몇 시간째 시나리오를 머릿속에 그려보는데, 그럭저럭 만족스럽기는 해도 소금 한 스푼이 덜 들어간 듯 심심했다.

아니면 정말 과감하게, 여자들에게 문자메시지를 보내서 에디의 집으로 점심을 먹으러 오라고 초대하는 방법도 있었다. 하지만 집에는 아직 베의 취향이 가득해서 내가 베의 흉내를 내는 미물처럼 보일까 봐 걱정이었다.

그때 에밀리 클라크와 캠벨 리드가 동네에서 아침 산책을 즐긴다는 사실이 떠올랐다. 그러자 시나리오를 어떻게 전개해야 할지 확신이 섰다.

그래서 나는 지금 이렇게 손필드 주택 단지를 걷고 있다. 아델과 함께.

돈을 받지 않고 개를 산책시켜보니 참 재미있다. 날씨도 좋고, 아델도 나를 잘 따른다. 아델은 새로운 것을 발견할 때마다 어깨 너머로 나를 돌아보며 꼬리를 흔들고 강아지 특유의 엷은 미소를 짓는데, 그 모습이 정말 사랑스럽다.

어쩌면 이제 내 강아지라서 더 좋은지도 모르겠다. 베가 사라지고 한참 뒤에 입양한, 나와 에디가 함께 기르는 강아지라서 더 애정이 가는지도.

에디와 나 사이에 우리 둘만의 것이 생겼다는 생각에 잠긴 나머지 하마터면 에밀리와 캠벨이 나를 발견하는 순간을 놓칠 뻔했다.

멀리서 두 사람이 보였다. 두 사람은 복장을 맞춘 것처럼 밝은 형광색이 들어간 흰 운동화를 신고, 얼굴의 반을 가릴 정도로 거대한 선글라스를 쓰고 있었다.

표정을 전부 볼 수 없어서 아쉬웠지만 에밀리가 입술을 살짝 벌리는 모습과 캠벨이 걸음을 멈칫멈칫하는 모습만으로도 마음이 흡족했다.

"제인?"

에밀리가 다가왔다. 뒷짐을 지고 느긋하게 걸어오는 캠벨보다 빠른 속도였다.

"아, 안녕하세요!" 나는 한 손을 들어 머리칼을 귀 뒤로 넘긴 다음 수줍다는 듯 살짝 고개를 숙였다.

"개 산책, 그만둔 거 아니었어?" 에밀리가 아델을 흘끗 내려다보며 물었다. 나는 목줄을 짧게 감으며 살짝 웃었다.

"맞아요. 가볍게 운동 삼아 아델이랑 나온 거예요."

딸깍, 퍼즐이 맞춰지길 기다렸다. 퍼즐은 두 사람이 직접 맞춰야 했다. 친절하게 떠먹여주면 내가 우쭐댔다는 소문만 퍼질 게 분명했다.

아, 오해는 말길. 나는 지금 대단히 우쭐하다. 하지만 에밀리와 캠벨 그리고 캐럴라인 매클래런과 적으로 지낼 게 아니라면 대놓고 으스댈 수야 없다. 개 산책 도우미가 아닌 에디의 여자 친구로 성공적으로 데뷔하려면 이 사실을 어떻게 알리는지가 중요하다.

"에디가 강아지를 주기라도 한 거야?" 에밀리의 물음에 맥 빠진 한숨이 나오려는 걸 간신히 참았다. 에밀리는 착하긴 한데 눈치가 없다. 캐럴라인이 이 자리에 있었다면 일이 훨씬 수월하게 풀렸을 것이다.

다행히 캠벨이 나섰다. 캠벨은 선글라스를 머리 위로 밀어 올리며 휘둥그레진 눈으로 나를 쳐다봤다. "제인이 바로 그 베일에 싸인 여자로구나!" 그러더니 에밀리를 팔꿈치로 쿡 찔렀다. "기억하지? 에디가 누굴 만나는 거 같다고 내가 그랬잖아."

에밀리의 턱이 만화 영화처럼 턱 하고 떨어졌다. 입에서는 "와" 하는 소리가 새어 나왔다.

나는 목줄을 잡지 않은 손을 내저으며 자세를 고쳐 잡았다. "정말 갑자기 그렇게 됐어요. 아직 알아가는 단계이기도 하고요. 먼저 말씀드리기가 어색해서……." 나는 말꼬리를 흐리고 눈을 굴리며 살짝 앓는 소리를 냈다. "아, 지금 **정말** 어색하네요."

지난 몇 년간 배운 또 하나의 요령이다. 사람들은 자신이 우위에 있다고 생각할 때 상대를 훨씬 쉽게 신뢰한다. 벌써 캠벨의 표정이 부드러워졌고, 에밀리의 얼굴에는 진심 어린 미소가 퍼져나갔다.

나는 위협적인 존재도 아니고, 침입자도 아니다. 그저 '터무니없게 운이 좋고 본인도 그 사실을 잘 아는 착한 제인'이다.

그 정도는 에밀리와 캠벨도 받아들일 수 있다.

에밀리가 친근하게 내 팔을 찰싹 때리며 놀렸다. "이런 깍쟁이 같으니라고." 현실에서 깍쟁이라는 말을 쓰는 사람을 처음 보지만, 에밀리의 입에서 나오니 적절한 단어처럼 들렸다.

에밀리는 정확히 내가 원하던 대로 자신의 집 방향을 가리켰다. "길에서 듣기에는 너무 아까운 이야기잖아. 우리 집으로 가자."

에밀리의 집에 손님으로 오니 기분이 색달랐다.

나는 아델을 뒤뜰로 내보내 메이저와 커널과 놀게 하고, 내게 꼬리를 흔드는 개들을 보며 미소를 짓고는 다시 주방으로 들어섰다. 캠벨과 에밀리가 조리대 앞에 서 있었다. 내 이야기를 하고 있었는지 내가 들어서자 순식간에 고개를 들고 서로에게서 살짝 떨어졌다. 그래도 나를 경계하거나 불편해하는 기색은 없었다. 그저 놀란 듯했다.

솔직히 관심을 받으니 기분이 좋았다.

에밀리가 착즙기에 과일 조각을 밀어 넣자 모터가 윙윙하고 돌아가며 짙고 걸쭉한 초록색 주스를 뱉어냈다. 나는 한 잔을 받아 미소를 지으면서 조금씩 홀짝였다.

생강 한 주먹을 잔디 깎는 기계에 던져 넣은 맛이 났다. 에밀리나 캠벨 같은 여자들이 마시는 거니까 젠장, 앞으로 이런 맛에 입맛을 길들여야지, 뭐.

"자아아아." 에밀리가 모음을 길게 빼며 운을 뗐다. 조리대에 몸을 기대고 주먹으로 턱을 괸 모습이 마치 파자마 파티에 온 10대 같았다. "우리한테 다 들려줘."

나는 웃으며 어깨를 으쓱했다. "그게, 그렇게 재미있는 이야기는 아니에요. 우연히 에디랑 대화를 나누게 됐는데, 에디가 커피를 마시자고 했고, 그러다가……." 나는 말끝을 흐리고 싱긋 웃으면서 얌전히 조리대를 내려다봤다.

이야기란 자고로 하나하나 읊어주기보다는 상상에 맡기는 편이 낫다.

하지만 캠벨은 구체적인 내용을 원했다. 캠벨이라면 물론 그렇겠지.

"그래서, 지금 두 사람은 어떤 관계예요?" 캠벨이 손톱으로 유리잔을 톡톡 두드리며 물었다. 검지에는 처음 보는 금반지가 있었다. 다이아몬드가 알알이 박힌 얇은 반지였다. 나는 반지를 쳐다보지도, 원하지도 않으려고 애썼다. "다시 말해 진지한 관계예요?"

캠벨은 미소를 머금은 채 고개를 아래로 기울이며 나와 눈을 마주쳤다. 캠벨과 에밀리, 캐럴라인에게서 천 번쯤 봐왔던, 짓궂은 일을 공모하는 듯한 '여자들의 대화' 자세였다. 하지만 지금 턱 근육을 샐룩대는 캠벨의 두 눈은 어딘가 매정했다.

조심하자, 조심하자.

아주 잠시 나는 다시 힘없는 순진한 소녀로 돌아갈까 생각했다. "아, 잘 모르겠어요. 그냥 흘러가는 대로 두려고요." 이런 흔해빠진 말을 할까 고민했다. 하지만 한편으로는 그러고 싶지 않았다. 한편으로는 너희는 앞으로 이 동네에서 나를 자주 보게 될 테니 그냥 적응하는 게 좋을 거라고, 빨리 적응하라고 말하고 싶었다.

그렇다면 어깨를 으쓱할 필요도, 얼굴을 붉힐 필요도 없었다. 나는 캠벨의 눈을 똑바로 보고 말했다. "맞아요. 진지한 관계."

에밀리가 낮게 꺅 소리를 지르고는 손을 뻗어 내 팔을 꼭 잡았다.

"대박이야!"

에밀리를 흘깃 보는 캠벨의 시선이 동요했다. 에밀리가 나를 지지하는데 캠벨이라고 별수 있겠는가?

캠벨은 결국 미소를 지으며 말했다. "정말 그러네요. 축하해요, 제인."

나는 다시 '수줍은 소녀' 노선으로 돌아갔다. "데이트하는 사이이고, 결혼 이야기는 아직인걸요."

"하지만 같이 살고 있잖아. 맞지?" 내게서 곧바로 대답이 나오지 않자 에밀리는 덧붙였다. "아, 그냥 내가 추측한 거야. 아델이랑 운동 삼아 나왔다기에."

"네, 같이 살아요. 제가 사는 아파트가 정반대편에 있어서 에디네 집으로 들어왔어요." 나는 당황한 기색을 꾸며내며 시선을 아래로 내렸다.

에밀리와 캠벨이 눈빛을 주고받는데, 그 의미는 정확히 알 수 없었다. 남자 집에 너무 빨리 들어와 산다고 흉보는 건가? 바보 같은 에디가 섣불리 나를 들였다고 생각하는 건가?

모르겠다. 에밀리는 내가 무어라 다른 말을 하기도 전에 어깨를 으쓱했다. "그럼 언젠가는 결혼할 수도 있겠네. 결혼할 것 같아."

에밀리의 시선이 거대한 스테인리스 냉장고로 미끄러지듯 옮겨갔다. 냉장고에는 에밀리와 캠벨이 뒤뜰에서 바비큐 모임을 하며 찍은 사진 한 장이 붙어 있었다. 그리고 두 사람 사이에 베 로체스터와 블랜치 잉그러햄이 서 있었다.

네 사람은 모두 웃고 있었고, 에밀리는 팔로 베의 허리를 감고 있었다.

나는 에밀리와 캠벨이 내가 사진을 봤다는 사실을 인지할 수 있도록 뜸을 들인 뒤에 다시 두 사람에게로 시선을 돌렸다. "두 분 모두 베가 정말 그리우시겠어요. 블랜치도요."

에밀리가 살짝 눈살을 찌푸리고 손을 목까지 올려서 금과 진주를 작게 박아 넣은 목걸이를 만지작거렸다. 캠벨은 남은 주스를 다 비워냈다.

"두 사람이 없으니 확실히 다르긴 해." 마침내 에밀리가 떠듬떠듬 입을 뗐다. 양미간에 잡힌 주름이 깊어졌다.

"확실히 드라마는 줄었지." 캠벨이 말을 보태더니 다시 나를 보고는 한 손을 내저었다. "나도 참, 별소리를 다 하네. 이런 말은 하면 안 되는데."

나는 **이런 말**이 무슨 말인지 전부 알고 싶었다. 무슨 드라마?

나는 우쭐하던 기세가 살짝 꺾여 풀이 죽은 채 조리대 앞에 앉았다. 겉으로 드러난 이야기와 그 속에 감춰진 진의, 연결과 공백으로 가득 찬 하나의 완전한 세계가 여기 존재하고 있었다. 이제 감을 좀 잡았다 싶으면 바로 새로운 것이 등장했다. 그게 내가 외부인이라는 사실을 일깨워줬다.

"우리 네 사람이 마지막으로 함께 모인 날이야." 에밀리가 말하며 냉장고를 향해 발을 뗐다.

"7월 4일이었지. 이상하게 들릴지도 모르지만 나는 아직도 블랜치한테 문자메시지를 받을 것 같고, 베가 지역미화위원회나 뭐 그런 일로 이메일을 보낼 것만 같아. 언제쯤 두 사람이 여기 없다는데 익숙해질지 모르겠어."

젠장, 상황이 이상해지고 있었다. 나는 절벽에 매달려 뭐라도 붙잡으려고 손을 더듬거리는 사람처럼 필사적으로 분위기를 반전시킬 방법을 생각했다.

하지만 나는 혹하고 말았다. "지역미화위원회요?"

세상에, 내 입을 세게 치고 싶었다.

에밀리의 눈썹이 올라가면서 눈이 둥그렇게 커졌다. "아, 맞아. 우리는 그 사건…… 베와 블랜치 사건이 일어난 뒤로는 못 모였어. 두 사람 없이 위원회 일을 계속하기가 좀 그랬거든. 하지만 곧 여름도 오니까, 뭔가 계획을 짜긴 짜야 할 거야. 안 그래, 캠벨?"

캠벨이 고개를 끄덕이며 스툴에서 내려와 잔을 들고 개수대로 향했다. "물론이지. 동네 입구에 표지판 있잖아. 그 옆에 화단 꼴이 완전 개똥이 됐더라."

캠벨이 말한 화단은 나도 어제 봤다. 색감이 다채롭고 야생적이어서 예쁘다고 생각했다. 하지만 나는 과하게 열정을 드러내며 "맞아요!"라며 맞장구를 쳤다.

잠시 침묵이 흘렀다. 침묵이 어색하리만큼 길어지자 내가 뛰어들었다. "이 동네에서 실제로 산 지는 얼마 안 됐지만 지역미화위원회에 일손이 필요하다면 돕고 싶어요."

이 동네 여자들과 꽃 이야기를 하며 시간을 보내는 생각만으로도 죽고 싶다. 하지만 베가 하던 일이라면, 나도 할 생각이다. 이 무리에 끼자. 내가 어느 날 흔적도 없이 사라질 뜨내기가 아니라는 걸 보여주자.

캠벨은 반대하고 싶은 눈치였다. 아마도 내가 이 동네의 집주인이 아니라 그저 에디의 동거인일 뿐이라는 논리를 내세우며 방금 전까지 존재하지 않던 어떤 규칙을 지어낼 모양이었다. 나는 캠벨 같은 유형을 잘 안다.

하지만 에밀리가 나를 보며 활짝 웃었다. "그러면 정말 재밌겠다!"

캠벨은 조금 늦게 따라 웃었다. 웃기보다는 그냥 이를 드러낸 표정이었지만. "엄청나게 재밌겠네."

12

5월

살다 살다 망할 태양등에 천 달러를 다 써본다. 불 들어오는 건 가스등이나 똑같은데 더럽게 비싸다.

나는 지금 에디의 SUV 트렁크에 태양등을 싣고 있다. 얼마나 세게 긁었는지 에디의 신용카드에서 연기가 폴폴 나는 것 같다. 물론 에디는 개의치 않을 것이다. "에밀리가 꼭 필요하다고 한 건 뭐든" 사라고 말했으니까. 하지만 불과 몇 달 전까지만 해도 거의 매끼를 라면이나 시리얼로 때우던 나로서는 홈디포*에서 고작 **등 몇 개**를 샀을 뿐인데 "1,023달러 78센트입니다"라는 점원의 말을 듣자니 속이 쓰릴 수밖에 없었다.

지역미화위원회에 들어온 첫 주가 순조롭게 지나고 있다.

현재까지 우리는 에밀리네 집에서 한 차례 모였는데, 에밀리와

• 미국의 가정용 건축 자재 및 실내 장식용품 판매업체.

캠벨, 캐럴라인과 나 그리고 애나그레이스라는 처음 보는 여자까지 다섯 명이 참석했다. 한 시간 동안 화이트와인을 마시며 동네에 무엇을 놓으면 좋을지 가볍게 떠들다가 모임을 마치기 10분 전이 되어서야 에밀리가 태양등을 제안했다. "태양등이 있으면 입구 쪽 화단이 환해질 거야. 여유가 되면 인도 주변에도 놓고!"

바보처럼, 내가 태양등을 사 오겠다고 자원했다. 그 말은 곧 돈도 내가 내고 등도 내가 나르겠다는 의미라는 걸 어쩐 일인지 그때는 몰랐다.

오렌지색 앞치마를 두른 점원이 마지막 봉투를 트렁크에 실을 때까지 도와줬지만, 역시 주말까지 기다렸다 사는 게 나았을 뻔했다. 그랬다면 에디와 나들이 겸 나올 수도 있었을 텐데. 하지만 수요일 오후인 지금 에디는 회사에 있다. 에디는 요즘 토건 사업에다 서던 매녀스 일까지 감당하느라 야근이 잦다. 밤늦게 집에 돌아올 때도 있다.

옆에 없는 에디를 그리워하다니, 새삼 놀랍다. 집과 차, 돈만 있으면 외로울 새도 없을 줄 알았는데 집이…… 과하게 크다. 게다가 아직도 베의 물건이 곳곳에 가득한데, 내가 살림에 보탤 만한 물건이 하나도 없어서 버릴 수가 없다. 어쩌면 그게 다음 과제일 수 있다.

열쇠 버튼을 눌러 트렁크 문을 닫고는 운전석을 향해 돌아서려는데 누가 나를 불렀다. "제인."

존이 저기, 주차장에 서 있었다. 손에는 비닐봉지를 들고 밝은 햇살 아래서 눈을 가늘게 뜨며 나를 보고 있었다.

아주 잠시 나는 환영인가? 하고 생각했다. 도대체 존이 왜 이곳에 있느냐 말이다. 하지만 곧 내가 일부러 마운틴브룩에 있는 고급 철물점이 아닌 베스타비아의 홈디포까지 운전해 왔다는 사실이 떠올랐다. 이곳이 더 싸니까.

오래된 습관이었다.

존이 다니는 교회가 베스타비아에 있다는 사실도 까맣게 잊고 있었다. 아파트에서 나오고 지난 몇 주 동안 존의 존재는 너무도 쉽게 기억에서 사라졌다.

존을 애써 무시하고 운전석의 잠금을 해제하려 했지만, 허둥대다가 그만 경보음 버튼을 잘못 누르고 말았다. 날카로운 경보음이 하늘을 찌를 듯 울렸다.

"젠장." 경보음을 끄기 위해 버튼을 닥치는 대로 눌렀지만 버튼을 제대로 찾았을 때는 이미 존이 내 바로 앞까지 와 있었다. 그의 싸구려 데오도란트 냄새가 풍길 만큼 가까웠다. 아마 여섯 개 묶음에 10달러쯤 하는 제품일 것이다.

"이런 데서 다 마주치네? 마침 잘됐다." 존의 말에 나는 뒤로 물러서다가 어깨뼈로 사이드미러를 쳤다.

"그래? 나는 널 마주쳐서 유감인데. 그럼 이만……."

"아파트로 널 찾는 전화가 왔었어."

나는 그대로 얼어붙었다. 손끝부터 팔까지 무감각해지는 기분이었다. 얼어붙다니, 바보 같았다. 나를 찾는 전화는 어디서든 올 수 있었다. 어쩌면 로스티드에서 다시 일할 생각이 없는지 물어보려 했을 수도 있다. 내가 연락처를 존의 아파트 유선전화 번호로 남겨놓지 않았던가? 게다가 존의 아파트에 들어가던 당시 이력서를 한두 군데에 넣은 게 아니다. 오래된 일이긴 해도 누군가 옛날 지원서를 다시 살펴볼 수도 있으니까. **그 사람들**이 아니어도 내게 전화할 사람은 백만 명쯤 된다.

하지만 직감으로 알 수 있었다.

"그래서?" '눈곱만큼도 관심이 없다'는 무심한 말투로 강단 있게 나가고 싶었지만 생각처럼 잘되지 않았다. 덫에 걸린 듯 겁이 났다. **나는 정말** 덫에 걸렸고, 겁이 났다.

"피닉스에서 온 전화 같던데."

심장이 덜컥 내려앉더니 곧 세차게 뛰기 시작했다. 얼굴까지 굳어버려서 불현듯 입이 움직이지 않을까 봐 무서웠다.

"헬렌 번스라는 여자를 아는지 묻더라."

존이 혀를 날름거리며 입술을 핥았다. 질겁한 모습을 숨기지 못하는 것도, 그걸 존이 보고 있다는 것도 싫었다. 존이 이 순간을 만끽하는 게 싫었다.

하지만 그 이름은.

나는 존에게서 등을 돌려 차 문을 더듬거렸다. 이제 굳이 열쇠를 가지고 씨름하지 않았다. 그저 어서 내 차(**에디의 차다. 에디의 것이다. 여기 내 것은 아무것도 없다**)를 타고 여기서 벗어나고 싶었다.

"그런 사람 몰라."

하지만 존은 할 말이 남았는지 내게 더욱 가까이 다가와 운동화코로 내 신발 뒤축을 밟았다. 앞코에 달린 고무가 내 발목을 긁고 지나갔다.

"그런데 말이야, 그 남자가 말하는 걸 듣는데 꼭 너 같은 거야. 헬렌은 지금 20대 초반일 거래. 키가 작고, 갈색 머리에 갈색 눈을 가졌고, 오른쪽 팔에는 흉터가 있대."

나는 다시 몸을 돌렸다. 존과 차 사이에 끼는 바람에 차 문과 창에 닿은 등이 뜨거워졌다. "그래서 네가 뭐라고 했는데?"

그러자 존이 미소를 지었다. 존은 에디와 대면하던 날만큼 족제비 같지도, 불쌍해 보이지도 않았다. 옷에 얼룩도 없고, 머리도 빗어 넘겨 말끔했다. 그러자 문득 존이 우연히 나와 마주친 게 아니라 나를 따라왔다는, 베스타비아까지 줄곧 추적했다는 끔찍한 생각이 머리를 스치고 지나갔다. 나와 정면으로 마주하고 자신이 원하는 방향으로 일이 풀리는지 확인하고 싶었을 테니까.

이건, 지금까지 보아온 존의 그 어떤 소름 끼치는 쓰레기 짓보다 끔찍했다.

존은 이제 내 인생에서 빠져야 했다. 그리고 피닉스에서 보낸 삶도 이제 무덤으로 들어가야 했다. 영원히.

존은 뜸을 들였다. 그 몇 초 사이에 나는 가슴이 철렁이고 심장이 마구 쿵쿵거렸다. 존이 싫다, 싫다, 정말 싫다.

그때 존이 어깨를 으쓱이며 말했다.

"전화 잘못 걸었다고 말했지. 그런 이름 모르고 그런 사람도 모른다고."

밀려드는 안도감에 다리가 풀렸다. 하지만 존에게 빚을 지고 말았다는 생각에 곧 다시 몸이 굳어버렸다.

"그런데 그 남자가 내 말을 안 믿더라고?" 존은 두 손을 주머니에 찔러 넣고 뒤꿈치에 체중을 실어 몸을 뒤로 까딱거렸다. 이 개자식은 지금 이 상황을 **즐기고** 있었다.

"자기 번호를 알려주더니 뭐라도 기억나는 게 있으면 언제든지 연락을 달래."

존이 나를 내려다보며 씩 웃었다. "그런데 있잖아? 오늘 너를 보니까 뭔가 기억이 **나려는 듯**……."

"원하는 게 뭐야?"

반짝이던 두 눈이 살짝 흐려졌다. 지금 이 상황을 조금 더 오래 즐기고 싶었는데 맥이 빠진다는 눈빛이었다. 내가 갈고리에 걸려 버둥거리는 모습을 더 지켜보고 싶었겠지. 내 앞에서 에디한테 굴욕을 당했으니 이제 내가 당할 차례라는 거겠지. 뭐, 좋다. 나는 존이 조금이나마 만족감을 느껴서 얼른 내 눈앞에서 사라져주면 그만이다.

"집세 때문이야?" 나는 가방에 손을 넣었다. 가방 속에는 현금 뭉치가 박혀 있었다. 에디의 돈이 아닌 내 돈이었다. 개를 산책시켜서 번 돈과 훔친 물건을 전당포에 맡기고 받은 돈 중에서 쓰고 남은 것이었다. 원래는 내가 떠나온 것들을 잊지 않기 위해 가방 바닥에 두고 영원히 간직할 생각이었다. 가방 속에 200달러가 든 줄도 모르는, 그 돈을 찾아 쓸 일도 없는 여자가 될 생각이었다.

하지만 나는 그 돈을 꺼내 존의 손에 떠밀듯이 쥐어줬다. "자, **2주 전에 통보** 못 해서 피해 준 것보다 많아. 이제 계산은 다 끝난 거지?"

존이 구깃구깃한 지폐를 뚫어져라 보면서 눈을 깜박이더니 다시 나를 쳐다봤다. 그가 무엇을 원하고 무엇을 기대했는지 모르겠다. 어쩌면 자신도 모르는 것 같았다.

하지만 오로지 돈이 목적은 아니었는지, 존은 현금을 주머니에 넣으면서도 다시 주도권을 쥐려고 애썼다. "고맙다." 존은 결국 이렇게 말하고는 또 웃었다.

"그거 알아? 갑자기 기억이 하나도 안 나." 존은 손가락 하나로 머리 옆면을 두드렸다. "참 우습지, 기억이라는 게 왔다 갔다 하는 건가 봐."

아마도 존은 거울 앞에서 그 망할 대사를 연습했을 것이다. 보통 때라면 욕을 퍼부어줬겠지만, 나는 아무 대꾸 없이 차에 올라탔다. 시동을 거는 손이 덜덜 떨렸다.

백미러로 보니 존은 자신의 차를 향해 돌아가고 있었다. 나는 존이 시야에서 사라질 때까지 기다린 다음 운전대에 머리를 파묻고 심호흡했다.

존은 피닉스에 대해 아무것도 모른다. 헬렌에 대해서도. 그건 공동생활시설에서 존을 만나기 몇 년 전의 일이다. 그래서 상황이 나빠지고 내가 달리 갈 곳이 없었을 때 존에게는 연락할 수 있었다. 존은 안전해 보였다.

아니, 그나마 안전해 보였다.

하지만 어디도 안전하지 않다는 사실을 기억해야 했다. **누구도 안전하지 않다는 사실을.**

에디만 빼고. 나는 되뇌었다. **에디는 안전하다. 손필드 주택 단지는 안전하다. 너는 이제 안전해.**

하지만 어째서인지 집까지 운전해 오는 내내 백미러로 시선이 갔다.

13

"지지배, 만약 내가 한 번 더 치즈 스트로를 먹으면, **죽어버릴 거야.**"

에밀리는 내게 접시를 건네주면서 치즈 스트로를 또 하나 집었다. 에밀리의 죽음이 실제로 임박했는지는 모르겠지만 그래도 나는 공감의 미소를 보냈다.

"치즈 스트로는 참기 어렵죠."

그러고는 한 박자 늦게 "지지배"라고 덧붙였다. 다행히 에밀리는 짧은 공백을 알아차리지 못한 듯했다.

나와 에밀리, 캠벨, 애나그레이스, 랜드리는 에밀리네 집 거실 바닥에 앉아 있다. 나는 아직 애나그레이스와 랜드리의 성도, 어느 거리에 사는지도 모르지만 두 사람은 내가 알고 있는 이 동네 부인들과 많이 비슷했다. 예쁘고 마르고 치아가 새하얀 데다, 값비싼 보석을 온몸에 둘렀다. 그리고 나는 감히 엄두도 내지 못할 옷을 아무렇지 않게 입었다. 두 사람이 다른 부인들과 유일하게 다른 점은 임신 중이라는 점이었다. 임신 주 수가 더 오래된 랜드리는 하늘색 상의 밑으로 배가 둥글둥글 나와 있었고, 애나그레이스는 점심때 피자를 한 조각 더 먹은 사람 정도로만 보였다. 아까 애나그레이스가 에밀리에게 아기가 여자아이든 남자아이든 '힐리어드'라고 부르기로 결정했다는 말을 들은 터라 나는 바닥에 앉으면서 그녀의 튀어나온 배에 연민 어린 시선을 슬쩍 보냈다.

지난 모임에서, 그러니까 내가 지역미화위원회에 들어오고 처음으로 참석한 모임에서 나는 릴리 퓰리처 브랜드의 화려한 휴양지풍 원피스를 입었는데, 다른 사람들은 모두 맨발에 레깅스 그리고 드레이프 상의 차림이었다. 덕분에 나는 그들이 견목 바닥 위에 우아하게 늘어져 있는 동안 소파 끝에 어색하게 걸터앉아야 했다. 조금 더 격식 있는 분위기를 예상하고 택한 원피스였지만 계산 착오였다.

하지만 오늘 나는 에밀리와 비슷하게 입는 데 성공했다. 우리는 둘 다 채도가 낮은 색감의 옷을 골랐는데, 에밀리는 불그스름한 노란색이고 나는 달걀껍질색이었다. 달걀껍질색 때문에 얼굴빛이 누렇게 떠 보였지만 그래도 휴양지풍 원피스보다는 나은지 애나그레이스와 랜드리가 이번만큼은 나를 불청객인 양 보지 않았다.

아니면 태양등 비용을 전부 다 부담하고도 영수증을 제출하지 않은 걸 보고 그럭저럭 나를 받아들인 것일 수도 있다.

이유야 어찌 됐든 이제 나도 에밀리 옆자리로 내려와 탁자로 쓰이는 거대한 오토만* 한쪽에 앉을 수 있게 되었다. 오토만 위에는

• 겉에 천을 씌운 상자 모양의 가구. 뚜껑을 열면 물건을 보관할 수 있는 공간이 나오며, 평소에는 뚜껑을 닫아 의자나 발받침, 탁자로 쓴다.

커다란 나무 쟁반이 놓여 있고 그 위에는 우리가 마실 화이트와인이 아이스버킷 안에서 송골송골 땀을 흘리고 있었다. 나는 문득 이 모든 것이, 그러니까 오토만과 쟁반과 아이스버킷 그리고 우리가 하나씩 들고 있는 형형색색의 유리잔이 전부 서던 매너스 제품 같다는 생각이 들었다.

하마터면 물어볼 뻔했지만 베의 망령을 불러와서 좋을 일은 하나도 없었다. 다행히 첫 모임 때는 누구도 베를 언급하지 않았고 나역시 괜히 베와 얽혀서 조금이라도 대조되거나 비교당할 여지를 만들지 않을 생각이었다.

"자." 캠벨이 지난주에도 가져왔던 이니셜이 새겨진 바인더를 펼치며 운을 뗐다. "여기 마음씨 고운 제인이 혜성처럼 등장해 태양등을 선물했어요. 고마워요, **제에에에인.**"

나는 와인잔을 들고 모두에게 미소를 보냈다. "아니에요!" 정말 별일 아니었다. 홈디포 주차장에서 전 동거인에게 협박받은 일이나 **등** 따위를 사느라 천 달러를 넘게 쓴 것만 **빼면.**

캠벨은 바인더 한 페이지를 손가락으로 쓸어내리면서 말을 이었다. "그리고 애나그레이스가 남편 아버지의 조경 회사를 통해 정문에 심을 잔디를 기부할 수 있다고 하네요."

캠벨은 한 손을 가슴에 얹고 감동한 표정을 과장되게 지으며 고개를 아래로 기울였다. "너는 정말 천사야."

애나그레이스는 망할 전화 한 통으로 별 쓸모없는 물건을 공짜로 얻었다. 그게 천사의 조건이라니 놀랍지만, 내가 뭘 알겠는가?

나는 접시에서 치즈 스트로를 하나 더 집어 들었다. 존과 있었던 일 때문에 마음이 조마조마해서 평소보다 심사가 배배 꼬여 있었다. 하지만 여기 있는 여자들을 경쟁자로 볼 게 아니라 그들의 일원으로 인정받아야 한다는 사실을 나는 기억해야 했다.

캠벨은 다시 무릎을 꿇고 앉아 바인더로 눈을 돌렸다.

"좋아요, 그러면 여름 목표는 대부분 달성했네요. 이제 가을로 넘어가볼까요?"

"지지배, 설마 **엄마들**이라는 단어를 쓸 생각이라면 나는 이만 갈래." 랜드리가 눈을 굴리며 말하자 모두가 웃음을 터뜨렸다.

나도 따라 웃었지만 또 조금 늦고 말았다. 이 사람들은 외국어를 쓰고 있는 게 분명하다.

"아니야. 엄마들 얘기 안 해. 그런 **틀에 박힌** 생각은 버려, 랜드리." 캠벨이 미소로 랜드리를 안심시킨 다음 턱 밑으로 깍지를 꼈다. 반지 여러 개가 빛을 받아 반짝거렸다.

"미식축구와 관련된 재미있는 행사를 만들어보면 어떨까 싶어. 알다시피 정문 화단이 절반은 빨간색이랑 흰색이고, 또 절반은 오렌지색이랑 파란색이잖아."

캠벨의 말에 다른 여자들이 모두 **아하**, 탄성을 질렀다. 나는 미소를 띠면서 주위를 둘러봤지만 또다시, 지금 여기서 도대체 무슨 일이 벌어지고 있는지 감조차 오지 않았다.

내 표정을 알아차린 랜드리가 옅게 웃으며 몸을 숙이고 "아이언 볼"이라고 귀띔해줬다. 그게 결정적 단서인 모양이었다. 나는 눈썹을 치켜세우며 미소를 띠었지만 여전히 전혀 이해되지 않았다.

"제인은 바머예요, 바너예요?" 애나그레이스가 아이스버킷에서 와인을 꺼내며 물었다. 하지만 와인병이 거의 비어 있어서 에밀리가 쯧쯧 혀를 차며 자리에서 일어나 주방으로 향했다.

"제인은 남부 출신이 아니야." 캠벨이 목록에서 무언가 체크 표시를 하며 말했다. 그러더니 나를 흘끗 올려다보며 설명했다. "오번과 앨라배마. 이 지역을 대표하는 대학들이죠. 두 대학 사이의 미식축구 경쟁도 치열하고요. 여기 사람들은 태어날 때부터 이편이냐 저편이냐가 결정돼요."

"랜드리랑 나는 앨라배마 대학을 졸업했어요. '계속 구르자!'가 우리 구호죠." 애나그레이스가 말했다.

"나는 오번 출신이야." 에밀리가 주방에서 나오며 말을 보태고는 손에 들린 와인병을 땄다. "전쟁 독수리!"

나는 와인을 더 권하는 에밀리에게 고개를 끄덕였다. 어쩌다 **대학 미식축구**까지 신경 써야 하는 처지가 됐는지 머리가 핑핑 돌 지경이었다.

"제인은 어느 대학을 나왔어요?" 애나그레이스가 물었다.

애나그레이스는 캠벨이나 에밀리만큼 예쁘지는 않다. 이목구비가 조금 날카롭고, 하얀 피부에 비해 머리카락은 다소 지나치게 밝은 금발이다. 애나그레이스가 팔짱을 끼자 손목에 찬 팔찌들이 서로 부딪히며 짤랑거렸다. 나는 팔찌를 갖고 싶은 충동과 싸웠다. 매장에 진열된 팔찌가 아니라 **애나그레이스가 차고 있는 저 팔찌**를 원했다.

나는 거짓말을 할까 생각했다. 이들이 들어본 적 없을 어느 이름 모를 대학을 지어내는 거다. 하지만 현시점까지 이미 너무 많은 거짓말을 해온 데다, 애나그레이스가 나를 보는 눈빛을 보니 오늘 집으로 돌아가면 검색을 해보거나 나와 같은 대학을 나왔다는 친구를 하나 만들어낼 것 같았다. 저의가 무엇인지 혼란스러운 눈빛이었다.

그래서 나는 결국…… **진실**은 아니지만 적어도 진실에 가까운 대답을 골라냈다.

"지역 전문대학을 나왔어요. 나중에 온라인 과정도 이수했고요. 일을 많이 하느라 일정이 그렇게밖에 안 됐거든요."

"아, 캠벨과 에밀리의 개를 산책시켰다고 했죠?"

애나그레이스는 질문처럼 말했지만, 질문이 아니었다.

나는 미소를 지었다. "네, 그랬죠."

"그러다 에디를 만난 거고요?"

"네." 나는 먹고 싶지 않은데도 치즈 스트로를 하나 더 집어 들었다. 새로 산 베이지색 레깅스에 부스러기가 떨어져 작고 짙은 기름 자국이 생겼다. 누가 만들었는지 고춧가루를 너무 많이 써서 코가 찌릿하고 눈에는 눈물이 다 고였다.

"세상에, 개를 산책시키다가 섹시하고 돈 많은 홀아비를 만날 수 있는지 알았다면 이 거지 같은 데이팅앱은 쳐다보지도 않았을 거예요."

랜드리의 말에 문득 그녀의 이름이 익숙했던 이유가 무엇인지 떠올랐다. 몇 달 전 에밀리와 캠벨이 제약회사 영업사원과 바람 난 어느 의사 남편 이야기를 한 적이 있는데, 그 집 부인 이름이 랜드리였다.

"제가 운이 좀 좋나 봐요." 나는 억지 미소를 지었다. 하지만 랜드리 앞에서는 다른 사람에게 하듯 겸손한 척이 잘되지 않았다. 그녀가 나를 보는 눈빛 때문일 수도 있고, 그저 이런 불쾌한 상황이 반복되는 데 지친 것일 수도 있다. 내가 지금 여기에 있는데, 그거면 충분하지 않나?

"그러면 버밍햄에 오기 전에는 어디에 있었어요?" 랜드리가 앉은 자리에서 상체를 살짝 일으키며 물었다. 그녀를 받치고 있던 소파 쿠션이 부풀어 올랐다.

나는 이런 질문을 받게 될 거라 예상하고 미리 애매모호한 대답을 생각해뒀다. "어휴, 많이도 돌아다녔죠. 가족이 이사를 많이 다녔거든요."

사실 여기저기 옮겨 다닌 사람은 가족이 아니라 나였다. 여러 사촌들의 집을 거치고 거친 끝에 위탁 가정을 전전하는 신세가 됐고, 그러다 마지막으로 피닉스의 한 가정에 맡겨졌다.

기억은 와인 맛을 변질시키고 속을 요동치게 했다. 잔을 내려놓다가 쟁반 가장자리를 건드리는 바람에 하마터면 피노 그리지오 와인을 온통 쏟을 뻔했다.

"하지만 확실히 남부에 살았던 적은 없어요." 나는 다시 활짝 웃으며 순간의 어색함을 감추려 애썼다. "남부에 살았다면 제가 '계속 구르자' 쪽인지 '전쟁 독수리' 쪽인지 알았겠죠."

바라던 대로, 모두가 웃었다. 나는 이제 꽃이든 깃발이든 이들이 좋아하는 멍청한 쓰레기가 무엇이든 간에 제발 다른 화제로 넘어가기만을 바랐다. 나에 대한 이야기를 멈출 수만 있다면 잔디를 꾸며줄 망할 장식에 기꺼이 천 달러를 더 쓸 수 있었다.

"그래도 나는 제인이 남부에 남으면 좋겠어요. 이제 에디랑……." 랜드리가 갑자기 지나치게 상냥한 목소리로 말하더니 곧 말끝을 흐리며 한 손을 휘이 내저었다.

랜드리가 콕 집어 가리킨 것은 아무것도 없고 애나그레이스처럼 무언가를 탐색하려는 눈빛도 아니었지만, 나는 질문이 허공에 걸려 있는 느낌을 받았다.

머릿속에 꼬리를 물고 이어지던 생각을 캠벨이 정리했다. "제인, 에디가 왜 제인과 바로 결혼하지 않는지 도통 모르겠어요."

"그러게 말이야. 같이 살 거라면 최소한 반지는 끼워줘야지." 에밀리가 고개를 끄덕이며 잔에 와인을 더 따랐다.

"케일럽도 결혼하기 전에 같이 살자고 했어요." 애나그레이스가 고개를 흔들자 하나로 묶어 늘어뜨린 머리끝이 그녀의 등을 스쳤다. "그래서 내가 '내 생각은 달라!'라고 말했죠. 결국 결혼할 거라면 아내로 **만들어**줘야 하는 거 아니에요?"

모두가 동의한다는 뜻으로 흠, 하고 소리를 냈다. 나는 큰 고민 없이 목요일 오후를 골라잡고 와인을 즐기는 부인들을 둘러봤다. 모두가 '결혼'이야말로 여자에게 가장 중요한 성취라는 결론을 내린 듯했다.

이제야 알겠다.

나는 위원회에 합류할 수도, 이곳에 어울리는 옷을 입을 수도, 빌어먹을 미식축구에 관해 배울 수도, 대화에 참여할 수도 있지만 그 중에 중요한 것은 아무것도 없었다.

에디에게 청혼을 받기 전까지는 결코 이곳 여자들처럼 될 수 없었다.

14

다음 한 주 동안 나는 에밀리나 캠벨 혹은 그 어느 것에 대해서도 생각하지 않으려 애쓰고 내가 가진 것 이상을 원하지 않으려 노력했다. 그도 그럴 것이, 나는 이미 복권에 당첨된 사람이나 다름없었다. 더 많은 것을 원하면 결국 망하게 되리라는 걸 이제껏 어렵게 체득해왔다.

하지만 피부밑이 간질간질했다. 나를 보는 눈빛, 질문, 농담을 가장한 모욕······.

문제는 손필드 부인들만이 아니었다. 존도, 존에게 전화를 걸어 질문을 쏟아낸 사람도 골칫거리였다. 존은 그날 홈디포 주차장에서 원하는 것을 얻었다. 내 위에 군림했고, 내가 공포와 불안에 조금씩 먹혀들어 가는 모습을 지켜봤으며, **추가로** 200달러까지 벌었다. 이 정도면 존에게는 충분했을 터다. 이상한 소리 같지만 나는 존을 믿는다.

아, **믿는다**는 말은 적절하지 않다.

존을 **안다**고 해야 할까. 나는 존 같은 사람을 안다. 공동생활시설이나 쉼터에서 만났던, 영원히 위탁 아동으로 남은 우리와 같은 사람을 안다. 존은 나를 미행하고 어쩌면 전화까지 걸어 넌지시 떠볼 수는 있겠지만, 나를 경찰에 넘기지는 않을 것이다.

적어도 나는 그렇게 생각한다.

그렇지만 로체스터 부인이 되면 이런 위협과 나 사이에 튼튼한 벽 하나가 더 세워지는 셈이다. 어쩌면 존은 에디가 나서리라는 판단이 들면 아예 나를 위협할 시도조차 하지 않을 수도 있다.

이렇게 로체스터 부인이 되는 것이 나의 새로운 계획으로 자리 잡았다.

에디와 함께 사는 것으로는 부족하다. 여자 친구라는 신분으로는 에디의 세계에 들어갈 수 없다. **아내**가 되어야 한다.

아내가 되려면 먼저 약혼녀가 되어야 한다.

그래서 나는 며칠에 걸쳐 에디를 연구했지만 사실 남자가 청혼하기 전에 어떤 조짐을 보이는지는 알지 못했다. 지금껏 만나왔던 사람들은 모두 애인이 없거나 이미 결혼을 한 상태였지, 약혼한 상태였던 사람은 한 명도 없었다. 문득 살면서 처음은 아니지만 내게도 정말로 친구가 있으면 좋겠다고 생각했다. 고민을 털어놓을 수 있는 상대가, 모든 문제의 해답을 낱낱이 알고 있는 사람이 단 한 명이라도 있었으면 했다.

하지만 내겐 나뿐이었다.

위원회 모임이 있고 약 일주일 뒤 에디가 조금 일찍 퇴근하더니 아델을 데리고 카하바 리버워크 공원에 가자고 제안했다.

집에서 그리 멀지 않은 곳이었는데, 우리가 갓 데이트를 시작할 무렵 에디가 데려간 장소이기도 했다. 나는 그곳의 고요함과 강물을 따라 구불구불하게 난 길과 나무 그늘을 좋아했다. 그래서 에디가 공원에 가자고 말하자마자 기분이 들떴다.

내가 좋아하는 장소라는 걸 에디도 알았다. 함께 시간을 보냈던 장소인 만큼 우리에게 의미가 특별했다.

게다가 그간 에디는 집에 일찍 들어오는 법이 없었다.

어쩌면 내가 특별히 노력하지 않아도 에디가 청혼할지도 모른다, 그런 생각이 들자 머리가 어질어질해지더니 차에서 내릴 즈음에는 거의 춤을 추듯 발을 구르고 있었다.

에디는 웃으며 내 손을 잡았고, 아델은 우리보다 앞서 달리며 다람쥐를 향해 으르렁댔다. "행복해 보여." 에디의 말에 나는 몸을 기울여 그의 뺨에 키스했다.

"행복해."

정말 행복했다. 에디가 강가 벤치에 자리를 잡고 앉아 휴대폰을 꺼내기 직전까지는.

"미안. 보내야 할 이메일이 좀 있어. 오늘까지 꼭 처리해야 해." 에디가 말하는 사이 아델은 우리 발치에 털썩 주저앉아 헐떡였다.

공원에서 보내는 멋진 오후는 여기까지였다. 에디가 이메일을 쓰는 동안 나는 옆자리에 앉아 땀을 흘리며 씩씩댔다. 강 위로 카약을 즐기는 남자 두 명이 보였다.

산책을 나온 사람들도 보였다. 딱 붙는 상의에 반바지를 입은 여자 두 명이 에디를 슬쩍 쳐다보며 지나갔다. 두 사람 중 흑갈색 머리를 한 백인 여자는 베처럼 얇은 허리와 광택이 나는 머릿결을 가졌는데, 나를 훑어보면서 마치 이렇게 생각하는 듯했다. **하, 대체**

무슨 일이래.

지금 얼굴이 달아오르는 건 꼭 더워서만은 아니었다. 여기 앉아 있는 나도 궁금해졌다. **정말** 뭐 하자는 거지?

계속 휴대폰을 붙잡고 있는 에디를 보며 넌지시 떠보기로 했다.

"손톱을 좀 다듬어야겠어." 나는 한숨을 섞어 말하며 얼굴 앞으로 손가락을 꼼지락댔다. "얼마 전에 에밀리네 집에 갔을 때 말이야. 다들 손톱이 어찌나 완벽하던지, 손만 보이더라니까. 반지도 그래. 여러 개씩 껴서 번쩍번쩍하더라고. 나 같으면 하나 이상 끼면 불안할 텐데."

아, 마지막 부분은 더 잘할 수 있었는데 조금 절박하게 들렸다.

에디는 내 말에 코웃음을 지으면서도 고개는 들지 않았다. "베는 왜들 그렇게 보석을 많이 차고 다니는지 촌스럽다고 했어. 특히나 하루 종일 집에만 있는 사람들이."

"알겠어. 다이아몬드는 방울방울 안 달아도 손톱은 좀 다듬을 게."

에디는 휴대폰에서 눈을 떼지 않은 채 무심히 내 손을 잡아 손가락을 자기 입술로 가져갔다.

내 손톱이 어떻든 신경 쓰지 않는다거나 지금도 예쁘다는 식의 대답을 기대했지만, 그는 "빌리지에 괜찮은 곳이 있어"라고 말했다.

나는 고개를 끄덕이며 그에게서 손을 빼내 치맛단을 만지작거렸다.

"베가 다니던 곳이야?"

마침내 에디가 고개를 들었다.

에디는 화면에서 시선을 올리고 눈을 깜박이더니 말했다. "내가 알기로는 그래. 동네 여자애들은 다 거기 다니거든."

"여자들." 내 지적에 에디가 얼굴을 찌푸리자 나는 앉은 몸을 더 꼿꼿이 세웠다.

"그러니까…… 다들 최소 30대잖아. 여자애가 아니야."

에디의 표정이 풀리더니 전에는 보지 못한 미소가 번졌다. 섹시한 미소도, 내가 유혹적인 말을 할 때 짓는 특유의 웃음도 아니었다. 지금 보이는 건…… 응석을 받아주겠다는 미소였다.

어딘가 가부장적인 미소.

거슬렸다.

"그러네. 미안." 그렇게 말하고 에디는 다시 휴대폰으로 시선을 돌렸다. **"여자들."**

"저기, 당신이 나보다 나이도 많고 세상이든 뭐든 더 많이 경험했다는 것도 알겠어. 하지만 그렇다고 해서 나를 가르치려 들 필요는 없잖아." 참을 새도 없이 말이 먼저 튀어나왔다. 진짜 제인이 아닌 그가 원하는 제인이 되어야 한다는 사실을 상기할 겨를도 없었다.

하지만 에디는 진짜 제인을 좋아할 때도 있다.

에디는 휴대폰을 내려놓고 내게 온전히 집중했다. "내가 지금 재수 없게 굴고 있지?"

"응, 조금."

그제야 에디는 진심 어린 미소를 지었다. 에디는 다시 내 손을 가져다가 꼭 쥐었다. "미안해. 요새 정신이 하나도 없어. 그래도 오늘은 잠깐이라도 당신을 집 밖으로 데리고 나와서 함께 시간을 보내고 싶었어. 지난주 내내 당신 기분이 좋지 않아 보였거든."

존과 마주친 후로 줄곧 그랬지.

나는 앉아서 바쁘게 머리를 굴렸다. 무엇을 말할 수 있을지, 어디까지 내 삶을 나눌 수 있을지 궁금했다. 지금 여기에 틈이, 기회가, 약간의 거짓을 가미한 진실을 말할 호기가 있었다. 그렇게 하면 손톱 관리니 반지니 에두르는 것보다 훨씬 더 빨리 원하는 것을 손에 넣을 수 있을지도 몰랐다.

"나는 지금 이 관계가 어디로 가고 있는지 궁금할 뿐이야." 내 말에 에디가 얼굴을 찡그렸다. 눈썹 사이에 주름이 깊게 패었다. 강 위에서 카약을 타는 사람 중 한 명이 구호를 외쳤고, 또 한 쌍의 여자들이 달리며 지나가다가 나와 에디를 흘끗 쳐다봤다.

"당신이랑 사는 게 좋지 않다는 말은 아니야." 내가 말을 이었다. "좋아. 정말 좋지. 하지만 인생의 대부분을 복지 혜택으로 버티며 살아오다 보면 결국 행복한 순간조차 원망하게 되거든."

에디는 휴대폰을 내려놓고 등을 더 꼿꼿이 편 다음 무릎 사이로 두 손을 맞잡았다. "무슨 뜻이야?"

나는 눈앞에 펼쳐진 강에서 시선을 떼지 않았다. 가족 단위로 나들이를 나온 사람들이 길을 따라 유모차를 끌고 가고 있었다. 한 커플은 서로의 허리에 팔을 두르며 걷고 있었다.

"내가 살던 곳을 봤잖아. 당신을 만나기 전에 내 삶이 어땠는지 알잖아. 나는…… 나는 여기에 어울리지 않아."

에디가 코웃음을 쳤다. "무슨 말을 하는 건지 여전히 모르겠다."

나는 선글라스를 머리 위로 올리며 에디를 향해 고개를 돌렸다. "나는 에밀리나 캠벨이 아니라는 소리야. 또……."

"나는 당신이 그들처럼 되길 바라지 않아." 에디가 내 손을 꼭 잡았다.

"내가 당신을 사랑하는 건, 당신이 그런 부류가 아니기 때문이야. 당신은……." 에디가 말끝을 흐렸고, 나는 그가 침을 삼킬 때 꿀렁이는 목을 바라봤다.

에디가 **당신은 베가 아니니까**라고 말하려 했다는 걸, 알았다. 에디가 돌연 고개를 돌리는 걸 보니 내가 안다는 사실을 그도 알았다. 그런데 처음으로 **그 말**이 무슨 뜻인지 궁금해졌다. 에디는 분명 베를 무척이나 사랑했는데, 지금은 내가 베와 달라서 좋고 말한다.

"미안해." 에디가 내 손가락을 꼭 쥐었다. "내가 얼마나 간절히 당신이 곁에 있어주길 바라는지 확실히 표현하지 못해서 미안해. 당신이 얼마나 소중한 사람인지, 이곳에 얼마나 잘 어울리는 사람인지 분명히 말해주지 못했어."

에디는 나를 돌아보며 고개를 획 숙였다. 우리의 이마가 거의 맞닿았고 그의 입술은 내 입술을 스칠락 말락 했다.

"젠장, 내가 널 사랑한다고, 제인. 중요한 건 그게 다야. 이 동네니, 에밀리니 하는 건 중요하지 않아. 다 잡음일 뿐이야."

에디가 중얼거리는 단어 하나하나가 불꽃을 일으키며 척추를 타고 흘렀고, 얼굴에 닿는 그의 숨은 따뜻했다. 에디는 맞잡은 손을 들어 올리며 다시 힘을 꼭 주었다. "이게 진짜야. 이게 중요하다고."

에디가 내 손가락 마디에 키스했고, 나는 숨을 죽이며 기다렸다. 청혼하기 완벽한 순간이 있다면 바로 지금이었다. 여기, 이 해 질 무렵 공원에서 에디가 나를 간절한 눈빛으로 바라보고 나 또한 애쓰지 않아도 휘둥그레진 눈으로 황홀한 표정을 지을 수 있는 지금이었다. 내가 이 순간을 얼마나 기다렸는지 어째서 더 빨리 깨닫지 못했을까?

하지만 에디는 손을 내리더니 고개를 돌리며 한숨을 쉬었다. "그래도 일은 좀 줄일게. 서던 매너스 일은 케이틀린에게 좀 더 맡길 거야. 사업체 두 곳을 운영하는 게 정말 쉽지가 않네. 하지만 지금 당장은 두 사업 모두 포기할 수 없어. 그 점은 이해하지?"

나는 손가락에 남은 에디의 입술 자국을 느끼며 그대로 앉아 있었다. 어째서 결정적인 순간이 내게서 달아난 건지, 어째서 약혼이 아니라 다시 일 이야기로 주제가 넘어간 건지 알 수 없었다. 나는 그저 고개를 끄덕이며 겨우 "응"이라고 희미하게 내뱉었다.

그러고는 목을 가다듬으며 고개를 살짝 저었다. 이런, 제인, 정신 좀 차려.

나는 에디에게 바짝 다가가 팔짱을 끼고 어깨에 머리를 기댔다. 실망감이 무겁고 딱딱한 바위처럼 가슴에 내려앉았다. 단지 로체스터 부인으로서 입지를 굳히겠다는 목표가 멀어졌기 때문만은 아니었다.

진심으로 에디가 나를 원했으면 했다.

내가 에디를 원했다.

15

다음 지역미화위원회 모임은 에디의 집에서 열렸다.

내 집에서. 때로는 내 집 같다는 생각이 든다. 하지만 생각과 감각은 서로 다른 것이어서, 모임이 끝난 후 빈 와인잔을 개수대로 옮기던 순간에는 내가 다시 시작점으로 되돌아왔다는 느낌을 떨칠 수가 없었다. 그러니까, 이 집의 안주인이 아니라 하인 말이다.

이번 모임은 특별한 안건이 없었다. 나는 부인들이 이 집 안을 들여다보기 위해 여기서 모임을 열었다는 생각이 들었다. 거실에 앉아 핀터레스트 게시판과 '가을 축제에 어울릴 기발한 장식'에 대해 이야기하는 내내 부인들은 눈으로 집 안을 살피며 무엇이 사라졌고 무엇이 새로 들어왔는지 목록을 만드는 듯했다.

모임이 끝나고 캠벨과 에밀리가 남아서 정리를 도와주겠다고 했다. 하지만 무언가를 더 캐내기 위함임을, 나는 눈치챘다.

"여기 정말 멋지다." 캠벨이 와인병을 분리수거함에 넣으며 말했다. "뭐, 늘 멋졌지만 이제 더 밝아진 느낌이야. 안 그래, 에밀리?"

에밀리가 잔에 남은 와인을 홀짝이며 흥얼대다가 고개를 끄덕였다. "정말 그래."

이 집이 두 사람이 마지막으로 왔을 때와 다르게 보일 리가 없었다. 사진은 몇 장 사라졌을지 몰라도 크게 바뀐 건 없었다.

두 사람이 친절하게 구는 건지 나를 낚으려는 건지 판단이 서지 않아서 나도 슬쩍 두 사람을 떠보기로 했다.

"여기 있는 모든 게 너무 멋져서 아무것도 바꾸지 않았어요. 베는 정말 안목이 대단해요." 나는 진심처럼 들리도록 수줍게 웃어 보였다. "그러니까, 훌륭한 안목이 베의 자산이었겠죠."

에밀리와 캠벨이 시선을 주고받았지만 나는 못 본 체했다.

"베는 인테리어 감각이 좋았지." 캠벨이 결국 내 말에 동의하며 주방 조리대로 다가와 내 옆에 섰다. 그러고는 화강암 조리대에 팔꿈치를 기댔다.

"그런데 말이야, 그거 알아? 나는 늘 블랜치의 집이 훨씬 예쁘다고 생각했어. 기분 나쁘게 듣지는 마, 제인."

캠벨이 서둘러 말을 덧붙이자 나는 걱정하지 말라며 한 손을 내저으면서도 머릿속으로는 잉그러햄 부부의 집을 떠올렸다. 분명 앙증맞은 물건들이 좀 있긴 했지만, 트립이 지저분하게 어지러뜨려서인지 멋지다고는 생각해보지 않았다.

"맞다, 베의 거실이 〈버밍햄 매거진〉 크리스마스 특집으로 두 면에 걸쳐서 크게 실렸을 때 블랜치가 엄청나게 열받아했던 거 기억나?" 캠벨의 말에 에밀리가 아주 잠깐 나를 건너다봤다.

"블랜치는 원래 크리스마스에 예민했어." 에밀리가 조심스레 대답하자 캠벨이 얼굴을 찡그렸다.

"베한테 예민했지."

캠벨이 나를 돌아보며 머리칼을 한쪽 귀 뒤로 넘겼다. "미안. 우리가 제인의 주방에서 옛날 소문이나 되풀이했네."

"저는 괜찮아요." 정말 괜찮았다. 방금 그 이야기는 내가 베와 블랜치에 대해 안다고 생각했던 것과 다른 정보였고, 나는 더 많은 정보를 모을 필요가 있었다. 혼자 힘으로 베를 온전히 그려낼 수 있다면 그녀가 아직 여기 있는 것만 같은 느낌도 사라질 터였다.

모퉁이를 돌면 언제든 베와 마주칠 것만 같은 느낌도.

때때로 정말 베가 이 집에 존재하는 것 같았다. 지난주만 해도 집에 싱싱한 꽃이 배달됐는데, 알고 보니 베가 신청해둔 정기 배송을 에디가 취소하지 않은 것이었다.

베가 사라진 지 벌써 1년이 되어가는데도 현관 탁자에는 그녀가 주문한 백합과 목련이 놓여 있다. 꽃을 지나칠 때마다 마치 방금 베가 여길 지나갔는데 찰나의 차이로 그녀를 놓친 것처럼 기분이 이상했다.

어쨌거나 지금은, 에밀리와 캠벨이 고개를 젓고 있다. "아니야. 우리가 오늘 신세가 많았어." 에밀리가 조리대를 빙 둘러와서 내 볼에 입을 맞췄다. "초대해줘서 고마워!"

"언제든 놀러 오세요." 내 말에 캠벨이 미소를 지으며 내 팔을 쓰다듬었다.

"제인은 참 착해. 에디한테 오늘 집을 빌려줘서 고마웠다고 잊지 말고 전해줘!"

이것 봐라. 두 사람은 역시 이곳을 내 집으로 여기지 않았다.

두 사람을 문까지 배웅하는 내내 경직된 미소가 나왔다. 이렇게 티를 내고 싶지는 않지만 더는 다른 선택지가 있을 것 같지 않았다.

나는 이 모든 것이 거품처럼 사라지기 시작했다는 것을 느낄 수 있었다. 더디지만 확실히, 차근차근 사라져가고 있음을. 에디와 빨리 약혼하지 않으면 내가 이 동네 여자들 사이에서 다진 기반은 곧 무너지고 말 것이다.

약 한 시간 뒤 에디가 집에 돌아왔을 때 나는 소파에서 아이패드를 보고 있었다.

에디는 여느 때처럼 소파 뒤에서 몸을 구부리며 내 관자놀이에 입을 맞췄다. "내 여자가 여기 있네." 에디는 그렇게 속삭이면서도 눈으로는 아이패드 화면을 봤다.

내 뒤에 선 에디의 몸이 긴장되는 게 느껴졌다.

"UCLA?"

나는 굳이 아이패드를 감추거나 당황한 표정을 짓는 대신 어깨를 으쓱했다. 계획대로 성공하려면, 나는 지금 정말 진지해 보여야 했다.

"대학원을 생각하고 있다고 말했잖아."

에디가 허리를 폈다. 두 손은 여전히 소파 팔걸이에 올려둔 채였는데 손가락 마디마디가 하얗게 변해 있었다. "캘리포니아주?"

나는 바닥으로 두 발을 내리고 몸을 돌려 에디를 올려다봤다.

"에디, 나는 당신을 사랑하고 여기서 사는 것도 좋아. 당신과 함께 있어서 좋아. 하지만 내 앞가림도 해야지. 이해해줘."

그러자 에디는 팔짱을 끼며 뒤로 한 발 물러났다. "알아. 하지만 나는…… 내가 얼마나 당신을 원하는지 충분히 얘기한 줄 알았어. 제인, 당신이 있어야 할 곳은 여기야. 내가 있는 여기."

나는 자리에서 일어나 턱을 살짝 들고 에디를 마주 봤다. "나는 평생을 나 자신한테 의지하며 살아왔어. 사람들은 사랑한다고 말하면서 결국 지키지도 못할 약속을 하잖아."

그리고 한 발 더 가까이 다가가 그의 손목을 잡았다. "에디, 내가 믿을 수 있는 유일한 사람은 바로 **나 자신이야**. 어렵게 배웠어. 그러니까 내 갈 길을 찾는다고 탓하지 말아줘. 나는 그렇게 살아왔는걸."

그의 턱 근육이 움찔거렸고, 나는 숨을 죽이며 기다렸다.

에디는 돌아서더니 침실 쪽으로 성큼성큼 걸어갔다. 나는 내 안에 존재하는 모든 것이 쿵 내려앉는 것을 느꼈다.

망쳐버렸다. 너무 빨리, 너무 세게 밀어붙여 버렸다. 에디는 이제 나를 내쫓을 것이다. 빌어먹을, 나는 대학원에 **갈** 수조차 없는 사람이다. 대학도 마치지 못했는데 무슨……

에디가 다시 거실로 돌아왔다. 그의 손에는 작은 벨벳 상자가 들려 있었다.

상자를 보자마자 나는 정신이 아찔해졌는데, 갑자기 에디가 내 앞에서 한쪽 무릎을 꿇더니 박스를 열고…….

"결혼해줘." 거친 목소리로 말했다.

나는 반짝이는 에메랄드빛 반지에서 눈을 떼지 못했다. 중앙에 박힌 거대한 초록색 보석을 다이아몬드가 후광을 그리며 에워싸고 있었다.

"몇 주 전에 얘기했어야 했는데." 에디가 말을 이었다. "쭉 말하고 싶었어."

"그랬구나." 떨리는 내 목소리에 에디는 살짝 웃음을 터뜨리더니 손을 뻗어 내 손을 잡았다. 표정도 한결 부드러워졌다.

"제인, 내 아내가 되어줘."

에디는 반지를 꺼내 내 왼손에 끼워줬다. 반지는 비단처럼 부드럽고 매끄러웠으며 세월에 닦여 윤이 났다. 사이즈가 조금 작긴 했지만, 그래도 완벽했다.

나는 손에 낀 반지를 뚫어져라 바라봤다. 손톱도 고르지 않은 데다 연분홍색 매니큐어가 지저분하게 벗겨진 작고 평범한 내 손가락에는 과분하리만큼 아름다운 보석이었다. 폐에 숨이 조금도 남아 있지 않은 듯 호흡이 가빠왔고 가슴은 심장이 튀어나올 듯 뛰었다. 나는 이게 바로 만족감이라고, 이게 바로 승리라고 나 자신에게 일러주고 싶었다. **젠장, 봐라. 내가 이겼다.** 하지만 그 이상이었다.

훨씬 더 강렬한 감정이었다. 그래서 겁이 나기도 했지만, 살면서 처음으로 내가 이만큼 원해도 되는 사람처럼 느껴졌다.

내게 이런 순간이 오다니.

"아, 맙소사." 내 속삭임에 에디가 씩 웃었다. 여전히 한쪽 무릎을 꿇은 채로.

"좋다는 뜻이지?"

에디를 봤다. 잘생긴 얼굴을, 파란 눈을, 저 멋진 견목 바닥에 무릎을 꿇은 그를. 나는 고개를 끄덕였다.

"좋아요." 내 말에 에디는 바닥에서 튀어 오르듯 일어나 두 팔로 나를 끌어안고 진하게 키스했다. 내 안에서 무언가 불꽃이 일었다. 키스가 불꽃을 일으킨 것이다. 나는 에디를 소파에 끌어 앉혀 옷을 잡아당기고 그의 위로 몸을 구부렸다.

그 후, 우리는 옷을 반은 벗고 반은 걸친 모습으로 땀에 젖은 채 한 몸이 되어 누워 있었다. 나는 그의 머리칼을 가지고 장난을 쳤다. 목덜미가 축축했다.

"좀 더 근사한 곳에서 청혼하고 싶었는데." 에디가 내 쇄골에 대고 속삭였다. "좋은 곳에서 저녁이라도 먹으면서 말이야."

"그랬다면 이건 못했겠지." 나는 허벅지로 그를 꾹 밀면서 말했다. "아니면 뭐, 할 수야 있었겠지만 식당 주인이 내쫓으면서 다시는 오지 말라고 했을 거야."

에디가 내 말에 가볍게 웃음을 터뜨리더니 고개를 들어 나를 가만히 내려다봤다.

"확신하는 거지?" 에디가 물었다. "나랑 결혼하는 거 말이야. 내가 재앙이어도?"

나는 몸을 일으켜 그의 입술에 스치듯 키스했다. "당신이 재앙이기 **때문에** 결혼하려는 거야." 내 대답에 에디는 또다시 웃음을 터뜨렸다. 그러고는 내게 몸을 기댔다. 나는 그의 어깨 너머로 내 손에 끼워진 반지를 흘끗 봤다.

나는 이제 **로체스터 부인**이다.

16

약혼한 몸이다.

세상에, 내가 **약혼했다.**

자꾸만 반지에 눈이 간다. 햇빛을 받아 어찌나 반짝이는지, 손가락에 닿는 느낌은 또 어찌나 묵직하고 시원한지.

하지만 이상하게도, 반지가 아름다워서 좋은 것만은 아니다.

이 반지는 내가 청혼을 바란다는 사실을 스스로 깨닫기도 전에 에디가 준비해둔 것이었다.

에디가 결혼을 원했다. 그가 나를 **선택했다.**

이제껏 그 누구도 나를 선택하지 않았다. 살아오는 내내 사람들은 나를 스쳐보고 내돌렸다. 하지만 지금은 다르다.

빌리지에서 일을 시작한 후로 웨딩드레스 전문점을 수십 번도 넘게 지나쳤다. 쇼핑몰에 입점한 대형 드레스 상점과는 천양지차인 곳이었다. 통유리 너머로 레이스가 섬세하게 달린 실크 웨딩드레스를 들여다볼 때마다 평소 여성스러운 취향과는 거리가 먼 나인데도 어쩐지 살짝…… 서글펐던 것 같다.

문을 열고 들어가는 이 순간에도, 머리 위에서 작은 종이 딸랑이는 이 순간에도 가슴속에서 어떤 떨림이 일렁인다.

가게 내부에는 천장 조명이 없었다. 대신 천장에 채광창을 달고 커다란 창문과 램프를 전략적으로 배치해서 자연광으로 실내를 밝히고 있었다. 여느 상점처럼 웨딩드레스를 줄줄이 걸어놓지도 않았다. 보통은 드레스를 빽빽하게 걸어놓은 탓에 상체의 구슬 장식과 풍성한 치마가 이리저리 뒤섞여 뭐가 뭔지 구별이 안 갈 텐데 말이다.

대신 오래전에 드레스를 진열하던 것처럼 철사로 된 인체 모형에 웨딩드레스 몇 점을 입혀놓았다. 또 몇 점은 고가구 위로 의상을 척 늘어뜨려 마치 신부가 드레스를 스르륵 벗고 가장 가까운 옷장에 무심히 던져놓은 모양새를 연출했다.

손님이 웨딩드레스를 더럽히거나 엉망으로 만들어놓을까 봐 걱정하지 않는 곳이었다. 이런 곳에서 드레스를 살 수 있는 사람이라면 그런 투박한 행동을 하지 않을 터였다. 그러니 웨딩드레스 위에 비닐 커버를 길게 쳐둘 필요도 없었겠지.

곧 옅은 금발을 우아하게 틀어 올린 여자가 다가왔다. 여자의 옷차림은 언젠가 사진으로 봤던 베의 의상과 비슷했다. 몸에 착 달라붙는 매끈한 검은색 원피스에 진주 액세서리를 착용하고 새발 격자무늬 구두를 신은 모습이 우아하면서도 귀여웠다. 구두 뒤축에는 진분홍색 리본이 조그맣게 달려 있었다.

물론, 이름도 헌틀리였다.

헌틀리는 내 손에 끼워진 반지를 눈에 담았다. 물론 이런 곳에서 일하는 그녀가 머릿속으로 계산기를 두드릴 만큼 교양이 없지는 않겠지만, 그녀의 미소가 살짝 따뜻해진 것만은 확실했다.

많은 여자들이 결혼식에 환상을 갖지만 여태까지 나는 별다른 관심이 없었다. 어쩌면 결혼이 너무 먼일처럼 여겨졌거나 걱정해야 할 더 큰 문제들이 산적했기 때문이었을 수도 있다.

그런데 세상에, 나는 결혼식이라는 허튼짓을 엄청나게 **좋아하는** 사람이었다.

우리는 가게를 한 바퀴 돌면서 흰색과 아이보리색의 색감에 대해, 달걀껍질색과 크림색의 차이에 대해 의견을 나누고 머리를 올릴지 내릴지, 각각의 경우에 어울리는 면사포로는 어떤 게 있는지 이야기했다.

헌틀리가 직물 샘플이 가득 담긴 책을 한 권 가져오자 나는 황홀해서 쓰러질 뻔했다.

가게를 나설 즈음에는 머리가 빙빙 돌면서도 기분이 좋았다. 헌틀리와 대화를 나누며 홀짝인 샴페인 두 잔 때문만은 아니었다.

에디 로체스터와 결혼한다는 사실 때문이었다.

이제 나는 그의 아내가 되어 쭉 멋진 집에서 살 것이다. 개를 산책시키거나 서빙을 하거나 우버 운전기사를 하거나 다른 사람이 마실 커피를 내리지 않아도 되는 지금 같은 오후가, 그저 일시적인 도피가 아닌 영원한 미래로 자리 잡을 것이다.

"제인?"

거대한 선글라스로 얼굴을 절반쯤 가린 에밀리가 커피가 담긴 종이컵을 든 채 서 있었다.

에밀리는 방금 내가 나온 드레스 전문점 '아이린스'의 줄무늬 차양을 흘긋 올려다봤다. "**지지배.** 여기 그냥 온 건 아니지? 빨리 아니라고 말해줘."

꾸며낼 필요도 없이 미소가 절로 나왔다. "에디가 **정말** 반지를 끼워줬지 뭐예요."

에밀리가 꺅 하고 소리를 지르며 달려들어 나를 껴안았다. 에밀리에게서 르 라보 상탈 33의 향기가 풍겼다.

사실 내게서도 같은 향이 나는데, 불과 두 달 전에 에밀리의 욕실에서 한 병을 훔쳤기 때문이다.

"나도 볼래, 볼래." 에밀리는 포옹을 풀고 내 손을 향해 두 손을 퍼덕거렸다.

또 한 번 기쁨과 아주 비슷한 감정이 밀려왔는데, 아마도 승리감에 아드레날린이 분출된 것 같았다.

나는 어떻게 반지를 보여줘야 할지 몰라 그냥 TV에서 본 여자들을 따라 할까 고민했다. 팔목을 동그랗게 꺾고, 마치 상대가 반지를 탐내듯 바라보다가 끝내 입을 맞춰버리기를 기다리는 듯한 그 동작 말이다.

결국 나는 어색하게 손을 내밀었다. 불현듯 관리받지 않은 손톱과 뭉툭한 손가락 위로 반짝이는 에메랄드가 얼마나 겉도는지 몹시도 신경 쓰였다.

하지만 에밀리는 탄식할 뿐이었다. "너무 예쁘다. 제인도 **그렇고!**"

나는 손을 다시 올려 찬찬히 반지를 살폈다. "아직 어색해요. 모든 게 회오리바람처럼 정신없이 진행됐거든요. 그래도 반지를 보면 진짜구나, 싶은 거 있죠?"

에밀리를 향해 미소를 지었다.

"나도 그런 때가 있었지. 확실히 반지가 확신을 굳혀주는 것 같아."

에밀리가 눈썹을 치켜세우며 물었다. "직접 골랐어?"

나는 고개를 저으며 다이아몬드 후광에 둘러싸인 에메랄드를 다시 쳐다봤다. "아니요. 에디가 골랐어요. 저라면 조금 더 알이 작은 걸 골랐을 텐데, 제가 에메랄드를 워낙 좋아해서 뭐라 불평할 수도 없네요."

에밀리가 고개를 끄덕였다. "에디는 보석을 고르는 안목이 최고야. 늘 그렇게 생각했…….."

에밀리는 말을 멈추더니 입술을 앙다물었다. 나는 그녀의 목구멍에 베가 걸려 있음을 느꼈다. 베에 대한 기억으로 이 순간을 망치고 싶지 않아서 나는 급히 끼어들었다.

"아까는 그냥 구경해본 거예요. 식을 언제 올릴지 아직 안 정했거든요." 내가 가볍게 말하자 에밀리의 어깨에서 살짝 힘이 풀렸다.

"결혼식은 크게 열 작정이야?" 에밀리가 물었다. "가족도 많이 초대하고?"

에밀리의 질문을 받기 전까지는 결혼식 장면을 구체적으로 그려본 적이 없었다. 에디와 결혼해서 로체스터 부인이 된다는 생각에 사로잡힌 나머지 결혼식 자체에 대한 생각은 건너뛴 것이다.

그런데 지금 내 눈앞에 그려지는 장면이라고는 신랑 쪽 자리는 메인주에서 온 에디의 가족들로 빼곡한데 내 자리에는 존 리버스만이 앉아 시리얼을 한 사발 먹고 있는 대형 교회 안 풍경이었다.

그 장면이 너무도 기괴하고 끔찍해서 나는 생각을 떨쳐내려 그야말로 머리를 흔들었다. 그런데 이 몸짓이 에밀리에게는 답이 된 듯했다.

"소규모로 하는구나!" 에밀리가 미소를 지었다. "그게 좋아. 품격 있고 우아하잖아. 적당하기도 하고."

그렇게 말하고는 다시 내 손에 시선을 뒀다. 나는 가방을 살짝 돌려 반지를 가리고는 에밀리에게 최대한 온화한 미소를 지어 보였다. 에밀리와 캠벨, 캐럴라인에게서 배운 미소였다. "맞는 말씀이에요." 나는 설탕을 잔뜩 뿌린 듯한 목소리로 부드럽게 말한 다음 다시 길을 나서려는 몸짓을 보였다.

"저는 볼일이 더 있어서요. 그럼 이만⋯⋯."

"아, 그렇구나." 에밀리가 한 손을 흔들며 말했다. 에밀리가 끼고 있는 약혼반지는 프린세스 컷* 다이아몬드로 최소 3캐럿은 되어 보였다. 흔들리는 에밀리의 손 위로 반지가 햇빛을 받아 반짝거렸다. "입은 꾹 다물고 있을게."

"그러실 필요 없어요." 나는 어깨를 작게 으쓱하며 말했다. "비밀도 아닌걸요."

사실 에밀리가 이 소식을 들불처럼 퍼뜨려주길 바랐다. 저녁 식사 즈음에는 손필드 주택 단지에 사는 모든 사람이 우리의 결혼 이야기를 입에 올리기를 바랐다.

에밀리와 나는 조만간 커피를 한잔하자는 모호한 약속을 하고 각자의 길로 흩어졌다. 뒤를 돌아보니 에밀리는 벌써 휴대폰으로 문자메시지를 보내고 있었다. 다음 지역미화위원회 모임 즈음에는 모두가 알게 될 테고, 나는 관심을 한 몸에 받게 될 것이다.

• 다이아몬드 세공 방식의 하나로, 정사각형 형태.

집으로 돌아오는 길에 식료품을 사러 유기농 매장에 들렀다. 에디와 만난 이후로 한 번도 식사를 차려본 적이 없는데, 한번 해보면 좋을 것 같았다. 늦봄이라 저녁에도 쌀쌀하지 않으니 교외 생활의 기본으로 돌아가 야외에서 고기를 구워보면 어떨까 생각했다.

그 생각에 차를 주차하면서 입가에 미소가 번졌다.

매장에 들어서니 마음이 편안했다. 널찍한 통로 하며 차분한 음악까지, 내가 전에 이용하던 슈퍼마켓과는 완전히 딴 세상이었다.

통로를 따라 카트를 밀면서 만약 정크푸드를 사면 에디가 알아차릴지 궁금했다. 나도 평범한 사람들처럼 고급 음식을 좋아하긴 하지만, 솔직히 요즘은 조금씩 물리던 차였다. 며칠 전에는 맥앤치즈가 너무도 강렬히 당겼다. 유기농 매장에서 파는 맥앤치즈 말고, 그럭저럭 괜찮은 냉동 맥앤치즈도 말고, 파란색 종이 상자에 든 1달러짜리 맥앤치즈가 간절했다.

하지만 나는 코웃음을 치며 다른 통로로 방향을 틀었다. 말이 되는 소리야? 여긴 고급 식료품점이지, 구멍가게가 아니야. 그래서 하는 수 없이 종류가 50가지쯤 되는 후무스와 올리브 타프나드를 살펴보며 집에 가는 길에 주유소에 들를지 고민했다. 주유소에는 맥앤치즈가 있겠지?

"여기서 다 보다니, 반갑군요."

돌아보지 않고도 목소리의 주인이 누군지 알 수 있었다.

트립 잉그러햄이 내 뒤에 서 있었다. 트립은 폴로셔츠와 카키색 반바지 차림으로 팔뚝에는 장바구니를 걸고 있었다.

빠르게 안을 훔쳐보니 장바구니에는 수제 맥주 몇 캔과 건강식을 표방하는 냉동 제품 한 무더기가 담겨 있었다.

트립은 지난번에 봤을 때보다는 얼굴이 좋아 보였다. 물론 뚱뚱한 건 여전해서 둥글고 매끈한 배 위로 분홍색 폴로셔츠가 팽팽하게 당겨져 있었지만, 얼굴은 예전만큼 부어 있지 않고 눈의 충혈도 가라앉았다. 심지어 빗질도 했는지 머리가 단정했다.

어쩌면 요즘은 적어도 정오까지는 술을 마시지 않고 버텨내고 있는지도 몰랐다.

나는 경직된 미소를 지으며 살짝 손을 흔들었다. "안녕하세요, 잉그…… 아니 트립." 그의 한쪽 입꼬리가 올라갔다. 반쯤은 미소이고 반쯤은 비웃음이었다.

"그렇지, 이제는 고용 관계가 아니니까." 그러고는 덧붙였다.

"아, 축하할 일이 있다고 들었습니다."

세상에, 에밀리는 내가 생각한 것보다 훨씬 더 빨랐다.

"감사합니다. 덕분에 잘 지내고 있어요. 아무튼, 만나서 반가웠……"

얼른 트립을 지나쳐 가려는데 그가 통로 한가운데에 서서 움직이지 않았다. 카트로 밀어버리면 속이 시원할 테지만 일단 멈춰서 그를 향해 눈썹을 치켜세웠다.

"그래서, 정확히 언제 그렇게 된 거요?" 트립이 장바구니를 들지 않은 손을 내저으며 물었다. "제인과 에디라니? 이 말은 꼭 해야겠소만, 두 사람의 조합은 상상도 못 했거든."

"저희도 마찬가지예요." 나는 미소를 잃지 않으려 애썼다. 트립 앞에서 나는 갓 대학을 졸업하고 개를 산책시키다 행운을 잡은 순진한 여자여야 했다. 그러면서도 한편으로는 언제쯤 이 짓을 그만둘 수 있을지, 언제쯤 그냥…… 내가 되어도 괜찮을지 생각했다.

"있죠, 나는 에디가 누리는 모든 '것'이 절대 이해가 안 되더군요."

트립은 두 손을 들어 허공에 따옴표를 그렸다. 그의 팔꿈치 안쪽에서 장바구니가 묵직하게 달랑거렸다.

나는 구태여 무슨 뜻인지 묻지 않았다. 하나는 트립이 내가 물어봐주길 원하기 때문이고 또 하나는 그저 이 자리를 빨리 뜨고 싶기 때문이었다. 하지만 상대가 무관심하다는 작은 문제쯤은 트립 잉그러햄을 막지 못했다. 특히 그 상대가 여성이라면.

"내 말은, 뭐 에디가 잘생기긴 했고 중고차 영업사원 스타일로 매력도 있다, 이거요. 그런데 도대체 이 동네 여자들이 하는 행동을 보면 꼭 거시기가 30센티미터쯤 되는 놈을 대하듯 한다 이겁니다."

그래, 트립이 술에 취하지 않았다고 생각한 건 오판이었다.

그래도 잘됐다. 이제 카트를 밀고 트립을 지나쳐도 될 충분한 명분이 생겼다. 고개를 높이 쳐들고, 짜증 난 정도가 아니라 매우 화가 나고 굉장히 당혹스럽다는 양 지나가는 거다.

정말 카트로 치기 일보 직전에야 트립은 옆으로 비켜났다. 내가 통로 끝에 다다르자 뒤에서 트립이 외쳤다. "제인은 보트를 좋아하지 않길 바랄 뿐입니다."

뒤돌아보니 트립의 굳은 표정에 심술이 덕지덕지 붙어 있었다. "에디 로체스터와 함께 보트 근처에 있던 여자들은 운이 나빴죠." 트립은 그렇게 말을 덧붙인 후 돌아서서 터덜터덜 걸어갔다.

나는 농산물 코너까지 다다랐다가 반쯤 찬 카트를 버리고 밖으로 나갔다.

집까지 운전해 오는 길은 불안을 떨쳐낼 만큼 길지 않았다. 트립 잉그러햄이, 많고 많은 사람 중에 하필이면 망할 **트립 잉그러햄**이

불어넣은 갑작스러운 공포였다. 그리고 나는 또다시 물속에서 창백하다 못해 퍼렇게 질려가는 베의 환영을 보았다. 저택 진입로에 들어서는데 속이 요동쳤다.

"그만, 그만, 그만!" 나는 두 손으로 얼굴을 감싸며 중얼거렸다. 에디의 아내는 가장 친한 친구와 사고로 물에 빠져 죽었다. 에디는 사건 장소에 있지도 않았고, 두 여자는 술에 취한 상태였으며 둘 사이에 어떤 해결되지 않은 드라마가 존재했을 수도 있다. 거지 같은 일은 언제라도 일어나게 마련이다.

나는 다시 웨딩드레스 전문점을 떠올리려 애썼다. 내게 미소를 보내고 마치 귀빈처럼 나를 대하던 헌틀리를, 그때 그 달콤한 기분을 떠올리려 애썼다. 반지를 본 에밀리의 포옹과 밝은 미소를.

지금 중요한 것은 바로 그런 것들이었다.

집에 들어서니 에디가 벌써 와 있었다. 단추가 달린 셔츠에 반바지로 갈아입은 모습이었다. 에디와 옷장을 공유하면서 에디가 저런 셔츠를 색깔만 다르게 수십 장 보유하고 있다는 사실을 알게 되었다. 남자란 그럴 수 있는 존재다. 마음에 드는 옷을 하나 발견하면 거의 평생을 두고 입는다.

"왔어?" 나를 본 에디가 밝게 말했다. 나는 에디에게 인사하며 미소를 지었지만, 에디가 바로 얼굴을 찌푸리는 걸 보니 복잡한 심경이 티가 났나 보다.

"무슨 일 있었어?"

나는 가볍게 에디의 품에 안겨 한숨을 내쉬었다. 에디가 팔을 둘렀고 나는 그의 턱 바로 밑으로 머리를 쏙 넣었다.

"웨딩드레스를 둘러보느라 하루가 길었어." 내 말에 에디가 빙그레 웃었다. 그의 두 손이 내 등을 위아래로 쓸어내리며 나를 달랬다.

"진이 다 빠졌겠네." 에디가 말했다. "맥주 한잔할까?"

나는 고개를 끄덕였다. 아까 마신 샴페인 두 잔 때문에 머리가 살짝 아픈 데다 이제 겨우 오후 3시지만.

에디는 내 이마에 지그시 입을 맞추고는 나를 놓아주고 냉장고로 향했다. 나도 가방을 내려놓고 주방에 들어가 조리대 위 우묵한 은그릇에서 라임 두 개를 집었다.

"정말 괜찮은 거야?" 에디가 한 손으로 내 등을 쓸어내렸고, 나는 미소를 지어 보이며 맥주에 곁들일 라임을 쐐기 모양으로 잘랐다.

"응. 괜찮아." 그러고는 고개를 저으며 이마로 내려온 머리칼을 손등으로 쓸어 넘겼다. "그냥 오늘 트립 잉그러햄을 우연히 만났는데, 이상했어."

에디가 가만히 나를 내려다보더니 물었다.

"어떻게 이상했는데?"

사실 에디에게 어디까지 말해야 할지 확신이 서지 않았다. 나는 아직 신경이 곤두서 있었고, 사실대로 말했다가 에디가 오해할까 봐 두려웠다. 트립이 에디와 보트를 언급한 탓에 내가 신경을 쓰거나 겁을 먹었다고 생각할지도 몰랐다.

나는 신경 쓰이지 않고 겁이 나지도 않는다고, 속으로 되뇌었다.

그래서 칼을 조리대에 내려놓고 에디를 올려다보며 미소를 지었다. "아, 알잖아. 트립 같은 남자들이 할 법한 뻔한 생각."

나는 두 팔로 에디의 목을 휘감고 몸을 밀착시켰다. "내가 돈 때문에 당신이랑 결혼한다고 생각하더라."

에디의 얼굴에서 경계심이 일부 누그러졌다. 에디는 두 팔을 내 허리에 두르고 내 엉덩이에 손을 올렸다.

"트립한테 사실 섹스 때문이라고 말했지?"

"물론이지." 에디가 머리를 낮춰 키스하자 나는 그의 아랫입술을 살짝 깨물었다. 트립 잉그러햄과 그의 입에서 나온 개소리는 기억에서 사라졌다.

17

저녁이 되자 우리는 뜰로 나가 커다란 옥외용 목제 안락의자에
앉았다. 앞에 놓인 커다란 돌화로 안에서 불이 탁탁 소리를 내며 타
올랐고 석쇠에서는 연기가 피어올랐다. 익어가는 고기 냄새에 문
득 피닉스에서 보낸 어느 여름밤이 떠올랐다. 바람 한 점 없이 건조
해서 조금만 불똥이 튀어도 모든 것이 화염 속으로 날아가버릴 것
같던 때가.

석쇠가 뒤집히자 자갈밭 위로 숯불이 쏟아진다. 제인은, 진
짜 제인은 울고 있고 브록 씨는 한 손으로 땀방울이 맺힌 맥주
캔을 들고 다른 한 손으로 부젓가락을 쥔 채 벌건 얼굴을 하고
있다.

브록 씨의 앞치마에는 거대한 개구리 캐릭터가 '요리사에
게 키스하라'는 문구와 함께 새겨져 있다. 빨간 입술을 외설적
으로 오므린 개구리다. 나는 바위 사이에 아무렇게나 드러누
워 타는 듯 뜨거운 손과 얼얼한 얼굴을 느낀다. 동시에 저 앞치

마가 얼마나 바보 같은지, 저런 남자가 우리 모두에게 이렇게 큰 힘을 휘두른다는 게 얼마나 말도 안 되는 일인지 생각한다.

그날 일은 떠올리지 않은 지 오래였다. 전부 가슴에 묻어놓았는데 지금, 이 완벽한 곳에서 추한 기억이 다시 고개를 들었다. **다 끝난 일이야. 나를 건드릴 수 없어. 존이 뭐라고 말하든.**

옆에서 에디가 한숨을 쉬며 긴 다리를 쭉 뻗었다.

오늘 밤, 에디는 정말 좋아 보였다. 처음 만났을 때는 조금 불안정해 보였는데 지난 몇 달 사이 잔뜩 서 있던 날이 부드러워졌다고 생각하니 제법 만족스러웠다. **내 덕이야. 내가 그를 행복하게 만든 거야. 나 때문에 그가 행복해진 거야.**

게다가 곧 있으면 나는 그의 아내가 된다.

나는 오늘 구경한 웨딩드레스를 떠올렸다. 몸이 근질거릴 만큼 써보고 싶었던 창가의 아름다운 면사포를.

"우리, 사랑의 도피를 해야 할 것 같아."

입 밖으로 나오기 전까지는 나도 내가 이런 말을 하리라고 생각하지 못했다. 하지만 말이 나와버렸고, 어쩐지 다시 주워 담고 싶지가 않았다.

맥주를 입 앞까지 가져가던 에디가 잠시 멈칫했다. 곧 그는 한 모금을 입에 넣고 삼킨 다음 팔을 내리고 나를 바라보며 말했다. "당신이 내키지 않는 일은, 그게 뭐든 하지 않아도 돼."

"그냥…… 나는 가족이 많지도 않고 버밍햄에 아는 사람이 거의 없으니까. 아니, 적어도 결혼식에 초대하고 싶은 사람은 한 명도 없으니까."

에디는 내 말에 능글맞게 웃더니 눈썹을 치켜세웠다.

"나도 존 개자식이 내 결혼식에 참석하는 건 바라지 않아."

에디는 팔을 뻗어 내 손을 잡고 손바닥의 불룩한 부분에 엄지로 원을 그려댔다.

"제인, 말만 해. 내일 당장 법원에 가서 결혼식을 올릴 수도 있고, 호숫가로 가도 돼. 그것도 아니면 테네시주까지 가서 작은 산장을 한 채 빌려도 되고. 개틀린버그에는 드라이브스루 예식장도 있다더라."

나는 미소를 지었지만 아무 말도 하지 않았다. 에디 같은 남자와 결혼하면서도 결혼식은 내 수준에 맞게 싸고 빠르고 볼품없는 방식으로 진행해야 한다니, 속이 밑으로 꺼지는 듯 불편했지만 애써 무시했다. 사랑의 도피를 제안했을 때, 나는 우리가 백사장 위에서 결혼 서약을 하고 얇은 망사가 쳐진 커다란 침대에서 다정한 첫날밤을 보내는 상상을 했다. 패스트푸드점에서 감자튀김을 받듯이 창구에 차를 바짝 대고 혼인 신고를 하거나 네온사인으로 무료 주차를 광고하는 모텔로 향하는 장면을 상상한 게 아니었다.

그럼에도, 이곳에서 결혼할 수 없다는 사실만은 확실했다. 화려한 드레스를 입고 대형 교회에 입장하면서 캠벨 부부와 캐럴라인 부부가 나와 베를 비교하는 모습을 두고 볼 수는 없었다.

나는 빈 맥주병을 들고 집 안으로 향했다. 유리 미닫이문을 밀어여는데 위쪽 어딘가에서 소리가 들려왔다.

나는 입구에서 그대로 얼어붙은 채 한쪽 귀를 천장을 향해 쫑긋 세우고, 기다렸다.

또다시 쿵, 또 쿵, 쿵.

나는 등 뒤로 미닫이 문을 밀어 닫으며 흘끗 에디를 돌아봤다.

에디는 아직 안락의자에 앉아 두 손을 머리 뒤에 두고 저녁 하늘을 향해 턱을 들고 있었다. 나는 집 안으로 조금 더 깊숙이 슬금슬금 들어갔다.

이제 소리에는 리듬이 실려 마치 심장이 뛰듯 규칙적으로 **쿵, 쿵, 쿵,** 했다.

중학생 때 학교에서 읽으라고 했던 소설이 떠올랐다. 마룻장 밑에 묻힌 한 노인의 이야기였는데, 이 노인을 죽인 사람은 계속 노인의 심장박동 소리가 들린다고 생각했다. 나는 순간 섬뜩한 기분에 휩싸이며 베를 떠올렸다.

그때, 소리가 멈췄다.

나는 숨을 죽이고 그 자리에 섰다. 손에 들린 빈 맥주병만 달랑거렸다.

쾅쾅쾅, 현관문을 두드리는 날카로운 소리에 놀라 펄쩍 뛸 뻔했다. 나는 비명인지 헐떡임인지 모를 소리를 내며 병 하나를 바닥에 떨어뜨렸다.

하지만 위층이 아닌 현관에서 들려오는 소리였다. 누군가가 문을 두드리고 있었다.

"제인?"

나는 유리문 너머로 아직 뜰에 앉아 있는 에디를 바라봤다. 에디는 어깨 너머로 무심히 나를 불렀는데, 내 쪽으로 거의 고개도 돌리지 않은 채였다.

나는 어지럽게 헝클어진 그의 뒤통수를 쏘아봤다. "별일 아니야. 누가 왔나 봐."

막 현관에 다다랐을 때 또 한 번 문을 두드리는 소리가 들렸다. 문을 열자 어떤 여자가 서 있었다.

여자는 파란색 셔츠에 카키색 바지 차림이었고, 허리에 배지를 차고 있었다.

경찰이었다.

심장이 너무도 빠르게 뛰어서 경찰이 내 긴장을 눈치챌 것만 같았다. 쇄골로 왼손을 가져다 대다 문득 손가락에 다이아몬드와 에메랄드가 있음에 감사했다. 그게 내가 엄청난 사람이라는 것을 보여줄 터였다.

더는 두려워할 이유가 없었다. 현관에 서 있는 경찰은 예전의 나를 보고 있는 게 아니며, 예전에 내가 한 일을 알지 못한다. 눈에는 의심하는 기색이 없고 미간을 좁히거나 못된 표정을 짓고 있지도 않았다. 지금 저 경찰이 보고 있는 사람은 이런 집에 살며 디자이너 복을 입고 진짜 보석을 찬 여자였다. 구정물처럼 탁한 금발을 하나로 질끈 묶은 여자가 아니라 비싼 화장품을 발라 화장한 티가 전혀 나지 않는 여자였다.

바로 미래의 제인 로체스터였다.

하지만 내 몸은 인정하기 싫다는 듯 심장은 계속 쿵쾅대고 속은 요동치며 무릎에서는 땀이 났다.

"안녕하세요." 경찰이 웃으며 악수를 청했다.

"로랑 형사입니다. 저녁 식사를 방해해서 정말 죄송합니다."

굳은살이 박인 따뜻한 손이었다. 나는 여전히 왼손으로 가슴을 누른 채 악수를 했다.

"식사 중은 아니었어요." 나는 말을 마치고 캠벨과 에밀리를 떠올렸다. 두 사람이라면 어느 봄날 저녁 문 앞에 찾아온 형사를 어떻게 대할까.

"무슨 일이시죠?" 나는 걱정과 혼란으로 미간을 찌푸리며 물었다. 물론 손필드 주민이라면 경찰이 집에 찾아와도 혼란스러울 뿐이지, 개인적인 사정으로 걱정할 이유는 좀처럼 없을 것이다. 손필드 사람들은 아무 잘못도 저지르지 않기 때문이다. 이곳에서 경찰은 두려움의 대상이 아닌 신뢰의 대상이다. 결국 경찰은 언제나 손필드 사람들 편일 것이다.

로랑 형사가 얼굴을 찡그리자 양쪽 입가에 괄호 부호가 깊게 파였다. 내가 짐작한 것보다 나이가 더 많은 모양이었다. 그러고 보니 검은 머리에 드문드문 흰머리가 섞여 있었다.

"집에 로체스터 씨 계시나요?" 형사의 물음에 입이 바짝 말랐다. 일이 터졌다. 존이 누군가에게 전화한 것이다. 아까 피닉스가 떠오른 것도 우연이 아니었다. 내 직감이 곧 닥쳐올 일을, 이제 다 끝났다는 것을 감지한 것이다. 이제 다⋯⋯.

"로랑 형사님."

에디가 등 뒤로 다가와 한쪽 팔을 내 허리에 두르고 골반 위에 무게를 실어 손을 올렸다. 그 손길만으로 기분이 나아지긴 했지만 조금 짜증도 났다. 나는 남자 뒤에 숨는 그런 여자가 아닌데, 솔직히 말하면 에디가 나서주니 안심이 되었다. 형사의 시선이 에디의 롤렉스 시계를 지나 대리석 위 맨발로 툭 떨어졌다.

"다시 뵈니 반갑네요." 에디가 생긋 미소를 보내며 말했고 나는 그를 올려다보며 눈을 깜박였다.

에디는 긴장하고 있었다.

내 몸에 닿는 그의 몸은 느긋하게 이완되어 있었지만 나는 에디가 아무 이유 없이 매력을 발산하지 않는다는 사실을 알았다.

시선을 내려 에디의 목을 봤다. 선명한 녹색 셔츠가 감싼, 햇볕에 그을린 에디의 목에서 맥박이 빠르게 뛰는 게 느껴졌다.

로랑 형사도 에디에게 미소를 보냈지만 진심에서 우러나온 표정이라기보다는 기계적인 반응에 가까웠다.

"괜찮으시다면 물어볼 게 몇 가지 더 생겼습니다." 로랑 형사가 말했다. "부인에 대해서요."

Part 4

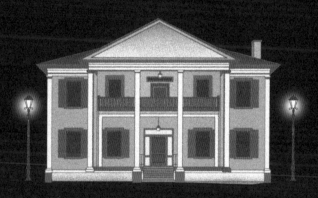

베

베는 오늘 밤 블랜치와 트립과 함께 저녁 식사를 하고 싶지 않았다. 하지만 전통은 전통이고, 네 사람이 목요일 밤마다 격주로 모임을 갖는 것은 그들만의 행사였다. 오늘 네 사람은 홈우드시의 새로운 장소를 선택했다. 고급 바비큐와 값비싼 술을 파는 곳이었다. 그들은 야외 뜰로 나가 연철 식탁에 자리를 잡고 앉았다. 나무에 걸린 꼬마전구가 반짝거렸다. 베는 10분마다 휴대폰을 확인하고 싶은 마음과 싸웠다.

요즘 들어 베는 블랜치와 겹치는 관심사가 거의 없었고, 에디 역시 트립과 이야기를 나눌 만한 주제가 많지 않았다. 에디와 트립은 첫 번째 술이 나오기도 전에 축구 이야기를 다 끝내버렸고, 트립은 동네에 새로 이사 온 가족에 대해 거침없는 비난을 쏟아내기 시작했다. 그 가족이 자신들의 차고 진입로에 농구 골대를 설치했다며 주택소유주협회에 신고할 참이라고 했다.

에디는 트립에게 미소를 보내면서도 목소리에 날을 세웠다. "아이들이 자기네 사유지에서 놀게 놔두는 건 어떨까요. 어쩌면 그게 더 나은 선택일지도요?"

"제 말이 그 말이에요." 블랜치가 눈을 굴리며 트립의 팔을 가볍게 밀쳤다. 블랜치는 여느 날과 달리 반쯤 취한 모습으로 나타나지 않았고 앞에 놓인 와인도 거의 그대로였다. 베는 좋은 징조라고 생각했다.

그뿐만이 아니었다. 오늘 밤 블랜치는 어느 때보다 상태가 좋아 보였고, 한 듯 안 한 듯한 화장도 예뻤다. 디자인이 단순하면서도 몸에 딱 달라붙는 분홍색 원피스가 블랜치의 얼굴을 환하게 밝혔다.

또 하나의 좋은 징조였다.

베는 블랜치가 행복하지 않다는 걸 알았다. 블랜치가 손필드 주택 단지에서 트립과 함께 사는 자신의 인생에 염증이 났고 그녀가 참여하고 있는 모든 위원회와 이사회 활동도 그 공허한 마음을 채워주지 못한다는 걸 알았지만, 두 사람이 터놓고 나눌 수 있는 이야기는 없었다. 베가 말을 꺼내려 할 때마다 블랜치는 주제를 바꿔버렸으며 술에 취했을 때는 베가 온종일 일밖에 할 줄 모른다고 심술궂은 말을 쏟아내곤 했다.

하지만 오늘 밤, 블랜치는 여유가 있고 행복해 보였다. 베는 블랜치의 그런 모습을 보자 마음이 놓였다. 어쩌면 예전의 블랜치가 아직 남아 있는지도 몰랐다.

메인 요리가 막 나왔을 때 블랜치가 말했다. "있죠, 두 사람이 집을 개조한 게 너무 멋져서 트립이랑 저도 집을 좀 고쳐볼까 해요."

뜻밖이었다. 베는 두 사람이 요즘 돈이 많지 않다는 사실을 알았다. 하지만 그런 말을 입 밖으로 꺼낼 수는 없었다.

놀란 사람은 또 있었다. "우리가?" 트립이 반문했다. 트립은 석 잔째 버번위스키를 마시며 의자에 등을 기댔다. 음식은 거의 건드리지 않았고 두 뺨은 붉게 달아올라 있었다. 트립은 그 나름대로 잘생겼지만, 베는 부부 동반으로 저녁 식사를 할 때마다 에디가 훨씬 멋지다고 생각하지 않을 수 없었다.

블랜치는 남편을 향해 손을 내저었다. "얘기했잖아. 당신이 잊어버렸나 보지. 제대로 안 들었거나. 아니면 술에 취했거나."

이제 베는 블랜치가 트립에게 가시 돋친 말을 던져도 익숙했다.

트립 역시 익숙한지 그저 코웃음을 치고 술을 한 모금 마실 뿐이었다. "원하는 대로 하세요, 내 사랑. 언젠 안 그랬나."

블랜치는 트립의 말을 무시하고 앞으로 몸을 숙여 에디에게 집중했다. "물론, 우리는 에디가 일을 맡아줬으면 해요." 블랜치의 말에 에디는 양지머리를 썰며 씩 웃었다.

"왜 내 이름이 안 나오나 했어요. 다른 업체 쓰는 줄 알았잖아요."

에디의 말에 모두가 웃음을 터뜨렸다. 베는 에디의 허벅지에 손을 올리고 살짝 힘을 줬다. "자기야, 당장은 일정이 꽉 차 있잖아." 베는 에디에게 상기시켰다. 그 순간 블랜치의 시선이 에디와 베 두 사람을 지나 에디의 허벅지에 올라간 베의 손에 잠시 머물렀다.

베는 왜 에디가 이 일을 맡지 않았으면 하는지 설명할 수 없었다. 블랜치와 트립에게 집을 개조할 만한 돈이 없어서라고, 모두가 시간만 낭비하게 될 것 같아서라고, 에디의 토건 업체에 자금을 댄 만큼 자신에게도 발언권이 있어서라고 자기 자신에게 설명하고 싶었다.

하지만 그게 다가 아니었다. 지금 여기에서 어떤 일이, 딱 꼬집어 말할 수 없는 어떤 일이 벌어지고 있었다.

베를 보고 미소 짓는 블랜치의 매서운 눈초리에 무언가가 담겨 있었다.

에디가 베의 손을 토닥이고는 다시 음식에 집중했다. "친구들 일인데 시간을 내야지." 쉽게도 말했다.

블랜치가 활짝 웃었다. "좋아요! 세상에나, 지금 벌써 구상해둔 안이 105가지쯤 되거든요."

그날 남은 식사 시간은 베에게 몽롱하게 지나갔다. 평소보다 술을 조금 더 마시고 이게 다 무슨 일인지 의아해하면서 블랜치와 트립의 자금 사정을 알고 있다는 사실을 입 밖에 내고 싶은 충동과 싸우며 계속 블랜치를 주시했다.

그리고 블랜치가 "두 사람 집 부엌이요. 개방되어 있으니까 보기 좋더라고요. 우리 집도 그렇게 바꿀 수 있겠죠?"라고 말할 때 베는 하마터면 블랜치에게 비꼬는 말을 내뱉을 뻔했다. 말이 혀끝에 걸려 입이 무거울 지경이었다.

당연히 블랜치는 베와 에디가 가진 것을 원할 터였다. 당연히 베와 에디의 집이 더 좋아 보일 터였다. 당연히 베가 오랜 세월 끝에 자기보다 성공했다는 사실을 견딜 수 없을 터였다.

자주 그랬듯이 그날 저녁도 트립이 과음한 상태로 마무리됐다. 이번에는 몸을 가누지 못할 정도로 취해서 에디가 트립을 차까지 부축해줘야 했다.

트립은 차를 식당 뒤편의 작은 주차장에 세워뒀고 베와 에디는 길가에 주차해둬서 베는 혼자 열쇠를 쥐고 차까지 걸어갔다.

조수석 문을 여는 순간 베는 어떤 충동에 휩싸였고, 불현듯 서둘러 인도를 가로질러 식당 옆에 난 길을 따라 트립의 차가 주차된 곳을 향해 갔다.

가로등 불빛 아래, 대형 SUV 옆에 선 에디와 블랜치가 똑똑히 보였다. 트립을 벌써 뒷좌석에 실었는지 두 사람만, 베의 남편과 베의 단짝 친구만 보였다.

블랜치는 에디와 가깝게 서 있었는데, 베가 보기에는 지나치게 가까웠으며 블랜치의 얼굴은 오렌지색 불빛으로 물들어 있었다. 블랜치는 에디를 올려다보며 미소를 지었고 에디도 따라 웃었다.

하와이에서 베에게 지어 보였던, 눈꼬리에 주름이 세 줄 잡히는 진한 미소였다. 베의 마음을 따뜻하게 데워준, 아무에게나 지어주는 미소가 아님을 알기 때문에 더욱더 따뜻했던 그 미소였다.

자신만을 위한 것이라 생각했는데, 지금은 블랜치의 것이기도 했다.

베는 두 사람을 등지고 돌아서서 아스팔트 위를 또각또각 걸으며 감각이 마비된 기분을 느꼈다.

결국 블랜치가 원한 게 이거였다. 블랜치가 말한 "집수리"라는 게 이거였다.

블랜치는 베의 집을 원하는 게 아니었다.

원하는 건 베의 남편이었다.

블랜치 실종 2개월 후, 9월

기이한 일이지만(그런데 이 상황에서 기이하지 않은 일도 있는 가?), 나는 이곳에서 일상을 찾아가고 있다.

우리가 일상을 찾아가고 있다.

에디는 매일은 아니지만 사흘에 한 번꼴로 들른다. 와서 하는 일은 똑같다. 다음번에 올 때까지 내가 버틸 수 있도록 음식과 물을 넉넉히 채운다. 사실 넉넉한 것 이상이다. 아직 트지 않은 물병이 벽에 일렬로 세워져 있으니.

처음 몇 주간은 혹시 그가 돌아오지 않을까 봐 식량과 물을 전부 비축해두고는 조금씩 나눠 먹었다. 하지만(또 하나의 기이한 일이긴 한데) 에디가 나를 그냥 여기서 굶어 죽게 내버려 두지 않으리라는 믿음이 생기기 시작했다.

다만 에디는 여전히 내게 아무 말도 하지 않는데, 나는 그에게 묻고 싶은 질문이 백만 개쯤 된다. "도대체 왜 이러는 거야?" 이런 빤한 질문만이 아니라 소소한 질문도 있다. 그가 세상 사람들에게 나에 대해 무어라 말하고 있는지, 서던 매너스는 어떻게 됐는지.

여기 사람들이 나를 그리워해? 블랜치를 그리워해?

에디가 내게 말을 걸게 할 방법이 분명 있을 것이다.

조만간 누군가와 말을 하지 않으면 미쳐버리고 말 테다.

오늘, 드디어, 돌파구가 열렸다.

셔츠 덕분이었다.

오늘 에디는 내가 지난 기념일에 사준 파란색 정장 셔츠를 입고 왔다. 그의 눈동자 색과 똑같아서 선물한 셔츠였는데 여전히 그에게 잘 어울렸다. 에디는 최근 들어 안색이 좋아졌다. 좀 더 에디다워졌다고 해야 할까.

그래서 나는 "당신, 좋아 보여"라고 말했다.

놀란 에디는 내게 등을 돌리는 대신 자기 몸을 흘끗 내려다봤다. 무슨 옷을 입고 있는지 이제 막 깨닫고 내 말의 의미를 파악한 듯한 눈치였다.

"고마워." 에디가 결국 대답했다. "당신이 사준 옷이라는 걸 깜빡했어."

"당신 옷 대부분이 내가 사준 거지." 내가 말했다. "당신이 좋아하는 그 끔찍한 새발 격자무늬 넥타이 빼고는. 그 넥타이는 정말이지 당신 취향이야."

에디가 살짝 웃었다. 눈꼬리에 잔주름이 잡혔다. "난 그 타이가 좋아."

그래, 이제 매일같이 맬 수 있겠네.

말이 혀끝에 걸렸다. 에디가 좋아하던 뼈 있는 말투가 되살아나려 했다. 하지만 이 말을 입 밖에 내면 에디가 자리를 뜰 걸 알기에 혀를 깨물었다. 에디에게서 들어야 할 말이 있으니까.

"그 넥타이가 잘 어울리긴 해." 내가 말했다. "그래서 아주 짜증나."

에디는 피식 웃더니 문을 향해 돌아서서 나가버렸다. 그가 조금 더 머물러서 계속 대화를 이어가기를 바랐기에 실망하고 말았다. 하지만 그가 문을 열고 들어올 때만 해도 없었던 어떤 느슨함이, 그가 떠날 때는 있었다.

첫 단추가 끼어졌다.

블랜치 실종 3개월 후, 10월

에디가 오늘 또 찾아와서 놀랐다. 에디는 어제도 다녀갔는데, 나는 여기 위층에서 사흘에 한 번 찾아오는 그를 기다리며 최선을 다해 날짜를 세는 데 익숙해졌기 때문이다.

에디는 물과 음식을 더 가져왔지만 방에는 아직 여분이 많았다. 에디는 물건을 내려놓고는 두 손을 바지 뒷주머니에 찔러 넣고 조금 오래 문가에 서 있었다.

"책을 좀 더 가져다줄까?" 마침내 에디가 입을 열었고, 내가 대답하기까지 꼬박 1분이 걸렸다.

"그렇게 해주면 좋을 것 같아." 진심이었다. 에디는 내가 책을 일기장으로 쓰고 있다는 사실을 몰랐고, 나는 정말 읽을거리가 더 필요했다.

에디는 고개를 끄덕이고는 나가면서 말했다. "갈게, 베."

전에는 내 이름을 부른 적이 없었다. 몇 주 만에 처음으로 나는 내 이름을 들었다.

에디는 이제 매일 온다. 오래 머무르지는 않는다. 잠에서 깼을 때 두 번이나 물건이 채워졌던 걸 보니 요즘은 밤에 찾아오나 보다. 낮과 밤을 제대로 구별하지는 못하지만 그래도 잠은 잘 자고 있다. 반쯤은 규칙적인 생활을 유지하고 있다고 생각한다. 그래도 에디가 왜 갑자기 밤에 찾아오기 시작했는지는 모르겠다.

안 돼. 나는 그러면 안 된다고 나 자신을 타이른다. 에디의 행동 하나하나에 이유나 동기를 추측하려 들어선 안 된다. 추측하기 시작하면 나는 미쳐버릴 것이다.

제대로 미쳐버릴 것이다.

에디는 오늘 한 시간 동안 머물렀다. 어쩌면 그보다 더 오래 있었는지도 모른다.

굳이 수고를 들여 음식과 물을 가져오지도 않았다. 이곳에서 눈을 뜬 이후 처음으로 가슴속 무언가가 탁 풀리고 폐에 숨이 들어오는 것 같았다.

에디는 얼마 전에 약속한 대로 책을 몇 권 더 가져다주었는데, 나는 책을 보자마자 그중 한 권을 집어 들었다. 내 기억으로는 에디도 읽은 적이 있는 정치 스릴러였다.

"내가 지금껏 읽은 책 중에서 가장 바보 같은 책일 거야." 내 말에 에디는 방을 가로질러 내 손에서 책을 빼내고 표지를 살폈다.

"대통령을 복제 인간으로 대체하는 그건가?"

"부통령이야." 내가 정정했다. "아무튼 그 책 맞아."

뒤표지를 읽으며 에디는 희미하게 미소를 지었다. "공항에서 산 책이야. 공항에서 산 책으로 사람을 평가하면 곤란해."

"기억난다." 정말 불현듯 기억이 났다. 우리는 애틀랜타로 학회를 간 적이 있다. 정확히는 내가 학회에 참석했고 에디는 애틀랜타에서 열리는 미식축구 경기를 보려고 동행한 것이었다.

"여성과 리더십, 리더와 여성성, 뭐 이런 학회였지. '부드러운 손: 공포를 주지 않고 존경을 얻는 법'이나 '정상에 선 여성' 같은 강연을 사흘 동안 들었어."

에디가 미소를 지었다. "당신은 그런 쓰레기 같은 활동을 정말 싫어했잖아."

"싫어했지." 나는 고개를 끄덕였다. "그 학회가 특히 별로였어."

나는 침대 가장자리에 걸터앉아 그 주말을 회상하면서 펜슬스커트를 과하게 차려입고 시간을 낭비하는 동안 내가 얼마나 괴롭고 지루했는지를 떠올렸다.

당시 소그룹 워크숍 한 회를 지도했던 여자의 모습이 지금도 생생히 떠오른다. 강단에 선 여자의 짧은 머리는 얼굴로 유추할 수 있는 나이보다 이르게 희끗희끗 세었고, 크림색 캐시미어 카디건은 새처럼 가냘픈 여자의 몸을 집어삼킬 듯했다.

"우리 머릿속은 너무 복잡해요. 생각할 게 많죠." 여자가 말했다. "남자들보다 더 많아요. 남자들은 일 걱정만 해도 되지만 우리는 일 **그리고** 가정까지 걱정해야 하죠. 자녀 일도 놓을 수 없고요. 장담하건대, 제가 남성 CEO에게 '**지금 이 순간** 집 냉장고에 우유가 얼마나 있습니까?'라고 묻는다면 그는 감도 잡지 못할 거예요. 하지만 여기 계신 분들은 다 알고 있죠."

여자는 충만한 미소를 짓고는 공모라도 하는 듯이 목소리를 낮추어 속삭였다. "다 알고 계시는 거, 맞죠?"

한바탕 키득거림과 동시에 알고 있다는 끄덕임이 청중을 휩쓸자 나는 주위를 두리번거리며 생각했다. **젠장, 다들 진심이야?**

지금 에디에게 그때 이야기를 들려주자 에디는 웃음을 터뜨리며 가슴 앞으로 팔짱을 꼈다. "그랬구나. 근데 당신은 내가 오늘 어땠는지 물을 때마다 '좋았어'라고 했잖아."

나는 어깨를 으쓱했다. "뭐라 말할 수 있었겠어? 내가 선택해서 간 학회였는데. 당신이 옳았다고, 시간 낭비였다고 인정하긴 싫었어."

당시 우리 사이가 껄끄러웠다는 말은 덧붙이지 않았다. 블랜치가 집수리를 맡기 전부터 우리는 예전보다 자주 싸웠다.

하지만 에디가 그때를 떠올려봐야 좋을 게 없었다.

"애틀랜타에서 나도 썩 재미있지는 않았어. 펠컨스팀 경기 표가 결국 고객한테 넘어가는 바람에 호텔방에서 TV 중계를 보면서 시간을 보냈거든. 밥은 룸서비스로 대충 때웠던 것 같아."

그러더니 에디가 주변을 흘끗거렸다. 앉을 만한 곳을 찾는 눈치였다.

하지만 앉을 자리가 있을 리 만무했다. 이곳은 응접실이 아니니까. 이곳은 감옥이다.

에디가 만든 감옥.

나는 얼른 머리를 굴려 침대 위 내 옆자리를 톡톡 두드렸다. "생각보다 편해서 깜짝 놀랄걸." 나는 살짝 미소를 지어 보였다. 이곳에 들어온 후 우리는 처음으로 긴 대화를 나누었고, 나는 에디가 지금처럼만 긴장을 풀고 마음을 조금 더 열길 바랐다.

하지만 에디는 망설였고, 그래서 나는 곧 그가 이 방을 나가버리리라 생각했다.

그때 에디가 자리에 앉았다.

그의 무게에 매트리스가 살짝 꺼지며 내 몸이 에디 쪽으로 조금 기울었다. 비누 향과 그 밑에 깔린 깨끗하고 따스한 에디만의 체취가 풍겨왔다.

애틀랜타에서 보낸 주말이 내내 나빴던 것만은 아니다. 우리 사이에 긴장이 감돌긴 했지만 그래도 매일 밤 큼지막한 호텔 침대를 마음껏 누렸다.

침대 위에서, 우리는 늘 좋았다.

에디가 나를 바라보았다. 그의 눈동자는 참 푸르렀고, 내 입술은 바싹 말라갔다.

에디의 눈은 내가 싫다거나 내가 없어졌으면 좋겠다고 말하고 있지 않았다. 그렇다면 내가 아직 여기 존재하는 이유가 있어야 했다.

블랜치는 죽었는데 나는 살아 있는 이유가.

반드시 어떤 의미가 있어야 했다.

"휴가를 더 자주 갈 걸 그랬어." 내 시선이 그의 입술로 흘렀다.

"다시 하와이에 갈 수도 있었고."

그러고는 에디를 올려다봤다. 에디의 얼굴은 마침내 내게 열려 있었다. 따스한 두 눈, 벌어진 입술. 내가 아는 에디였다.

내가 이해할 수 있는 에디였다.

불현듯 이곳에서 빠져나갈 최선의 방법이 아주, 아주 선명하게 떠올랐다.

베는 남자를 만나러 하와이에 온 게 아니었다. 햇살 아래 자리를 잡고 앉아 비싼 칵테일 스무디를 마시며 처음 보는 태평양 바다를 눈에 가득 담을 생각이었다. 사실 베는 멕시코만을 제외하면 바다에 와본 적이 없었다. 어느 여름, 블랜치네 가족이 베를 오렌지비치시에 있는 별장으로 데려가줘서 본 게 다였다.

블랜치는 하와이 여행에 반대했다. "촌스러워." 블랜치는 그렇게 말하며 코를 찡긋하고 머리칼을 귀 뒤로 넘겼다.

"더 근사한 곳에 갈 형편도 되는 애가 왜 그래? 발리나 뭐 그런 데를 가. 피지도 좋고."

하지만 베는 하와이에 가고 싶었기에 하와이로 향했고, 블랜치는 특유의 평가하는 듯한 얼굴로 무의미한 의견을 제시하며 불편한 심기를 드러냈다. 아무튼 블랜치는 그냥 샘을 내는 것이었다. 트립은 이탈리아 신혼여행 이후 어떤 여행도 계획하지 않았는데, 베는 트립이 아직 신용카드 빚을 갚느라 여력이 없기 때문이라는 사실을 알았다.

하지만 연일 해변 의자에 앉아 태평양을 쳐다보고 있자니(태평양은 기대만큼 푸르렀다) 블랜치가 했던 말이 머릿속을 맴돌았다. 좀 더 이국적인 곳으로 갔어야 했나? 좀 더 가기 어려운 곳으로? 가족 여행이나 신혼여행을 온 사람들을 피하느라 이리저리 옮겨 다니지 않아도 되는 곳으로?

결국은 모든 일이 균형 잡기였다. 어린 베가 원하는 것과 지금의 베에게 필요한 것을 구분하고 균형을 잡는 것.

베는 마이타이 칵테일을 한 잔 더 마셨다. 너무 달았지만, 그래도 마셨다. 아니야. 하와이는 좋은 선택이었어. 하와이는 **접근성**이 좋아. 게다가 서던 매너스의 모토와도 어울리고. 품격이 있되, 편안할 것. 베는 다음 여름 시즌에 하와이를 주제로 한 제품들을 선보일까 생각했다. 히비스커스꽃을 그린 유리컵, 파인애플 모양의 냅킨 고리, 당돌한 훌라걸을 그린 판화.

일을 생각하자 언제나 그랬듯 마음이 편안해졌다. 끊임없이 반복되는 생각의 고리를 끊을 수 있었다. 마치 살면서 실수한 곳이나 실수 **할지도 모르는** 곳을 영원히 찾아 헤매는 것처럼. 하지만 베는 사업에서만큼은 그런 불확실성과 자기 의심을 전혀 갖지 않았다.

베는 비치백에서 아이패드를 꺼냈다. 아이패드 옆에는 읽지 않을 걸 알면서 공항에서 구입한 잡지 세 권과 책 두 권이 있었다.

몇 분 만에 베는 여름에 내놓을 제품 구상으로 아이패드 한 면을 빼곡히 채우고 제품군에 붙일 이름을 고심하기 시작했다. 재미있으면서도 귀에 한 번에 박히는, 그렇다고 유치하지는 않은 이름이어야 했다. 늘 그렇듯 또다시 아슬아슬한 줄타기가 시작됐다. 하지만 일과 관해서라면 균형을 잡기가 더 쉬웠다.

세 번째 아이디어('블루하와이 어쩌고는 어떨까? 너무 구식인가?')를 곱씹고 있을 때, 의자 위로 웬 그림자가 드리우면서 어떤 목소리가 들렸다.

"해변에서 업무라, 영감을 주는지 절망을 주는지 잘 모르겠네요."

바로 그 미소가 베를 거의 첫눈에 사로잡았다. 베가 고개를 드니 흰색 티셔츠와 줄무늬 수영 바지를 입은 남자가 보였다. 남자는 한 손을 무심히 주머니에 찔러 넣고 서 있었다. 선글라스 렌즈는 바닷물이 말라 얼룩져 있고 머리칼은 눈썹 위로 내려왔는데, 마치 베가 막 발을 들여놓은 어떤 로맨틱 코미디 영화 속 남자 주인공처럼 보였다.

베는 거의 무의식적으로 따라 웃었다. 훗날 베는 그것이 그의 특기

임을, 그가 타인이 벽을 세우기도 전에 벽을 부스는 데 능하다는 사실을 깨닫게 되겠지만 햇살이 눈부신 그날 오후만큼은 그에게서 어떤 불길한 징조도 찾을 수 없었다.

"사무실에서 일하는 것보다야 낫죠." 자신도 모르게 대답이 나왔다. 그러자 활짝 핀 그의 미소가 한층 더 짙어지며 왼쪽 볼에 팬 보조개가 드러났다.

"영감을 주는 쪽이라니, 건배해야겠군요." 남자는 베에게 손을 내밀었다. 머리 위에 걸린 태양만큼이나 밝은 미소였다.

"에디라고 해요."

에디. 남자아이의 이름이지 않은가, 베는 생각했지만 그의 미소에는 이름처럼 어딘가 소년의 모습이 있었다.

베는 그 점이 좋았다. 에디를 옆자리에 앉게 할 만큼, 그날 밤 에디의 저녁 식사 초대를 수락할 만큼.

안 될 건 뭐야? 베는 생각했다. 이런 게 바로 새로운 인생과 어울리는 일 아닌가? 호화로운 휴가, 달콤한 칵테일, 낯선 미남과의 저녁 식사가?

두 사람은 대형 유리창 밖으로 바다가 내려다보이는 호텔 식당에서 식사했다. 하늘은 분홍색과 보라색과 오렌지색이 격렬히 뒤섞여 오묘한 빛을 띠었다. 두 사람 사이에서 촛불이 깜빡거렸고, 식탁 옆 아이스버킷 안에서는 값비싼 와인이 땀을 흘리고 있었다.

훗날 되돌아보면서 베는 당시 상황이 지나치게 완벽에 가까웠음을 깨달았다. 연애 소설에나 나올 법한 상투적 설정으로 넘쳐났음을. 하지만 당시에는 그저 들뜨고…… 일어날 법한 일이 일어난 것 같았다. 그간의 고생을 마침내 보상받기라도 하는 것처럼.

에디와 대화를 나누면서 베는 어찌나 대화가 잘 통하는지 놀랐다. **에디가** 어찌나 편안한지. 에디는 메인주 출신이며 보트를 좋아한다고 했다. 요트 전세 사업을 시작하려는 친구가 있어서 하와이에 왔고, 사업이 어떻게 돌아가는지 파악하기 위해 여러 회사를 살펴보고 있다고 했다.

베는 에디에게 앨라배마주에서 자란 이야기를 들려주었다. 남부 고딕* 소설에 나올 것 같은 어린 시절 이야기는 빼고 고급 기숙학교와 상류층 사교계, 사우스캐롤라이나주의 여자대학교에 다녔던 이야기에 초점을 맞췄다. 베는 이야기를 길게 이어나가다 문득 자신이 또다시 그리 매력적이지 않은 자신의 인생에 블랜치의 인생을 덧칠하고 있음을 깨달았다. 하지만 오랜 습관으로 굳어진 탓에 더는 마음이 쓰이지도 않았다.

에디는 디저트를 앞에 두고 멋쩍게 웃으며 살짝 위축된 듯이 한 손으로 목덜미를 쓰다듬었다. "정말 심하게 아름다우세요."

그러고는 고개를 내저으며 덧붙였다. "제가 많이 취했나 봐요."

에디는 취하지 않았다. 올드패션드를 한 잔 마셨을 뿐, 와인에는 거의 손도 대지 않았다.

어쩌면 이 대목에서 베가 경계심을 품어야 했을 수도 있다. 에디가 방금 만난 여자에게 저런 말을 하려고 술에 취한 척을 하고 있으니까.

하지만 베는 경계가 아닌 흥미가 돋았다. 베의 눈에는 모든 것을 갖춘 남자가 자신의 약한 면을 넌지시 보여주는 것처럼 보였다. 잘생긴 데다, 똑똑하고, 성공한…… 남자가.

---

* 미국 남부를 배경으로 한, 기괴하고 섬뜩하며 환상적인 이야기가 특징인 문학 장르.

결국 베는 알게 될 터였다. 에디가 그의 말대로 "사업차" 하와이에 온 게 아님을, 요트 전세 사업은 실제 일이라기보다 몽상에 가까운 것임을. 하지만 알게 되었을 때는 이미 너무 늦은 시점이었고, 어쨌든 그때는 베도 개의치 않았다.

"아름답다는 말, 많이 들으시겠죠." 에디가 말을 이었고, 베는 그를 보았다. 제대로 그를 살펴보았다.

파란 두 눈에, 광대뼈 위로 살짝 붉은 기가 돌았다. 베가 보기에는 술기운도 부끄러움도 아닌 햇볕 탓이었다.

"많이 듣죠." 베가 대답했다. 사실이기도 했고, 이렇게 말했을 때 에디의 반응이 어떨지 궁금하기도 했다. 에디가 머릿속에 짜놓은 대본이 누구를 대상으로 쓴 것인지 알고 싶었다. 남자들이 그렇게 노래를 부르는, 예쁘지만 스스로 예쁘다는 사실을 모르는 신화 속 존재처럼 자신이 행동하길 기대하는 건지 확인하고 싶었다.

하지만 에디는 전혀 당황하지 않았다. 살짝 눈을 가늘게 뜨며 베 쪽으로 유리잔을 기울일 뿐이었다.

"그렇다면 아름다운 **데다** 그걸 알 만큼 똑똑하기까지 하다는 말이군요."

"돈도 많고요." 베가 덧붙였다. 역시 사실이었고, 이번에도 이렇게 말했을 때 에디의 표정이 어떻게 변하는지 확인하고 싶었다.

에디는 놀랍게도 아무것도 보여주지 않았다. 그저 또 한 번 웃어 보일 뿐이었다. "세 가지 다 완벽하시네요. 이런 분과 함께라니, 기뻐요."

베는 웃음을 터뜨리며 머리칼을 귀 뒤로 넘겼다. 어쩌면 그 순간 처음으로, 진심으로 이 남자에게 반했다. 베는 에디가 발끈하지도, 대수롭지 않은 척하지도 않아서 좋았다. 물론 에디가 베에 관해 이미 다 알고 있었을지도 모른다(훗날 베는 그날의 우연한 첫 만남에 크게 의문을 품게 될 터였다). 하지만 에디의 태도가 그녀를 사로잡았다. 에디는 바로 처음부터 그녀를 받아들였다. 어쩌면 베가 구축해놓은, 베가 되고자 하는 사람의 형상을 진정으로 이해한 첫 번째 사람일지도 몰랐다.

어쩌면 에디 자신도 하나의 형상에 지나지 않았을지도.

Part 5

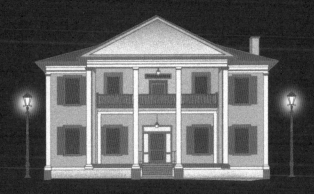

제인

18

에디가 형사를 뒤뜰로 데려갔다. 그가 뒷좌석에 실려 경찰에 연행되는 것도 아니었다. 나는 심각한 일이 아니라고 스스로를 타일렀다. 아무 일도 아니야, 정말로.

무슨 일이 **있다면,** 에디가 미소를 띤 얼굴로 형사에게 생수를 건네지도 않을 것이다.

비록 정신은 다른 곳에 팔려 있지만 나는 주방에서 조리대를 닦고 식기세척기에 유리잔을 넣는 등 계속 바쁘게 손을 놀리면서 딱 에디만큼만 여유로워 보이려고 애썼다.

하지만 나는 에디가 아니라서, 로랑 형사가 다시 집 안으로 들어오자 만사 제쳐두고 침실에 숨어 들어가 문을 잠그고 싶은 마음과 싸워야 했다.

바보 같은 말이지만 예전에는 이 정도의 돈과 생활 수준이면 지금처럼 경찰이 문 앞에 나타나 매서운 눈초리로 질문을 해대는 상황도 막을 수 있을 줄 알았다.

로랑 형사는 제집처럼 편안하게 조리대에 몸을 기대고 물었다.

"두 분이 만난 지는 얼마나 됐나요?"

경찰로서 묻는 건지, 아니면 그저 사담을 하는 건지 전혀 감이 잡히지 않았다. 손을 올려 머리칼을 귀 뒤로 넘기는데 손바닥이 축축했다.

"몇 달 정도요?" 나는 말했다. "에디랑은 2월에 만나서 3월에 데이트를 시작했죠, 아마?"

잘하는 짓이다. 나는 의문형으로 말하고 있었다. 이런 고급 주택에 사는 여자가 아니라 자신에게 확신이 없는 어린 여자애나 쓸 법한 말투였다.

그래도 로랑 형사는 미소를 지었다. 따스한 검은 눈동자였다. 눈 주위로 주름이 잘게 잡혔다.

"약혼자분의 개를 산책시켰다고 들었습니다." 로랑 형사는 코를 찡긋하며 우리 주위로 두 팔을 휘휘 저었다. "그래서 제가 말했죠. '도대체 이 동네 사람들은 왜 개를 산책시켜줄 사람이 따로 필요하답니까?' 그래도 제인에겐 전문적인 일이었겠죠, 그렇죠?"

나는 로랑 형사를 따라 웃으며 고개를 끄덕였지만 심장이 계속 쿵쾅대고 두 손은 달달 떨렸다. "저도 똑같이 말했어요. 그래도 좋은 일자리였어요. 개인적으로 강아지를 좋아하기도 하고요."

애를 써봤자 내 말은 싱겁게 들리기만 했다. 하지만 이게 핵심이었다. 대화를 나눠봐야 시간 낭비인 사람이 되는 것. 게다가 지금 **이게** 다 무슨 일이든, 나와는 전혀 상관없는 일이었다. '평범한 제인'은 이번에도 있는지 없는지 모르게 조용히 묻어갈 셈이었다.

로랑 형사는 고개를 끄덕이며 손톱으로 조리대를 탁탁 두드렸다. 손톱은 깔끔하고 짧은 사각형이며, 왼손에는 얇고 수수한 금반지만 하나 보였다. "살아나가려면 할 수 있는 일은 다 해야죠." 로랑 형사는 무례하지 않게 말했다. 그러고는 나를 향해 한 번 더 고개를 주억이더니 허리춤에 찬 휴대폰을 확인했다.

"그만 가봐야겠네요. 두 분의 저녁을 방해해서 다시 한번 죄송합니다."

"전혀 죄송하실 것 없어요." 나는 형사가 여기 온 이유가 무엇인지, 에디에게 무슨 말을 했는지 묻고 싶어 죽겠으면서도 또 한편으로는 형사가 빨리 가버리기를, 오늘 밤 일이 내 머릿속에서 아예 지워지기를 바랐다.

"배웅해드릴게요." 하지만 로랑 형사는 손을 내저으며 거절했다.

"그럴 필요 없어요." 그러더니 재킷에 손을 넣어 명함을 한 장 꺼내 내게 건넸다. 그날 에디가 존에게 건넨 명함과 달리 형사의 명함은 얇았다. 값싼 재질의 종이였다. 명함에는 마운틴브룩 경찰국의 문장이 찍혀 있고, 토리 로랑 수사관이라는 이름과 전화번호가 적혀 있었다. "로체스터 씨에게 질문이 있으면 전화 달라고 말해뒀어요. 그쪽도 마찬가지입니다. 알겠죠?"

그렇게 로랑 형사는 떠났다. 투박한 신발이 바닥에 닿아 탁탁거리는 소리를 냈고 이어서 현관문이 열리고 닫히는 소리가 들렸다.

형사가 나가기만을 기다렸는지 에디가 뒤뜰로 난 미닫이 유리문을 열고 들어와서는 길게 숨을 내뱉으며 두 손으로 머리칼을 쓸어 넘겼다.

"괜찮아?" 에디의 물음에 나는 그를 올려다보며 애써 미소를 지어 보이고 두 팔로 그의 허리를 감쌌다.

"응, 괜찮아." 물론 전혀 괜찮지 않았다. "왜 온 거래?"

에디는 상체를 숙여서 내 정수리에 턱을 괬다. "블랜치에 관해 묻더라고. 베에 관해서도."

"찾았대?" 내가 작은 목소리로 물었다. 너무도 섬뜩한 질문이고, 섬뜩한 장면이었다. 물속에 그렇게나 오래 잠겨 있던 베를 찾아내는 장면은…….

"베는 아니고." 에디의 목소리가 거칠었다. "블랜치. 블랜치를 찾았대."

"세상에." 나는 에디의 품에서 빠져나오며 중얼거렸다. 정확히 무엇을 찾은 건지 생각하지 않으려 애썼다.

에디의 살갗은 잿빛으로 시퍼렇게 질렸고, 턱 근육은 끊임없이 꿈틀댔다. 지금 에디는 처음 만났을 때의 모습과 가까워 보였다. 내 속은 요동쳤다.

"뭐가 더 있는 거야?"

"블랜치가…… 두개골에 골절이 있었대. 세게 부딪히거나 맞은 것처럼."

그러더니 에디는 몸을 틀고 목덜미를 문질렀다. 나는 그 자리에 꼼짝 않고 서서 방금 들은 정보를 처리하고 충격과 공포를 걷어내 그 의미를 파악하려 애썼다.

이제 나는 속이 메스꺼울 뿐만 아니라 오한이 났다. 몸이 굳어가는 느낌에 손가락을 들어 입술을 눌러봤다. "누가 죽인 거야?" 겨우 들릴 만한 목소리로, 가까스로 목을 쥐어짜서 물었다.

에디는 여전히 내게 등을 보이고 있었다. 어깨에 힘이 잔뜩 들어간 모습이었다. 나는 참지 못하고 덧붙였다. "베도?"

"마찬가지로 타살로 보고 있대. 그 말을 하러 온 거였어. 이제 베의 실종을 살인 사건으로 보고 수사한다고."

시야가 흐려졌다. 무릎에서 갑자기 힘이 빠지고 땀이 나는 듯했다. "세상에. 어쩌면 좋아, 에디."

달리 무슨 말을 해야 할지 몰랐다.

우리는 겨우 베의 유령과 사는 데 익숙해졌다. 제발이지, 우리는 **약혼했단** 말이다. 결혼식 이야기를 하고 있었단 말이다. 비극적인 사고로 아내를 잃은 것은 그렇다 치자. 하지만 누군가가 고의로 일으킨 사고라면? 그건 악몽이다.

그때 또 다른 생각이 머리를 스쳤다. "경찰이 설마……." 문장을 마무리 짓고 싶지도 않았다. 그 문장이 우리 두 사람을 휘감은 공기에 스며들지 않았으면 했다.

"나를 의심하느냐고?" 에디가 말하며 돌아섰다. 여전히 얼굴빛은 창백했지만 아까처럼 격앙된 표정은 아니었다. "아니, 그저 상황이 이렇다고 알려주려고 온 거야. 물론 앞으로 이런저런 질문을 하겠지. 하지만 나를 아내와 사별하고 슬픔에 빠진 남자로 보는 눈치였어. 용의자가 아니라."

말을 이어갈수록 내가 알던 평소의 에디가 다시 얼굴과 목소리에서 배어 나왔다. 마치 또 다른 페르소나가 껍데기 혹은 가면처럼 스르륵 씌워지는 듯했다.

그때 에디가 나를 보더니 얼굴을 찌푸렸다. "빌어먹을. 정말 미안해, 제인."

"미안하다니?" 나는 에디에게 다가가 그의 손을 잡았다. "왜 그런 말을 해?"

에디는 한숨을 내쉬며 나를 끌어당겨 품에 안았다. "정말 엉망진

창이니까. 이런 일에 당신을 끌어들이고 싶지 않았는데. 나는 당신이…… 모르겠어. 웬 작은 방에 앉아서 나란 사람을 알기도 전에 있었던 일까지 대답해야 하는 상황이 싫어."

이제 더 놀랄 일도 없다고 생각했는데, 방금 그 말에 완전히 새로운 공포가 나를 엄습했다. 입이 바싹바싹 타들어갔다. 고개를 들어 에디를 봤다. "경찰이 나도 심문할 것 같다는 말이야?"

"그 이야기도 나오긴 했어." 에디는 심란한 얼굴이었다. "당신이랑 같이 오라더군."

지난 5년간 관심을 피하고, 질문을 피하고, 특히 경찰을 외면하며 살아왔다. 젠장, 경찰이 이 사건으로 에디를 조사한다면 나 역시 조사할 터였다. 에디의 약혼녀를, 아내가 실종된 지 1년도 채 되지 않아 약혼한 어린 여자를.

존이 피닉스에서 걸려온 전화로 협박하는 것도 손이 달달 떨리는데, 이제 여기까지 와버렸다. 덫이 나를 콱 물기 직전이라는 게 느껴진다. 나는 눈을 감고 이마로 에디의 가슴을 누르며 심호흡했다.

에디가 내 목덜미를 쓰다듬었다. "그래도 너무 걱정하지는 마."

"걱정 안 해." 나는 반사적으로 답했지만, 에디는 처연한 미소를 지어 보이며 손을 올려 내 뺨을 감싸 쥐었다.

"제인, 당신 꼭 유령처럼 창백해."

나는 에디가 손을 거두기 전에 그의 손을 잡고 내 얼굴에 더 가까이 붙였다. 그의 살갗은 참 따뜻했다. 내 살갗은 여전히 얼음처럼 차가웠다. "큰일이라는 거, 알아." 에디가 말했다. "나도 아직 상황을 파악하려 애쓰는 중이야. 그래도 당신이 걱정할 일은 하나도 없다는 걸 명심했으면 좋겠어, 알겠지? 나는 아무 데도 안 갈 거고, 우리는 함께 이 상황을 헤쳐나갈 거야."

에디는 차분하고 침착하게 말했지만 아무런 도움이 되지 않았다. 나는 오히려 마음만 더 심란해져 에디에게서 떨어지며 머리칼을 쓸어 넘겼다.

"에디, 당신의 아내가 살해됐어." 내가 말했다. "괜찮지 않을 거야. 괜찮을 **리가** 없다고."

여기서 이런 일이 일어나서는 안 된다. 나는 여기서 안전해야 한다. 이곳은 안전해야만 한다.

블랜치와 베는 내가 손필드 주택 단지에 발을 들이기도 전에 실종되었지만, 어쩌면 내 탓일지도 모른다는 생각이 들었다. 내가 이곳에 비극을 불러온 건가? 추악함을, 폭력을 불러왔나? 내게 들러붙은 추악함이나 폭력이 바이러스처럼 주변의 모든 사람을 감염시키고 있는 건가?

바보 같고 자기중심적이며 전혀 말이 되지 않는 생각이었다. 하지만 그보다 훨씬 더 말이 안 되는 것은 누군가가 베와 블랜치를 살해했다는 사실이다. 도대체 누가 두 사람을 해치려고 했을까? 왜? 무슨 이유로?

게다가, 에디는 왜 이리도 차분한가?

"알아, 정말 끔찍한 일이야." 에디가 한숨을 섞어 말했다. "정말이야. 나도 안다고." 에디는 두 눈을 질끈 감으며 미간을 꼬집었다. "하지만 지금 우리가 할 수 있는 일은 아무것도 없어. 걱정한다고 상황이 바뀌지는 않아."

걱정한다고 상황이 바뀌지는 않아. 나는 걱정을 하는 게 정상이라고, 누가 당신의 아내와 아내의 가장 친한 친구를 죽이려 했는지 두려워하는 게 정상이라고 말하고 싶었지만 무언가가 나를 가로막았다.

에디가 내 손을 잡았다. "결혼식에 집중하자. 우리의 남은 삶에 집중하자. 이런 일이 아니라."

"그냥 나는…… 경찰이 싫어." 내 말에 에디가 혼란스럽다는 듯이 얼굴을 찌푸렸다.

"경찰이 왜 싫어?"

딱 돈 많은 백인 남자처럼 말하네. 혼자 조용히 생각했다.

그런 생각과 달리 나는 어떻게 대답하면 좋을지 고심했다. 또 한 번, 진실을 조금 섞은 거짓이 필요한 순간이었다.

"예전에 살았던 위탁 가정 말이야." 내가 입을 열었다. "애리조나주에서. 그 사람들은 나 같은 아이들에게 좋은 부모가 되어주려고 위탁 가정을 꾸린 게 아니었어."

흘끗 에디를 보니, 그는 가슴 앞으로 팔짱을 끼고 턱을 살짝 끌어당긴 채 나를 주시하고 있었다. 무언가를 귀 기울여 들을 때 나오는 자세였다.

"아무튼, 열여섯 살 때 그 사람들은 내가 도둑질을 한다며 경찰을 불렀어."

도둑질을 한 건 **사실**이었다. 하지만 그 사람들도 정부에서 나오는 돈을 나와 또 다른 위탁 아동 두 명을 돌보는 데 쓰지 않고 대부분 자기 주머니에 찔러 넣었다. 그러니 내가 그 돈을 조금 훔친 게 어디가 잘못됐다는 건지 도통 이해할 수 없었다.

"집에 온 경찰은 위탁 아버지의 친구였고, 그가 나를 경찰서에 끌고 갔는데 그때 경험은 정말이지……."

당시의 일을 이야기하는 지금도 경찰서에 앉아 있던 내 모습이 눈에 선하게 그려졌다. 탄 커피 냄새와 청소 세제 냄새를 맡으며, 치밀어 오르는 분노에 몸을 바들바들 떨며 말도 거의 하지 못했던 내 모습이. 하지만 그때 느낀 분노를 말할 수는 없었다. 에디는 이해하지 못할 것이다.

"정말 무서웠어." 나는 결국 그렇게 말했다. "그 기억은 절대 극복하지 못할 거야."

물론, 전모를 다 밝히진 않았다. 진짜 제인에 대해, 피닉스에서의 마지막 밤에 대해서는 언급조차 하지 않았다.

하지만 에디가 전부 다 알 필요는 없었다.

에디는 혀를 끌끌 차며 팔짱을 풀고 다시 나를 끌어안았다.

"지금 내가 문제가 아닌데." 나는 고개를 뒤로 젖혀 에디를 봤다. "미안해."

"미안해하지 마." 에디는 말을 마치고 내 이마에 입을 맞췄다.

"그리고 이 일은 아무 걱정도 하지 마. 베와 블랜치는 이미 사라진 사람이야. 바뀌는 것은 아무것도 없어."

하지만 에디가 포옹을 풀고 돌아섰을 때, 나는 옆으로 내린 그의 손이 접혔다 펴졌다 하는 걸 봤다.

19

다음 날 캐서롤이 하나둘 집에 도착하기 시작했다.

먼저, 캐럴라인 매클래런이 닭고기 캐서롤을 가져와 나를 꼭 안아줬다. "세상에. 너무나 **끔찍한** 일이에요."

그녀는 말을 마치고는 자신이 가져온 유리 냄비를 덮고 있던 포일을 톡톡 두드리며 말했다. "그리고 이건 식기세척기에 넣으면 안 돼요."

이어서 불과 두 시간 만에 에밀리와 캠벨도 찾아왔다. 두 사람은 커다란 종이가방 세 개를 들고 있었는데, 그 안에는 빌리지의 고급 식료품점에서 사 온 음식이 가득했다. 그 식료품점에서는 직접 한 요리인 양 내놓을 수 있는 멋진 저녁 식사 거리를 팔았다.

내가 냉동고에 포일 용기들을 쌓아 넣는 사이 에밀리와 캠벨은 아일랜드 식탁에 앉아 들고 온 아이스커피를 홀짝였다. 벌써 술이 당기는 나로서는 아쉬운 일이었다. 두 사람은 그저 수천 개쯤 되는 질문을 쏟아내고 싶어 안달이 난 듯했다. 그러니 나는 방어벽을 쌓을 필요가 있었다.

"에디는 어때?"

내가 냉동고 문을 닫고 두 사람을 향해 돌아서자 에밀리가 물었다. 밖에서는 비가 내리기 시작했고 나는 에디와 처음 만난 그날을, 흐린 하늘과 비에 젖어 번들거리던 도로를 떠올렸다.

"별로요. 아직 충격에서 헤어 나오지 못한 것 같아요."

"우리 모두 그렇지." 캠벨이 빨대로 컵 바닥을 쿡쿡 찍어대며 말했다. "그러니까…… 두 사람이 **살해됐으리라고** 누가 상상이나 했겠어. 내 주변에서 누가 살해당한 건 처음이야."

이제야 나는 캠벨의 눈이 붉게 충혈되어 있고, 에밀리가 화장을 전혀 하지 않았다는 것을 알아차렸다. 젠장.

젠장.

나는 두 사람이 추문을 캐러 찾아온 줄 알았다. 하지만 베와 블랜치는 두 사람의 친구였다. 에밀리와 캠벨이 사랑한 두 여자의 죽음은 비극적이긴 해도 적어도 우연한 사고처럼 보였다. 하지만 누군가가 두 여자를 죽였다면 그건 완전히 다른 일이었다. 그런데도 나는 두 사람이 그저 추문을 들으러 찾아왔다고 생각한 것이다.

"두 분은 좀 어때요?" 내가 조리대에 몸을 기대며 묻자 두 사람은 서로 흘깃 시선을 교환했다.

"에고, 제인, 우리는 신경 쓰지 마." 에밀리가 한 손을 내저으며 말했지만 캠벨은 "우리도 좋지 못해"라고 말했다.

두 사람 사이에 또 한 번 흘깃 시선이 오가더니 에밀리가 고개를 끄덕이며 한숨을 내쉬었다. "그냥 정신이 하나도 없으니까. 타살 이야기가 나온 것도 충격인데, 갑자기 경찰이 돌아다니면서 질문을 해대니……."

속이 밑으로 푹 꺼지는 기분이었다. 새롭고 불편한 정보가 드러날 때마다 얼음같이 차가운 기운이 나를 덮쳐오는 것 같았지만, 그마저도 곧 익숙해질 지경이었다.

"경찰이 두 분한테 질문을 해요?"

캠벨이 자리에서 일어나며 한숨을 내쉬었다. "아직은 아닌데, 이번 주 후반에 경찰이랑 한 번 면담하래. 맞지?"

에밀리가 또다시 고개를 끄덕였다. "맞아. 나는 금요일."

나는 두 사람이 경찰서에 앉아서 베와 블랜치에 대해 이야기하는 모습을 상상했다.

나에 대해.

형사들이 물어볼 테니까. 안 그런가? 내가 어디 출신인지, 에디와 얼마나 빨리 데이트를 시작했는지 물어보겠지.

경찰은 내가 지난여름 이곳에 있었는지 확인할 것이다. 나는 두 사람이 이제 집에서 나가줬으면 했다. 이 모든 게 마술처럼 사라져버릴 때까지 그저 몸을 공처럼 옹송그린 채 소파에 누워 있고 싶었다.

그런데 그때 에밀리가 조리대를 가로질러 팔을 뻗더니 내 손을 꼭 잡았다. "제인이 이 모든 일을 감당해야 한다는 게 마음에 걸려."

나는 본능적으로 에밀리에게 으르렁대며 그녀가 사실 이 상황을 즐기고 있다는 증거를 찾으려 했지만, 그녀의 얼굴에는 그런 기색이 전혀 없었다. 에밀리는 진정으로 따스하고 연민 어린 시선을 보내고 있었다. 나는 지난날 혼자 점심을 먹으며 괜스레 남의 시선을 의식하느라 입고 있던 구세군 티셔츠의 밑단을 잡아당기던 시절을 떠올렸다. 유행하는 신발이 뭐든, 듣기 좋다는 CD가 뭐든 나는 결코 가질 수 없으리라는 사실을 절감하던 날들이었다.

내가 원하는 건 언제나 그저 돈뿐이라고 생각했는데, 지금 에밀리를 보면서 전에 느껴본 적 없는 목마름을 느꼈다. 나는 나를 신경 써주고 나를 받아주는 사람들을 가지고 싶었다.

그리고 기이한 일이지만, 세상에 많고 많은 사람 중에서 나를 끼워주는 사람들이 바로 여기 순종적인 아내들 무리였다. 그들은 나를 받아줬다.

그래서 고마웠다.

"고마워요." 나도 에밀리를 따라 손을 꼭 잡으며 대답했다.

조리대에 놓인 내 휴대폰이 울렸다. 내가 휴대폰에 흘끗 시선을 보내자 에밀리와 캠벨이 모두 자리에서 일어났다. "전화 받아, 자기야." 에밀리가 말했다. "우리는 알아서 갈게."

나는 두 사람이 현관으로 향하는 소리를 들으며 휴대폰 화면을 봤다.

숫자 205는 버밍햄이다.

그렇다면 경찰일 수도 있다.

경찰이 무언가를 발견했다면 직접 집으로 찾아왔겠지. 나는 혼잣말을 하면서 화면 위로 손가락을 밀어 전화를 받았다. **자연스럽게 말하자. 침착하게 말하자.**

"여보세요?"

마지막 모음에서 목소리가 살짝 갈라졌지만 그럭저럭 자연스러웠다.

"제인?" 경찰이 아니었다. 로랑 형사가 아니었다. 망할 놈의 존 리버스였다.

"원하는 게 뭐야?"

수화기 너머로 피식 비웃는 존의 얼굴이 눈에 선했다. "나도 반갑다."

"존, 나는 더는……." 내가 말을 하려는데 존이 잘라버렸다.

"뭘 하고 사는지는 모르겠지만 뱁새가 황새 따라가느라 바쁘시겠지. 그러니까 짧게 말할게. 교회에서 음향 장치를 사려고 모금 중인데, 너도 동참하고 싶을 것 같아서 전화했다."

나는 어제오늘 일어난 일로 머릿속이 엉망인 나머지 처음에는 존의 말에 깔린 협박을 간파하지 못했다. 머리를 헤집어 진짜 의미를 파악하기까지 잠시 시간이 걸렸다.

"며칠 전에 좋게 끝낸 것 같은데?" 한 손으로 조리대 모서리를 잡았다.

존은 잠시 아무 말도 하지 않았다. 꿀꺽, 하고 무언가를 삼키는 소리가 들렸다. 나는 존이 아파트 주방에 서서 마운틴듀를 마시는 모습을 상상하다 혐오감에 떨리는 몸을 간신히 진정시켰다. 그런 모습이 아직도 쉽게 떠오른다는 게 싫었다. 존을 영원히 뒤로하고 떠나올 수는 없는지, 그는 계속해서 내 앞에 다시 나타났다. 세상에서 가장 한심한 유령처럼.

"뭐, 그랬지. 그런데 말이야, 그 피닉스 탐정이 다시 전화했더라? 나도 정말 귀찮아, 제인. 아무튼 전화를 무시하려고 했는데, 신문에서 너랑 네 남자 친구가 약혼했다는 소식을 본 거야."

젠장. 누가 약혼 같은 걸 신문에 발표하나 했지만 에밀리는 "다들 그렇게 해!"라며 나 대신 신청해버렸다.

나 역시 이곳 사람들처럼 되고 싶은 마음에 에밀리를 말리지 않왔다.

"신문을 보는데 이런 생각이 들더라고. 와, 제인이 부잣집 사모님이 다 됐네. 내가 힘들 때 받아줬는데 설마 입을 싹 닫진 않겠지." 그리고 또 한 번 말을 잠시 멈췄다. "비밀도 지켜줬는데."

"존, 너는 내 '비밀'에 대해 쥐똥만큼도 몰라." 나는 낮은 목소리로 말했다.

"비밀이 있다는 건 알지." 내 말이 끝나기 무섭게 존이 받아쳤다. "그거면 충분하다는 것도."

주차장에서 만난 그날처럼 나는 올가미가 팽팽히 감겨와 목구멍이 조이는 듯 애가 타고 갑갑했다. 차라리 처음부터 존 리버스를 만나지 않았더라면, 2년 전 휴스턴의 한 도서관에서 존에게 페이스북 메시지를 보내야 할 만큼 절박하지 않았더라면, 머무를 곳을 제공해주겠다는 그의 제안을 받아들이지 않았더라면.

하지만 그랬다면, 나는 지금 여기 없다. 에디를 만나지 못했을 것이다.

아내가 살해당한 에디를.

나는 이를 악물면서 고개를 숙이고 손바닥의 불룩한 부위로 한쪽 눈을 눌렀다. "얼마면 돼."

"2,500달러." 존의 말에 나는 움찔했다. 에디에게는 정말 적은 돈이라 해도 내 속은 쓰렸다. 에디는 아마 그 정도 돈은 없어진 줄도 모를 것이다.

"현금이면 더 좋겠어." 존이 말을 이었다. "주소는 기억하지?"

존이 나를 볼 수 없는데도 나는 고개를 끄덕였다.

"이번 주에 우편으로 보낼게." 내 말에 존이 밝게 웃는 소리가 들려왔다.

"제인, 넌 성자야. 우리 교회 사람들이 정말 고마워할 거야."

"다시는 전화하지 마. 이제 우린 끝이야."

"안부 인사차 연락할 수 없는 거야? 친구로도?"

"우린 친구가 아니야." 그러고 나는 전화를 끊었다. 손가락이 바들바들 떨렸다.

경찰은 질문을 하고, 존은 돈을 달라고 한다.

그 한가운데에 내가 있다. 내 비밀이 있다.

20

6월

"우리, 이번 주에는 호수에 가보면 좋을 것 같아."

에디가 커피를 한 잔 따르면서 태연한 어조로 말했을 때 나는 주방 조리대 앞에 앉아 새로 산 웨딩 잡지를 뒤적이고 있었다.

로랑 형사가 다녀가고 일주일이 지났다. 우리 중 누구도 로랑 형사를 언급하지 않았지만, 그녀가 다녀간 이후로 이 공간에는 제3의 존재가 우리 두 사람 사이를 내내 떠다녔다.

그런데 호수에 가자고? 블랜치와 아내가 죽은, 아니, **살해당한** 바로 그곳에?

"그러니까, 호숫가 별장을 말하는 거야?" 바보 같은 질문에 에디가 살짝 능글맞게 웃었다.

"응, 호숫가 별장을 말하는 거야. 잠시 도시를 벗어나면 좋잖아? 당신은 별장을 아직 한 번도 못 가보기도 했고."

나는 놀라서 잠시 할 말을 잃었다. 그러다 결국 나온 말이 이거였다. "현명한 생각일까?"

에디는 나를 뚫어져라 쳐다봤다. 여전히 미소를 머금은 에디는 여유롭고 느긋해 보였지만 어쩐지 화를 내는 것보다 더 불길하게 느껴졌다. "왜 현명한 생각이 아닐까?"

그의 말은 도전처럼 느껴졌다. **도전이었다.** 에디는 내가 경찰 조사에 대해 입 밖으로 소리 내어 묻길 바라고 있었다. 에디는 내 생각이 궁금한 걸까? 그날 로랑 형사가 우리 집에 온 일을 어떻게 생각하는지, 내가 조금이라도 자신을 의심하는지? 솔직하게 말하자면 나도 더는 이 일을 어떻게 바라봐야 할지 모르겠다. 하지만 달리 생각해보면 호수에 가서 무언가가 더 선명해질 수도 있다.

"좋아." 내가 말했다. "가자."

우리는 금요일 오후에 호수로 떠났다. 에디는 일을 일찍 마무리 짓고 돌아왔다. 집에서 스미스 호수까지는 차로 약 한 시간 거리였다. 교외를 벗어나 앨라배마주의 시골로 들어가는 길은 아름다웠다. 언덕이 구불구불 부드럽게 흘러갔고, 하늘은 눈부시게 쾌청했다.

우리는 재스퍼라는 도시에 들러 점심을 먹었다. 플라스틱 탁자에다 냅킨 대신 주방용 두루마리 휴지를 쓰는 싸구려 바비큐 식당이었는데, 그런 곳에서도 에디는 빌리지의 고급 프랑스 요리 전문점에 온 것처럼 편안해 보였다.

에디는 질펀한 샌드위치를 먹으면서 오늘 처음 꺼내 입은 것 같은 흰 셔츠에 소스를 한 방울도 흘리지 않으려 애썼다. 그 모습에 나는 웃음이 터져 고개를 저었다. "당신은 어디에서든 다 잘 어울려." 내 말에 에디가 고개를 들고 눈썹을 치켜세웠다.

"칭찬이야?" 분명 칭찬이었다. 하지만 또다시 에디의 과거가 궁금해졌다. 에디는 좀처럼 지난날에 대해 이야기하지 않았다. 마치 베를 만난 순간 완전한 형태로 이 세상에 막 솟아나기라도 한 것처럼.

"아니, 칭찬이라면 입가에 바비큐 소스를 묻히고 먹는 모습이 참 섹시해 보인다고 말했겠지."

에디는 미소를 지으며 한쪽 눈을 찡긋했다. "내가 섹시해 보이는구나, 응?"

나는 어깨를 으쓱하며 달큼한 홍차 속 레몬을 빨대로 쿡 찔렀다. "보통은 그럭저럭 봐줄 만한데 지금은, 맞아, 섹시해."

내 말에 에디가 웃음을 터뜨리더니 다 쓴 휴지 뭉치를 내게 가볍게 던졌다. "이래서 내가 당신을 사랑하는 거야, 제인. 자만할 틈을 안 줘, 아주." 정말 바보처럼, 그때 나는 에디에게 진짜 내 이름을 말하고 싶었다. 내 이름으로 그 말을 듣고 싶었다.

하지만 나는 그저 식사를 끝냈고 우리는 다시 차로 향했다. 이제 별장까지는 멀지 않았다.

우리는 구불구불한 도로를 따라 내려갔다. 높게 솟은 나무가 지붕처럼 그림자를 드리운 어둑한 길 저 멀리 반짝이는 호수가 보였다. 더 깊숙이 운전해 들어갈수록 촘촘히 서 있던 주택들의 간격이 점점 벌어지더니 결국 길에는 숲과 호수만 남았다. 에디가 모퉁이를 돌자 별장이 나왔다.

별장은 손필드 주택 단지의 집처럼 웅장하지 않았다. 아이들을 데려와 낚시를 할 법한 투박한 호숫가 별장처럼 **보였지만**, 이곳 역시 몸체가 시원하게 쭉쭉 뻗어 있었다. 점심 식사 후 찾아온 나른함이 점차 썰물처럼 빠져나갔다.

참 조용하고 고립된 곳이었다.

베가 살아 있던 마지막 장소이기도 했다.

에디도 나와 비슷한 생각을 하고 있는지 트렁크에서 짐을 꺼내는 내내 말이 없었다. 그는 "비밀번호는 집이랑 똑같아"라는 한마디만 외칠 뿐이었다.

6-12-85. 베의 생일이었다.

나는 현관문에 비밀번호를 입력하고 안으로 들어섰다.

내부는 에디의 집, 그러니까 **우리** 집과 비슷했다. 분명 돈을 많이 들였을 텐데도 오래된 집처럼 꾸며놓았다는 점이 그랬다. 하지만 손필드 집에 비해 나무색이 더 어둡고 가구 색도 더 어두워서 별장 전체에 묵직한 분위기가 진하게 감돌았다. 베의 취향이 훨씬 덜…… 보였다.

내가 두꺼운 현관문 옆에서 놀란 얼굴로 서 있었는지, 짐을 들고 지나가던 에디가 "왜?"라고 물었다.

"그게……."

별장은 너무도 에디와 닮았다. 베가 여기서 죽었다지만 그녀의 유령은 이곳에 존재하지 않는 듯했다.

"여긴 아주 남자의 동굴이네." 내가 말하자 에디의 한쪽 입꼬리가 불쑥 위로 올라갔다. 그는 가죽가방 하나를 소파 위로 던졌다. 초록색 선과 파란색 선이 엇갈린 격자무늬 소파였다.

"여긴 베가 결혼 선물로 나한테 준 곳이야. 내 식대로 꾸며도 된다면서." 에디가 또 한 번 미소를 지었는데, 이번에는 쓴웃음이었다. "그 말은, 베가 물건을 고르면 내가 '좋아'라고 했다는 뜻이지."

그렇다면 이곳 역시 베의 흔적이었다. 에디가 좋아하리라고, 좋아해야만 한다고 생각한 모습을 베가 구현해놓은 작품에 지나지 않았다.

거실로 이동한 나는 베가 에디를 어떤 사람으로 생각했는지를 상상하며 베의 눈으로 내부를 살폈다. 이곳은 호숫가이지 바닷가가 아닌데도 별장 안에는 전반적으로 해양 관련 소품이 많았다. 스쿠너* 그림과 두꺼운 밧줄 장식이 곳곳에 보이고 벽에는 골동품 같은 해양 시계까지 걸려 있었다.

"예전에 범선을 타고 일했거든. 북쪽으로 올라가는 배였어. 바하버시에서 전세 보트, 뭐 그런 걸 탔지." 에디가 벽난로 위에 걸린 바다 그림을 향해 고개를 끄덕이며 말했다. "베는 내가 그 시절을 잊지 않으면 했나 봐."

"당신한테 좋은 기억이라서, 아니면 나쁜 기억이라서?"

입 밖에 꺼내고 나서야 이 질문이 얼마나 어리석고 나라는 사람을 잘 드러내는지 깨달았다.

에디는 주먹으로 한 방 맞은 양 고개를 뒤로 살짝 젖혔다. 그러고는 눈을 가늘게 뜨고 물었다. "무슨 뜻이야?" 나는 얼굴이 뜨겁게 달아오르는 것을 느끼며 어깨를 으쓱하고는 발끝으로 작은 깔개의 가장자리를 살살 밀어댔다.

"나한테는 그런 이야기를 한 적이 없잖아. 그래서 나는 그냥……어쩌면 당신이 과거를 잊고 싶어 하는지도 모른다고 생각했어. 어

---

* 두 개 이상의 돛대에 세로로 돛을 단 배.

쩌면 별장을 이렇게 꾸민 게 좋은 생각이 아닐 수도 있다고."

"베가 그렇게 나쁜 년이었다는 거야?" 세상에, 말실수를 단단히 하고 말았다.

"당연히 아니지." 그런데 놀랍게도, 에디는 그저 웃음을 터뜨리며 고개를 저었다.

"당신이 그렇게 생각하는 것도 무리는 아니야. 우리 동네에서 일하면서 나쁜 년들을 얼마나 많이 봤겠어."

다행이었다. 에디는 내 질문을 이상하게 여기지 않고 나를 이해해주기까지 했다. 에디 앞에서 또 다른 나를 연기하다 보면 가끔 이런 면이 튀어나오는데, 에디는 그런 모습조차 넘어가준다. 그게 참 좋다.

어쩌면 에디가 나를, 진짜 나를 선택했을지도 모른다는 생각에 이른다.

"그래도 내가 실수했어." 나는 에디에게 말하며 슬며시 더 가까이 다가갔다. 그의 어깨 너머로 보이는 유리문은 방충망을 쳐놓은 베란다로 이어졌다. 베란다 너머로는 경사진 초록 잔디가, 좁은 부두가, 거무스름한 호수가 보였다. 오후 이 시간에는 태양이 보낸 금빛 광채가 수면 위로 잔잔히 일렁였다.

이렇게 예쁘고 반짝이는 호수가 베의 목숨을, 또 블랜치의 목숨을 앗아갔다니. 믿기 어렵다. 바로 그 사건 현장에 에디가 다시 왔다는 사실은 훨씬 더 믿기 어렵다. 어떻게 우리가 오늘 밤 저 호숫가로 나가 와인을 마시면서 그 일을 생각하지 **않을** 수 있을까?

에디는 내 엉덩이를 살짝 두드리며 거실 밖 복도 쪽으로 나를 살짝 밀었다. "가서 쉬고 있어. 식료품은 내가 정리할게."

침실은 손필드 집의 침실처럼 넓지는 않지만 그래도 아름다웠다. 별장의 다른 부분과 마찬가지로 아늑하고 편안했다. 침대를 덮은 누비이불은 다양한 색감의 파란색으로 소용돌이치고, 창가에는 커다란 안락의자가 호수를 조망하기 좋은 위치에 놓여 있었다.

나는 안락의자에 푹 잠겨 호수를 바라봤다.

20분이 지나도록 보이는 사람이 한 명도 없었다.

보트도, 제트스키도, 수영하는 사람도 없었다. 부두에 닿아 철썩거리는 물소리와 나무를 감도는 바람 소리만 들렸다.

침실 밖으로 나오니 에디가 와인을 따르고 있었다.

"여기 정말 조용하다." 내 말에 그는 고개를 끄덕이며 호수를 향해 난 뒷문을 내다봤다.

"우리가 이곳을 선택한 이유였지."

그러더니 숨을 깊고 길게 내쉬며 말했다. "미치는 줄 알았어. 베가 그렇게 되고 나서."

나는 깜짝 놀라 고개를 들었다. 아까 내가 말실수까지 한 마당에 에디가 먼저 베를 언급하리라고는 예상하지 못했다.

"그 고요함을." 에디가 말을 이었다. "그날 밤 얼마나 고요했을지, 얼마나 어두웠을지 생각하니 미칠 것 같더라."

에디는 호수에서 시선을 떼지 않았다. "알다시피 저 호수는 정말 깊어. 앨라배마주에서 가장 깊다고."

몰랐던 사실이지만 나는 아무 말도 하지 않았다. 솔직히 에디가 나를 상대로 말하고 있는 건지도 알 수 없었다. 꼭 호수를 내다보며 혼잣말을 하는 사람처럼 보였다.

"숲을 물에 잠기게 해서 만든 호수래." 에디가 말을 이어갔다.

"그래서 물 밑에 나무들이 있대, 키 큰 나무들이. 어떤 나무는 높이가 18미터나 된대. 그러니까 수면 아래에 숲 하나가 온전히 있는 셈이야. 그래서 베를 찾지 못했다고, 경찰이 그랬어. 나무 사이 어딘가에 베가 있는 것 같다고."

머릿속에 그 모습이 서서히 그려졌다. 호수에 잠긴 숲속 나뭇가지 사이로 몸이 얽힌 채 피부가 하얗게 질린 그녀. 그 모습이 너무도 끔찍한 나머지 고개가 절로 흔들렸다. 왜 그토록 오랫동안 시체를 찾지 못하는지 궁금했는데 이유를 알게 되니 차라리 몰랐으면 싶었다.

우리가 아예 이곳에 오지 않았으면 싶었다.

에디의 턱 근육이 꿈틀댔다. "아무튼 그래."

"유감이야." 나는 에디의 등허리를 쓸어내렸다. "혹시 너무 힘들면……."

"아니." 에디는 이어 와인을 한 모금 홀짝였다. "아니." 더 단호해진 말투였다. "내가 이곳을 얼마나 좋아했는데. 베가 이곳을 얼마나 좋아했는데. 나쁜 기억 하나로 더럽힐 수는 없어."

그냥 나쁜 기억이 아니라고, 아내의 죽음이자 동시에 가까운 친구의 죽음이라고 지적하고 싶었다. 하지만 그 순간 에디가 한 말이 머릿속에서 선명해지면서 폐에서 숨이 다 빠져나가 버렸다.

나쁜 기억 하나로.

에디는 그날 밤 이곳에 있지 않았다. **기억**할 수가 없다.

그래, 아니다, 나는 지금 바보처럼 굴고 있다. 말이 그렇다는 거지, 정말로 기억한다는 게 아니다. 그러니까, 여기서 일어난 일을 **생각**하는 걸 기억이라고 표현한 거다. 그렇겠지?

하지만 "사건이 있고 나서 여기 와본 적 있어?"라고 묻는 내 목소리는 여전히 불안정했다.

에디는 잠시 뜸을 들인 다음 대답했다.

"한 번."

그뿐이었다. 에디는 그 한마디를 던지고는 돌아섰다. "오늘 밤은 나가서 먹자. 호수 반대편에 괜찮은 식당이 있어."

그러더니 에디는 나를 지나쳐 침실로 들어갔다. 나는 침묵과 함께 그 자리에 남아 호수 위에 걸린 해를 바라봤다.

21

저녁 식사는 괜찮았다. 조잡한 장식물과 크리스마스트리용 전등이 곳곳에 보이는 생선요릿집이지만 음식은 맛있었다. 에디도 긴장이 조금 누그러진 듯했다. 별장에 도착하기 전 이른 오후 때의 모습으로 돌아간 것처럼 안정적이었다.

이번에는 베를 언급하지 않고 우리 이야기만 했다. 해가 지고 다시 별장으로 향하는 차 안에서 에디는 팔을 뻗어 내 손을 잡았다. 그의 손가락이 내 손가락 마디마디를 쓰다듬었다.

그런데 별장에 가까워질수록 에디의 손에 긴장이 감돌았다. 별장에 돌아온 우리는 TV를 보며 와인을 더 마셨다. 나는 와인을 너무 많이 마셨는지 자정 무렵 잠자리에 들 즈음에는 머리가 빙빙 돌고 덥고 땀이 나서 팔베개를 해주려는 에디의 손길을 휙 피해버렸다.

그렇게 선잠이 들었다가 깨어보니 침대엔 나 혼자였다.

잠시 그대로 누워서 에디가 있어야 할 자리에 한 손을 펼쳐봤다. 침대보에 아직 온기가 남아 있었다.

그때 거실에서 어떤 소리가 들렸다.

바닥을 긁는 듯한 소리에 갑자기 입이 말랐다. 단지 와인 때문만은 아니었다.

똑같은 소리가 한 번 더 들려오자 나는 침대에서 빠져나왔다.

여전히 두 눈이 타는 듯하고 머리도 아직 멍했다. 에디가 저기 거실에 쭈그리고 앉아 바닥을 바라보고 있었다.

"에디?"

에디가 고개를 홱 돌렸다. "일어났어?" 에디가 일어서며 말했다. 그는 잠자리에 들 때 입은 사각팬티 차림 그대로 견목 바닥을 맨발로 딛고 서 있었다. 별장 안이 서늘한데도 에디는 땀을 흘린 듯 몸이 번들거렸다.

"뭐 하고 있어?" 내가 묻자 아주 잠시 어떤 박자가 지나갔다. 겨우 알아차릴까 말까 한 작은 박자지만 느낄 수 있었다. 에디가 한 손을 목덜미로 가져가며 수줍게 웃는 얼굴로 변신하는 순간이었다.

하지만 변신하기 전 에디의 얼굴에 짜증이 먼저 스치고 지나갔다. 에디는 화가 나 있었다.

내게 화가 났다.

자신을 목격해서. 자신을 방해해서.

"미안." 에디가 말했다. "깨우고 싶지 않았는데, 아까 보트 창고 열쇠를 열쇠고리에서 뺀 것까지는 기억이 나는데 어디에 두었는지가 생각이 안 나는 거야. 그래서 혹시 떨어뜨렸나 싶었지. 당신도 알잖아, 침대에 누웠는데 사소한 뭐 하나가 계속 신경 쓰이면 잠 못 자는 거?"

나도 알지. 곧 남편이 될 사람이 한밤중에 사라져버리면 어떻겠는가?

"그래서 찾았어?" 나는 일부러 더 졸린 체하며 물었다. 하지만 에디가 거짓말을 한다는 사실을 알 수 있었다. 그의 두 눈에서 번뜩이는 분노가 나에게 왜 거기 있느냐고 화를 내고 있었다.

무서웠다.

에디가 무서웠다.

"아니." 에디가 말했다. "아마 진입로에 떨어뜨렸을 거야. 내일 확인해봐야겠어."

그는 무릎까지 내려오는 커다란 티셔츠를 입고 있는 나를 눈으로 훑었다. 우리는 아까 잠자리에 들 때 섹스를 하지 않았고 지금 그의 시선에는 흥미가 어려 있었다.

그 흥미에 응할 수도 있었다. 따라 웃어주고, 잠이 드는 데 도움이 되는 뭔가를 해보자는 식의 저급한 말을 건넬 수도 있었다.

하지만 나는 돌아서서 침실로 향했다.

에디가 침실로 들어온 뒤에도 나는 자꾸만 그의 표정을 떠올렸다. 애초에 보트 창고 열쇠라는 게 있기나 한가, 생각했다.

"계좌에서 돈을 인출했어?"

다음 날 오후, 나는 부두에 서서 호수를 바라보고 있었다. 오늘 한 일은 이게 다였다. 늦게 일어나 계속 책을 읽으면서, 내가 자신을 주시하지 않는다고 생각했는지 집 안을 어슬렁거리는 에디를 애써 모른 척했다.

어깨에 닿는 햇살이 뜨거운데도 고개를 돌려 내 뒤에 서 있는 에디를 발견하자 등골이 서늘했다. 수영 바지 차림을 한 에디는 미러 선글라스로 눈을 가린 채 휴대폰을 내려다보며 얼굴을 찡그렸다.

젠장. 정말 조심한다고 했는데. 존에게 보낼 돈을 마련하기 위해 빌리지 내의 ATM에서 300달러를 출금하고 식료품점에서 100달러를 환불받는 일을 며칠에 걸쳐 진행했다. 돈을 한꺼번에 뺀 적은 없는데, 도대체 어떻게 알아챈 걸까?

에디는 계속 나를 바라보며 대답을 기다리고 있었다.

"결혼식 준비 때문이지, 뭐." 나는 한 손을 내저었다. 하지만 아직 웨딩드레스를 구경한 것 말고는 한 게 없었다. "당신은 몰라. 작은 것 하나하나에도 다 예약금을 걸어야 해."

에디는 고개를 끄덕이면서도 이렇게 말했다. "아니, 나도 알아. 내가 결혼해봤다는 거, 잊지 않았지?"

씩 웃는 에디의 저 미소, 보조개가 깊게 팬 저 미소에 오늘은 날이 서 있었다. 불현듯 저 미소가 존과 셋이서 마주친 오후 주차장에서 내가 물건을 가지러 간 사이 존에게 지어 보인 미소와 똑같다는 생각이 들었다.

저 미소가 나를 향한 건 이번이 처음이었다. "물론이지." 나는 대답과 함께 살짝 당황한 웃음을 터뜨렸다. "당신도 다 알지. 아무튼 현금을 쓰는 게 더 편했어. 당신한테 말하려고 했는데 이번 호수여행에 정신이 팔려서 깜빡했나 봐."

나는 에디에게 슬쩍 섹시한 눈빛을 보내보려고 했지만 에디는 이미 휴대폰으로 시선을 거둔 뒤였다.

"알겠어. 그냥 은행에서 의심스럽다고 계좌를 동결했길래."

얼굴이 붉게 달아올랐다. 영리하고 교묘했다고 생각했는데, 오히려 망할 좀도둑 취급을 받아버렸다.

"젠장." 내가 말했다. "미안해."

"괜찮아." 에디가 한 손을 내저으며 말했다. "합법적인 거래였다고 알려주기만 하면 바로 풀어줄 거야."

그러더니 고개를 들어 나를 보고 말했다. "내가 준 신용카드를 써. 알겠지?"

"물론이지, 그렇게 할게." 내 말에 에디가 고개를 끄덕이고는 다시 안으로 들어갔다. 나는 그 자리에 그대로 서서 거의 바들바들 떨었다. 얼굴은 붉게 타오르고 속은 메슥거렸다.

그날 밤에도 우리는 저녁 식사를 하러 외출했다. 이번에는 과음하지 않을 생각이었지만 그런 건 아무래도 상관없었다. 우리 두 사람 모두 여유를 찾지 못한 데다, 나는 에디가 나만큼이나 나를 주의 깊게 주시한다는 느낌을 받았다. 일요일이 되어 에디가 이곳을 일찍 떠나자고 하자 나는 기다렸다는 듯이 그러자고 동의했다. 이곳은 정말 소름 끼친다.

우리는 9시가 되기 전에 길을 나섰다. 나는 조수석에 올라타자마자 다시는 이곳에 오지 않으리라고, 이 별장을 팔고 새 별장을 사리라고 다짐했다.

"보트를 하나 새로 살까 봐." 에디가 차를 몰며 말했다. 별장과 호수가 시야에서 미끄러지듯 멀어지고 있었다. 에디는 내 무릎에 손을 올리고 꼭 움켜쥐었다. "어떻게 생각해?"

내 머릿속에서 트립 잉그러햄이 팔에 장바구니를 낀 채 얼굴을 일그러뜨리며 비웃음을 짓는 모습이 떠올랐다. 나는 그 모습을 떨쳐내며 에디를 향해 애써 미소를 지어 보였다. "완전 좋지!"

22

다음 2주 동안 나는 에디가 별장을 슬금슬금 돌아다니던 장면만 계속 떠올라 다른 생각을 할 수 없었다. 어느 순간 나 역시 집에서 에디처럼 행동하고 있었다. 복도를 돌아다니고, 벽장을 열어보고, 서성댔다.

닫힌 문 앞에 서 있었다.

에디와 만난 이후 처음으로, 외로웠다.

에밀리나 캠벨에게 이야기를 꺼내볼까도 생각했다. 다 같이 동네를 빠르게 걸으며 "언니들, 있잖아, 에디가 나를 호숫가 별장으로 데려갔다? 자기 아내가 죽은 곳에 말이야. 이상하지 않아?"라고 말해보면 어떨까.

젠장.

하지만 이 사건은 여전히 동네에서 시끄러웠다.

하루는 맛있는 커피를 한 잔 마시려고 로스티드에 갔다가 내가 알지도 못하는 두 여자가 베 이야기를 하는 소리를 들었다.

로스티드 창가 탁자에는 나이가 지긋한 여인 두 명이 앉아 있었고, 그중 한 명은 손에 휴대폰을 들고 있었다. "크리스마스마다 베의 홈페이지에서 물건을 주문했거든." 휴대폰을 든 여인이 친구에게 말했다. "정말 사람 좋았는데."

나는 살살 다가가 대화를 엿들었다. 다른 한 명이 말했다. "남편이야. 알지? 남편이 한 짓이야."

"그럼." 여인의 친구가 동의하고 목소리를 낮춰 속삭였다. "늘 남편이 범인이지."

그런데 **어느** 남편이란 말인가? 이 사건과 관계된 남편은 두 명이다. 그중 한 명은 **내** 남편이 될 예정이고.

그때 휴대폰을 든 여인이 말했다. "그 여자가 사건에 휘말려서 참 안됐어. 일이 그렇게 된 거잖아. 남자가 둘 다 죽일 생각은 아니었는데 두 친구가 같이 있다 보니……."

"달리 방법이 있었겠어?" 여인의 친구가 말했다. "그 방법밖에 없지."

마치 '누군가를 살해하는 일'이 코카콜라가 없으면 펩시를 마시는 정도의 일인 양 말하고 있었다.

망할 인간들.

나는 계속 귀를 기울이며 두 여인이 말하는 그 남자가 트립인지 에디인지, 그 여자가 베인지 블랜치인지 판별하느라 바리스타의 목소리를 듣지 못했다. 바리스타가 "제인 고객님, 헤이즐넛 소이라테 나왔습니다!"라고 세 번 외치고 나서야 비로소 내가 **제인임을** 깨달았다.

계속 이렇게 지낼 수는 없다.

누군가와 이야기를 해야 한다. 호수에서 무슨 일이 있었는지 알아야 한다.

로랑 형사의 명함이 아직 가방 속에 있었다. 형사에게 전화해볼 까, 그냥 태연하게 확인차 전화했다고, 내가 도울 수 있는 일은 없 는지 궁금해서 전화했다고 해볼까. 하지만 아무리 나라도 그 정도 의 자신감은 꾸며낼 수 없다.

아니다, 경찰과는 말을 적게 할수록 좋다.

그래서 나는 경찰만큼 싫은 사람과 이야기를 해보기로 했다.

트립에게 점심 식사를 함께하자고 문자메시지를 보내니 의외로 트립은 그러자고 했다. 그래서 우리는 지금 여기 빌리지의 한 술집 에 앉아 있다. 트립 같은 유형의 남자들이 찾는 장소 같아서 늘 그 냥 지나치던 곳이었다.

"왜 식사를 같이 하자고 했는지 궁금하실 거예요." 나는 '머뭇거 리는 여자 대학생'처럼 행동하기로 작정했다. 오늘은 머리를 묶지 않기 때문에 대화를 나누다 이따금 머리칼을 귀 뒤로 넘겨 초조 한 느낌을 부각할 수 있었다. 트립의 집에서 일할 때 입던 청바지와 티셔츠 차림은 아니지만, 약혼한 이후에 산 옷 중에서 비교적 편한 옷을 골라 입었다. 튀지 않는 수수한 베이지색 셔츠원피스였다.

트립은 코웃음을 치며 루벤샌드위치를 집어 들어 추가로 주문 한 사우전드아일랜드 드레싱에 찍었다. "내가 맞춰보죠. 어디선가 블랜치와 에디에 관한 소문을 들었고, 지금 그 소문이 사실인지 알 고 싶은 겁니다."

나는 정말로 충격을 받았다. 너무나 놀란 탓에 내가 그리도 자주 꾸며내던 '눈을 깜빡거리고 말을 더듬는 어린 여자'가 실제로 되어버렸다. "뭐라고요?" 겨우 내뱉은 말에 트립이 고개를 들었다.

트립의 시선은 날카로웠다. "잠깐, 그 이야기가 아닌가?" 트립은 얼굴을 살짝 찡그리며 엄지손가락에 묻은 드레싱을 핥았다. "에이, 젠장. 그럼 뭡니까? 그냥 나랑 놀자는 거요?"

나는 맥주를 홀짝이며 대답할 시간을 조금 벌었다. 정말 싫었다. 제멋대로 돌아가는 상황이, 내가 **설계해둔** 계획이 이미 망했다는 사실이.

"에디만큼이나 힘든 시간을 보내고 계신다는 거 알아요. 그래서 이야기를 나누고 싶었어요. 요즘 어떻게 지내시는지 궁금하기도 했고요, 정말로요."

나는 상처를 받았다는 듯 날카로운 말투로 말했다. 그리고 트립과 마주 보던 시선을 다시 스르륵 식탁 위로 떨어뜨렸다. 원래 계획한 대로 밀고 나가기로 했다. 마음 같아서는 트립의 먹살을 잡고 흔들면서 에디와 블랜치에 대해 아는 것을 전부 다 털어놓으라고 협박하고 싶지만.

트립은 샌드위치를 내려놓고 맥주잔을 잡았다. 그리고 아까보다 덜 거들먹거리며 말했다. "그래요. 정말…… 아내가 익사한 줄 알았을 때와는 상황이 다릅니다. 지금은…… 뭐랄까, 지옥이죠."

트립은 단숨에 맥주를 절반 가까이 비우고 식탁에 잔을 내려놓은 다음 냅킨에 대고 그다지 조심스럽지 않게 트립을 내뱉었다.

"에디는 어때요?"

나를 뚫어져라 쳐다보는 트립의 시선에는 빈틈이 없었다. 그에게도 이 초대를 수락한 나름의 이유가 있음을 느낄 수 있었다. 결코 우리가 이웃 사이라서 수락한 것이 아님을.

"제가 어떻게 에디를 대변할 수 있겠어요." 나는 조심스럽게 대답하며 감자튀김을 접시 가장자리로 밀어냈다.

"그래도 에디가 경찰에 협조하고 있다는 건 알아요. 도움이 되는 일은 뭐라도 할 거예요."

사실이었다. 에디는 현재까지 두 차례 경찰 조사를 받았는데, 경찰이 정확히 어떤 질문을 했는지는 말해주지 않았다. 혹시 지금 트립이 캐려는 정보가 이것일까? 에디가 무엇을 진술하고, 어디까지 진술했는지? 그리고 나는 또다시, 트립과 만나는 자리를 마련한 것이 생각보다 더 위험한 행동이 아니었나 싶은 의문이 들었다. 단지 누군가가 우리를 목격할 수도 있기 때문만은 아니었다.

트립은 손가락으로 식탁을 연신 두드리며 고개를 끄덕이더니 멍하게 허공을 응시했다. 무겁고 긴 침묵이 흐른 뒤에야 마침내 트립이 입을 열었다.

"아무 일도 없었어요. 블랜치와 에디 사이에. 그런 소문은 어느 동네에나 떠도는 헛소문입니다. 에디네 회사가 우리 집 공사를 맡았고 바쁜 나 대신 블랜치가 작업을 챙기면서 두 사람이 자주 어울리긴 했지만, 블랜치와 나는 사이가 좋았습니다. 까놓고 말해서, 블랜치가 나는 배신해도 절대 베를 엿 먹이지는 않았을 거요."

트립은 얼굴을 찡그리더니 말을 이었다. "내 개인적인 생각이지만, 베한테는 과분한 의리였지. 그런데……."

그의 말이 목구멍에 걸린 채 나오지 않자 나는 조심스레 부추겼다.

"베가 블랜치의…… 스타일을 가져갔다고 하셨죠."

"그렇소. 사실상 블랜치의 인생 전체를 가져갔지. 하지만 결국 둘의 종착지는 같았죠. 안 그래요? 빌어먹을 스미스 호수 밑바닥."

트립은 고개를 뒤로 젖히며 한숨을 내쉬었다. "아무튼, 에밀리 클라크나 캠벨이나 다른 년이 와서 에디와 블랜치가 자던 사이라고 말하면 그냥 무시하는 게 좋을 거요. 어차피 근거 없는 소문이니까. 어쩌면 희망 사항일지도 모르지. 보아하니 그 무리에서는 내가 그렇게 환영받는 몸이 아닌 것 같더군."

트립이 무엇을 더 알고 있든, 내가 얻어낼 수 있는 건 여기까지였다. 트립은 다시 비통함에 젖어들었다. 그가 맥주를 한 잔 더 주문하자 나는 일부러 팔을 크게 들어 시계를 확인했다. "아, 어쩌죠. 미용실 예약이 있네요."

"그러시겠지." 트립은 비꼴 뿐 다른 말은 없었다. 내가 먹은 식사값으로 20달러를 놓고 가려는데 트립이 됐다며 손을 내저었다.

집에 돌아온 나는 컴퓨터를 켜서 에밀리의 페이스북 페이지를 불러와 블랜치와 에디가 함께 찍은 사진이 있는지 찾아보았지만, 아무것도 없었다. 캠벨의 페이스북에도 없었고, 몇몇 사진에 태그된 블랜치의 계정을 클릭해봐도 블랜치의 페이스북으로 연결되는 링크는 죽어 있었다. 아마 블랜치의 가족이 삭제했을 것이다.

지금껏 베에게만 집착한 나머지 블랜치를 들여다볼 생각은 하지 못했다.

이제와 보니 그 점이 실수였던 것 같다.

에디는 늦게까지 집에 오지 않았다. 거품이 가득 올라온 욕조 안에 몸을 담그고 있는데, 현관문 잠금이 풀리는 소리에 이어 복도를 따라 걷는 발소리, 침실 문이 열리는 소리가 차례차례 들리고 한참이 지나서야 그가 보였다.

에디는 욕실 문에 기댄 채 나를 바라봤다.

"오늘 어땠어?" 내가 물었지만, 에디는 대답 대신 질문을 했다.

"오늘 트립 잉그러햄은 왜 만난 거야?"

놀란 나는 상체를 살짝 일으켜 앉았다. 물이 철벅거렸다. 정말이지 이 욕조는 최고다. 깊고 길어서 다리를 쭉 펴고 누울 수도 있다. 하지만 지금은 이 욕조 안에서 벌거벗은 채 무방비한 상태로 있는 게 거슬렸다. 에디는 몸이 매끈하면서도 건장하다. 그저 헬스장을 왔다 갔다 하는 정도가 아니라 고강도 운동을 해서 얻은 진짜 근육이 붙어 있다. 에디의 옆에 있으면 내가 훨씬 더 작고 연약하게 느껴진다. 평소라면, 그 점이 나를 흥분시킨다.

그런데 이 순간 처음으로 에디가 마음만 먹으면 얼마나 쉽게 나를 해치거나 제압할 수 있을까 하는 생각이 들었다.

"어떻게 알았어?" 묻자마자 바로 잘못된 반응이라는 걸 깨달았다. 에디는 나를 노려보지는 않았지만 저번처럼 억지로 태연한 척을 하고 있었다. 그는 몸을 미세하게 떨면서도 마치 심각한 대화가 아니라는 양 여유를 부렸다.

"작은 동네잖아. 게다가 입방아 찧기 딱 좋은 일이고. 오늘 문자메시지를 얼마나 많이 받았는지 알아? 다들 나한테 당신이 트립하고 있는 걸 봤다고 말하지 못해서 안달이 났더라. 어쨌든 고마워. 문자메시지가 하나하나 다 재밌더라고."

화가 난 나는 일어서서 욕조 옆에 걸린 수건을 향해 손을 뻗었다.

"정말 내가 트립 잉그러햄에게 조금이라도 관심이 있다고 생각해?"

에디는 한숨을 내쉬며 돌아섰다. "아니." 그가 인정했다. "하지만 다른 사람들 눈에 어떻게 보일지를 생각해야지. 지금은 특히 더."

에디는 다시 침실로 향했고, 나는 여전히 나체로 수건을 쥔 채 대리석 바닥에 물을 뚝뚝 떨어뜨리며 두 눈으로 그를 좇았다.

지금껏 에디에게, 모두에게 특정한 나의 모습을 보여주려 정말 애써왔다. 하지만 지금 이 순간 모든 노력이 모조리 무너지는 듯했다.

"어떻게 **보이**는데?" 나는 몸에 수건을 두르며 그를 따라 침실로 들어섰다. "아니, 에디. 나는 다른 사람들한테 어떻게 **보일**지 생각 안 했어."

"당연히 생각 안 했겠지. 또 맞춰볼까? 내 약혼녀가 같이 살던 남자한테 현금 뭉치를 건네는 모습도 어떻게 **보일**지 너는 생각 안 했겠지."

나는 그 자리에 서서 수건을 두르던 모습 그대로 얼어붙었다. 속이 죄어들었다. 심하게 당황한 나머지 거짓말로 둘러댈 시도조차 하지 못했다. "뭐라고?"

에디는 이제 내가 처음 보는 표정으로 나를 바라봤다. "제인, 내가 모를 거라고 생각했어? 나한테 먼저 이야기할 생각은 전혀 못했어?"

어떻게? 도대체 어떻게 알고 있지? 처음 존에게 준 돈은 내 돈이었다. 두 번째는, 그래, 에디의 돈이었다. 하지만 조심했단 말이다. 정말로 조심했다.

"존이 나한테도 전화했어." 에디는 두 손을 골반에 대고 고개를 뒤로 젖히며 말했다. "피닉스에서 누가 당신을 찾고 있다는 개소리를 해대더군."

지금 이 상황이 현실일 리 없다. 에디가 알 리가 없다. 숨이 꽉 막

힌다.

"왜 나를 찾는지도 말했어?" 겨우 들릴 듯한 목소리에 에디가 고개를 들어 다시 나를 봤다. 눈길이 매서웠다.

"안 물어봤어. 그냥 꺼지라고 했지. 당신도 그 자식의 전화를 받자마자 그렇게 해야 했어."

에디가 더 가까이 다가왔다. 너무 가까워서 그에게서 뿜어져 나오는 열기가 느껴질 정도였다. 나는 수건을 완전히 두르지도 못하고 몸 앞에 움켜쥔 채 같은 자리에 가만히 서 있었다. 추운 것 이상으로 몸이 바들바들 떨렸다.

"협박을 당할 때는 그렇게 하는 거야, 제인. 누가 당신을 엿 먹이려 들 때 굴복하면 안 돼. 상대가 원하는 것을 내주면 안 돼. 주도권은 나한테 있다는 걸, 규칙을 정하는 건 나라는 걸 주지시켜야 해."

그러더니 에디는 손을 뻗어 내 어깨를 잡았다. 그를 만난 후 처음으로 그의 손길에 몸이 굳어버렸다.

에디도 뻣뻣이 굳어버린 나를 느꼈는지 입꼬리를 일그러뜨렸지만, 놓아주지는 않았다. "피닉스에서 왜 당신을 찾는지는 눈곱만큼도 관심 없어. 내가 신경 쓰이는 건 그 자식이 이런 쓰레기 같은 일로 당신한테 접근했을 때 당신이 내게 알리지 않았다는 거야. 나를 신뢰하지 않았다는 거야."

나는 무슨 말을 해야 할지 몰라 우두커니 서서 바닥만 내려다보며 에디가 나를 놓아주고 가버리기를 바랐다. 마침내 에디가 한숨을 내쉬며 손을 내려놓았다.

"그거 알아?" 에디가 뒤로 물러나며 재킷 주머니에 손을 넣었다.
"자."

그러더니 쪽지를 꺼내 내 손에 쥐여줬다.

축축한 손이 종이에 닿자 잉크가 번졌지만 피닉스 지역번호가 포함된 전화번호라는 것을 알아볼 수 있었다.

"존에게 전화한 사람의 번호야."

나는 깜짝 놀라 쪽지를 내려다보며 눈을 깜박였다.

"존이 알려줬어?"

에디는 내 질문에 대답하지 않고 말을 이어갔다. "제인, 중요한 건, 내가 지난 한 달 동안 이 번호를 지갑 속에 넣어두고 있었다는 거야. 당신에게 청혼하기 **전**부터. 전화도 걸어보지 않았어. 단 한 번도. 왜 그랬을까?"

나는 에디가 무슨 말을 할지 알면서도 고개를 저었다.

"당신을 믿어서야, 제인."

에디는 돌아서서 침실로 향하다 멈추더니 나를 봤다. "당신도 나를 똑같이 대해주면 좋겠어."

에디는 그 말과 함께 나가버렸고, 나는 욕조 가장자리에 주저앉았다. 무릎이 흔들렸다.

손에 쥔 번호 때문이 아니었다. 에디가 줄곧 이 번호를 알고 있었고, 지난 한 달 동안 언제라도 전화를 걸어서…… 전부 다 알아버릴 수 있었다는 사실 때문도 아니었다.

에디의 말과 그 표정 때문이었다.

협박을 당할 때는 그렇게 하는 거야, 제인.

눈빛은 너무나 차가웠고 말투 또한 무미건조했다.

두 눈에 그를 담으면서도 전혀 그를 알아볼 수 없었다.

카페에서 여인들이 나누던 말이 다시 들리는 듯했다. **늘 남편이**

범인이지.

그리고 처음으로, 진심으로, 정말 그럴 수도 있겠다는 생각이 들었다.

여인들의 대화 속 남편은 오늘 나와 마주 앉아 점심을 먹은 트립이 아니다. 트립은 늘 조금 취해 있고 공격적이지만, 동시에 어설프고 산만한 사람이다.

에디는 전혀 다르다.

23

"어머, 지지배, 살이 엄청 빠졌잖아!"

에밀리가 미소를 띠며 말했고, 나는 그 말이 칭찬이라고 생각하며 겨우겨우 따라 웃었다. 우리는 지금 제일감리교회의 야외 정원에 서 있다. 그리고 나는 주변을 서성이는 사람들 사이에서 해가 지고 있는데도 왜 이리 더운지, 또 내 옷차림은 왜 이리 튀는지를 의식하고 있다.

변명하자면, 수요일 밤 교회에서 열리는 입찰식 경매란 도대체 어떤 옷을 입고 가야 하는 곳인지 전혀 감이 잡히지 않아서 안전하게 검정을 선택한 거였다. 세련되고 점잖으니까. 하지만 다른 여자들은 모두 밝은색, 꽃무늬, 그런 차림이라 나는 마치 한 무리의 홍학 사이에 우두커니 선 까마귀가 된 기분이었다.

에디는 분명 검은색이 정답이 아니라는 것을 알았을 텐데 아무 말도 해주지 않았고, 나는 저기 서서 목사와 대화를 나누는 그의 등을 도끼눈으로 노려보지 않으려 노력했다.

대신 허벅지 위로 원피스를 매만지며 말했다. "결혼식을 앞두고 예민해져서 그런가 봐요."

에밀리는 고개를 끄덕이며 무슨 말인지 다 안다는 듯이 내 팔을 쓰다듬었다.

"제인은 운이 좋은 거야. 나는 솔과 결혼할 때 스트레스를 먹는 걸로 다 풀었어."

에밀리의 남편 솔은 저기 거대한 진달래 관목 근처에서 캠벨의 남편 마크 그리고 캐럴라인의 남편 맷과 수다를 떨고 있었다.

그러고 보니 에디는 저 남자들과 좀처럼 어울리지 않았고, 저들을 언급한 적도 없었다. 베와 블랜치 사건 이후로 동네 사람들이 에디를 멀리하는 걸까? 아니면 에디가 저 사람들을 참지 못하는 걸까? 내가 그렇듯이.

뭐, 여기 사람들이 다 나쁜 건 아니다. 에밀리는 착하다. 나를 데리고 다니면서 에디의 약혼녀로 소개해주고, 내가 개를 산책시키는 일을 했다는 사실도 전혀 언급하지 않았다.

에밀리의 물건을 훔친 지난날이 미안할 지경이다.

경매 물품은 교회 건물 내부의 가족생활센터에 있지만, 사람들은 더운 날씨에도 여기 정원에 모였다. 그만큼 아름답고 초목이 푸른 곳이었다.

어쩌면 우리도 사랑의 도피를 할 게 아니라 여기서 결혼식을 올려야 할지도 몰랐다.

하지만 에디가 거의 말도 걸어오지 않는 상황에서 결혼식을 상상하기란 힘들다.

욕실에서 싸운 후로 이틀 밤이 지났는데, 그 이틀 내내 에디는 집 안 어디인지 모를 곳에서 잠을 자고 일찍 출근해서 늦게 귀가했다.

가장 최악인 부분은 에디가 그렇게 오랜 시간 집을 비워주면 오히려 한숨이 놓인다는 것이다. 에디가 집에 없어서, 매분 매초 그를 의식하며 언제 또 그날처럼 냉혹한 눈빛을 번뜩일까 조마조마하지 않아도 되는 편이 더 편하다.

에디가 준 쪽지는 아직 가방 속에 있다. 물론 전화해볼 생각은 전혀 없지만 내가 얼마나 형편없이 일을 망쳐버릴 뻔했으며 얼마나 에디에 관해 아는 게 없는지 일깨워주는 장치로 그대로 둘 생각이다.

그래도 에디와 나는 지금 여기 교회의 작은 파티에 참석해 정원에서 사람들과 교류하며 레모네이드를 마시고 있다. 감리교는 침례교와 다르긴 해도 예수 앞에서 술판을 벌이기를 원하는 사람은 아무도 없기 때문에 오늘 음료는 와인이 아닌 레모네이드였다. 내가 막 레모네이드를 한 잔 더 마시려는데 캐럴라인이 다가왔다. 금발이 어깨 위로 찰랑거렸다.

"이런, 미친." 나직이 내뱉은 그녀의 말에 깜짝 놀랐다. 캐럴라인이 욕을 하는 모습은, 더군다나 예수 앞에서 하는 모습은 처음 본다. 나는 온갖 이유로 지옥에 가겠지만 그런 **나**조차 교회에서는 얌전히 자중하는데.

캐럴라인이 내 팔을 와락 움켜잡았다. 그녀의 손톱이 옷을 파고들었다.

"트립 잉그러햄이 체포됐어요."

캐럴라인은 속삭이듯 말끝을 흐렸지만 소용없었다. 주위를 둘러보니 모두가 우리를 쳐다보는 게 느껴졌다. 에밀리는 벌써 휴대폰을 꺼내 화면을 보며 얼굴을 찡그리고 있었다.

에디는 아직 목사와 대화를 나누고 있었는데, 나는 속이 얼어붙는 것 같았다. 발을 꽉 조이는 구두가 부드러운 잔디에 박혀버린 듯 답답했다.

"뭐라고요?" 결국 나온 내 말에 캐럴라인은 등 뒤로 자신의 남편을 흘끗 돌아봤다.

"맷이 방금 경찰국에 있는 친구한테 문자메시지를 받았어요. 부검이던가? 집 수색이던가? 잘은 모르겠지만 경찰이 그 과정에서 뭔가를 발견했대요. 그래서 내가 트립 잉그러햄이랑 같은 거리에 사는 앨리슨에게 문자메시지를 보내봤더니, 정말로 큰 경찰차가 와서 트립 잉그러햄에게 수갑을 채우고 데려갔대요."

에밀리는 나를 흘끗 쳐다봤고, 사람들은 삼삼오오 작은 무리를 짓기 시작했다. 소문이 그들 사이에서 번져나가는 게 선명히 눈에 보였다. 이제 모금 행사는 뒷전이고, 트립의 체포 소식이 이 동네의 가장 중요한 화두로 떠오른 듯했다. 베와 블랜치가 죽은 이후 동네에서 일어난 가장 큰 사건이겠지.

에디가 있는 방향으로 돌아서니 그가 나를 응시하고 있었다. 정원을 사이에 두고도 그의 눈에 어린 무언가를 볼 수 있었다.

에디는 안도하고 있었다.

현관문을 열고 들어간 집은 어둡고 조용했다. 우리는 각자 생각에 잠겼다.

나는 에디에게 샤워하겠다고 말하면서 오래된 불꽃이 되살아나기를 기다렸다. 에디가 음흉한 미소를 지으며 같이 샤워하자고 말해주길 바랐다.

하지만 에디는 휴대폰 화면을 보는 데 정신이 팔려 고개만 끄덕일 뿐이었다. 집까지 오는 차 안에서도 에디는 거의 말을 하지 않았다. 내 물음에 맞다, 아니다 대답하는 게 전부였다. 트립이 체포됐다는 이야기를 들었느냐는 질문에 에디는 "응"이라고 답했고 베와 블랜치가 죽은 그날 밤과 관련된 일이냐는 질문에도 "응"이라고 답했지만 실제 적용된 혐의가 무엇인지는 모른다고 했다.

나는 침실에서 스르륵 원피스를 벗어 대리석 바닥에 웅덩이처럼 고이게 놔두었다. 굳이 걸지도 않았다. 아마 다시 입지 않을 테니.

집으로 돌아오는 동안 오싹하게 굳은 몸을 풀어주려 물 온도를 델 듯이 뜨겁게 맞췄다. 샤워 칸에서 나오니 욕실이 수증기로 가득했다.

몸에 수건을 두르고 거울로 다가가 표면에 서린 수증기를 한 손으로 닦아냈다.

거울 속 나를 응시하는 평범한 얼굴이 너무 창백했다. 축축하게 젖은 머리칼은 뒤로 넘어가 있었다.

넌 괜찮아. 나는 나 자신에게 말했다. **넌 안전해. 범인은 당연히, 처음부터 줄곧 트립이었어.**

하지만 그다지 기분이 나아지지 않았다. 거울 속 나를 보며 얼굴을 찡그리는데 에디가 욕실에 들어왔다.

에디가 훌훌 옷을 벗는 모습을 거울 속으로 지켜보지 않을 수 없었다. 정말 아름답고 완벽한 몸인데도 어떤 욕구도 치솟지 않았다. 에디는 나와 눈을 맞추지 않았다.

에디는 샤워를 시작했고, 나는 문가에 걸린 샤워 가운을 집어 몸에 걸쳤다. 그러고는 화장대 앞 작은 직사각형 의자에 앉아 필요 이상으로 오랫동안 머리 빗질을 했다.

나는 기다리고 있었다.

마침내 수도꼭지가 잠기고 에디가 나왔다. 그가 허리에 수건을 두르는 사이 나는 서랍을 더듬거리며 며칠 전에 산 값비싼 수분크림을 찾았다.

"얼마 전 밤에 말이야, 우리가 싸운 날. 내가 무서웠어?"

나는 욕실 화장대 앞에 앉아 굳은 몸으로 거울 속 에디를 바라봤다. 허리에 수건을 두른 에디의 몸에는 아직 물기가 남아 있고 머리는 매끈하게 뒤로 넘긴 상태였다. 나를 바라보는 그의 눈초리가 마음에 들지 않았다.

"나라고 생각했어? 둘을 죽인 사람이 나라고?"

나는 눈을 깜박이며 상황을 바로잡고 다시 정상 궤도에 올리려 애썼다. "지난 몇 주 동안 너무 많은 일이 있었어."

나는 마침내 입을 열고 목소리에 살짝 떨림을 담아 혼란스러운 기색을 비쳤다.

"드디어 모든 게 완벽해졌는데, 우리 그동안 참 행복했는데, 그런데……."

"그런데 당신은 내가 두 사람을 죽였다고 생각했지." 에디의 가차 없는 말에 나는 불쑥 고개를 들었다.

이런 식이어서는 안 된다. 에디는 내게 화를 낸 일에 대해, 심지어 내가 자신을 의심했다고 지레짐작한 것에 대해서도 사과해야 한다.

하지만 에디는 가슴 앞으로 팔짱을 끼고 여전히 나를 뚫어져라 쳐다봤다. 내리깐 속눈썹과 떨리는 목소리도 통하지 않자 나는 고개를 돌려 그와 눈을 마주쳤다.

"맞아." 사실대로 말하니 기분이 좀 나았다. "그랬어. 당신이 그랬을지도 모른다고 생각했어."

에디는 길게 숨을 내쉬며 고개를 뒤로 젖혀 천장을 잠시 바라보다가 말했다.

"뭐, 적어도 솔직해서 좋네."

나는 에디에게 다가가 두 손으로 그의 손목을 감싸 쥐고 팔을 당겨 내렸다. "내가 잘못했어. 변명할 것도 없어. 미안해, 에디. 정말 미안해."

정말 미안했다. 모든 것을 망쳐버릴 뻔했기 때문만은 아니었다. 에디가 베와 블랜치의 죽음과 연관이 있다는 생각을 한 것 자체가 미안했다.

에디에게 거짓말을 하는 사람은 나다. 그에게서, 점점 더 친밀해지고 있는 동네 사람들에게서 돈이나 물건을 슬쩍한 사람도 나다. 다른 사람을 연기해온 사람도 나다.

어떤 끔찍한 일을 저지른 사람도 바로 나다.

에디의 축축한 가슴에 이마를 파묻고 비누 냄새를 들이마셨다.

"미안해."

한 번 더 사과하고 반응을 기다리자 그의 손이 부드럽게 내 뒤통수에 가 닿았다.

"그리고 당신이 옳았어. 존이 연락했을 때도 당신을 믿었어야 했어. 당신에게 알렸어야……."

"괜찮아." 에디가 속삭였지만, 나는 괜찮지가 않았다. 내 모든 의심과 불신 때문에 내가 잡은 이 완벽한 것을, 이 새로운 인생을 망칠 뻔하지 않았는가.

"정말 트립이 그랬을까?" 나는 에디의 품속에서 질문을 던지며 그가 그렇다고, 트립이 범인 같다고 말해주길 바랐다. 끔찍하지만 단순한 사실이라고. 비난받을 사람은 따로 있다고.

"트립이 범인이라고 생각하고 싶지 않아. 우리 집에 얼마나 자주 왔는데. 같이 골프도 자주 쳤고. 맙소사." 에디가 또 한 번 한숨을 내쉬었다. 한숨이 크고 거셌다.

"트립과 블랜치 사이에 문제가 많긴 했어. 트립이 술고래다 보니 술만 마셨다 하면 부부 싸움이……."

에디가 말끝을 흐렸다. 생각해보니 트립은 사람을 불안하게 만드는 면이 있었다. 위협적이라고까지는 생각해보지 않았지만, 내가 아직 트립을 잘 모르는지도 몰랐다. 한 사람이 어떤 일까지 저지를 수 있는지 제대로 파악할 수 있는 사람이 어디 있겠는가?

"경찰이 최선을 다해 파헤치고 있어." 에디는 계속 내 뒤통수를 쓰다듬으며 말했다.

"경찰이 트립을 범인이라고 판단했다면, 분명 그럴 만한 이유가 있었을 거야."

"미안해." 내가 또다시 말했다. "에디……."

하지만 에디가 고개를 떨구고 내게 키스했다. "쉿." 포옹을 풀며 에디가 내 입술에 대고 속삭였다.

"괜찮아, 제인."

에디는 또 한 번, 이번에는 더 진하게 키스했다. 나는 두 팔로 그의 허리를 꼭 감으며 에디에게 매달리고, 또 이 순간에 매달렸다. 내가 하마터면 날려버릴 뻔한 이 기회에.

입술을 뗀 에디가 몸을 낮춰 나와 키를 맞췄다. "날 믿는다고 말
해." 약간 쉰 듯한 목소리였다.

나는 태어나서 처음으로 "당신을 믿어"라고 말했다. 그 말은 진
심이었다.

Part 6

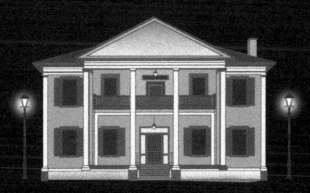

베

블랜치 실종 4개월 후, 11월

에디는 오늘 망설이지 않았다.

에디는 밀실에 곧장 들어와 내 옆에 앉았다. 그의 허벅지가 내 허벅지에 닿았다. 에디가 "여기 위층에서 지내는 거 괜찮아?"라고 물어올 때 그의 숨결에서 민트 향이 났다.

어째서인지 일이 더 쉬워졌다. 에디가 나를 보러 오기 전에 양치를 했다는 건, 이런 상황을 예상했다는(어쩌면 기대했다는?) 뜻이니 말이다.

하긴, 나 역시 준비를 했다. 여기서 화장할 방법은 없지만 샤워를 하고 뺨을 꼬집어 발그스름하게 만들고 머리를 빗었다. 이곳에 갇히기 전보다 머리가 조금 자라서 우리가 처음 만났을 때와 길이가 비슷해졌는데, 그게 일을 성사시키는 데 도움이 되는 것만은 확실했다.

지난번 하와이 이야기를 꺼내자 에디의 표정이 바뀌는 것을 본 이후로 나는 우리가 결국 이렇게 되리라는 것을 알았다. 내가 여기서 목숨을 부지할 수 있는 가장 쉽고도 효과적인 방법이자 에디에게 내가 필요하다는 사실을 일깨워줄 방법은, 우리를 결코 실망시키는 법이 없던 한 가지를 하는 것이었다.

섹스.

그러나 에디는 내 가장 친한 친구를 살해한 남자이자 나를 가두고 나를 속인 남자이면서 또 나와 결혼한 남자였다.

그런 그를 유혹하기로 마음먹는 것과 실행에 옮기는 것은 전혀 다른 문제였다.

나는 에디의 손을 잡고 그의 손바닥에 박인 굳은살을 느끼며 내가 에디의 이런 부분을 좋아했다는 사실을 떠올렸다. 에디는 손을 써서 일하는 사람이라 트립 잉그러햄 같은 남자들처럼 손가락이 부드럽고 창백하지 않았다.

에디는 아름다웠다.

늘 아름다웠다.

나는 에디의 아름다운 외모에 집중하면서 손가락으로 그의 손가락 마디마디를 쓰다듬으며 심호흡했다.

바로 그 손으로 블랜치를 거머쥐는 장면을 상상해서는 안 된다. 바로 그 손으로 나를 이 방으로 끌고 오는 모습을 상상해서는 안 된다. 대신 나는 그의 손길이 내게 닿기를 바랐던 모든 순간을 떠올리고 그가 나를 만지지 않으면 죽을 것만 같던 순간을 기억하려 노력했다.

모든 순간이 그랬다. 그를 처음 만난 순간부터.

"당신, 지금 뭐 하는 거야?" 내가 몸을 더 가까이 기대고 그의 귓

바퀴에 입술을 스치자 에디가 낮게 속삭였다.

"당신이 그리워." 그렇게 내뱉은 순간 진심이라는 것을 깨달았다.

정말 그가 그리웠다.

블랜치를 죽인 에디가 그리운 게 아니었다. 나는 그런 에디는 알지 못했다. 예전의 에디가, 싱그러운 미소와 독특한 매력으로 정신없이 나를 빠져들게 한 그가 그리웠다. 내가 무엇을 원하는지를 내가 깨닫기도 전에 정확히 알아차리던 그가 그리웠다.

나는 이제 우리가 만난 지 얼마 되지 않았던 시절을 회상했다. 우리가 이곳으로 이사 오기 전, 상황이 예상치 못한 방식으로 어두워지기 전에 함께 보냈던 꿈결 같은 시절을 떠올렸다.

"하와이에서 보낸 첫날 밤, 기억해?"

나는 에디에게 물으며 침대에서 일어나 그의 앞에 섰다. 그리고 두 손으로 그의 어깨를 짚었다.

에디의 두 손이 자연스럽게, 거의 반사적으로 내 허리를 잡았다.

"내가 당신 방으로 가겠다고 했지."

그가 그렇게 말하는 사이 나는 손으로 그의 가슴을 스르륵 쓸어내렸다. 그리고 그가 다리를 벌려 나를 안으로 들일 수밖에 없도록 더 가까이 다가갔다.

"그때 당신은 '나는 그런 여자가 아니에요'라고 했어."

에디의 입꼬리가 살짝 위로 올라가며 보조개가 깊게 파였다. 나는 몸을 숙여 보조개에 입을 맞추며 그가 숨을 깊게 들이마시는 것을 느꼈다.

"맞아. 나는 그런 여자가 아니었어." 내가 말했다.

"당신을 만나기 전까지는."

나는 에디에게 키스했다.

이 부분은 걱정했던 것보다 훨씬 더 쉬웠는데, 어쩌면 내가 에디에게 키스하는 순간을 늘 좋아했기 때문인지도 몰랐다.

혹은 첫날 밤의 기억을 불러일으키는 사이 나 역시 그 상황 속으로 빠져든 건지도. 나는 에디가 우리의 현재 상황을, 우리에게 무슨 일이 있었는지를, 자신이 무슨 짓을 저질렀는지를 잠시 잊어버리기를 바랐지만 나 역시 잊고 말았다.

잊고,

빠져들었다.

내 입술 아래 그의 입술이 닿자 정신이 몽롱해졌고, 나는 그의 목에 팔을 감아 그를 끌어안고 손가락으로 그의 머리칼을……

"안 돼, 아니야, 맙소사. 베, 이건 아니야."

에디가 나를 밀어내며 숨을 거칠게 몰아쉬었다.

나는 에디가 몸을 일으키는 사이 침대에서 한 발 뒤로 물러섰다. 에디는 서둘러 일어서며 비틀거렸다.

한 손으로 머리칼을 쓸어 넘기는 그의 얼굴은 붉고 두 눈은 흐리멍덩했다.

"우린 이러면 안 돼."

에디의 말에 심장이 가라앉았다.

"오늘 오는 게 아니었나 봐."

에디는 말을 이으며 나를 지나쳐 갔다. "내가 도대체 무슨 생각이었는지 모르겠어. 정말 모르겠……"

나는 에디가 정말로 떠나버리기 전에 그를 향해 손을 뻗었다. 에디는 멈춰 서서 자신의 손목을 느슨하게 잡은 내 손을 내려다보았다. 방 안의 공기가 바뀌었다. 한층 팽팽하고 날카로워졌다.

나는 그에게 다가가 손으로 그의 얼굴을 감쌌다. 그는 고개를 돌리지 않았다.

"괜찮아." 내가 부드럽게 말했다.

"괜찮아."

"괜찮지 않아." 에디는 항변하면서도 움직이지 않았고, 나는 그에게 몸을 기댔다.

"당신이 정말 원하지 않으면, 안 해도 돼."

나는 높낮이 없는 목소리로 조용하게 말했다.

"하지만 나는 원해. 당신이 이해해줬으면 좋겠어. 나는 있잖아. 에디, 나는 **당신**을 원해."

진심이었다.

정말로 그를 원했다.

아마도 바로 그 점이 최악인 부분일 것이다.

나는 이번만큼은 머뭇거리지 않았다. 수줍어하지 않았다. 첫날 밤 때처럼 그에게 키스했고, 그는 예상대로 굴복했다.

우리가 얼마나 쉽게, 또 얼마나 빠르게 서로의 몸을 기억해내던지. 정말 놀라웠다.

당신은 나를 사랑하고 있어. 나는 키스마다, 손길마다, 가쁜 숨마다 그에게 말했다.

당신은 나를 사랑해. 우리가 나눠 가진 모든 것이 아름답고 옳고 가치 있어.

당신은 내 것이야. 기억해.

하지만 에디에게 이 모든 것을 상기시키는 과정에서 나 역시 기억해내고 말았다.

그가 얼마나 좋은지, 내가 그를 얼마나 사랑하는지.

독자여, 나는 그와 잤다.

이후 우리는 땀에 젖은 살갗을 밀착한 채 침대에 누워 있었다. 나는 흐르는 정적 속에서 손가락으로 그의 가슴을 훑었다.

"내가 당신을 사랑하는 거, 알지?" 작은 목소리였다.

"당신에게 해가 될 일은 못 한다는 거, 알지?"

그게 어떤 의미인지 그가 알아채기를 바랐다. **나를 여기서 내보내주면 무슨 일이 있었는지 절대 말하지 않을게. 우리가 함께 헤쳐나가는 거야.**

하지만 그렇게 말해서는 안 되었다.

에디는 무거운 한숨을 내쉬더니 내게서 몸을 떼고 침대 옆에 쌓인 옷을 집어 들었다.

그 뻣뻣한 움직임을 보니 내가 지나치게 밀어붙인 듯했다. 에디는 내 말에 담긴 속뜻을 파악했지만 마음에 들지 않았던 것이다.

그리고 그가 아무 말 없이 나가버렸을 때, 나는 처음부터 전부 다시 시작해야 하는 건가 싶어 막막해졌다.

베는 에디와 블랜치가 빌리지에서 함께 점심을 먹는 모습을 목격했다. 두 사람이 주차장에 나란히 서 있던 모습을 어렵게 머릿속에서 지운 뒤였다.

평소라면 이 시간 베는 홈우드 인근의 서던 매너스 사무실에 있었겠지만, 이날은 마운틴브룩의 한 부티크에 들러 창가에 어떤 물건을 진열해놨는지 살펴보고 싶었다.

하지만 물건 대신 목격한 것은 남편과 자신의 가장 친한 친구가 카페 탁자에 자리를 잡고 앉아 샐러드를 앞에 두고 웃음을 터뜨리는 모습이었다. 마치 발기부전치료제 광고의 한 장면 같은 모습에 베는 화가 치밀어 올라 숨이 턱 막혔다.

단지 두 사람이 함께 있어서만은 아니었다. 너무나 노골적으로, 누구나 볼 수 있는 장소에 두 사람이 함께 있다는 것이 더 싫었다. 사람들은 **분명** 두 사람을 볼 테고, 이런저런 이야기를 숙덕거릴 터였다.

베를 안쓰럽게 여길지도 몰랐다.

베는 선글라스로 얼굴을 가린 채 차양 아래 보도에 섰다. 베의 상상 속에서 사람들은 이미 베를 흘끗흘끗 쳐다보며 불쌍하다는 표정을, 하지만 조금은 재미있다는 표정을 짓고 있었다. 불현듯 두 손이 떨리고 발이 저절로 움직여 베는 길을 건너 두 사람 앞까지 갔다. 베가 밝게 인사를 건네자 두 사람은 움찔했는데, 그 모습에서 작지만 야만적인 희열을 느꼈다.

두 사람 사이에 놓인 탁자 위로 인테리어 사진이 여러 장 보였다. 에디의 토건 회사(베가 자금을 댄, 베가 에디에게 **준** 회사)가 블랜치의 집을 손봐주고 있기 때문이었다. 잘못된 일은 아니었다. 두 사람은 사업상 세부사항을 검토하면서 편안하게 식사를 하고 있을 뿐이었다.

하지만 이번 점심이 다가 아니었다. 블랜치가 에디에게 집수리를 맡긴 후부터 에디는 줄곧 블랜치네 집에 가 있었다.

아니면 블랜치가 베의 집에 와 있거나. 블랜치는 베의 집 뒤편 목제 테라스에서 에디와 나란히 앉아 베의 와인을 마시며 자신의 '꿈의 주방'을 담은 핀터레스트 게시판을 에디에게 보여줬다.

에디는 그런 블랜치에게 미소를 지어 보이며 그녀가 제멋대로 굴게 내버려 두고 있었다.

보아하니 블랜치를 데리고 나가 점심 식사까지 하는 모양이었다.

"그날 얼마나 창피했는지 몰라."

에디는 이후 베에게 말했다. 두 사람이 주방에서 함께 저녁 식사를 준비했던 어느 밤이었다. 베는 와인을 석 잔째 마시고 있었고, 스피커에서 나오는 음악 소리는 조금 시끄러웠다.

"사실." 에디가 말을 이었다. "당신은 자기 얼굴에 침 뱉은 거야."

베는 아무 말도 하지 않았는데, 그게 더 그를 화나게 하리라는 걸 알기 때문이었다. 역시나 에디는 분노했다.

발끈한 에디는 어깨에 두르고 있던 주방 수건을 조리대에 던지고는 베의 와인잔을 집어 들고 목제 테라스로 나갔다.

두 사람은 다시는 이 일을 입에 올리지 않았지만, 다음번 블랜치는 베와 커피를 마시는 자리에서 내내 사과하고 가식적인 미소를 짓고는 이렇게 말했다.

"베, 너는 늘 과민 반응을 보이더라."

베는 블랜치의 말을 오랫동안 생각했다. 블랜치가 나무막대로 커피 속 휘핑크림을 걷어내며 툭 던진 그 말을, 말속에 돋친 작은 가시를, 은연중에 내비친 평가를.

하지만 이틀 후 베는 에디의 휴대폰을 집어 들어(에디는 비밀번호로 휴대폰을 잠그지도 않고 그럴 생각조차 하지 않는데, 그게 참으로 그답다) 문자메시지를 보고야 말았다.

블랜치가 직접 찍은 자신의 사진이었다. 관능적이거나 섹시하거나 천박한 모습은 아니고, 과장되게 찌푸린 얼굴이었다.

— 오늘은 못 봤네요!

베는 문장을 노려보고는 화면을 계속 위로 올렸다.

또다시, 결정적인 증거가 없다는 사실에 미칠 것 같았다. 두 사람이 바람을 피운다는, 베가 들이대면 두 사람을 다 망가뜨릴 수 있는 단 하나의 증거가 나오지 않았다.

하지만 전체적으로…… 일련의 순간과 대화 속에 두 사람이 부정해왔던 친밀함이 존재했다. 오늘 하루가 유독 힘들었다는 블랜치의 투정이, 베가 너무 자주 집을 비운다는 에디의 불만이 보였다. 베는 이해가 가지 않는 두 사람 사이에서만 통하는 우스운 농담과 베와는 무관한 사진들이 있었다.

베는 에디가 자신을 두고 다른 사람과 바람을 피울 거라고는 상상도 못 했지만 그보다 더 괴로운 것은 블랜치의 배신이었다.

마음이 너무 아팠다.

그런 만큼, 자신과 트립 사이에서 일어난 일에 마음의 빚은 없었다.

네 사람은 바비큐를 즐기러 캐럴라인의 집에 갔고, 트립은 늘 그렇듯 해가 다 지기도 전에 고주망태가 되었다.

"두 사람, 전보다 확실히 더 친해졌네요. 안 그래요?"

트립이 베에게 말했다. 트립과 베는 에디와 블랜치가 석쇠 옆에서 대화를 나누는 모습을 지켜보고 있었다. 에디는 맥주를, 블랜치는 마가리타를 들고 웃는데, 베가 한동안 본 에디의 모습 중에서 가장 편안하고 행복해 보였다.

그때 블랜치가 흘끗 트립과 베를 건너다보더니 잔을 들어 인사했다. 베와 트립도 잔을 들어 보였다. 모든 것이 좋았다. 모든 것이 순조로운 듯 보였다. 모두가 서로에게 좋은 친구일 뿐이었다.

하지만 베는 블랜치의 입꼬리가 올라가더니 비웃음으로 굳어지는 것을 보았다.

에디가 보란 듯이 손을 뻗어 블랜치의 팔꿈치를 만지는 것을 보았다.

"만약 저 두 사람이 잔다면 에디가 블랜치에게 10퍼센트 할인을 해줘야 할까요?" 베의 물음에 트립이 깜짝 놀라며 웃음을 터뜨렸다.

트립은 웃을 때 더 괜찮아 보였다. 오래 전 블랜치가 결혼한 남자와 더 가깝게 보였다.

블랜치가 사랑에 빠진 남자와.

"블랜치가 에디에게 20퍼센트 웃돈을 얹어줘야죠." 트립의 대답에 베는 고개를 돌려 그를 향해 천천히 씩 웃었다. 트립도 느낄 수 있을 만큼 노골적인 눈길이었다.

"트립, 어쩌면 당신은 자신을 과소평가하는지도 몰라요."

알고 보니, 트립은 자신을 과소평가하지 않았다.

캐럴라인네 집 위층 욕실에서 트립과 나눈 섹스는 확실히 그저 그랬고, 베는 굳이 오르가슴에 도달한 척 연기하지도 않았다. 그저 벽에 걸린 끔찍한 그림 속 따분한 피크닉 풍경에 집중했다.

트립이 베의 목에 대고 신음할 때도 베는 서던 매너스에서 여름 시즌을 맞아 막 출시한, 다양한 색이 과감하게 배치된 그림 하나를 캐럴라인에게 보내줘야겠다고 생각했다.

　일이 끝나자마자 트립은 놀랍게도 양심의 가책을 느끼는 듯 손으로 얼굴을 벅벅 문지르며 말했다. "내가 왜 그랬는지 모르겠어요."

　베는 자신이 왜 그랬는지 정확히 알았다. 블랜치와 에디에게 복수하기 위해, 블랜치가 자신의 것을 빼앗기 전에 블랜치의 것을 빼앗은 것이었다. 하지만 베는 전과 다름없이 공허했다.

　얼마 후 트립이 베에게 문자메시지를 보내왔다.

　—미안하면서도, 미안하지 않네요.

　베는 트립이 어떤 마음인지 정확히 알았다.

Part 7

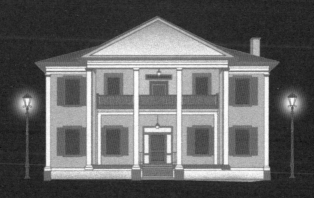

제인

24

7월

다음 몇 주 동안 나는 에디를 믿고 그가 원하는, 에디에게 걸맞은 약혼녀가 되기로 했다. 그래서 아이린스에서 봐둔 웨딩드레스를 서둘러 구입하고 면사포와 새 구두도 한꺼번에 장만했다.

그리고 에디와 결혼식 이야기를 더 자주 했다. 우리는 여전히 작고 간소한 예식을 계획했지만, 여기 버밍햄에서 식을 올리기로 해서 사랑의 도피는 없던 일이 되었다. 우리 관계는 다시 정상 궤도에 들어섰다, 마침내.

여름이 무르익어가면서 점점 더 숨이 막혀왔지만 나는 조깅을 시작했다. 에디는 내가 열사병으로 죽을 거라고 경고했다. 하지만 나는 이른 아침의 더위가 좋았다. 습기가 본격적으로 몰려오기 전 잔디가 젖어 보석처럼 반짝이는 순간과 태양이 지평선 위로 올라오는 순간이 좋았다. 땀이 등을 타고 흘러내리고 선글라스 뒤로 눈이 따끔거리는 게 좋았다.

가끔은 에밀리와 캠벨을 마주치기도 한다. 두 사람은 늘 달리지 않고 걸어서 조깅하는데, 에밀리는 항상 내게 손을 흔들며 활짝 웃어주는 반면 캠벨의 미소는 어딘가 딱딱하다.

하지만 오늘 아침 거리에는 아무도 없었다. 아침 8시인데도 다들 7월의 더위를 감당하기 어려운 모양이다. 한산한 길을 달리던 나는 트립이 사는 거리까지 들어가고 말았다.

1급 살인 혐의를 받고 있지만 트립은 여전히 집에 있다.

부유한 백인 남성이라 가능한 일이었다.

나는 바닥에 누워 숨을 헐떡이던 브록 씨와 피닉스에서의 기억을 떠올리지 않으려 애썼다. 그 순간부터 줄곧 나와 함께 숨 쉬어온 역겨운 공포에서 멀어져야 했다. 만약 경찰이 나를 발각했어도, 내가 한 짓을 알아냈어도 재판이 열리기 전까지 에디의 집에서 시간을 보낼 수 있게 해줬을까?

아니지. 나는 **무죄**라고 주장할 틈도 없이 오렌지색 죄수복 차림이 될 것이다.

역시 이 사람들은 나와 다른 행성에 산다.

트립의 변호사는 트립에게 도주의 우려가 없다는 점을 입증했다. 그래서 트립은 아직 여기 손필드 주택 단지에 머물며 몇 달 뒤에 열릴 재판을 기다릴 수 있었다.

트립이 재판에 회부될 즈음에는 이 사건도 별문제가 되지 않으리라, 나는 그렇게 되뇌었다. 그즈음이면 에디와 나는 결혼해서 부부가 되어 있을 테고, 에디는 분명 증언을 해야겠지만 나는 사건에서 발을 뺄 수 있을 터였다.

하지만 그렇다고 조사를 멈출 수는 없다. 나는 이번 사건과 관련

해서 읽을 수 있는 자료란 자료는 전부 읽고 있다. 그 결과 경찰이 블랜치의 시신을 발견했을 때 두개골에 엄청나게 큰 균열이 나 있었다는 사실과 블랜치가 호수를 찾기 불과 며칠 전에 트립이 망치를 구매했다는 사실을 알게 되었다.

트립은 멍청하게도 오버턴 빌리지의 철물점에서 자신의 신용카드를 썼다.

경찰의 추측에 따르면 트립은 그날 두 여자를 예고 없이 찾아갔고 모두 만취한 상태였는데도 보트에 태웠으며 그후 **어떤 일**이 벌어졌다. 어떤 싸움과 어떤 논쟁이. 트립은 술에 취한 상태였다. 모두 마찬가지였다. 그리고 결국 블랜치는 물속으로 빠졌다.

경찰은 베에 대해서는 밝혀낸 바가 없었다. 어쩌면 베는 소리를 지르다 트립이 휘두른 망치에 맞았을지도 모른다. 어쩌면 베는 의식을 잃었거나 보트가 가라앉기 시작할 때 짐칸에 있어서 못 빠져나왔을지도 모른다. 아니면 방향을 잃고 혼란스럽게 다가오는 베를 트립이 보트 밖으로 밀어버렸을지도 모른다.

경찰은 에디에게 아직 베의 시체를 찾지 못한 데다 보트에서 혈흔도, DNA도, 어떤 증거도 나오지 않은 만큼 트립에게 베를 살해한 혐의를 적용하기 힘들 수도 있다고 인정했다. 현시점에서는 모든 것이 추측에 지나지 않았고, 그 덕분에 트립의 변호사가 트립을 보석으로 빼낼 수 있기도 했다.

뭐, 부유한 백인 남성의 특권도 한몫했으리라.

나는 트립의 집 앞에 멈춰 섰다. 한 손으로 옷 옆구리에 난 바늘땀을 만지작거리며 창문을 빤히 바라봤다. 트립은 안에서 무얼 하고 있을까. 무슨 생각을 할까.

에디는 트립에게 유죄 판결이 내려지더라도 형기가 길지는 않을 거라고, 트립 같은 사내들은 결코 긴 시간을 교도소에서 보내는 법이 없다고 말했다. 이번 사건은 아직 대부분이 정황 증거에 기대고 있는지라 검사는 유죄 판결을 끌어낼 확률이 더 높은 과실 치사로 혐의를 낮출 수도 있다. 트립의 변호인단은 검찰이 확보한 증거라는 게 블랜치의 시체와 그녀의 뒤통수에 난 균열이 전부라고 주장할 것이다. 트립이 망치를 샀다는 사실이 곧 망치로 아내를 죽였다는 의미는 아니며, 블랜치가 보트에서 떨어지면서 머리를 부딪혔을 수도 있다고 변론할 것이다.

위층 창문에서 어떤 움직임이 일렁였다. 커튼이 살짝 걷혔다. 나는 트립이 나를 지켜보고 있다는 것을 알 수 있었다.

나는 트립이 밖으로 나와 내게 말을 걸지 궁금해하며 보도 위를 서성였다. 하지만 더는 인기척이 없었고, 잠시 후 나는 다시 조깅을 이어갔다.

돌아오니 에디는 없었다. 벌써 출근한 모양이었다. 냉장고에서 물을 한 병 집어 들고는 조리대에 한쪽 엉덩이를 기댄 채 물을 벌컥벌컥 마셨다. 물이 너무 차가워서 치아와 관자놀이가 지끈거렸다.

물병을 막 내려놓았을 때 어떤 소리가 들려왔다.

위층 어딘가에서 나는 소리였다. 꼭 경찰이 블랜치의 시신을 발견했다는 소식을 전하러 찾아왔던 밤에 들은 소리 같았다. 나는 그대로 얼어붙어 귀를 기울였다.

쿵. 쿵. 쿵.

마치 누군가가 무거운 물건을 들었다가 떨어뜨리는 것 같은 소리였다.

"저기요?" 내가 외쳤다. "누구 있어요?"

그렇게 물으면서도 스스로 어이가 없었다. 내가 지금 공포 영화를 찍고 있나? 당장이라도 속옷 차림으로 어둠을 뚫고 지하실을 향해 달려갈 기세였다.

그런데 그때 쿵, 하는 소리가 다시 들려왔다. 심장이 더 빠르게 뛰었다.

천천히, 조용히, 천장을 향해 귀를 쫑긋 세우고 주방을 가로지르는데 소리가 더는 들리지 않았다. 에어컨이 낮게 윙윙대는 소리와 헐떡이는 내 숨소리 말고는 아무 소리도 들리지 않았다.

정적이 시끄럽고 무겁게 느껴졌다. 땀이 너무 빨리 식어서 이제 추울 지경이었다. 그때 휴대폰 진동이 울려 나는 꽥 소리를 질렀다.

요가 바지에 달린 작은 주머니에서 휴대폰을 꺼내는데 손이 약하게 떨렸다. 휴대폰 화면에 에디의 이름이 떴다.

"안녕, 예쁜이?" 내가 전화를 받자 에디가 말했다. 너무도 한가롭고 태평한 에디의 목소리에 빠르게 뛰던 심장이 조금 진정되고 정맥을 타고 돌던 공포가 일부 빠져나갔다. "그냥 뭐 하는지 궁금해서 전화했어."

에디의 목소리 뒤로 소음이 배경음처럼 들려왔다. 탕 하고 판에 망치질하는 소리와 멀리서 들려오는 전기톱 소리에 에디가 지금 현장에 나가 있다는 걸 알 수 있었다. 현장에 있는 에디의 모습을 그려봤다. 헝클어진 셔츠를 입고, 선글라스를 낀 에디를.

"겨우 두 시간 전에 봤잖아." 내가 말했다.

"벌써 내가 그리운 거야?"

관능적이고 섹시한 말투로 말하려고 했는데, 에디는 내 목소리에서 무언가를 감지한 모양이었다. "무슨 일 있어?"

"별일 없어." 그렇게 말하면서도 나는 여전히 천장을 향해 귀를 쫑긋 세웠다. "그냥 집에서 어떤 소리가 들려서."

"어떤 소린데?" 에디의 물음에 문득 내가 집에 혼자 남겨져서 웬 소음에 겁먹은 어린아이가 된 것 같았다.

"그냥 쿵 하는 소리." 나는 에디가 눈앞에 없는데도 고개를 저으며 말했다. "아니, 여러 번 쿵쿵거렸어. 이상하게 들릴지도 모르지만, 지금 고딕 소설이나 B급 공포 영화에 나오는 사람처럼 위층을 기웃거리고 있어."

에디가 웃음을 터뜨리거나 농담을 할 거라고 생각했는데, 그러지 않았다.

"제인, 집이 크잖아. 온갖 소리가 나게 마련이야. 특히 여름에는."

"그렇지." 내가 말했다. "말했잖아. 이상하게 들릴 거라고."

"한숨 더 주무시는 게 어때요, 낸시 드류* 씨?" 나를 달래려는 그의 말에 갑자기 짜증이 치솟았다. 화가 나고 열이 올랐다.

하지만 꾹 참았다. 에디는 다정하게 대하려고 노력하는데, 계속 멍청하게 굴어서 내 앞에 찾아온 행운을 망칠 수는 없었다.

"지금 땀범벅에 엉망이라 샤워부터 하려고." 내 말에 에디가 낮은 소리를 냈다. 보통 때라면 그 소리에 강한 욕구가 일 터였다.

"내가 지금 여기가 아니라 거기에 있어야 하는데." 에디가 말했다. 나는 적당히 흥미가 동한 말투를 지어냈다. "언제든 점심 먹으러 들러도 돼."

• 미국의 유명 소녀 탐정물에 등장하는 주인공.

270

에디가 한숨을 내쉬는 소리에 살짝 안도했다. "그럴 수만 있다면 당장 갈 텐데. 오늘 코너 부부네 집에서 진행될 공사는 중요한 작업인 데다, 서던 매너스에도 들러야 해. 그래도 5시 전에는 갈게. 약속해."

"약속 꼭 지켜야 해." 에디가 전화를 끊은 뒤에도 나는 복도에 그대로 서서 텅 빈 탁자를 두 손으로 꼭 쥐었다.

탁자 위로는 거울이 걸려 있었다. 거울에 비친 얼굴을 들여다봤다. 조깅하고 왔는데도 안색이 창백했고, 살짝 기름진 머리칼은 들쭉날쭉한 데다 눈 밑은 마스카라가 떨어져 거뭇거뭇했다.

"정신 좀 차리자." 거울에 비친 나를 향해 중얼거리며 얼굴로 내려온 머리칼을 뒤로 쓸어 넘겼다. 거울 속 소녀는 들고양이처럼 음산해 보였다. 나는 치아를 드러내고 고개를 저으며 부드럽게 웃어 보였다.

그때 쿵쿵거림이 다시 시작됐다.

25

손필드 주택 단지에서 개를 산책시키는 동안 캠벨과 에밀리, 캐럴라인 같은 사람들은 낮에 저렇게 큰 SUV를 타고 어디를 가는지 궁금해하곤 했다.

알고 보니 그들은 멀리 가지 않았다. 오늘 우리는 지역미화위원회 회의를 위해 로스티드에 모였다. 캠벨과 에밀리는 모두 가벼운 운동복 차림이지만, 나는 분홍색 블라우스와 회색 펜슬스커트를 입고 구두까지 신고 나왔다. 내 머리칼은 아직 두 사람만큼 황갈색을 띠지도, 윤기가 흐르지도 않지만 에밀리의 커다란 선글라스에 비친 내 모습을 보니 불과 몇 달 전에 비하면 두 사람과 훨씬 닮아 보였다.

에밀리에게 어느 미용실에 다니는지 물어봐야겠다고 다짐하면서 가방에 손을 넣었다. 새로 산 가죽가방은 아델도 들어갈 수 있을 만큼 큼직했다. 나는 가방에서 **손필드 미화위**라는 라벨지가 붙은 바인더를 꺼냈다. 내가 글씨 꼭지점마다 소용돌이를 그려가며 정성 들여 만든 라벨지였다.

"어머나, 애 좀 봐." 에밀리가 입을 열며 장난스레 내 팔을 밀쳤다. "어쩜 이리 꼼꼼해."

나는 미소만 지을 뿐, 새벽 1시까지 바인더를 만드느라 씨름했다는 말도, 눈 밑 다크서클을 가리느라 컨실러를 말도 안 되게 덕지덕지 발랐다는 말도 하지 않았다.

거실 바닥에 앉아 잡지에서 사진을 오려내고 바인더에 끼우는 동안 에디가 걱정하지 않아도 된다고 했던 쿵쿵거리는 소리가 또다시 위층에서 들려왔다는 사실도 말하지 않았다.

소리는 두어 번 정도 희미하게 들렸는데, 이번에는 펄쩍 뛰거나 꽥 소리를 지르지 않았다. 그래도 해충방제업체에 연락을 해봐야겠다고 다짐했다.

하지만 지금 나는 탁자 위에 바인더를 펼쳐놓으며 연신 미소를 짓는다. 반지가 햇빛을 받아 번쩍인다.

딱 내가 바라던 대로, 캠벨이 반지를 더 자세히 보려 몸을 앞으로 숙였다.

"결혼식이 언제야?" 캠벨의 물음에 에밀리도 슬며시 귀를 세웠다.

역시, 이곳에서는 소문이 화폐다.

나는 바인더를 내려다보며 장을 휙휙 넘겼다. "아직 못 정했어요. 원래는 빨리 진행할 예정이었는데요. 소규모로 집에서 간단하게……."

"트립 일이 터지고 결혼식을 준비하기가 힘들었을 거야." 에밀리의 공감 어린 대답에 내가 고개를 들었다.

"저랑 에디는 웬만하면 그 일은 생각하지 않으려고 노력 중이에요." 사실이었다.

두 여자는 동의한다는 뜻으로 흐음 소리를 냈다. 이어 캠벨이 한숨을 내쉬며 내 바인더를 자기 쪽으로 돌렸다. 캠벨은 사진을 뒤적였지만 머리로는 딴생각을 하는 듯했다.

"〈서던 리빙〉을 참고해서 몇 가지 구상안을 짜봤어요." 내가 말했다. "동네 입구의 화단 말이에요, 4쪽을 보면⋯⋯."

"트립이 호숫가에 있었던 거, 경찰이 알아냈대. 알고 있었어?"

속삭임에 가까운 에밀리의 말에 나는 놀라서 휙 고개를 들었다. 몰랐던 사실이었다.

하지만 보아하니 캠벨이 더 놀란 듯했다. 그녀가 불쑥 허리를 세우다 발로 탁자를 차는 바람에 연철 탁자가 덜컹거렸다.

"세상에, 말도 안 돼!" 캠벨이 선글라스를 휙 벗자 휘둥그레 뜬 파란 눈이 나왔다. "거기 있었대? 정말로?"

에밀리가 고개를 끄덕였고, 나는 탁자 위 바인더를 다시 내 앞으로 당겼다.

"경찰에 따르면 그래. 트립을 본 목격자가 있나 봐. 아니면 어떤 증거가 나왔거나? 진짜 증거 말이야. 셀럽들 폭로전에 등장하는 그런 증거 말고."

나는 에밀리의 마지막 말에 살짝 웃었다. 에밀리가 농담을 다 하다니. 하지만 캠벨은 여전히 우리 두 사람을 바라보고만 있었다. 손가락 끝에서 선글라스가 달랑거렸다.

"그러니까⋯⋯ 정말 트립이 한 짓이구나. 트립이 두 사람을 죽였어."

"당연히 트립이죠." 생각보다 날카롭게 나와버린 내 말에 두 사람이 고개를 돌려 나를 바라봤다.

젠장.

나는 목을 가다듬으며 바인더를 더 열심히 뒤적였다. "제 말은 그러니까…… 경찰이 판단한 거잖아요. 트립이 범인이라는 확신이 없었다면 기소 의견으로 넘기지도 않았겠죠."

에밀리는 고개를 끄덕였지만 캠벨은 여전히 믿지 못하겠다는 듯 아랫입술을 깨물고 다리를 흔들었다.

"그냥 너무 이상해. 트립이 술에 취하면 개자식이 되긴 했어도, 그러니까, 내 말 오해하지 말고 들어. 그래도…… 폭력적이진 않았어. 게다가 블랜치를 사랑했고."

나도 같은 생각이었지만, 지금 다시 생각해보니 블랜치가 죽고 난 후에 트립이 온종일 술을 마시고 집 안을 돌아다니면서 무너져버린 이유가 슬픔 때문이 아니라 죄책감 때문이었나 싶다.

그때 에밀리가 떠벌리기 시작했다. "그런데 캠벨, 두 사람 사이에 문제가 **있긴 했어.** 너도 알잖아."

에밀리와 캠벨이 나를 흘끗 보더니 서로 눈빛을 교환했다. 무슨 이야기인지 알 것 같았다.

"저도 트립한테 들었어요. 에디와 블랜치 사이에 소문이 있었다고."

두 사람이 또다시 눈빛을 교환하자 나는 저 둘이 내게 무슨 허튼소리를 하려나 생각했다. 하지만 그때 에밀리가 어깨를 으쓱하며 말했다.

"뭐, 에디랑 블랜치가 자주 같이 있긴 했어. 베는 안 보였고."

"**전혀.**" 캠벨이 고개를 저으며 말했다. "베는 회사가 인생의 전부였어. 마지막 몇 달은 특히 그랬지. 우리도 얼굴 보기가 힘들었으니까."

"사실이야." 에밀리가 말을 보탰다.

"우리가 처음 이 동네로 이사 왔을 때만 해도 확실히 베랑 더 자주 어울렸거든."

에밀리는 미소를 지으며 내 바인더를 톡톡 두드렸다. "베도 이런 일을 했어. 그런데 지난봄부터 모임에 빠지고 파티에도 안 나오고……."

"하지만 그렇다고 에디와 블랜치가……." 나는 질문이 잠시 허공을 떠돌게 두었다. 두 사람이 또다시 눈빛을 교환했다.

"아니겠지." 마침내 에밀리가 말했다. "그런데 사건이 있기 직전에 베랑 블랜치가 좀 이상하긴 했어."

캠벨이 혁 소리를 내며 의자에 등을 기대고는 에밀리를 날카롭게 쏘아봤다.

"뭐 어때?" 에밀리가 반문하며 커피를 홀짝였다.

"사실이잖아. 이제 둘 다 죽은 사람인데 말한다고 누가 상처 받는 것도 아니고. 게다가." 에밀리가 한 손을 내저으며 말을 이었다. 손에 낀 반지 여러 개가 반짝이며 빛을 뿜었다.

"딱히 흥미진진한 이야기도 아닌데, 뭐. 베의 엄마였나, 그런 문제였던 것 같아. 에디가 등장하기도 전의 일을 가지고 싸우더란 말이지."

소문의 어느 지점이 두 사람에게 흥미진진하지 않은지는 알겠지만, 젠장, 나는 조금 더 듣고 싶었다. 베와 블랜치 사이에 긴장이 감돌았다는 이야기는 처음 듣는 것이 아니었다. 트립도 똑같은 말을 했다. 하지만 긴장이 감돈 이유가 정확히 무엇인가? 두 사람의 관계에 내가 놓친 부분이 있었다. 그 무언가가 에디를 이해하는 데 실마리가 될지도 모른다는 생각을 떨칠 수가 없었다. 나는 다른 각도로 접근했다. "베가 성격이 좀 불같았나요?"

두 여자는 웃음을 터뜨리며 고개를 저었다. 캠벨은 컵의 뚜껑을 벗기고 남은 커피를 들이켰다.

"맙소사, 아니야." 에밀리가 말했다. "파이처럼 달콤한 여자였어. 물론 강인하고 야망도 넘쳤지만 사람은 얼마나 순했는데. 베가 화내는 건 한 번도 못 봤어. 출장요리 업체가 기념일 파티를 완전히 망쳐놓은 날에도 그냥 넘어가더라고. 원래 계획한 건 하와이 요리가 나오는 야외 연회였는데 그 업체가 뭘 가져왔더라. 아, 기억이 안 나네. 뭐였지, 캠벨?"

"핑거 푸드." 캠벨이 대답했다. "다과회인 줄 알았나 봐. 한 입 거리 오이 샌드위치, 프티 푸르*, 뭐 그런 걸 가져온 거야. 베는 그냥 웃어넘겼어. 오히려 에디가……."

캠벨이 갑자기 말을 멈추더니 나를 흘끗 보고 어깨를 으쓱하며 말을 돌렸다. "아무튼, 질문에 답을 하자면, 아니야. 내가 아는 한 베는 작은 짜증조차 낸 적이 없어."

무겁게 내려앉은 침묵이 우리 사이를 어색하게 감돌았다. 이내 에밀리가 밝게 물었다. "자, 오늘 밤에 우리 모두 컨트리클럽에 가는 거지?"

맞다, 모금 행사가 또 있었다. 냉장고에 붙여둔 초대장이 생각났다. 나도 이제 에밀리나 캠벨처럼 컨트리클럽에서 열리는 모금 행

* 커피나 차와 함께 내는 아주 작은 케이크 또는 쿠키.

사에 참여하는 여자다.

나는 두 사람에게 미소를 지어 보였다.

"절대 빠질 수 없죠."

자리를 뜨려 일어서는데, 캠벨이 내 몸을 위아래로 훑어봤다.

"우와. 제인, 정말…… 근사하다."

"그렇지?" 에밀리가 맞장구치며 내 팔을 한 번 더 쓰다듬었다.

"제인이 베보다 펜슬스커트를 훨씬 더 잘 소화하는 것 같아. 펜슬스커트는 뭐랄까, 베 하면 떠오르는 옷이었잖아."

에밀리는 생글거렸지만 나는 그 말이 어딘가 거슬렸다. 구태여 베를 따라 하지 않아도 남들 눈에는 내가 마치 베의 옷을 따라 입은 사람처럼 보인다는 사실을 깨달았다. 나와 펜슬스커트와 바인더까지, 모든 것이 엉성한 모조품 같았다.

베의 유령처럼.

그 생각에 집으로 오는 내내 머릿속이 복잡했다. 집에 들어와 복도 거울에 비친 내 모습을 바라봤다.

어깨를 살짝 스치는 머리 길이가 베의 긴 단발과 똑같았다. 귀에 찬 귀걸이는 베의 사진에서 본 귀걸이와 비슷했다.

심지어 베와 똑같은 색조의 붉은 립스틱을 바르고 있었다.

나는 돌아서서 가방을 집어 들고 바인더를 꺼냈다.

베도 이런 일을 했어.

나는 이 무리에서 새로운 베가 되기를 바라는 건가? 아니면 나로 받아들여지길 바라는 걸까?

더는 모르겠다.

그때 휴대폰 진동음이 윙윙거렸고, 나는 한숨을 내쉬며 가방에서 휴대폰을 꺼냈다.

존이 문자메시지를 보낸 것이었다.

메시지는 **안녕, 친구**로 시작하고 있었다. 젠장, 존이 정말 끔찍이도 싫다.

—이번 주에 돈이 좀 부족해. 500달러만 보내줄래. 이번에도 우편으로 보내줘. 현금으로 부탁할게.

손가락이 휴대폰 자판 위를 맴돌았다.

존에게 꺼지라고 말할 수도 있다.

에디에게 문자메시지를 보내거나.

하지만 나는 가방에 손을 넣어 접힌 종이를 꺼냈다. 에디가 건네준, 피닉스 번호가 휘갈겨진 종이였다.

누가 나를 찾고 있는지 알아낼 수도 있다. 그들이 무엇을 원하는지, 무엇을 알고 있는지.

그렇게 이 모든 것을 잠재우고 내 삶을 살아갈 수도 있다.

떨리는 손으로, 전화를 걸었다.

26

존이 일하는 침례교회는 이 지역에서 신자가 많은 편이 아니었다. 내가 찾아보니 남부에서는 주거지 한 구획을 다 차지하는 교회도 여럿 있었다.

존이 다니는 교회는 땅딸막하고 못생긴 벽돌 건물로, 거의 교회처럼 보이지도 않았다. 어린 양들에게 둘러싸인 예수를 그린 스테인드글라스 창만이 이곳이 예배 공간이라는 사실을 알려주었다.

오늘 나는 내게 가장 잘 어울리는 옷을 입었다. 흰색 보트 네크라인 블라우스에 파란색 주름치마를 받쳐 입고 파란색과 흰색 줄무늬가 섞여 들어간 단화를 신었으며 은으로 된 액세서리를 착용했다. 아침에 거울을 보았을 때 다른 사람이 서 있는 것 같았다. 두 달 전 내 모습처럼 보이지 않았고, 에밀리나 캠벨을 따라 한 것처럼 보이지도 않았다.

혹은 베조차도.

오늘 나는…… 나처럼 보였다.

그게 누구든.

나는 어깨를 내리고 고개를 높이 들며 문을 열었다. 안으로 들어 서자 책상 앞에 앉아 있던 어린 여자가 밝은 미소를 지었다.

아마 내가 기부를 하러 왔다고 생각한 모양이었다.

반쯤은 맞았다.

"안녕하세요오." 나는 느릿느릿 모음을 길게 빼며 선글라스를 머리 위로 올렸다.

"여기 존 리버스가 있나요?"

여자의 올라간 입꼬리가 희미하게 처지는 모습을, 나는 놓치지 않았다.

얘야, 네가 어떤 마음인지 알아.

"음악실에 있어요." 여자가 복도를 가리켰고, 나는 고맙다고 말했다.

교회 안에서는 탄 커피 냄새와 오래된 종이 냄새가 났다. 복도 끝에 자리한 음악실을 향해 발을 내디딜 때마다 리놀륨 바닥이 삐걱삐걱 소리를 냈다. 벌써 귀에 거슬리는 기타 연주 소리가 들려왔다.

존은 음악실 한가운데 설치된 이중 무대에 앉아 앞에 놓인 악보대를 바라보고 있었다. 악보집에는 '**즐거운 마음을 위한 찬송가 모음**'이라고 쓰여 있었다.

어쩜 오늘 내 마음과 똑같은 제목이었다.

손가락으로 기타 줄을 튕기던 존이 고개를 들어 나를 발견했다. 존은 아주 잠시 나인지 아닌지 헷갈린다는 표정을 지었다.

오늘 존은 가슴에 교회 로고가 박힌 파란색 폴로셔츠를 입고, 머리는 뒤로 싹 빗어 넘긴 모습이었다. 거기에다 아주 멋진 새 운동화를 신었는데, 그걸 보니 에디의 돈을 전부 새 음향 장치를 사는 데

쓰지 않았을 거라는 의심이 확신으로 굳어졌다.

"제인." 존이 자리에서 일어나 기타를 내려놓았다. 나는 한 손을 들어 보였다.

"금방 갈 거야. 피닉스 사람하고 통화했다고 알려주러 왔어. 너한테 계속 연락한다는 그 미스터리한 사람 말이야."

존의 얼굴에서 핏기가 싹 가셨다. 분홍빛으로 불그스름하던 뺨이 병약한 잿빛으로 퇴색하는 모습을 지켜보자니 그동안 존 때문에 겪어야 했던 거지 같은 일들이 어느 정도 보상되는 듯했다.

하지만 큰 보상은 아니었다.

"그 남자, 알고 보니 좋은 사람이더라. 네가 한 말은 다 개소리라고 설명하니까 알려줘서 고맙대."

나는 아직도 그 남자와 통화했을 때 받은 충격과 이제 살았구나 싶은 **안도감**을 생생히 느낄 수 있었다. 미스터리한 전화번호의 당사자는 조지 스미스라는 사람이 고용한 사설탐정이었다. 조지 스미스는 자신의 언니 리즈를 찾고 있었다. 탐정은 리즈에게 딸이 한 명 있는데 그 딸이 애리조나주에서 위탁 보호를 받았으며 이름이 헬렌 번스일 수도 있다고 말했다. 그리고 조지 스미스가 언니의 딸을 만나고 싶어 한다고 했다.

나는 탄식이 실린, 조금 애석하다는 말투로 내가 위탁 가정에서 헬렌과 함께 지낸 건 맞지만 마지막으로 들은 소식은 헬렌이 마약에 연루되었다는 것이고, 그 후 그녀가 서부 저 멀리…… 시애틀이었나? 아니다, 포틀랜드로 떠났다고 들었는데, 어쨌든 헬렌을 보거나 소식을 듣지 못한 지 몇 년째라고 못 박았다. 그리고 비밀 이야기를 하듯 목소리를 낮춰서 나라면 굳이 존 리버스와 이야기하지 않겠다고 속삭였다. 존 리버스는 조지 스미스처럼 나이 많은 부인을 상대로 사기를 치고 다닌 전력이 있어서, 당신의 의뢰인을 속여서 조카를 안다고 장담해놓고는 결코 보여주지 않을 사람이라고 말했다. 내 이야기를 들은 사설탐정은 크게 놀라지 않고, 다만 그런 유형의 사람들을 잘 안다며 시간을 내줘서 고맙다고 했다.

통화를 마친 나는 내 안에서 안타까운 마음이 들기를 기다렸다. 가족과 연결된 단 하나의 얇디얇은 끈을 방금 끊어내고 만 것이다. 1년 전이었다면, 아니, 몇 달 전만 해도 어머니에게 여동생이 있고 그 여동생이 나를 찾고 있다는 사실을 알았다면 감격해서 눈물이 핑 돌았을 터다. 조지 이모라니.

하지만 이제 그 끈은 나에게 닿기엔 너무 멀었다. 나는 이미 선택을 했고, 가정을 꾸렸고, 그 밖의 모든 일에는 문을 닫았다.

그보다 더 중요한 것은, 이제 드디어 확신할 수 있다는 점이다. 피닉스에서 무슨 일이 있었는지 아무도 모른다는 것을.

내가 도망쳐온 사실을.

존은 여전히 나를 뚫어져라 쳐다보며 목젖만 꿈틀거렸다. 존이 홈디포 주차장에서 나를 겁줄 때 느낀 감정이 이처럼 황홀했을까.

그렇다면 존의 행동을 비난할 수만은 없겠다 싶다.

"아무튼, 그 남자한테 네가 속이 음침한 놈이라는 건 확실히 각인시켰어. 이야기를 더 맛깔나게 하려다 보니까 너한테 변태 기질이 있고 나한테 집착한다는 티도 좀 낸 것 같네. 어쨌든 이제 그 남자는 네 전화를 안 받을 거야."

이 부분은 사실이 아니지만, 존이 땀을 뻘뻘 흘리는 모습을 보고 있자니 너무 재미있었다.

그런데 존은 그 정도로는 완전히 나가떨어지지 않았다.

"넌 분명 무슨 일을 저질렀어." 존이 말했다.

"그러고는 도망쳤고. 그게 아니라면 순순히 나한테 돈을 줬을 리가 없잖아." 존이 한 걸음 앞으로 다가왔다.

"도망 다니는 처지가 아니었다면 애초에 나랑 살겠다고 오지도 않았을 거야. 우리가 공동생활시설에서 얼마나 같이 있었지? 두 달이나 될까? 우리는 겨우 얼굴이나 아는 사이었어. 그만큼 절실히 숨을 곳이 필요했던 거지. 내가 틀렸다면 어디 말해보시지."

"너 같은 빌어먹을 놈한테는 더 할 말 없어." 내 말에 존은 움찔하며 문 쪽을 곁눈질했다.

나는 뒤를 돌아보다가 책상 앞에 앉아 있던 여자와 우리가 지금 어디에 있는지를 떠올리고는 하마터면 웃음을 터뜨릴 뻔했다.

"너 지금…… 내가 신성한 교회에서 욕했다고 걱정하는 거야? 너는 나를 협박하고 돈까지 뜯어갔으면서?"

나는 존에게 더 가까이 다가갔다. 팔꿈치 안쪽에서 값비싼 새 가방이 달랑거리고 손에서는 에디가 끼워준 반지가 빛을 내며 깜박였다.

"너 생각보다 똑똑하더라. 그건 인정할게." 내가 말했다.

"하지만 **이제** 끝이야. 나한테도 에디한테도 다시는 전화하지 마. 나를 잊어. 아니, 그냥 죽었다고 생각해. 알겠어?"

존은 침울한 얼굴을 하면서도 말했다. "너를 잊어? 아니면 헬렌 번스를 잊어?"

그 이름만 들으면 여전히 심장이 세차게 쿵쾅거렸다.

끝이야.

헬렌 번스는 이제 없어.

"꺼져버려." 나는 상냥하게 말한 다음 벽에 걸린 그림을 흘끗 올려다봤다. 예수의 발치에 이번에는 어린 양이 아닌 한 무리의 아이들이 모여 있었다.

"죄송." 나는 과장되게 얼굴을 찌푸리며 예수를 향해 소리 없이 입모양으로만 말하고 나가버렸다.

다시 책상을 지나치는데, 자리를 지키는 여자가 누가 봐도 호기심 어린 얼굴로 나를 지켜보고 있었다. 나는 가방에서 수표책을 꺼내며 여자에게 한 번 더 미소를 지어 보였다.

"저희 부부가 듣기로는 교회에 새 음향 장치가 필요하다고요."

교회를 나서면서 나는 수천 달러만큼 가난해졌지만 트럭 한 대만큼 우쭐해졌다. 엘리스 목사가 나와서 악수를 청하며 후한 기부에 야단스럽게 고마워했고, 지금 이 시간부터 교회의 모든 프로그램에서 에디와 나에 대한 감사를 표현하겠다고 약속한 만큼 이제 존은 더 이상 쓰레기 같은 짓을 못 할 것이다.

그리고 일요일마다 똑똑히 확인하게 될 것이다.

에드워드 로체스터와 그의 아내, 제인 로체스터.

뭐, 아직 아내는 아니지만 어차피 우리는 곧 **결혼한다.** 에디는 **무고하다.** 그리고 나는, 자유다.

차에 올라타 두 손으로 운전대를 감싸 쥐고 심호흡했다.

어쨌든 내가 브록 씨를 죽인 것도 아니다. 사람을 죽인 것과 죽게 내버려 둔 것은 다르다.

브록 씨는 당해도 쌌다.

브록 씨는 제인을 죽게 내버려 뒀다. 진짜 제인을, 내가 사랑한 아이를, 내 유일한 친구를, 내 자매를. 피 한 방울 섞이지 않았지만 같은 집에 살고 같은 악몽을 겪은 나의 제인을.

제인은 줄곧 작고 연약했다. 학교에서 감기나 장염이 돌면 여지없이 걸렸다. 보통 때라면, 나는 도움을 줄 수 있었다. 비타민C를, 오렌지주스를 챙겨주고 제인이 뒤처지지 않도록 수업 내용을 열심히 필기해두면서.

하지만 마지막에는 제인의 병이 좀처럼 낫지 않았다. 내뱉는 기침이 축축해지고 깊어졌다. 열이 더 올랐다.

제인을 병원에 데려가야 해요. 꼭이요. 나는 브록 부부에게 빌었지만, 늘 그렇듯 부부는 변명만 늘어놓았다.

제인은 괜찮아. 꾀병이야. 그렇게 심한 상태가 아니야.

제인은 내 침대에서 죽었다. 내 옆에서 몸을 옹송그린 채. 제인의 몸이 너무 뜨겁게 타올라서 안아주기도 힘들 지경이었다.

그래도 나는 제인을 안았다. 제인이 숨을 헐떡이고 바들바들 떨다가 결국 미동도 하지 않을 때까지.

폐렴이었다. 브록 부부가 병원에 데려갔어도 제인은 결국 죽었을지도 모른다. 제인의 몸은 이미 너무 약해져 있었다.

나는 영원히 알지 못할 것이다.

그래서 그날 밤, 브록 씨와 집에 단둘이 남겨진 것이 마치 시적 정의*처럼 느껴졌다. 브록 부인은 빙고 게임을 하러 가고 없었고, 그즈음 나는 이 집의 유일한 위탁 아동이었다.

브록 씨는 TV로 야구 경기를 보다가 심판의 판정에 잔뜩 화를

---

* 문학 작품 속 이야기가 권선징악, 인과응보로 끝나면서 정의가 실현되는 것.

냈다. 때때로 그건 우리 중에 한 사람을 때린다는 의미였지만, 그날 밤에는 그저 자리에서 일어나 TV에 대고 소리를 지를 뿐이었다. 얼굴이 벌겋게 달아오른 채.

나는 주방 식탁에 앉아 보잘것없는 패스트푸드점 일자리에 지원할 서류를 작성하고 있었는데, 브록 씨가 갑자기 숨을 헐떡이며 가슴을 움켜잡았다.

브록 씨는 얼마 전부터 심장 질환을 앓았다. 어쩌다 심장에 문제가 생겼는지는 모르겠지만 위스키와 감자튀김, 핫소스를 즐겨 먹는 식습관이 건강에 썩 도움이 되지는 않았을 것이다.

그래서 브록 씨는 심장약을 먹고 있었다. 오렌지색 병에 든 커다란 알약이었는데, 그는 나를 향해 몸을 돌리며 상한 우유빛을 띤 얼굴로 한마디를 간신히 내뱉었다.

약.

내게는 약이 없었다.

그는 털썩 무릎을 꿇었다. 입은 물 밖으로 나온 물고기처럼 뻐끔거렸고, 눈은 밖으로 튀어나올 듯 커져갔다.

브록 씨는 몸집이 크지 않았다. 나와도 별 차이가 없었다. 그런데도 저렇게 무릎을 꿇은 모습을 보니 기분이 좋았다. 나는 자리에서 일어나 그를 내려다보았고, 그는 영문도 모른 채 나를 빤히 올려다보기만 했다.

그 말이 아주 쉽게 입 밖으로 나왔다.

죽어.

나는 그가 죽기를 바랐다. 제인을 위해.

그렇게 나는 서서 그가 몸부림치고 헐떡이는 모습을 지켜보았다. 그가 안락의자 두 개 사이에 놓인 작은 탁자로 손을 뻗어 약을 쥐려 하자, 내가 낚아챘다. 그의 눈앞에서 약을 쥐어 보였다. 약통이 내 손안에 있음을 보여주었다.

그런 다음 주방에 가서 떨리는 손으로 개수대에 약을 부어버리고 음식물 쓰레기 분쇄기까지 작동시켰다.

그가 확실히 숨을 멈춘 것을 확인하고 나서야 집을 나왔다.

지난 5년간, 나는 그날 밤으로부터 도망쳐왔다. 브록 씨가 급사했을 때 유일하게 집에 있던 사람이 나라는 사실을 사람들이 분명 기억할 거라고 확신하며 달아났다.

하지만 나는 그렇게 대단한 사람이 아니었다. 누구도 내가 떠난 이유를 그의 죽음과 연결 짓지 않았다.

그도 그럴 것이, 브록 씨는 원래부터 심장 질환을 앓지 않았던가. 헬렌은 그저 때가 되어 집을 나온 것뿐이다. 열여덟 번째 생일은 아직 지나지 않았지만, 고등학교를 졸업해서 위탁 보호 체제 밖으로 나와야 하는 나이가 된 것이다.

나는 가방에 제인의 신분증을 챙겨서 나왔다. 친자매 사이라고 해도 믿을 만큼 나와 닮은 제인.

그렇게 나는 새롭게 시작했다.

지금 와서 보니 그 길은 최고의 선택이었다.

나는 미소를 머금은 채 차의 시동을 걸고 집으로 향했다. 나의 새로운 집으로.

진짜 우리 집으로.

27

"오늘 뭐 입지?" 내 물음에 에디는 침대 위에 늘어진 선택지를 홀 끗 봤다.

선택지는 세 가지였다. 몸에 딱 붙는 단순한 디자인의 크림색 드레스와 좀 더 섹시한 느낌이 나는 검정 드레스, 그리고 서던 매너스에서 주문한 자주색 드레스였다. 서던 매너스에서 주문한 드레스는 둥근 옷깃에 초록색 잎이 수놓아지고 소매가 어깨를 살짝 덮는 디자인이었다. 내가 평소에 입는 드레스와 비교하면 좀 앙증맞긴 하지만 베가 디자인한 드레스는 어떤 모습일지 궁금했고 에디가 알아볼지도 시험해보고 싶었다. 알아본다면, 무슨 말을 하긴 할까?

하지만 자주색 드레스가 눈에 익는다 하더라도 에디는 티를 내지 않았다. 그저 크림색 원피스를 향해 고개를 끄덕일 뿐이었다.

"이게 좋아."

막상 입어보니 약간 제물로 바쳐진 처녀처럼 보이긴 했지만, 어쨌든 그걸 입고 첫 컨트리클럽 칵테일파티로 향했다. 옷걸이에 걸려 있을 때는 그리도 세련돼 보이던 드레스였는데, 나보다 키가 큰

체형에 맞춘 옷이었는지 밑단이 무릎 아래로 계속 쓸리고 옷깃이 자꾸 턱에 부딪히는 통에 영 불편했다. 게다가 크림색은 얼굴빛을 흙색으로 칙칙하게 만들었다.

버밍햄 컨트리클럽은 아름답고 고상한 튜더 양식의 건물로, 넓고 푸른 잔디밭 깊숙한 곳에 자리해 그 주변을 고목이 감싸고 있었다. 진입로를 따라 언덕을 걸어 올라가는 동안 나는 건물 외관을 이루는 돌과 목재를 눈에 담았다. 창문에서는 불빛이 쏟아져 나왔다. 나는 에디에게 바싹 몸을 붙였다. 그동안 에디와 함께 고급 음식점을 다니고 교회 행사까지 참여했는데, 이번 칵테일파티는 또 다른 세계였다. 시험을 앞두고 충분히 공부하지 않은 학생처럼 긴장이 됐다.

저녁인데도 여름 공기가 너무 뜨겁고 후텁지근해서 마치 얼굴 앞에 가습기를 대고 호흡하는 느낌이었다. 그래도 현관 앞을 장식한 무거운 화분에는 분홍색 꽃들이 화사하게 만개해서 여기 있는 모든 것이 활력이 넘치는 듯 생기 있게 느껴졌다.

지금 방 안으로 줄지어 들어서는 저 사람들만 빼면.

화려하지만 무색무취한 개성을 가진 저들은 모두 빌리지나 감리교회의 입찰식 경매에서 본 사람들의 복제 인간이나 다름없다. 슈트 차림을 한 멀끔한 남자들과 옷을 근사하게 차려입은 여자들이 지나갔다. 여자들의 머리는 단순히 금발이나 갈색 머리라고 하기엔 아쉬웠고 그 두 가지 색 사이의 오만가지 빛을 띠고 있었는데, 아마 고급 미용실에서 탄생한 작품이리라. 이 방 하나에 모인 보석의 값을 다 합치면 아마도 작은 나라 어딘가의 국민총생산에 버금갈 것이다. 어쩌면 그보다 더 나갈지도.

뒷벽을 따라 늘어선 탁자 위에는 음식이 가득했고 웨이터들이 카나페가 담긴 쟁반을 들고 돌아다녔지만 아무도 먹지 않았다.

먹지는 않아도 마시기는 하는지 다들 술잔을 하나씩 쥐고 있었다.

방 한가운데에 바가 있어서 손님들이 바를 중심으로 한가롭게 돌아다녔지만 이제는 그런 풍경이 펼쳐져도 놀랍지 않았다. 가까이 가서 보니 최고급품만 구비되어 있었다.

내 등허리에 올린 에디의 따뜻하고 묵직한 손이 내가 이곳에 어울리는 사람이라고 말해주는 듯했다. 나는 에디를 올려다보며 미소 지었다.

이런 모임에 오면 에디는 늘 다른 남자들 사이에서 도드라진다. 에디는 내가 지난 몇 달간 골똘히 연구해온 여자들의 남편들과는 달라 보였다.

"뭐 좀 마실래?" 에디의 물음에 나는 고개를 끄덕였다.

"화이트와인."

에디가 바를 둘러싼 사람들을 뚫고 들어가는 사이 나는 어색하게 서서 두 손을 앞으로 깍지를 꼈다.

"제인!" 소리가 들리는 쪽을 쳐다보니 에밀리가 미소를 머금고 나에게 우아한 손짓을 보내고 있었다.

에밀리는 구릿빛이 도는 얇은 팔로 내 어깨를 두르고는 칵테일 드레스를 입은 한 무리에 나를 데려갔다. 단 몇 달 만에 개를 산책시키던 사람에서 부잣집 사모님으로 승격했다. 나는 내 안에 우쭐한 승리감이 찾아오기를 기다렸다.

하지만 전혀 그런 기분이 들지 않았다. 그저 집에 가고 싶었다.

"제에에인." 얼큰하게 취한 에밀리가 모음을 길게 끌며 말했다.

"이제 다들 알지?"

"안녕하세요." 내가 밝게 인사하자 모두가 미소로 화답했다.

나도 이제 이 무리의 일원이다.

"자기, 드레스가 **정말** 멋져요." 랜드리가 말했다. 랜드리가 입은 드레스는 내 것과 비슷했는데, 그래서인지 나에 대한 칭찬이라기보다는 자기 자신에 대한 칭찬이라는 생각이 들었다.

랜드리는 장식이 조그맣게 달린 얇은 금 팔찌를 주렁주렁 차고 있었다. 나는 벌써 랜드리가 알아차리지 못하게 슬쩍 팔찌를 **빼낼** 방법을 궁리하기 시작했다.

젠장, 안 돼. 마음을 다잡았다. **더는 그런 쓰레기 짓을 할 필요가 없잖아. 이건 거의 자살 행위야. 그냥 랜드리에게 팔찌를 어디서 샀는지 물어보고 비슷한 걸 하나 사자.**

하지만 팔찌를 사는 것은 훔치는 것만큼 매력적이지 않다. 나는 그저 랜드리의 칭찬에 겸손을 떨었다. "아, 고마워요. 뭘 입을지 결정하기 힘들어서 그냥 단순한 디자인으로 골랐어요."

"에디도 왔어?" 에밀리의 물음에 나는 다시 고개를 끄덕이며 바가 있는 방향을 가리켰다.

"우드포드 리저브 위스키를 맘껏 마시게 내버려 두고 왔어요." 내 말에 여자 다섯 명이 모두 재미있는 농담을 들었다는 듯 이상한 가짜 웃음을 터뜨렸다.

실제로 에디는 최근 술이 늘어서 분리수거함이 빈 병으로 가득했다. 나는 오늘 밤 에디를 더욱 면밀히 주시해야겠다고 다짐했다. 차를 몰고 왔으니 더더욱.

물론, 이런 이야기는 **지지배들**에게 전혀 하지 않았다.

하지만 캐럴라인은 내 어조에서 무언가를 눈치챘는지 다소 날카롭게 말했다. "나는 아직도 트립 잉그러햄이 아내와 아내의 단짝 친구를 죽였다는 게 믿기지 않아."

캐럴라인의 어깨 너머에서 한 남자가 이곳에 모인 다른 사람들과 달리 평상복을 입고 카메라를 들썩이며 사진을 찍고 있었다. 이런 사진은 결국 어디로 가는 걸까? 가정주부들이 모여 수다를 떠는 사진을 보고 싶어 하는 사람이 있나?

"내 말은, 트립은 여전히 자신이 아무 관련도 없다고 주장하고 있잖아." 캐럴라인이 목소리를 낮춰 속삭였다.

"두 건의 살인 모두 자기가 한 짓이 아니라고 말이야. 분명 재판에서……." 캐럴라인은 말을 멈추더니 나를 똑바로 바라봤다.

"뭐, 이 모든 일이 제인과 에디에게는 악몽이겠지."

트립 잉그러햄이 내가 지금 누리는 모든 것을 망쳐버릴 수도 있다고 생각하면 분노가 일면서도 참…… **적절하게** 느껴진다. 트립 같은 사람들이 하는 짓이 그런 거니까. 나 같은 사람의 신세를 조지게 마련이니까.

"저희는 기도하고 있어요."

내가 결국 그렇게 내뱉으니 자, 보시라, 모두가 바로 입을 다물었다. 여자 다섯 명이 모두 망설임 없이 고개를 끄덕였다. 심지어 애나그레이스는 "아멘"이라고 읊조리기까지 했다.

파티가 아직 한창이던 10시 즈음, 에디와 나는 자리를 뜨기로 했다. 사람들은 점점 취해가고 음악 소리는 점점 커지는 데다 카메라 앞에서 더 웃다가는 입에 경련이 날지도 몰랐다.

"어땠어?" 에디의 물음에, 나는 너무 지친 나머지 사실대로 말해 버렸다. "별로."

에디는 넥타이를 느슨하게 풀며 웃음을 터뜨렸다. "무슨 말인지 알겠어. 저 사람들은 참…… 다르지."

차로 향하는 우리의 발밑으로 자갈이 으드득거렸다.

"이곳을 떠날 생각은 더 안 해봤어?" 나는 그렇게 묻고 나서 어깨 너머로 에디를 봤다.

"그러니까, 베의 바람대로 서던 매너스를 앨라배마주에서 운영하고 싶다는 건 알아. 하지만 집은 팔 수 있잖아, 안 그래?"

나는 도를 넘은 건 아닌지 걱정하며 잠시 말을 멈췄다. "내 말은, 우리 둘 다 이곳 출신이 아니니까 새로운 곳에서 다시 시작할 수도 있지 않을까 해서."

그때 에디가 멈춰 섰다. "여길 떠나고 싶어?"

몇 주 전이었다면 나는 아니라고, 손필드 주택 단지가 내 꿈이었다고 답했을 것이다. 하지만 완벽하다고 생각했던 곳의 이면을 봐버린 지금은 잘 모르겠다.

"떠날 수 있을 것 같아." 결국 내가 말했다. "당신이 원한다면."

에디는 고개를 뒤로 젖혀 하늘을 바라봤다. "괜찮을 것 같네." 에디가 대답했지만, 딱히 답이 되지는 않았다.

에디는 차를 향해 걸음을 떼다가 또다시 불쑥 멈췄다.

"당신, 뭘 떨어뜨렸어." 에디는 허리를 굽혀 땅에 떨어진 금팔찌를 집어 들었다.

내가 슬쩍해서 가방에 넣어둔 랜드리의 팔찌였다. "아, 그러네. 고마워."

28

"걱정돼?" 차가 컨트리클럽의 가파른 언덕을 따라 구불구불 내려오는 동안 내가 물었다. 빈속에 소비뇽 블랑 와인을 석 잔이나 마신 탓에 혀가 풀렸다. 모터 소리도 조용하고, 주변에 다른 차도 없어서 에디가 한 손을 내 무릎 위에 올려두며 부드럽게 내뱉는 한숨 소리 말고는 정말 아무 소리도 들리지 않았다.

"트립 말이야? 걱정이 **안** 되진 않지. 당연히 신경 쓰이지."

에디는 손을 올려 셔츠 맨 윗부분의 단추를 풀었다. 계기판에서 나오는 흐릿한 불빛 속에서 흘끗 그를 쳐다보니 눈 밑으로 드리운 그늘과 움푹 꺼진 광대뼈가 보였다.

나는 손을 뻗어 그의 다리에 올렸다. "다 잘될 거야." 장담하듯 말했다. "이제 트립이 체포됐으니까……."

에디는 코웃음을 치며 내 무릎에서 손을 거두고 운전대를 돌려 또 한번 차를 회전시켰다. "그렇다고 해서 완전히 끝난 건 아니야." 에디가 말했다. "재판이 열리고, 기자들이 달려들고, 더 많은 질문이 날아들겠지……."

에디는 말끝을 흐리며 고개를 저었다. "젠장, 난장판이 될 거야."

나는 며칠 전 카페에서 캠벨이 에디의 성격에 대해 말을 꺼내려다 만 일을 떠올렸다. 출장요리 업체가 일을 망쳤고, 베는 웃어넘겼지만 에디는…….

아니야.

아니야. 나는 더는 이런 생각을 하지 않기로 했다. 에디는 자신을 믿어달라 했고, 나는 그를 믿을 것이다.

"우리한테는 서로가 있잖아." 나는 에디에게 일깨워줬다.

나를 건너다보는 에디의 표정이 살짝 부드러워졌다. "맞아. 그렇고말고."

에디가 미소를 지으며 몸을 굽혀 내 뺨에 입을 맞췄다. 늘 그렇듯 그에게서는 좋은 냄새가 났다. 그런데 고급 향수의 톡 쏘는 냄새에 이어 버번위스키의 훈연한 향이 혹 끼쳐왔다. 알코올이 섞인 그 향에 순간 트립이 강렬하게 떠올라 나는 얼굴을 휙 뒤로 뺄 뻔했다.

하지만 에디는 트립이 아니고, 우리는 막 파티에 다녀오는 길이다. 에디에게서 고급술 냄새가 희미하게 풍기는 건 당연하다. 내게서도 에밀리가 강권해서 마신 소비뇽 블랑 와인의 냄새가 날 것이다.

진입로에 들어서자 불 꺼진 집이 눈에 들어왔다. 내가 이곳에 산다는 사실에 익숙해지는 날이 오기는 할지 궁금했다. 이 멋진 집이 모두 내 것이라는 사실을 언젠간 실감할 수 있을까.

뭐, 내 것이면서 에디의 것이기도 하지만.

집에 들어와 에디가 밤늦게 온 이메일에 답을 하는 동안 나는 와인을 한 잔 더 마셨다. 그러고는 목욕을 하기로 했다. 이 집의 거대한 욕조는 언제 써도 질리지 않는다.

욕실에 들어서면서 드레스를 벗어 대리석 바닥에 아무렇게나 던져뒀다. 매달 존에게 쥐여주던 월세보다 더 비싼 옷인데도 개의치 않았다.

칵테일파티에 들고 갔던 작은 클러치백을 세면대에 던지는데 휴대폰이 울렸다. 작은 가방 안에는 휴대폰과 립스틱, 민트 사탕만 (그리고 랜드리의 팔찌도) 들어 있었다.

나는 얼굴을 찌푸리며 가방에서 휴대폰을 꺼냈다. 아주 잠시 누군가가 팔찌를 훔치는 내 모습을 봤나, 하는 생각이 스쳤다. 하지만 메시지의 발신인을 확인한 순간 속이 요동쳤다.

—우리, 얘기 좀 합시다.

트립이었다.

화면에 또 다른 문자메시지가 뜨자 세면대에 기댄 내 몸에서 힘이 쭉 빠졌다.

—나보고 꺼지라고 말해도 이해하겠지만, 나는 죽이지 않았습니다. 그리고 왠지 당신이라면 내 말을 믿어줄 수 있을 것 같아요.

나는 숨을 세 번 크게 쉬었다. 그리고 네 번째 숨을 내뱉을 때, 마지막 문자메시지가 왔다.

—왜냐하면 당신도 위험하니까요.

"제인?"

문 앞에 나타난 에디를 보고 나는 소스라치게 놀랐다. 넥타이를 풀어 헤친 모습이었다. "무슨 일이야?" 에디가 얼굴을 찌푸렸다. "얼굴이 창백해."

에디에게 말해. 나는 생각했다. **존한테 돈 준 걸 숨겼다가 에디가**

얼마나 화를 내는지 똑똑히 봤잖아. 이번 일에는 거짓말하지 마.

"와인을 너무 많이 마셨나 봐." 나는 수줍게 말했다.

"에밀리가 방금 손필드 미화위 일로 문자메시지를 보내기도 했고." 나는 말을 덧붙이며 에디를 향해 휴대폰을 흔들어 보였다.

에디가 고개를 저었다. "'손필드 미화위'라. 이사 가자고 할 땐 언제고, 이럴 때 보면 꼭 이 동네 여자들 같다니까."

그의 미소에는 애정이 담겨 있었다. 나는 유혹하듯 말했다. "그게 당신이 사랑하는 내 모습이잖아."

"내가 사랑하는 건 당신이야." 에디의 응수에 내 미소가 살짝 흔들렸지만, 다행히 그가 이미 몸을 돌린 후였다.

"나도 사랑해." 내가 말했다.

그러고는 트립에게 문자메시지를 보냈다.

—언제 볼까요.

Part 8

베

파티는 튜트윌러에서 열렸다. 튜트윌러는 버밍햄의 오래된 호텔로, 베는 언제나 이곳을 좋아했다. 6개월 전 블랜치가 이 호텔에서 결혼식을 올렸을 때 베는 언젠가 자신도 여기서 어떤 행사를 열리라는 걸 직감했다.

서던 매너스가 새로운 제품군을 출시하고 상장 기업이 된 겹경사는 파티를 열기에 완벽한 계기가 되었다. 베는 몇 달에 걸쳐 세부사항을 하나하나 다 계획했다. 마침내 파티 당일이 되자 연회는 베가 상상했던 수준보다 훨씬 훌륭했다.

대연회장은 서던 매너스 제품으로 장식했다. 탁자마다 순은 사과나 크리스털 돼지 모형, 깅엄 체크 리본으로 장식한 블로잉 기법의 꽃병이 놓여 있었다. 세련되고 우아하면서도 따뜻하고 친근했다. 지난 몇 년에 걸쳐 베가 구축하려 애쓴 바로 그 브랜드 자체였다.

베는 스스로 서던 매너스의 화신이 되고자 의상 선택에도 공을 들였다. 디자인이 정교한 탓에 터무니없이 비싸지만 너무 차려입은 느낌을 주지는 않는 드레스를 선택하고 보석에도 힘을 뺐다.

반면 블랜치는 긴 검정 드레스에 다이아몬드를 잔뜩 착용해서 과해 보였다. 베는 그런 블랜치의 모습을 의식하며 즐기고 또 즐겼다. 원래 자신의 것이었던 공간에서 어울리지 않는 옷을 입고 돌아다니는 블랜치의 모습을 보니 만족스러웠다.

완벽한 주최자가 만든 완벽한 밤이었지만, 베는 연회장에 모인 커플들을 둘러보면서 문득 자신도 언젠가는 짝을 만났으면 좋겠다고 생각했다. 베의 인생에서 단 한 가지 빠진 것이 있다면 바로 짝이었다. 블랜치가 트립에게 팔짱을 끼는 모습을 보면서 베는 왜 전에는 낭만적인 삶에 관심을 두지 않았는지 의문이 들었다.

물론 연애보다 중요한 일들이 늘 많았고, 대학을 졸업한 후로는 서던 매너스가 그녀의 전부였다. 하지만 갑자기 파고드는 강렬한 결핍감에 베는 무언가 행동을 취해야겠다고 다짐했다.

하지만 오늘 밤은 아니었다.

오늘은 베와 베의 성공을 위한 밤이다. 그녀가 무에서 유를 만들어 낸 것을 축하하는 밤이다.

베의 엄마도 민트색 드레스를 입고 자리를 빛내주었다. 민트색 드레스는 어머니의 옅은 빨강 머리에 잘 어울릴 것 같아서 베가 고른 옷이었는데, 이제 보니 잘못 골랐다는 생각이 들었다. 원래도 누런 피부가 황달에 걸린 듯 더 도드라져서 지치고 시든 사람처럼 보였다.

"엄마, 방으로 올라가실래요?" 베는 어머니가 앉은 탁자로 다가가 몸을 가까이 기울여 조용히 물었다. 어머니의 팔꿈치 옆에는 탄산수 한 병이 놓여 있었다. 베는 종업원 모두에게 어머니에게는 술을 단 한 잔도 주지 말라는 엄명을 내려놓았고, 현재까지는 다들 잘 지키고 있는 듯했다.

"아니." 베의 어머니는 부드럽게 말하며 떨리는 손으로 머리칼을 쓸어 넘겼다. 그녀 또한 오늘 밤 다이아몬드를 여러 개 착용했지만 블랜치의 다이아몬드처럼 호사스러울 만치 값비싼 등급이 아닌 데다가 광채가 둔해서 세척이 시급해 보였다. 베는 자신이 깜빡하고 어머니에게 새 액세서리나 서던 매너스 제품을 마련해주지 않았다는 사실을 믿을 수가 없었다.

"버사베어, 네가 정말 자랑스럽구나." 어머니가 미소를 지으며 베의 진짜 이름을 불렀지만 베는 굳이 정정해주지 않았다. 오늘 밤, 베는 마침내 과거를 뒤로하고 완전히 새로운 모습으로 다시 태어났기 때문이다.

베는 남은 시간 동안 연회장 곳곳을 돌아다니며 사람들과 이야기를 나눴는데, 그게 실수였다. 베는 어머니를 주시하고 방으로 올라가 계시라고 고집을 피웠어야 했다.

하지만 당연하게도, 베는 연단에 올라 연설할 때까지 자신이 무엇을 놓쳤는지 알아차리지 못했다. 베는 청중을 향해 여러분들이 참석해주어서 영광이며 서던 매너스가 성공하도록 함께 이끌어주어서 고맙다고, **자신**이 성공할 수 있도록 도와줘서 고맙다고 말했다.

"서던 매너스는 가족입니다." 베의 목소리가 음향 장치를 타고 울렸다.

"그리고 지금의 서던 매너스를 있게 한 최초의 씨앗이 있다면 그건 제 가족입니다. 제 어머니의 골동품, 할머니의 누비이불, 묵직한 버번 위스키 잔을 향한 아버지의 사랑과 함께 시작되었죠."

사람들이 점잖게 웃음을 터뜨렸다. 베는 단의 가장자리를 꽉 움켜쥐며 진짜 아버지는 알코올을 담을 수만 있다면 어떤 잔에 마시든 전혀 신경 쓰지 않았을 거라는 사실을 떠올렸다. 할머니라는 사람은 만난 적도 없지만, 자신이 태어나기도 전에 어머니 집에서 돈이 되는 건 전부 다 가져다가 팔아치웠다고 들었다.

베는 자신이 거짓말을 하고 있다는 것을 알았지만 너무도 익숙해진 거짓말이라 어머니가 반발하리라고는 생각조차 하지 못했다. 어머니가 누구 덕에 술에 취할 수 있고 니만 마커스*에 드나들 수 있는지를 생각하면 이런 거짓말쯤은 넘어가줄 수 있지 않은가?

베는 일이 벌어지기도 전에 낌새를 알아차렸다. 하지만 계속 단상에 서 있는 것 말고는 할 수 있는 일이 아무것도 없었다. 그게 상황을 더 악화시켰다. 베는 어머니가 비틀거리는 걸음으로 자리에서 일어나는 모습을 포착했다. 심지어 가만히 서 있는 순간에도 그녀의 몸은 위태롭게 흔들렸다. 목구멍이 죄어오고 심장이 철렁하며 무릎까지 내려앉았다.

"버사, 도대체 무슨 말을 하는 거냐?" 발음이 불분명한데도 어머니의 목소리는 군중을 뚫고 울려 퍼졌다.

몇몇 사람들이 고개를 돌려 어머니를 바라보았고, 베는 블랜치를 제외하면 여기 누구도 버사가 자신의 진짜 이름임을 알지 못한다는 사실을 떠올렸다.

"버사의 아빠는 위스키잔과 맥주병도 구별 못 했다우." 어머니는 경쾌하게 말을 이어갔다. 무슨 재미있는 일화를 떠드는 양, 베가 쌓아 올린 모든 것에 똥물을 끼얹고 있는 줄 모르는 표정이었다.

진정성. 그건 서던 매너스의 모든 마케팅 자료에 등장하는 핵심 단

---

* 명품, 보석류 등을 취급하는 미국 샌프란시스코 소재의 고급 백화점.

304

어였다. 그런데 지금 베의 어머니가 바로 그 진정성을 전부 날려버리려 했다.

"그리고 버사의 할머니 프랜시스는 버사가 태어나기도 전에 죽었⋯⋯."

그다음 장면은 슬로 모션처럼 느리게 보였다. 어머니가 함께 식사하던 사람들을 즐겁게 해주려 돌아서는데, 바로 뒤에서 웨이터가 샴페인잔으로 가득한 쟁반을 높이 들고 지나갔다. 물론 아무 잔이 아닌 서던 매너스 제품으로, 복숭아를 반으로 가른 형태에 잎사귀 모양의 유리 장식을 올린 넓고 얕은 샴페인잔이었다.

충돌은 거의 발레 공연의 한 장면 같았다. 베의 어머니가 드레스 밑단을 밟고 넘어지려 하자 웨이터는 그녀를 잡으려 하면서도 어떻게든 쟁반도 사수하려 했다.

잔이 산산조각 나는 소리와 함께 베의 어머니가 바닥에 쓰러졌다. 웨이터는 마침내 쟁반을 포기하고 어머니 옆에 어색하게 쭈그려 앉아 그녀의 팔꿈치를 잡았다.

베의 어머니가 깔깔 웃었다.

손바닥에서 붉은 피가 선명하게 꽃을 피우자 어머니가 멍하니 드레스에 문질러 닦는 모습을, 베는 얼어붙은 채 바라봤다.

"에구머니나!" 어머니가 빨개진 얼굴로 다시 웃음을 터뜨리며 외쳤다. 그리고 여전히, 베는 꼼짝도 할 수 없었다. 연회장을 가로질러 어머니가 괜찮은지 살펴볼 수도, 몸을 일으켜 세워줄 수도 없었다.

그렇게 해준 사람은 블랜치였다.

몇 년이 지나도 베는 블랜치가 어머니를 일으켜 세워주던 모습을 생생히 기억할 것이다. 누가 봐도 술에 취해 넘어진 어머니를 두고 여기 카펫이 낡았다고, 새 구두라 걷는 게 불편하셨겠다고 쉴 새 없이 주절거리며 변명거리를 만들어주던 블랜치를.

베는 블랜치가 자신을 흘끗 쳐다볼 때야 번쩍 정신이 들어 두 사람에게 다가갔다. 그러고는 억지 미소를 지으며 어머니의 다른 쪽 팔을 잡았다.

"위층으로 가요." 베가 말했다. 여전히 싱글벙글한 어머니는 아이처럼 잠자코 두 사람에게 몸을 맡긴 채 방으로 이끌려갔다. 술 기운에 구름 위를 떠다니는 듯 행복한 얼굴이었다.

이후, 베와 블랜치는 베의 스위트룸 거실에 앉았다. 블랜치는 와인을 한잔하며 대화를 시작했지만, 베는 알코올 냄새를 견딜 수 없어 생수만 마셨다.

"이 정도로 심각하다고 왜 말 안 했니?" 블랜치가 물었다. 하지만 베가 무어라 답할 수 있겠는가? 자신도 이 정도인 줄 몰랐다고? 그건 거짓말이다. 다른 사람들에게 알리고 싶지 않았다고?

그건 진실에 더 가깝지만, 너무 수치스럽고 심각한 일이라 인정하기가 어려웠다. 그래서 베는 어깨를 으쓱하며 말했다. "요즘 너무 바빠서 엄마랑 시간을 많이 못 보냈어. 엄마가 저녁에 칵테일을 한 잔씩 하는 건 알았지만, 이 정도로……."

베는 마치 어머니가 술에 취해 자신에게 망신을 줄 거라고는 생각지도 못했으며, 또한 이런 일은 결코 자신이 어린 시절에 일상적으로 겪던 일이 아니라는 듯 멍한 표정을 지었다.

"어머니한테 도움이 필요할지도 몰라." 블랜치가 제안했다. 블랜치는 와인을 더 마시려 잔을 기울이다가 이내 멈추고 잔을 바라봤다. 피노 그리지오 와인을 마시면서 재활 치료를 논하는 게 모순이라고 생각한 듯했다.

"칼레라에 내려가려고." 베가 물병을 쿵 내려놓으며 말했다. "잠시 엄마를 돌봐야겠어. 엄마가 바른길로 돌아올 수 있도록."

블랜치는 미간을 좁혔다. "정말 그래도 괜찮……." 블랜치는 입을 열다가 한 손을 내저으며 말을 멈췄다.

"엄마한테 뭐가 필요한지는 내가 알아." 누구도 베만큼 그녀의 어머니를 잘 알지 못했다.

블랜치 실종 6개월 후, 1월

우리가 같이 잔 후 거의 일주일이 되도록 에디는 이 방에 돌아오지 않았다.

어느 정도는 예상한 일이긴 하다. 나를 믿어도 된다고 넌지시 압박하는 바람에 에디가 도망쳐버렸으니. 하지만 날이 갈수록 어쩌면 처음부터 이런 결말을 맞을 운명이었다는 생각이 든다. 어쩌면 에디는 음식이 다 떨어질 때까지, 내가 여기 위층에서 굶어 죽을 때까지 기다리고 있는지도 모른다.

자꾸만 머릿속에 어떤 장면이 그려진다. 하얀 침대보로 감싼 이 편안한 침대 위에 내 해골이 놓여 있고, 어느 날 이 집으로 새로 이사 온 가족이 나를 발견하는 장면. 어쩌면 그때쯤 나는 유령이 되어 이 집을 영원히 떠돌아다니며 위층에서 울부짖을 수도 있겠다.

어머니는 당신의 집에서 돌아가셨는데, 나는 그 집을 팔면서 문득 어머니의 영혼이 계속 저 복도를 어슬렁거리진 않을지 궁금했다.

그런데 그때, 오늘, 에디가 돌아왔다.

저번과 달리 물과 음식을 가져왔고 마치 죄책감을 느낀다는 양 책을 더 가져왔다. 그 죄책감이 섹스 때문인지 아니면 그간 거리를 둔 것 때문인지 알고 싶었지만 도무지 그의 표정을 읽을 수가 없었다.

에디는 아주 오랫동안 그대로 서서 나를 바라보기만 했다. 나는 침대에 앉아 숨을 죽이고, 기다렸다.

이윽고 그는 방을 가로질러 다가와 굶주린 소리를 내며 두 팔로 나를 안아 올리고 격렬히 키스를 퍼부었다. 입술이 치아에 눌려 아주 살짝 피가 났다.

내 작전이 통했다. 우리가 서로에게 어떤 존재이며 우리가 다시 무엇이 될 수 있는지를 에디가 깨달은 것이다. 나를 여기서 꺼내달 라고 압박을 주었는데도 그는 돌아왔고, 여전히 나를 원했다.

나도 그를 원한다. 에디만큼 많이, 에디만큼 절실히.

그 모든 일에도 불구하고.

내 머리가 이상해진 걸까?

블랜치 실종 7개월 후, 2월

에디는 오늘 달랐다.

왜 다른지, 혹은 어떻게 다른지 말로 설명할 수는 없지만 그저 뭔 가 이상해 보였다. 잠을 제대로 자지 못한 듯 또다시 헝클어진 모습 이었고, 몇 주 만에 처음으로 우리는 섹스도 하지 않았다. 에디는 그저 물과 음식을 내려놓고는 가봐야 한다고 말했다.

그의 셔츠 소매 끝동에 피가 한 방울 떨어져 있었다. 손목에는 긁 힌 자국도 있었다.

무슨 일이냐고 물었지만 그는 아무 일도 아니라고 했다.

하지만 에디는 나와 눈을 맞추지 않았다.

날씨처럼 에디의 기분을 살피는 게 싫다. 작전도 맞아떨어졌고 에디도 나를 믿기 시작해서 이제 일이 계획대로 풀릴 줄 알았는데, 에디는 다시 거리를 두기 시작했다. 음식만 내려놓고 말할 틈도 거 의 주지 않는다.

에디는 올 때마다 매번 안색이 더 좋아진다. 매력적이던 원래의 모습에 가까워지고 있다.

스미스 호수에서 목격한 괴물이 서서히 다시 내가 사랑에 빠진 에디로, 내가 결혼한 에디로 변해가고 있다.

에디의 온몸에서 자신감이 뿜어져 나온다. 도대체 무슨 일이 생긴 거지?

여자다.

분명히 여자가 생긴 것이다.

말하지 않아도 알 수 있다.

끔찍했던 그날 밤 이후 내가 본 에디의 모습 중에서 오늘이 하와이에서 처음 본 모습과 가장 가까웠다. 잘생기고, 여유롭고, 안정감이 있었다.

에디가 혼자 힘으로 이렇게 180도 변했을 리는 없다. 나는 에디를 안다. 에디는 자신을 비춰줄 사람이 있을 때 가장 빛난다. 자신을 제대로 비춰줄 **사람**이 있을 때.

어떤 여자일지 궁금했다. 동네 사람인가? 내가 아는 사람? 에디가 에밀리나 캠벨, 랜드리 콜과 함께 있는 모습을 상상하려다가 포기했다. 에디는 그 여자들을 좋아하지 않는다. 나처럼 재밌지 않다고, 늘 말하곤 했다.

밤에 침대에 누워 에디를 사로잡은 게 분명한 새 여자를 그려봤다. 나보다 어린가? 더 예쁜가?

에디가 어떤 사람인지 알고 있나?

에디는 오늘 밤 조금 취해서 나타났다.

술을 마시고 온 건 처음이었다.

내게도 와인을 한 병 가져다주었다.

뭐, 그럭저럭 잔이 세 개 들어 있는 작은 와인 박스였다. 코르크 마개 오프너나 집에서 쓰던 전용 잔을 가져오지는 않았지만 어쨌 거나 와인을 너무 오랜만에 마셔서 첫 모금에 바로 취기가 돌았다.

에디는 침대 위 내 옆에 앉아 내 허벅지에 손을 올렸지만, 바람 과 달리 그 이상으로 가지는 않았다.

여전히 그의 손길을 원하는 내가 싫었다.

"누구 만나는 사람 있지?" 내가 물었다.

이런 말을 내뱉을 만큼, 나는 취해 있었다.

대답해줄 만큼, 에디도 취해 있었다.

"응."

예상은 했지만 막상 대답을 듣자 바닥에 내동댕이쳐진 듯 아팠다.

숨도 잘 안 쉬어졌다.

"누군데?" 내 물음에 그는 얼굴에 어두운 그늘을 드리운 채 시선 을 피했다. 그러고는 내 허벅지에 올려둔 손을 쓱 뺐다.

"당신은 모르는 사람이야."

그 말이 전부였다.

에디는 내 관자놀이에 스치듯 입을 맞추고는 바로 나가버렸다.

나는 지금, 그대로 침대에 누워 눈물로 베개를 적시고 있다.

사실 두려움에 떨며 울어야 하는지도 모른다. 에디에게 만나는 사람이 생겼으니 얼마나 더 오래 나를 이곳에 가둬두겠는가? 이제 나는 엄청난 골칫거리인데.

하지만 나는 두렵지 않다.

나는…… 화가 난다.

아프다.

질투가 난다.

여자의 이름은 제인이다.

거기까지는 알아냈다.

오늘 그가 이 방에 들렀을 때 나는 막 샤워를 마치고 나온 참이었다. 의도한 것은 아니지만(그도 그럴 것이, 에디가 언제 나타날지 나는 모른다) 상황이 내게 유리했다.

수건으로 몸을 감싸고 서 있는 나를 보자마자 에디의 눈이 어둡고 굶주린 빛을 띠었다. 나는 세상에서 가장 쉬운 일인 양 수건을 바닥에 떨어뜨리고 두 팔로 그를 맞이했다.

섹스가 끝난 후 에디는 언제나 그렇듯 평소보다 풀어지고 취약한 상태가 되었다.

더 쉬운 상태가.

"어떤 여자야?" 내 물음에 에디는 거의 무의식적으로 답했다.

"제인 말이야?"

제인.

여자의 이름은 제인이다. 단순하고 평범한 이름처럼, 단순하고 평범한 여자일까?

"제인은……." 에디는 말끝을 흐렸는데, 여기 내 침대에 누워 다른 여자를 생각했다는 죄책감이 얼굴에 스치는 게 보였다.

"당신이랑은 전혀 달라." 마침내 에디가 내뱉은 그 말이 무슨 뜻인지 궁금하다.

사실 그녀에 대해 많은 게 궁금하다.

지금도 우리 집 아래층에 있나? 나를, 불쌍하게 죽은 에디의 전 부인을 생각할까?

나를 싫어할까?

내가 그녀였대도 나를 싫어했을 것이다.

블랜치 실종 9개월 후, 4월

침대를 쓰다니, 어리석었다. 나는 그저 아래층 어딘가에서 그녀가, **제인**이 소리를 들을 수 있을지 궁금했다. 그녀는 이 집과 남편이 아직 내 것이라는 사실을 알아야 했다.

이후 에디가 밀실에 들렀을 때 내게 물었다. "여기서 무슨 시끄러운 소리 냈어?"

나는 두 손을 넓게 벌려 이 방과 나를 기꺼이 보도록 했다. "내가 무슨 수로?" 내가 반문하자 에디가 고개를 저었다.

"그렇지." 에디는 나가려고 몸을 돌렸다.

나는 그의 손을 잡았다.

그는 떠나지 않았다.

블랜치 실종 10개월 후, 5월

시간은 가차 없이 흐르고, 나는 다시 제정신을 잃어가고 있다. 블랜치와 내가 실종되고 얼마나 많은 시간이 흘렀을까? 나는 왜 아직 여기 위층에 있나?

남편을 되찾은 것 같은 날도 있었다. 아침에 눈을 뜨면서 오늘이야말로 에디가 다 끝났다고, 이제 숨지 않아도 된다고 말할 것만 같은 날도 있었다. 하지만 그러다 이내 **그녀**의 존재를 떠올린다.

나는 이제 제인에 대해 많은 것을 안다. 제인은 위탁 아동 출신으로 애리조나주에서 자랐다. 에디가 제인을 만난 건 그녀가 동네에서 개를 산책시키는 일을 했기 때문인데, 정작 제인은 센터포인트에서 어떤 소름 끼치는 남자와 살았다. 나처럼 머리가 갈색이지만 나보다는 몇 단계 더 밝은 톤이다. 듣자 하니 재미도 있는 모양이다.

그리고 스물세 살이다.

스물셋.

에디는 제인 이야기를 할 때 표정이 부드러웠다. 내게는 생경한 표정이다. 나를 보는 에디의 얼굴에는 굶주림, 분노, 경외가 어려 있지만 부드러운 표정은 없다.

그건 무슨 의미일까? 에디가 제인을 사랑하는 걸까?

에디는 아직 나를 사랑하나?

나는 아직 에디를 사랑한다. 그 모든 일을 겪고도.

블랜치 실종 11개월 후, 6월

또 일을 망쳐버렸다.

에디가 오늘 찾아왔다. 내게 키스하고, 나를 침대로 데려가고, 나와 잤다. 일이 끝난 뒤 그가 다시 아래층의 제인에게로 간다는 생각에 나는 몇 주째 내 안에 똬리를 틀고 있던 말을 뱉어버렸다.

"어때, 힘들지 않아? 위층에 아내를 두고 새 여자 친구를 만나는 거 말이야."

옷을 입던 에디의 등 근육이 굳는 게 보였다.

말하지 말았어야 했다.

하지만 말하지 않고는 배길 수 없었다.

그때 에디가 나를 보고 말했다. "베, 지금 그게 가장 중요한 문제야? 내가 그것부터 해결하길 바라는 거야?"

에디는 바로 나가버렸다.

젠장.

아직 에디는 나타날 기미가 보이지 않는다. 벌써 며칠째다. 나를 죽게 내버려 둘 셈인가? 확실히 그렇게 하면 그의 '문제'가 간단히 해결되긴 한다.

그에게는 말이다.

나에겐 그리 간단하지 않지만.

나는 적게나마 식량과 물을 비축해두었고, 일부는 침대 밑에 숨겨두었다. 그리고 강박적으로 그 수를 센다. 그러면 안 된다는 걸, 그럴수록 초조해진다는 걸 알면서도 멈출 수가 없다.

달리 무얼 해야 하는지 모르겠다. 당장은 남은 식량을 세는 것만이 내가 통제할 수 있는 유일한 일이다.

오늘 에디가 돌아왔다. 나를 혼자 내버려 둔 지 나흘 만이었다. 그를 다시 보니 너무나도 감사한 나머지 그의 품에 뛰어들어 그의 냄새를 들이마셨다. 그의 팔에 힘이 들어갔고, 내 머리칼에 대고 내 이름을 읊조리는 그의 목소리가 들렸다.

에디도 나를 그리워했다. 하지만 그걸로 충분한 걸까?

블랜치 실종 1년 후, 7월

이것이 내 마지막 기록이다. 에디가 샤워를 하는 동안 나는 서둘러야 한다.

제인, 당신이 이 기록을 발견하리라는 걸 알아요. 에디는 당신을 생각하고, 당신을 존중해요. 그건 당신이 똑똑하다는 뜻이겠죠. 이 책을 그의 재킷 주머니에 넣어둘게요. 날이 따뜻해졌으니 에디가 아래층으로 내려가면 이 재킷을 다시 걸치지 않을 거예요. 에디가 책의 존재를 모르고 넘어가길 바라요.

계획대로 되지 않는다고 해도 나는 위험을 무릅쓸 수밖에 없어요. 나 자신을 위해 그리고 당신, 제인을 위해서 말이죠. 제발이지, 이 기록을 발견해주세요. 제발, 나를 찾아주세요. 더는 여기서 살아남을 수 없어요.

나는 위층에 있어요. 복도 끝까지 걸어와서 벽장을 통과하세요. 문의 비밀번호는 모르지만, 호숫가 별장의 비밀번호와 똑같이 내 생일로 해두었을 수도 있어요. 에디는 숫자에 약하거든요.

제인, 이렇게 애원할게요.

나를 구해줘요. 당신 자신을 구하세요.

부탁해요.

베의 어린 시절은 터무니없을 정도로 남부 고딕 소설 속 이야기와 같아서, 베는 때때로 자신이 어린 시절을 지어낸 게 틀림없다는 생각까지 했다.

하지만 아니다. 베는 오히려 과거를 더 단조롭고 지루하게 다듬었고 블랜치의 어린 시절을 흐릿하게 베낀 모조품처럼 만들었다. 하지만 그게 정말 최선이었다. 앨라배마주 서부 한가운데에 있는 '으리으리한 집' 이야기는 아무도 알고 싶어 하지 않았다. 매일매일 고주망태가 되도록 술을 마셔도 주먹이 빠른 아버지 이야기에는 아무도 관심이 없었다. 베가 아주 어렸을 때부터 보드카와 신경안정제에 취해 있어 놀아주거나 책을 읽어준 기억이 없는 어머니에 대해서도 마찬가지였다.

물론, 당시에는 베가 아니었다. 아직 버사였다. 버사 리디아 메이슨. 버사는 아버지의 어머니 이름이었고, 리디아는 어머니의 어머니 이름이었다. 버사는 부모님이 적어도 두 이름의 순서를 뒤바꾸는 배려 정도는 해줄 수 있지 않았나, 하고 늘 생각했다. 리디아로 사는 게 버사로 사는 것보다는 나았을 터였다.

하지만 이름의 순서를 바꿔주지 않은 것이 그녀의 부모가 저지른 최악의 일이라고는 볼 수 없었다.

버사는 아버지가 언제 처음으로 자신을 때렸는지 기억하지 못했다. 아버지의 폭력은 방 안에 놓인 캐노피 침대나 울퉁불퉁하던 욕실 한쪽 벽지만큼 어린 시절에 녹아든 일상이었다. 마치 시끄러운 배경음처럼 버사의 아버지는 술에 취했을 때나 화가 났을 때 그리고 가끔은 버사가 보기엔 그냥 심심할 때도 폭력을 휘둘렀다.

한때는 버사의 가문에도 돈이 있었다. 아버지가 넉넉하게 자란 유년기를 아직 기억하고, 그래서 돈의 결핍을 더욱 절실히 느낄 수 있을 만큼 멀지 않은 과거의 일이었다. 버사의 집도 1920년대 어느 즈음에 그 돈으로 지은 것이지만, 버사가 어릴 때 그 집은 사실상 앨라배마주의 흔하디흔한 붉은 흙 속으로 쓰러져가는 것이나 마찬가지였다. 지붕을 수리하거나 하는 일에 쓸 돈은 없었기에 누수가 일어나 위층 침실의 천장이 그야말로 썩어 떨어지기 시작하면 버사의 부모는 그저 침실 문을 닫고 아무 일도 일어나지 않았다는 듯이 행동했다.

버사 역시 알게 됐다. 문을 닫고, 새로운 현실을 만들어내는 편이 더 쉽다는 것을.

버사는 지역 공립학교에 다녔다. 그녀가 사는 작은 도시에는 다른 학교가 없었기 때문이다. 버사가 다녔던 학교는 공립학교 중에서도 **카운티**가 관할하는 학교였는데, 버사는 전혀 이해할 수 없었지만 바로 그 점이 아버지의 심기를 불편하게 했다. 시가 관할하는 학교였다면 그렇지 않았을 것이다.

버사의 어머니는 버밍햄 인근의 기숙학교를 나왔다. 명문 사립학교였다. 어머니는 기숙학교 이야기를 자주 했는데, 그곳을 격자무늬 치마를 입은 예쁜 소녀들과 붉은 벽돌 건물, 크고 오래된 나무로 가득한 지상낙원으로 묘사했다.

버사는 학교 컴퓨터로 그 기숙학교를 검색해보았다. 어머니가 설명한 것보다 훨씬 더 아름다웠다.

지원서 작성은 세상에서 제일 쉬웠다.

어려운 것은 장학금 신청이었다. 장학금 신청은 버사의 부모님이 해줘야 했고, 소득세 신고 등 버사가 전혀 알지 못하는 온갖 일도 부모의 도움을 받아야 했다. 하지만 똑똑하고 기지 넘치는 버사는 어느 밤 어머니가 여전히 응접실로 부르길 고집하는 방에서 아버지가 곯아떨어지길 기다렸다가 책상에 몰래 접근했다. 서류가 어지러이 널려 있었지만 버사는 필요한 것을 찾아냈다.

7학년이 끝날 즈음 버사는 고등학교 합격 통지서와 더불어 높은 성적을 유지하기만 한다면 졸업할 때까지 명문 사립학교에 완전히 무임승차할 수 있다는 소식을 듣게 되었다.

버사가 한 짓을 알게 된 그 밤, 아버지는 어느 때보다도 심한 매질을 했다. 자려고 누운 버사가 입 안의 욱신거리는 지점을 혀로 훑자 치아가 덜렁거리는 게 느껴질 정도였다. 하지만 고통은 아무것도 아니었다. 고통은 가치가 있었다. 침몰하는 가족이라는 배에서 빠져나갈 구명보트를 스스로 만들어냈기 때문이다.

이렇게 모든 일이 시작되고, 모든 것이 바뀌었다. 명문 사립학교에 다니면서 버사는 새로운 인생을 만나고 블랜치를 만났다. 하지만 더 중요하게는, 새로운 자신을 만났다. 존재하는지도 몰랐던 자기 안의 모습을, 무언가를 일으킬 수 있는 새로운 자신을 발견했다.

처음 학교에 가던 날, 날씨가 너무 더워서 땀이 등 뒤의 브래지어 끈에 고이다 끈적끈적한 자국을 남기며 미끄러졌다. 벌써 데오도란트의 파우더 향이 진하게 풍겼는데, 불현듯 오늘 처음 꺼내 입은 흰 블라우스의 겨드랑이 부분이 축축하고 누렇게 바래는 끔찍한 장면이 그려졌다.

확인하고 싶지만 누가 보기라도 하면 큰일이었다. 그러면 이름이 **버사**라는 무거운 짐을 지는 것도 모자라 '자기 겨드랑이를 보는 버사'라고 불릴 것이다.

그럴 수는 없었다. 괴짜가 되느니 차라리 땀투성이가 되는 편이 나았다.

학교는 아주 멋졌다. 선명한 초록 잔디가 벽돌 건물을 에워싸고 있었다. 버사의 방은 특별히 좋지는 않았다. 바닥에는 리놀륨이 많이 깔려 있고 평범하게 생긴 1인용 침대의 나무틀에는 상처가 나 있었다. 하지만 집을 떠나고 **그들**을 떠난 것만으로도 낙원에 온 듯 좋았다. 절대 이곳을 떠나고 싶지 않았다.

그 첫날에 버사는 블랜치를 만났다. 두 사람은 룸메이트는 아니지만(그건 나중 일이다) 같은 기숙사 건물에 살았다. 블랜치는 안내인 역할을 자처하며 학생들을 한 명 한 명 맞이했다.

블랜치는 머릿결이 무척 부드러웠다. 완벽할 정도로 매끄러운 커피색 머리칼이 빛나는 강물처럼 등을 따라 흘러내렸다. 버사의 머리도 갈색이지만, 저렇게 손을 뻗어 만지고 싶다는 생각이 드는 깊은 음영은 나지 않았다.

"버사?" 블랜치가 눈을 찡그리며 묻자 버사는 몸이 움츠러들다 못해 어깨가 안으로 말리고 척추가 접히는 느낌이 들었다. 살면서 천 번쯤 취한 자세였다. 이렇게 잔뜩 움츠러들어도 부모는 전혀 알아차리지 못했다.

하지만 블랜치는 버사의 어깨에 손을 올리며 움츠리지 못하게 했다. "안 돼." 블랜치가 말했다. "그건 좀 별로인 듯. 별명은 없어?"

버사는 별명을 가져본 적이 없었다. 별명을 지어줄 친구도 없었고, 부모는 버사를 아예 어떤 명칭으로도 부르지 않았다.

블랜치가 미소를 지어 보였다. 구릿빛 얼굴에 흰 치아가 대비되어 눈부셨다. "베." 블랜치가 외쳤다. "베가 더 괜찮지 않아?"

베.

정말 더 괜찮게 들렸다. 잘 어울렸다.

베. 그녀는 앉은 자리에서 상체를 조금 더 꼿꼿이 펴고 아까 블랜치가 무심한 손짓으로 머리칼을 귀 뒤로 넘기던 동작을 따라 해봤다.

"완벽해."

정말 완벽했다.

그해 봄 방학에 블랜치는 오렌지비치시에 있는 가족의 별장에 베를 초대했다. 베는 해변에 온 게 처음이었다. 설탕처럼 하얀 모래에 발가락을 파묻은 순간 베는 곧바로 사랑에 빠졌다. 살면서 계속 머물고 싶다고 생각한 유일한 곳이었다. 바람에 머리칼이 흩날리고, 바닷물이 발목을 간지럽혔다.

블랜치가 베를 보고 웃음을 터뜨리며 그녀의 허리에 팔을 둘렀다. "그래, 여기 예쁘지. 그래도 그냥 오렌지비치인걸." 블랜치의 말에 베는 불현듯 자신이 너무 호들갑스럽게 야단을 부렸는지 걱정이 되었다. 갓 상경한 촌년처럼 굴진 않았는지.

그때 블랜치가 베에게 물을 튀기고는 내달려 베만 홀로 남겨둔 채 파도 속으로 뛰어들었다.

아버지가 죽은 건 베가 2학년 때다.

베는 장례를 치르러 돌아가지 않았다.

이후 어머니가 음성메시지를 보내왔는데, 베가 지금껏 들어본 어머니의 목소리 중에서 가장 또렷했다. 베는 어머니가 소리를 지르고 부정확한 발음으로 비난을 퍼부을 것이라 짐작하고 마음의 준비를 단단히 한 채 음성메시지를 받았지만, 어머니의 목소리는 다정했다. 달콤하기까지 했다. 어머니는 베를 "버사베어"라는 이름으로 불렀는데,

베가 싫어하는 별명이긴 했지만 어린 시절 이후로는 들어본 적이 없었다. 어머니는 베가 여름에 집에 오길 바란다고, 이제 아버지도 없으니 잘 지내보자고 말했다.

어처구니없게도, 베는 흔들렸다.

그런 베를 잡아준 사람이 블랜치였다. 블랜치는 베가 어머니에게 아무것도 빚진 게 없다는 사실을 일깨워줬다.

베는 블랜치에게 과거를 전부 다 말하지는 않았다. 수치스럽고 어두운 과거를 굳이 알리고 싶지 않았다. 하지만 블랜치는 바보가 아니었고, 베도 블랜치가 어느 정도 눈치를 챘다는 것을 알고 있었다. "갈 필요 없어." 블랜치는 베에게 말했고, 베는 멍하니 침대에 앉아 헐거워진 휴대폰 케이스를 잡아당겼다.

"여름에 어딘가에서 머물긴 해야 하잖아." 베의 대답에 블랜치가 미소를 지으며 베의 손에서 휴대폰을 잡아 뺐다.

"그러면 나랑 우리 집에 가자. 네가 지낼 방이 있어. 재밌을 거야!"

대수롭지 않게 이런 제안을 할 수 있다는 것이 베는 신기했다. 여름 방학 내내 재워주고 먹여주겠다고 하면서도 블랜치는 아무렇지 않아 보였다. 블랜치에게는 그만큼 쉬운 일이었다. 집 안의 누구도 블랜치에게 눈치를 주거나 베 때문에 집이 좁아졌다고 생각하지 않을 터였다.

그렇게 베는 블랜치의 제안을 받아들였고, 그해 여름은 베의 인생에서 최고의 여름이 되었다.

그 후 술에 취한 베의 어머니가 배은망덕한 것이라며 꽥꽥대는 음성메시지를 남기자 베는 자신의 선택이 옳았음을 알았다.

당장 메시지를 받았던 순간에는 일말의 후회를 느꼈을지라도, 여름이 끝나갈 무렵 블랜치의 거대한 캐노피 침대에 앉아 있을 때는 확신할 수 있었다. 레이스가 달린 온갖 톤의 초록색 베개로 가득한 침대에서 꿈같은 시간을 보내며 집이 아니라 이곳에 있어서 다행이라고 생각했다.

블랜치는 베의 목에 목걸이를 걸어주며 미소를 지었다. 우아한 줄에 이름의 첫 글자 B가 순은으로 달린 목걸이였다. 그러고는 똑같은 목걸이를 베의 얼굴 앞에 들어 보였다.

"우정 목걸이야." 블랜치의 말에 왜 갑자기 울컥하는지 베는 알 수 없었다.

두 사람은 고등학교 내내 붙어 다녔다. 베와 블랜치, 블랜치와 베. 'B 자매'로 불리기도 했다. 베는 그렇게 불리는 게 참 좋았다.

하지만 블랜치는 좋아하지 않는다고 느낄 때도 있었다.

베는 대학교 합격통지서를 블랜치보다 며칠 늦게 받았다. 베는 잔뜩 신이 나서 블랜치가 수업을 마치고 들어오자마자 침대에서 뛰어내려 꺅 소리를 질렀다. "나도 합격했어!"

블랜치는 베를 향해 미소를 지어 보이면서도 살짝 당황한 표정으로 물었다. "어디 합격했어?"

베가 웃음을 터뜨리며 블랜치의 어깨를 쿡 찔렀다. "음, 버밍햄서던이지, 당연히." 짧은 정적이 흐르는 사이 베는 블랜치의 입꼬리가 내려가는 것을 보았다.

"아, 우와." 블랜치가 어색하게 감탄하자 베는 문득 자신이 실수를 저질렀음을 깨달았지만 뭘 어떻게 일을 망쳤는지는 확실히 알 수 없었다.

"네가 좋아할 줄 알았는데." 베가 말했다. "내 말은, 우리가 거기서도 꼭 방을 같이 써야 하는 것도 아니잖아?"

베는 대학에서까지 붙어 다니는 게 얼마나 우스운 생각인지 보여주려 웃었다. 대학에서도 룸메이트가 되리라는 게 정확한 베의 생각이었지만 말이다.

블랜치도 웃음을 터뜨렸지만 조금 전의 미소와 마찬가지로 진짜 웃음이 아니었다. 블랜치는 침대 가장자리에 걸터앉으며 말했다. "나는 네가 랜돌프메이컨에 가고 싶어 하는 줄 알았어. 여기서 랜돌프메이컨에 합격한 사람은 거의 없잖아. 나도 떨어졌고."

블랜치가 불합격했기 때문에 베는 랜돌프메이컨에 가고 싶지 않은 것이었다. 베가 랜돌프메이컨에 지원한 건 단순히 블랜치가 지원했기 때문이고, 합격할 줄도 몰랐다. 그래서 블랜치가 떨어지자 랜돌프메이컨은 아예 선택지에서 지워버렸다.

베는 블랜치를 빤히 바라보며 말했다. "그래서…… 너는 내가 랜돌프메이컨에 가면 좋겠어?"

블랜치는 한숨을 내쉬며 머리를 빗기 시작했다. 블랜치는 귓불 바로 밑까지 내려올 만큼 머리를 짧게 자르고 더 밝게 염색도 했다. 머리색이 어두웠을 때가 더 잘 어울렸지만, 베는 그래도 예쁘다고 말해주었다.

"나는 다만 우리가 이제 각자의…… 길을 걸어보면 어떨까 싶어. 너도 알지?" 블랜치가 거울 속 베와 눈을 맞췄다.

"우리가 평생 'B 자매'로 살 수는 없잖아."

그렇게 말하는 블랜치의 목에 처음으로 B 목걸이가 없는 것을 베는 보았다. 블랜치는 이미 몇 주째 목걸이를 차지 않았는데, 베가 알아차리지 못했을 뿐이었다.

베는 목에 건 B 장식이 살에 닿아 타오르는 느낌이었다.

"그래." 베가 작게 한숨을 내쉬며 말했다.

"네 말이 맞아. 그건 우스운 일이지."

블랜치는 분명 안도했다. 진짜 미소를 지으며 빗을 내려놓고 몸을 돌렸다.

"네가 이해할 줄 알았어." 블랜치가 말했다.

그렇게 블랜치는 버밍햄서던 대학에, 베는 랜돌프메이컨 대학에 갔다. 두 사람은 페이스북과 문자메시지를 통해 연락을 유지했지만, 베는 버밍햄으로 돌아가지 않았다. 2학년 때 한 인테리어 디자인 회사에서 인턴으로 일한 다음 애틀랜타에서 지냈고, 대학을 졸업한 지불과 2년 만에 그동안 쌓은 인맥으로 서던 매너스를 창립했다.

베는 스물여섯 살이 되어서야 블랜치와 재회했다. 마침내, 드디어, 베가 앨라배마로 긴 여행을 온 것이다. 베는 어머니에게 자신이 앨라배마에 왔다는 사실을 구태여 알리지 않았다.

'파이브 포인츠'라는 술집에서 작은 동창회가 열렸다. 너무 시끄럽고 술도 비쌌지만 버밍햄에 돌아와서 사립학교 소녀들과 블랜치를 다시 보니 즐거웠다.

두 사람 사이에 있었던 미묘한 불편함이 서로를 본 순간 사라져버렸다. 블랜치가 꺅 소리를 지르며 덥석 베를 끌어안았다.

블랜치의 머리는 더 짧아져서 수수해 보이기는 했지만 그래도 그녀의 요정 같은 이목구비에 예쁘게 어울렸다. 베는 아주 잠시 자신도 비슷하게 머리를 잘라볼까 생각했다. 하지만 이내 생각을 접었다. 블랜치에게 잘 어울리는 것이 늘 베에게도 잘 어울리지는 않았다. 더욱이 베는 요즈음 자기만의 스타일을 찾은 상태였다. 블랜치가 베를 보

자마자 손가락으로 가리키며 "요 년, 예뻐진 것 봐!"라고 새된 소리를
지르는 걸 보면 말이다.

다른 친구들도 베의 비결을 알고 싶어 했다. 어떻게 이리 예뻐졌는
지, 머리는 어디서 잘랐는지. 하지만 비결은 아주 단순했다.

베가 이제 부자라는 것.

사립학교 시절 다른 친구들과 달리 부와 계급에서 오는 기품이 부
족했던 베였기에, 지금의 베가 친구들 눈에 더 예쁘고 멋져 보이는 게
당연했다.

하지만 이날 동창회의 진짜 주인공은 블랜치였다. 결혼을 앞두고
있기 때문이었다.

블랜치의 약혼반지는 정교하고 아름다웠다. 백금 줄에 에메랄드
컷* 다이아몬드가 박힌 디자인이었다. 베는 소셜미디어에서 블랜치
의 약혼자 사진을 보았다. 금발에 키가 큰 남자였는데, 베는 사진을 보
자마자 랜돌프메이컨 근처의 남자 대학인 햄프턴시드니에서 파티가
열릴 때 만났던 남자들이 떠올랐다. 블랜치의 약혼자는 스물여덟 살
보다 나이가 더 많아 보였다. 아마도 10대 때부터 혹은 더 이른 시점
부터 쭉 그 얼굴이었을 것이다. 손에 골프채를 들고 태어난 것처럼 보
이는 유형의 남자가 있는데, 그게 바로 트립 잉그러햄이었다.

"리처드 잉그러햄 3세." 블랜치가 친구들에게 말하자 베는 술잔 뒤
로 미소를 숨겼다. 블랜치가 '트립'이라는 별칭으로 불리는 '무슨 무슨
3세'와 결혼하는 게 참 그녀다웠다.

결혼식은 봄에 치를 예정이며 현재 손필드 주택 단지라는 새 동네

---

* 다이아몬드 세공 방식의 하나로, 모서리가 비스듬하게 깎인 직사각형 형태.

에 신혼집을 짓고 있다고 했다.

베는 손필드 주택 단지를 검색해봤다.

정말 아무것도 없었다. 완공되면 어떤 모습이 될 거라는 도안만 잔뜩 나올 뿐이었다. 도안에는 잘 손질된 잔디와 여봐란듯이 거대한 집들이 보였다. 외벽에 흰색 회반죽을 칠하지 않은 집들은 벽돌과 고상한 남색 덧문을 그대로 드러내 오래되고 수수한 느낌을 줬다.

집값은 일곱 자릿수로 시작하지만 베는 이제 부자인 데다 다시 버밍햄에 정착하면 안 될 이유도 없었다. 사업은 어디서든 운영할 수 있고, 애틀랜타를 좋아하긴 하지만 그곳에 아주 정착한 건 아니었다.

하지만 가족 단위를 대상으로 한 주택 단지에 혼자 들어와 사는 건 누가 봐도 이상하고…… 의도가 너무 빤해 보였다.

그래서 베는 마운틴브룩에 주택을 사들이면서 홈우드에도 사무실을 마련했다. 베가 블랜치의 결혼식 준비를 도와주는 와중에도 서던 매너스는 계속 성장했다.

"네가 돌아오니 너무 좋다." 어느 밤, 두 사람이 블랜치의 신혼집 거실에 앉아 있을 때 블랜치가 말했다. 탁자에 와인을 한 병 두고 신발을 벗어 던진 두 사람 주변으로 웨딩 잡지가 잔뜩 늘어져 있었다. "네가 그리웠어."

베는 그 말이 진심이라는 걸 알았다. 미소를 지으며 가방에 손을 넣었다. "그렇게 말해주니 참 좋네."

베가 가방에서 꺼낸 것은 작은 벌 장식이 달린 은목걸이였다. 블랜치는 기쁘다는 듯 웃음을 터뜨리며 두 손을 맞잡았다. "세상에." 블랜치가 서둘러 말했다. "세상에서 제일 **귀여워!**"

이번에는 베가 블랜치에게 목걸이를 걸어줬다. 그 후, 베가 결혼식

피로연에 서던 매너스의 장식 소품을 지원해줘도 될지 묻자 블랜치는 흔쾌히 허락했다. 딱 베가 예상한 대로였다.

회사를 노출할 좋은 기회가 될 터였다. 사업은 이미 아주 잘되고 있지만 베는 아직 만족하지 못했다. **여기**, 버밍햄 사람들이 서던 매너스를 의식하길 원했다.

블랜치가 의식하길 원했다.

결국 그렇게 되지만, 베가 바라던 방식은 아니었다.

베의 최대 성취를 자축하는 파티가 열리던 그날 밤, 블랜치는 베와 베의 어머니와 함께 차를 타고 호텔에 왔다. 두 사람이 베의 어머니에게 자리를 안내해주고 대연회장에 처음 들어설 때 블랜치는 베가 장식한 모든 것을 둘러보며 말했다.

"있잖아, 새삼 여기 물건들, 꼭 우리 집에서 바로 날아온 것처럼 보여." 블랜치가 말했다.

블랜치가 목에 건 작은 벌을 만지작거리며 미소를 띤 채 말했다. 하지만 베는 블랜치의 눈에서 무언가를 보았다.

블랜치가 어떤 생각을 하는지를 보았다.

"그래?" 베가 말했다. "나는 전혀 모르겠는데."

Part 9

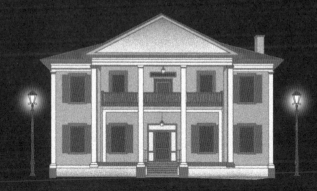

제인

트립 잉그러햄의 집에 가다니, 내가 지금껏 저지른 일 중에서 가장 어리석은 일이 틀림없다. 하지만 나를 끌어당기는 일이기도 하다.

트립은 살인 혐의를 받는 사람이다. 나는 지금 살인자로 의심되는 사람의 집에 제 발로 걸어가고 있다.

거리를 따라 천천히 달리며 그 말을 되뇌었다. 그러면서도 그저 여느 날과 다름없는 아침, 운동을 하러 나온 사람처럼 평범하게 달리려 애썼다. 여차하면 죽을 수도 있는 일을 하러 가는 무모한 사람으로 보이지 않도록 신경 쓰면서.

트립의 문자메시지를 받고 간밤에 한숨도 자지 못했다. 설명할 수는 없지만 그가 무슨 말을 하려는 건지 들어보고 싶었다.

내 안의 무언가가 트립이 진실을 말하고 있음을 알려주고 있었다.

트립은 정말 많은 면에서 불쾌한 사람이다. 술고래에, 호색한에다, 공화당원이다. 하지만 살인자와는 어울리지 않는다. 나는 폭력적인 남자를 봐왔다. 주위에 그런 남자가 너무 많아서 일찍이 그들의 냄새를 맡는 법을 배웠다. 그래야만 했다.

트립에게서는…… 폭력의 냄새가 나지 않았다.

나는 서둘러 그의 집 진입로에 들어서며 아무도 나를 보지 않기를 신께 기도했다. 현관 앞 무성하게 자란 덤불에서 떨어진 죽은 꽃잎과 잎사귀가 길을 따라 흩뿌려져 있었다. 예전에는 트립의 집이 어둡고 슬퍼 보였다면, 지금은 무어라 형용할 길도 없었다.

초인종을 누르고 한참을 기다리는데 트립은 나올 생각이 없는지 아무 대답이 없었다. 누군가 여길 지나가다 트립의 집 앞에 서 있는 나를 발견할지도 모른다는 생각에 몹시 불편했다. 이 동네는 어디를 가든 보는 눈이 있는 듯했다. 하지만 경찰을 통해 미리 허가를 얻지 않는 한 트립을 찾아오는 사람은 없어야 했다.

지금 나처럼 말이다.

돌아서려는 참에 막 문이 열렸다.

트립이 나를 빤히 바라봤다. 트립은 격자무늬 목욕 가운을 허리끈으로 느슨하게 묶고, 안에는 가운과 짝을 이루는 잠옷 바지를 입고 있었다. 피부는 잿빛이고 두 눈은 거의 누가 집어삼킨 것처럼 움푹 꺼졌다. 언제나 거칠어 보이던 트립이 반쯤 죽은 사람의 몰골로 내 앞에 나타나자 안쓰러운 마음이 들 지경이었다.

"왔군요." 트립의 목소리는 낮고 생기가 없었다.

"솔직히 와줄 거라고 생각 못 했어요. 그렇게 서 있지 말고 들어와요."

트립을 따라 집 안으로 들어가자 곧바로 역한 냄새가 훅 끼쳐왔다. 오래된 음식, 쌓인 쓰레기, 술 냄새였다.

술병이 정말 많았다.

"청소를 못 해서 미안합니다."

트립은 내게 거실로 들어가라고 손짓했지만 나는 고개를 저으며 가슴 앞으로 팔짱을 꼈다.

"하실 말씀이 뭔지는 모르겠지만, 지금 여기서 하세요. 간단히요."

트립은 시선을 낮춰 다시 나와 눈을 맞췄다. 그의 한쪽 입꼬리가 살짝 들렸다. 또 시작이다. 트립의 음침한 면은 분명 색이 빠져 거의 보이지 않지만 그래도 여전히 존재했다.

"살인자의 은신처에 너무 오래 있고 싶지는 않다? 알겠습니다."

트립에게 얼간이처럼 굴지 말라고 말하고 싶지만, 그건 그에게 숨을 쉬지 말라고 하는 것과 같았다. 나는 그저 그를 노려보며 기다리는 수밖에 없었다. 결국 그가 한숨을 내뱉었다.

"에디 로체스터를 만났을 때는 빌어먹을 복권에 당첨된 기분이었겠지."

트립이 사색에 잠겨 혼잣말했다.

"부자에, 잘생기고, 매력도 넘쳐흐르는 남자니까. 그런데 제인, 내가 뭐 하나 알려줄까요?"

트립이 몸을 가까이 기울이자 고약한 악취가 훅 끼쳤다. 씻지 않은 살 냄새와 양치하지 않은 입 냄새가 코를 찔렀다.

"에디는 독입니다. 그의 아내도 독이었죠. 적어도 그 점에서는 두 사람이 잘 어울렸다고 할 수 있겠네요."

트립의 얼굴에 또 한 번 비웃음이 스쳤다.

"내가 제인이라면 이곳을 떠나겠어요. 그 집에서 가지고 나올 수 있는 것이라면 뭐든 챙겨서 나가겠습니다. 에디, 버밍햄, 그 모든 것으로부터 떠나겠어요."

트립은 다시 문에 기대어 축 늘어지며 한 손을 내저었다. "블랜치가 이사를 해야 한다고 했을 때, 젠장, 나는 그 말을 들었어야 했어요."

"블랜치가 **이사**를 가고 싶어 했다고요?" 내가 못 믿겠다는 듯이 묻자 트립이 고개를 끄덕였다.

"네. 죽기 2주 전이었죠. 다른 곳으로 가야 한다고, 베 때문에 숨이 막힐 것 같다고 말했어요. 빌어먹을, 베는 블랜치의 인생을 전부 빼앗고도 모자랐나 보죠? 베는 늘 우리 바로 뒤까지 바짝 따라붙어야 직성이 풀렸어요. 에디도 마찬가집니다. 그 자식은 늘 우리 집에 와 있는 것 같았어요."

"하지만 두 사람 사이에 아무 일도 없었을 거라고 하셨잖아요."

"그렇다고 두 사람이 매일같이 만나는 게 좋았겠습니까? 베도 달가워하지 않았어요. 그래서 베가 그 주말에 블랜치를 호수로 초대한 겁니다. '결론을 내기' 위해서요. 그게 무슨 뜻이냐고 블랜치에게 물었더니, 베랑 어떤…… 모르겠어요. 갈림길 뭐 그런 곳에 서 있다고 했어요. 계속 친구로 남을 수 있을지 잘 모르겠다고요. 그래서 나는 어쩌면 그게……."

트립의 입이 벌어졌지만 그는 아무 말도 하지 않았다. 그가 면도하지 않은 턱을 문지르는 순간 나는 그의 손이 살짝 떨리는 것을 보았다.

"한동안 상황이 엉망이었어요." 트립이 결국 입을 열었다. "블랜치와 베, 베와 에디, 나와 블랜치 사이가 전부 그랬죠. 그즈음엔 모든 게 다 독이었어요. 그래서 베가 전화를 걸어와서는 별장으로 와 달라고 했을 때 정말 당황했죠."

피가 차갑게 식는다. "뭐라고요?"

한숨을 내쉬며 트립이 한 손으로 얼굴을 벅벅 문질렀다.

"그 주말." 지친 목소리였다. "금요일 밤에 베한테 전화가 왔는데 블랜치한테 내가 필요한 것 같다고 하더군요. 그래서 차를 타고 호수까지 갔죠. 그리고, 맞아요. 우리 모두 술을 많이 마셨어요. 하지만 나는 **별장** 안에서 곯아떨어졌습니다. 빌어먹을 보트에는 올라탄 적도 없어요. 다음 날 손님방에서 눈을 뜨는데 누가 머리통에 대못을 쑤셔 박은 것처럼 머리가 아팠고, 베도 블랜치도 없었어요. 두 사람이 일찍 보트를 타러 갔구나 싶어서 나는 별장을 나왔죠. 차를 타고 집에 왔다고요."

트립은 목소리가 갈라지자 잠시 목을 가다듬으며 또다시 얼굴을 문질렀다.

"몰랐어요. 그날 아침 집에서 TV로 망할 골프 경기나 보고 있었는데, 그러는 내내 두 사람은…… 둘 다 이미 죽어 있던 거죠. 두 사람은…… 물속에서 썩어가던……."

이제 트립의 두 눈에는 눈물이 그렁했다. "월요일이 돼도 블랜치가 집에 오지 않고 연락도 안 되기에 뭔가가 잘못됐구나 싶었습니다."

트립은 흐리멍덩한 두 눈으로 나를 바라봤다. 비웃음도, 무례한 말도 없었다.

"맹세하는데, 나는 이 일과 아무 연관이 없어요. 그래요, 거기 있던 것도 맞고, 경찰한테 바로 말하지 않은 것도 제 잘못이에요. 하지만 두려웠어요⋯⋯."

트립은 우는 건지 웃는 건지 알 수 없는 이상한 소리를 냈는데, 웃음이라기에는 너무 슬프게 들렸다. "이렇게 될까 봐. 젠장. 이렇게 될까 봐 두려웠다고요."

트립은 두 손으로 내 어깨를 움켜쥐었다. 어깨에 멍이 남겠다는 생각이 들 만큼 손아귀가 세다.

"분명히 말하겠소만, 떠나시오. 나는 보트에 올라탄 적도 없는데 내 지문이 나왔어요. 망할 놈의 밧줄과 망치를 산 적이 없는데 내 신용카드가 긁혔다고."

한꺼번에 너무도 많은 정보가 쏟아지는 바람에 그 정보를 다 어떻게 처리해야 할지 몰라 눈을 깜박이며 트립의 손아귀에서 빠져나오려 했다. 그러면서 동시에 그의 말이 암시하는 바를 파악하려 애썼다.

"누가 당신에게 죄를 뒤집어씌웠다는 말인가요?"

"내 말은, 당신한테는 아직 이 개 같은 상황에서 벗어날 기회가 있다는 거요."

트립이 뒤로 물러나며 나를 놓아줬다.

"나한테는 없는 기회가."

나는 집을 헤집었다.

무엇을 찾는지는 모르지만 다만 무언가가, 에디가 이 짓을 했다는 증거가 이 집 어딘가에 반드시 있다는 것만은 알았다.

그게 바로 트립이 내게 전하려던 말이었음을, 나는 직감할 수 있었다. 그래서 지금 여기, 벽장을 열어젖히고 서랍을 휙 잡아 빼는 것이다.

아델이 발 근처에서 미친 듯이 짖어대며 바삐 움직였다. 나를 파멸로 이끌 증거를 찾는 내내 두 눈에는 눈물이 고였다.

책장에서 쏟아낸 책들이 바닥에 어지럽게 떨어졌다. 나는 소파 위 쿠션들도 전부 들췄다.

무게가 나가는 것이라면 뭐든 집어 올렸다. 서던 매너스의 장식 소품도 하나하나 집어 들어서 핏방울이 묻어 있는지 확인했다. 에디의 옷 주머니도 모두 뒤졌다. 침대 매트리스도 들어 올렸다.

뭔가, 무언가가 있어야만 해. 사람을 두 명이나 죽이면서 어떤 흔적도 남기지 않았을 리가 없어. 불가능한 일이야. 영수증이 있거나, 숨겨둔 살인 무기가 있거나, 피 묻은 옷이 있을 거야. 내가 찾아낼 거야, '그것'을.

한 시간, 아니 두 시간, 거의 두 시간 반이 지난 후 나는 현관 근처 외투용 벽장 앞에 주저앉아 두 손으로 머리를 감싸고 있었다. 아델은 이제 내게 흥미를 잃었는지 복도에 엎드린 채 주둥이를 발 위에 올려놓고 나를 바라봤다.

젠장, 나는 제정신이 아니었다.

집은 난파선처럼 엉망이 되었지만 나는 진이 다 빠져버려 다시 정리할 생각조차 하지 못했다.

트립의 말이 옳다. 여길 떠나야 한다. 빠져나올 수 있을 때 나와야 한다. 에디가 범인이 아니라 하더라도, 여기서 무슨 일이 벌어지고 있다. 너무 끔찍해서 돈을 얼마를 준다 해도 감당 못 할 무슨 일이.

바닥에서 막 일어나려는데 벽장 구석에 놓인 재킷 하나가 눈에 들어왔다. 내가 미친 여자처럼 닥치는 대로 헤집는 사이 옷걸이에서 떨어진 모양인데, 아까는 본 기억이 없었다.

에디가 언제 마지막으로 이 재킷을 입었는지도 기억나지 않았다.

재킷을 집어드는데 한쪽이 다른 한쪽보다 살짝 더 무거웠다. 주머니 속 무언가를 손으로 잡는 순간 숨이 턱 막혔다.

하지만 꺼내 보니 그저 문고판 책 한 권이었다.

나는 에디가 이 책을 사무실 혹은 어딘가에서 점심시간이나 뭐 그런 때 꺼내어 읽고는 다시 주머니에 넣어두고 잊어버리는 장면을 상상했다.

지난 몇 달간 꽤 자주 에디가 책을 읽는 모습을 봤았지만 늘 지루한 군대 스릴러물이었다. 이 책은 연애 소설인 데다 낡고 표지가 꽤 야해서 에디의 것 같지는 않았다.

어쩌면 베가 읽던 책인지도 몰랐다. 베가 가장 좋아한 책이라 에디가 가까이 두었을지도.

책을 펼쳐봤다.

이게 다 뭔지 깨닫기까지 잠깐 시간이 걸렸다. 인쇄된 글자 위로 비뚤비뚤 엉망인 글씨가 잔뜩 쓰여 있었다.

그때, 어느 장에서 **블랜치**라고 휘갈겨 쓴 글자를 보고 심장이 멈추는 것만 같았다.

가장 친한 친구를 살해했다.

집에 갇혔다.

떨리는 손으로 책장을 빠르게 넘긴 나머지 종이가 찢어지는 소리가 들리는 것만 같았다.

그때 내 이름이 나왔다.

제인.

쓸개즙이 입 안 가득 밀려오고 근육이 바짝 굳어 신음이 흘러나왔다.

블랜치를 죽였다, 집에 갇혔다, 그와 잤다, 제인.

글자가 흐릿해졌다. 나는 금방이라도 속을 게워낼 것만 같았지만 그럴 수 없었다. 그럴 수 없다, 베 로체스터가 트립의 말처럼 호수 밑바닥에서 썩어가고 있던 게 아니라 바로 여기, 내 머리 위에 있으니까. 맙소사.

나는 벽장에서 뛰쳐나왔다. 대리석 복도 바닥 위로 발이 미끄러졌다.

책을 손에 쥐고 계단으로 달려가는 나를 아델이 고개를 들어 보더니 한 번 날카롭게 짖었다.

비밀번호, 호숫가 별장과 같은 번호.

또 다른 벽장. 다른 벽장보다 크기가 더 작은 이 벽장에는 한 번도 관심을 두지 않았다. 좀처럼 위층에 올라오지 않았으니까. 맙소사, 세상에, 그 쿵쿵 소리, 그 소음, **환절기**라 그렇다고, 에디 그 개자식은 말했다. 그런데 그녀였다. 베가 내는……

두 손이 너무 심하게 떨려서 벽장 안의 판을 밀기도 어려웠지만, 간신히 해냈다. 번호를 누르면서도 내 마음 한구석에서는 저 안에 베가 있을 리 없다고 생각했다. 빌어먹을, 이 상황이 현실일 리 없다고.

윙윙거리는 소리, 그리고 딸깍. 나는 문을 밀어 열었다.

처음에는 그저 문 뒤에 이렇게 큰 방이 존재한다는 사실에 놀랐다. 거의 호텔방처럼, 제대로 꾸며져 있고, 자연광이 부족하긴 하지만 아늑했다. 중앙에는 큰 침대가 있었다.

그리고 그 옆에, 한 여자가 있었다.

이제 정말 구토가 나올 것만 같았다.

베 로체스터는 블랜치처럼 그날 밤 익사한 게 아니다.

베 로체스터는 결코 죽은 적이 없다.

베 로체스터는 지금 바로 내 앞에 서 있다.

"그가 여기 있나요?" 그녀가 물었다.

30

머리가 빙빙 돌고 여전히 속이 요동쳤다.

도와주세요도 아니고 **누구세요**도 아닌, **그가 여기 있나요**라니?

나는 고개를 저었다. "아, 아니요. 출근했어요. 그는……."

"상관없어요."

베는 그렇게 말하며 내게 두 손을 내밀었다.

그렇게 자주 베의 사진을 보고 또 봤는데도 지금, 여기 내 앞에 있는 그녀를 보는 일이 너무나 초현실적이게 느껴져 무슨 상황인 지 머리가 복잡했다. 어쩌면 그래서 나도 모르게 방을 가로질러 그 녀의 손을 잡았는지도 모른다.

"그가 돌아오기 전에 여기서 나가야 해요." 베의 말에 나는 고개 를 끄덕이면서도 말했다. "트립."

베가 나를 향해 얼굴을 찡그렸다. 혼란스러운 얼굴이었다.

"뭐라고요?"

나는 머리를 흔들었다. 충격 때문에 생각이 뒤죽박죽 엉켜서 머 릿속이 끈적끈적하고 질퍽거리는 진창이 되어버렸다.

"오늘 트립과 이야기를 나눴어요. 불과 몇 시간 전에요. 트립은 그날 밤 자신이 그곳에 있었고 에디도 있었다고 말했어요. 에디죠, 맞죠? 에디가 블랜치를 죽인 거예요. 맙소사."

넋두리하듯 쏟아내는 말에 베가 내 어깨를 잡았다. 베는 내가 생각했던 것보다 작았지만, 어쩐지 강했다. 특히 그리도 오랜 시간을 갇혀 있던 여자라는 걸 고려하면 더욱더 그러했다.

맙소사, 가두어놓았다. 여기 위층에 가두어놓았다. 에디가.

"제인." 베가 내 이름을 부르자 나는 에디가 그녀에게 내 이야기를 하고 내 이름을 알려줬다는 사실을 떠올리고는 소리를 지르고 싶었다. 하지만 그때 또 다른 소리가 들려왔다.

벽장문이 열리고 있었다.

Part 10

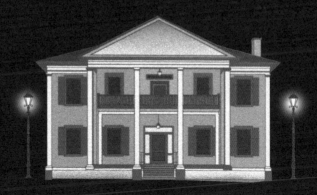

에디

31

계속 이렇게 지낼 수는 없다.

이 생각이 지난 몇 주 동안 머릿속에서 소용돌이친다. 차고에 차를 주차하고 시동을 끄고 전면유리를 노려보는 내내 생각이 머리를 떠나지 않는다.

트립은 블랜치를 살해한 혐의를 받고 있고, 베는 위층에 갇혀 있다. 그리고 제인은…….

젠장, 제인.

나는 한숨을 내쉬며 차 문을 열고 집 안으로 향했다. 시간도 늦었고 날씨도 구린 데다 집에 더 일찍 왔어야 했지만, 제인이 먼저 잠자리에 들기를 바라며 집 밖에서 기다리고 있었다.

베와 대화하고 싶었다.

베라면 여기서 뭘 해야 할지, 꼬일 대로 꼬여버린 상황을 어떻게 타개할 수 있을지 알 터였다. 베는 이미 지금 상황이 오래갈 수는 없다고 언질을 줬다. 그때는 화를 내버렸지만 우리를 이 상황에서 벗어나게 해줄 유일한 사람이 베라는 사실을 나도 알고 있었다.

현관문을 열자 집은 너무도 조용했고 바깥의 열기에 비해 살짝 추웠다.

그리고 보고야 말았다.

빌어먹을 토네이도가 집 안을 휩쓸고 지나간 모습을. 누군가가 뒤집어엎은 듯 난장판이 된 모습을.

제인.

위층에 올라간 기억조차 나지 않는다. 어느새 벽장 앞이었고, 문을 열고 있었다.

내가 뭘 보고 있는지 깨닫기까지 잠깐 시간이 걸렸다. 문은 잠겨 있지 않았다. 제인이 그 안에 있었다.

제인과 베가 함께 서 있었다.

내가 지금 악몽을 꾸거나 극심한 스트레스로 환각을 보나 싶어서 나는 아주 오랫동안 두 사람을 빤히 바라보는 것 말고는 아무것도 할 수 없었다. 베는 얼굴이 창백했고 제인은 사색이 되어 눈을 휘둥그렇게 뜨고 있었다.

두 사람을 멍하니 쳐다보면서도 내 머리는 작동하려 애썼다. 이 상황을 설명하고, 해결해야 했다.

그러다 뒤늦게 나는 제인이 문가 탁자에 놓인 파인애플 모양의 은장식에 손을 뻗는 모습을 발견했다. 서던 매너스에서 나온 장식용 소품이었는데, 집 안 어딘가에 있던 것을 내가 이 방을 꾸미려고 가져온 것이었다.

제인이 공포와 분노에 뒤틀린 얼굴로 내게 파인애플 장식을 휘두르자 나는 내가 실수를 저질렀음을 깨달았다.

하지만 제인 역시 실수를 저질렀다.

팔에 잔뜩 힘이 들어간 제인은 방향을 제대로 잡지도 못한 채 내 옆얼굴을 타격했다. 얼굴이 으드득 으스러지며 이가 부러졌고, 나는 곧 피 맛과 함께 세상이 타오르는 듯한 극심한 고통을 느꼈다.

그리고 캄캄해졌다.

32

젠장, 눈치를 챘어야 했다.

아픈 머리를 부여잡으며 눈을 뜨려는데 두 눈이 마치 두개골 밖으로 터져 나올 것처럼 욱신거렸다. 속은 올랑대고 더부룩했다. 고개를 옆으로 돌리자 메스꺼움이 밀려와 구토를 할까 봐 두려웠지만 막상 아무 일도 일어나지 않았다. 다만 기침을 하고 헛구역질을 하면서, 도대체 어떻게 이 상황을 예상하지 못했는지 스스로가 의아할 뿐이었다.

가둬두는 방법을 영구적으로 쓰기에는 베는 늘 너무 똑똑했다. 젠장, 이 방법을 영구적으로 쓰기에는 **나** 역시 너무 똑똑했다. 하지만 처음 베를 가두던 밤, 나는 정신이 완전히 나가고 공황 상태에 빠져서 이 방법이 그나마…… 그래, 뭐 당시에도 미친 짓 같기는 했다. 어쨌거나 그때는 임기응변으로 위기를 넘길 수밖에 없었다. 늘 그렇게 살아왔다. 즉석에서 기지를 발휘하고, 그때그때 상황에 맞게 조정했다.

보통 때라면 이런 방식이 통했다.

하지만 상대가 베였다. **내 아내**였다.

결국 이렇게 된 게 당연하다. 나는 치아가 몇 개 빠진 채로 피를 흘리며 바닥에 누워 있고, 베는 저 밖 어딘가에 제인과 함께 있다.

그 생각을 하니 고통이 빠르게 솟구쳤다. 몸을 일으켜보려 했지만 소용없었다. 다시 바닥에 쓰러져 태아처럼 몸을 웅크린 채 흐릿한 눈으로 바닥에 말라붙은 피를 응시했다. 내 아내와 내 약혼녀는 아래층 어딘가에서…… 경찰을 불렀을까? 샴페인을 터뜨리고 축배를 들려나?

빌어먹을, 차라리 축배를 들어라. 그 외에 다른 선택지는 모두 끔찍하게 겁이 나니까.

베 메이슨을 유혹해서 결혼하겠다는 생각으로 하와이에 간 것이 아니었다. 베가 하와이에 가는 줄 내가 어떻게 알았겠는가. 젠장, 나는 스토커가 아니다. 단지 몇 년에 걸쳐서 기회를 알아보는 눈을 단련하다 보니 해변에 있는 베 메이슨을 발견할 수 있었던 것뿐이다.

그건 그저 그런 기회가 아니었다.

일생일대의 기회였다.

하와이에 막 도착했을 때만 해도 나는 베가 누구인지도 몰랐다. 실내 장식 산업에는 관심이 없었으니까. 하지만 나와 함께 여행을 온 여자, 찰리는 그 시장을 꿰고 있었다.

"세상에, 말도 안 돼." 우리가 수영장 근처에 자리를 잡고 앉을 때 찰리가 말했다.

나는 휴대폰 화면에서 눈을 떼고 고개를 들어 한 여자를 보았다.

여자는 짙은 보라색 원피스 수영복을 입고 허리에는 꽃무늬 천을 두른 채 걸어가고 있었다. 예쁘고 자그마한 여자였고, 멀리서도 귀에 건 다이아몬드가 반짝이는 게 보였지만 "세상에, 말도 안 돼"라는 감탄사가 붙을 정도의 미인은 아니었다.

"뭔데?" 내 물음에 찰리는 돌돌 만 잡지로 나를 툭 쳤다.

"베 메이슨이잖아." 찰리는 아무 반응도 없는 나를 보며 어이 없다는 듯 눈을 굴렸다. "서던 매너스 경영자. 몰라? 엄청 큰 회사. 자기가 좋아하는 그 깅엄 체크 치마도 저기서 산 거야."

나는 찰리가 어떤 치마를 말하는지 전혀 몰랐지만 미소를 짓고 고개를 끄덕였다. "아, 그렇구나. 저 여자가 거물이야?"

"여자들한테는 그렇지." 찰리가 말하더니 코를 찡긋했다. "그런데 왜 여기서 지내는지 모르겠네. 여기가 최상급 리조트는 아니잖아. 내가 베 메이슨만큼 돈이 많으면 라나이 호텔에 갈 텐데."

바로 그 순간, 베 메이슨에게 관심이 쏠렸다.

찰리도 돈이 있었다. 많았다. 사실 찰리의 돈은 아니고 전부 가족의 돈인 것 같긴 했지만, 그래도 편히 지낼 수 있을 만큼은 됐다. 그런 찰리가 베 메이슨을 부러워하고 있었다. 베 메이슨이 찰리보다 훨씬 더 돈이 많다는 뜻이었다.

"그 정도 회사야?" 나는 무심한 말투를 유지하며 다시 휴대폰에 시선을 두었다.

"응." 찰리는 탁자에 손을 뻗어 다이키리 칵테일을 집어 들었다. 설탕과 딸기가 뒤섞인 향이 내 자리까지 전해졌다.

"사람들에게 엄청난 영감을 주는 여자야. 소규모 인터넷 사업으로 시작해서 5년 만에 거대 기업으로 키웠지. 자수성가한 억만장자야. 포천지에 인터뷰가 실린 게 있는데, 아빠가 보내줬거든? 그걸 보고 이게 '내 목표'라고 생각했어."

휴대폰 화면에서 고개를 드는데 그 순간 베가 자리를 떴다.

돈이 전부가 아니었다. 물론 돈이 큰 부분을 차지하긴 했지만, 베메이슨이 무에서 유를 창조해냈다는 점이 좋았다. 찰리가 술을 한잔 더 주문하고 다시 잡지로 눈을 돌린 사이 나는 구글 검색을 좀 해보았다.

서던 매너스 홈페이지는 다소 감상적이긴 해도 매력 있었고, 사진 속 베는 내가 추측한 만큼 마음을 끄는 구석이 있었다. 언제든 인스타그램에 사진을 찍어 올릴 준비가 되어 있는 찰리처럼 과시적이지 않았다. 더 은근하고 품격 있는 매력이었다.

물론, 베의 순 자산을 알고 나니 어느 정도 후광이 비친 것도 사실이다.

2억 달러. 구글이 알려준 정보는 그러했다. 이런 정보가 늘 정확하지는 않지만 말이다. 찰리의 아버지는 자산이 5천만 달러에 달하는데, 대부분은 부동산과 신탁에 묶여 있었다. 심지어 찰리는 용돈으로 생활하고 있었다. 물론 용돈은 넉넉했지만 백지 수표라고는 볼 수 없었다.

"잠깐 방에 갔다 올게." 나는 찰리에게 말하며 자리에서 일어나 기지개를 켰다. 찰리의 시선이 내 맨가슴에서 복근으로 스르륵 흘러갔다. 아침에 일찌감치 일어나 헬스장에 다녀왔는데, 귀찮긴 하지만 거를 수 없는 일이었다.

"같이 가줄까?" 찰리가 교태를 부렸고, 나는 그녀의 턱 밑을 쓰다듬으며 씩 웃어주는 것을 잊지 않았다.

"아니야. 낮잠을 자려고 하는데 당신이 있으면 못 잘 거야."

찰리는 내 대답이 마음에 드는지 내 손을 잡아 손가락 끝에 입을 꾹 맞추고는 나를 보내주었다. "그럼 나는 좀 더 있다가 올라갈게. 푹 쉬어."

나는 방에 가긴 했지만 낮잠을 자는 대신 짐을 쌌다.

나는 사람을 잘 다룬다. 사람을 정확히 파악하고 그 사람이 어떤 행동을 할지 예측하는 데도 능하다. 찰리가 라나이 호텔을 언급할 때 짐작했다. 베 메이슨은 우리가 있던 수영장을 쓰려는 것이 아니라 그냥 지나가던 길이었다.

그리고 내 생각이 옳았다는 것을, 나중에 알게 됐다. 베가 쓴 단어를 그대로 옮기자면 베는 "평범한 여자들" 사이에서 어떤 수영복 무늬가 인기 있는지 알아보러 우리가 머문 수영장을 둘러본 것뿐이었다.

돌이켜보면 '평범한 여자들'이라는 말에서도 뭔가를 느껴야 했다.

하지만 당시에는 제대로 추측한 나 자신이 뿌듯하기만 했다.

내게 어떤 특별한 비법이나 비밀 공식이 있다고 말할 수 있다면 좋겠지만, 사실 그다지 힘을 들이지 않고도 라나이 호텔에 베 메이슨이 묵고 있는지 확인할 수 있었다. 호텔 프런트에 다가가 예쁜 접수원에게 난감하다는 듯이 미소를 지어 보이고, '일 때문에 여자 친구와의 휴가를 놓칠 뻔했는데, 평생 후회할 짓임을 깨닫고 뒤늦게 하와이까지 그녀를 쫓아왔다'라고 멋쩍게 이야기하면 그만이었다.

나는 베가 이 호텔에 묵고 있다는 사실을 확인받았을 뿐만 아니라 고생했다며 샴페인을 한 잔 공짜로 받기도 했다.

나는 프런트에 내 물건을 맡아달라고 부탁했다. 잘못을 전부 용서받고 "여자 친구의" 방에서 밤을 보내고 싶어서라고 덧붙였다.

결국 그렇게 되지는 않았지만 꽤 가까이는 갔다.

베를 뒤쫓은 건 조금은 돈이 목적이었을지 모르지만, 정말 솔직히 말해서, 나는 처음부터 그녀가 좋았다. 해변에 앉아 생각에 잠긴 베를 보았을 때 그 장면이 마음속에 새겨지는 듯했다. 내가 그간 함께 시간을 보낸 여자들은 대부분 부자였지만 다른 사람의 돈으로 풍족한 생활을 하는 사람들이었다. 나는 베가 스스로 돈을 벌고 자신의 회사를 가졌다는 점이 좋았다. 베가 이미 성취한 것에 안주하기보다 거기서 더 나아갈 방법을 늘 궁리한다는 점이 좋았다.

그리고 봐라, 내가 아주 형편없는 개자식은 아니다. 나는 찰리에게 '갑자기 긴급 상황이 발생해서 뉴욕으로 다시 소환됐으며, 다음 주에 꼭 전화하겠다'라고 양해의 메시지를 보냈다.

찰리는 내 말을 곧이곧대로 믿었고 그 후 다시는 연락이 없다가 베와 내가 약혼했다는 기사를 접하자 내게 이메일을 보내왔다.

물론, 나는 그 이메일을 아주 꼼꼼히 읽지는 않았다. 발신인을 확인하자마자 삭제해버렸다. 다만 휴지통 아이콘을 누르기 전에 몇 가지 핵심 문구가 눈에 들어오긴 했다.

비열한 새끼라고 쓰여 있었다. **사람을 조종하는, 악독한, 심각한 사이코**라는 단어들도 함께 눈에 들어왔는데 크게 예상에서 벗어난 말은 없었다. 다만 몇 년 뒤 베와 관계가 나빠지기 시작했을 때 문득 저 표현이 가리키는 대상이 나일까 아니면 내 아내일까 궁금하긴 했다.

뭐, **비열한 새끼**는 분명 나를 말하는 것이었을 테다.

첫날 베에게 말을 걸기는 너무 쉬웠다. 마치 운명처럼 편안했다. 솔직히 나는 베가 훨씬 더 나를 경계하리라고 생각했다.

하지만 베는 그런 사람이 아니었다. 어깨 너머로 주위를 살피지도 않았다. 타고나기를 의심이 많은 사람이 아니었다. 나는 나중에야, 아마도 그건 베가 언제 어디서든 자신이 가장 위험한 인물이라는 것을 자각하기 때문이라는 생각을 했다. 자신이 늘 이기는데 다른 사람을 경계할 이유가 있겠는가?

모진 평가처럼 들릴 수도 있겠지만 그럴 의도는 없다. 오히려 나는 베를 경외했다. 적어도 처음에는, 살인이 있기 전까지는.

33

나는 베만큼 소유욕이 강한 사람을 보지 못했다. 베는 원하는 게 있으면 반드시 가져야 한다. 나조차도 그러지는 못한다. 말했듯이 **나는 눈앞에 나타난** 기회를 포착하는 유형이지, 베처럼 나서서 기회를 만드는 사람은 아니다.

그래서 처음 본 순간부터 제인이 마음에 들었던 것 같다. 제인은 나 같은 부류다. 늘 어떤 틈을 찾아 그 틈을 비집고 들어가는 유형. 제인은 분명 자신이 나를 속이고 있으며 내가 자신의 연기를 곧이 곧대로 믿는다고 생각했으리라. 하지만 나는 제인에게서 나 자신을 너무도 많이 발견하기에 그녀가 무슨 속셈을 품고 있는지 빤히 보일 수밖에 없었다. 우리의 영혼이 무엇으로 이루어졌든, 나와 제인의 영혼은 똑같았다. 적어도 아주 비슷하다.

하지만 베는, 베는 완전히 다른 짐승이다.

내 숨소리가 희미하고 탁하다. 나는 두 눈을 감았다.

이제 어찌해야 할지, 어떻게 이 방에서 나갈 수 있을지 고민해야 하는 시점이지만 드는 생각이라고는 베에 대한 기억뿐이다.

작년 그날, 저녁 식사 자리에서 나는 블랜치가 내게 추파를 던지는 걸 알았다. 하지만 그의 의도는? 짐작도 되지 않았다. 나는 남부 출신은 아니지만 이곳에 오래 살았기 때문에 여기 사람들에게 추파를 던지는 행위란 마치 제2의 언어 혹은 일상적 취미와 같다는 사실을 알았다. 고향에서 누군가가 나를 그런 눈빛으로 바라봤다면 나는 그 사람이 당장에라도 나와 잘 준비가 되었다고 확신했을 것이다. 하지만 이곳에서는, 확신할 수 없었다.

블랜치는 내 팔에 손을 올리며 몸을 밀착했다. 블랜치의 가슴이 내 이두박근에 닿았다. 나는 블랜치가 좋았고, 확실히 트립은 싫었으며, 베는 서던 매너스에 너무 집중한 나머지 얼굴도 제대로 보기가 힘들었다. 하지만 베의 가장 친한 친구와 자면 득보는 일보다 골치 아픈 문제가 더 뒤따라올 것 같았다. 솔직히, 나는 섹스보다 베의 돈이 더 좋았다.

그렇다고 해서 베가 질투하는 모습을 조금 즐기지 않은 건 아니다.

나는 아무 짓도 하지 않았지만 블랜치를 피하지도 않았다. 집수리를 담당하고 있던 만큼 블랜치를 싹 무시해버릴 수도 없는 노릇이었다. 우리는 점심 식사를 같이 하며 설계 도면과 욕실 설비를 검토했고, 다른 날 오후에는 블랜치의 집에서 페인트 견본을 살펴봤다. 그리고 종종 다음 만남을 확인하는 문자메시지를 나눴다. 이 모든 게 내게는 별 의미 없는 일이었지만, 맙소사, 베는 분노했다.

블랜치가 뭘 하고 있는지 내가 몰랐던 것도 아니다. 나는 그저 베와 블랜치가 어릴 때부터 벌여온 냉전에 쓰인 최신 도구에 불과했다. 그래도 블랜치가 내게 그 정도로 관심을 보여주는 것은 좋았다. 베는 서던 매너스 제국을 건설하느라 바쁜 나머지 언젠가부터 예전의 눈빛으로 나를 보지 않았다.

블랜치가 나를 보는 눈빛으로.

그래서 어쩌면 나도 조금은 부추겨졌는지도 모른다. 어쩌면 나도 함께 추파를 던졌는지도.

어쩌면 일부러 휴대폰을 잠그지 않고 베가 마음껏 염탐할 수 있도록 놔두었는지도.

하지만 그러다 사그라지고 말 일이었다. 베의 어머니 일만 아니었다면.

그날도 나는 블랜치 집에서 오후를 보내고 있었다. 그런데 그날은 블랜치가 내게 다가와 키스했고, 그래, 나는 뿌리치지 않았다. 하지만 아주 잠깐이었다. 블랜치가 어디까지 가려는지 궁금한 데다, 솔직히 말하자면 나도 내가 생각과 달리 블랜치에게 끌리지는 않을지 확인하고 싶었다. 하지만 이상하리만큼 흥미가 생기지 않았다. 블랜치는 예쁘고 내게 관심을 보이지만 우리 사이에 불꽃은 튀지 않았다. 나는 잠시 후 블랜치를 조심스레 밀쳐냈다.

"이건 아니에요." 이렇게 말한 기억이 난다. "베한테 이럴 순 없어요."

젠장, 그 말이 잘못이었다.

일그러지다 못해 추하게 변한 블랜치의 얼굴이 아직도 생생히 떠오른다. "베?" 블랜치는 경멸하듯 말했다. "베를 **알기나** 해요?"

말투가 너무 거칠어서 순간 블랜치가 술에 취했나 싶었다. 하지만 아니었다. 블랜치는 아까 시럽을 넣은 홍차를 마셨을 뿐이었고, 눈빛도 또렷했다.

"베의 부모가 모두 술꾼이었다는 건 알아요?" 블랜치가 물었다.

"개 이름이 베가 아니라는 것도 알고 있어요?" 블랜치가 손가락으로 자신의 가슴을 찔렀다. "내가 그 이름을 지어줬어요. 내가 처음 개를 만났을 때 개는 버사였다고요." 블랜치는 믿어지냐는 듯 코웃음을 쳤다. "빌어먹을 **버사.**"

이름에 대해서는 알고 있었는데, 블랜치가 왜 저리도 유난을 떠는지는 이해할 수 없었다. 나 역시 '에드워드'라는 이름이 마음에 들지 않아서 쓰지 않았고, 그러니 베가 자신의 이름을 싫어하든 말든 내가 상관할 바가 아니었다. 하지만 베의 부모가 알코올중독자였다는 사실은 몰랐으며, 예상치 못한 이야기를 무방비 상태에서 듣게 된 것도 싫었다.

"베의 어머니가 계단 밑에서 쓰러졌을 때 그 집에 있던 사람이 베뿐이었다는 건 알아요?"

그 말을 내뱉은 순간 블랜치의 얼굴에서 후회하는 기색이 스쳤다. 눈을 크게 뜨고 잠시 콧구멍을 벌름거리는 걸 보니 블랜치 **본인**도 너무 지나쳤다고 생각하는 듯했다. 하지만 나는 애써 무표정을 유지했다.

"방금 본인 입으로 베의 어머니가 술꾼이었다고 했잖아요. 술꾼들은 원래 잘 넘어지고요." 내가 딱딱하게 대답했다.

"그래요, 뭐." 주저하는 블랜치의 눈에서 톱니바퀴가 돌아가는 게 보이는 듯했다. "그 술꾼이 서던 매너스에서 연 대규모 파티에 갔다가 베에게 망신을 주고 2주 만에 계단에서 굴렀죠." 블랜치가 어깨를 으쓱했다. "한번 계산해보세요."

베가 어머니의 죽음과 관련이 있다는 말일까? 그건 너무 터무니없는 생각이었다. 아니, 어쩌면 애써 그렇게 생각하려고 했다.

그런데 그때, 문득 의문이 들었다.

내가 운영하는 토건 회사에 애나라는 비서가 있었다. 애나는 대학을 갓 졸업한 예쁘고 귀여운 여자였는데, 베는 그녀를 만난 순간부터 곧바로 애나가 사라지길 바랐다. 나는 아무 짓도 하지 않았다. 애나는 좋은 직원인 데다, 제발이지, 나는 내 직원을 상대로 수작을 거는 소름 끼치는 인간이 아니다. 내가 매일같이 밀려드는 유혹과 싸우고 있던 것도 전혀 아니었다.

그런데 언젠가부터 소액의 현금이 사라지기 시작했다. 하루는 베가 점심을 먹자며 사무실에 들렀는데, 갑자기 펜이 필요하다며 애나의 책상 서랍을 열었다. 그리고 바로 거기, 서랍 안쪽 깊숙한 곳에 사라진 돈이 있었다.

애나는 울면서 맹세컨대 돈을 훔치지 않았다고 항변했지만, 그녀를 해고하는 것 외에 달리 할 수 있는 일이 없었다.

나 또한 전혀 납득이 가지 않았다. 애나는 돈을 훔칠 만한 사람이 아니었고, 베는 애나가 사라지길 바랐으며, 현금을 발견한 사람도 베였다……. 앞뒤가 꼭 맞지 않는가?

하지만 나는 아무 말도 하지 않았다. 무슨 말을 해야 할지조차 몰랐다. 내 아내가 무서운 계략과 음모를 꾸미는 데 능한 사람이라고 생각하기 싫었던 것 같다.

베의 어머니에 관해서도 아무 말도 하지 말았어야 했다. 하지만 그날 밤, 블랜치가 베의 어머니의 사인을 가르쳐준 바로 그 당일에 나는 망할 입을 열고 말았다.

"당신 어머니, 추락사했다고 말한 적 없잖아."

베가 노트북에서 눈을 떼고 고개를 들어 나를 보았다. 얼굴이 화면에서 나오는 희미한 불빛에 잠겨 있었다. 베는 안경을 쓰고 거무스름한 머리를 대강 틀어 올렸는데, 불현듯 그녀가 아주 어려 보였다. 세련되고 정돈된 평소의 베와 몹시 달랐다.

나쁘지 않았다.

"그래서?" 마침내 베가 입을 열었다. "엄마가 급작스럽게 돌아가셨다고 말했잖아."

"그랬지. 하지만 술을 너무 많이 마셔서 돌아가신 거라며."

베는 시선을 다시 화면으로 돌렸다. 키보드를 따라 손가락이 타닥타닥 소리를 냈다. "맞아. 엄마가 술을 너무 많이 마시다가 추락해버렸어."

허탈해진 내가 식탁을 가로질러 베의 노트북을 닫아버리자 베는 외마디 비명을 내질렀다. "그래, 하지만 그렇게 말 안 했잖아. 나는 어머니가 간부전이나 간경변증, 뭐 그런 거로 돌아가신 줄 알았어. 사고였으리라고는 생각도 못 했다고." '사고'라는 단어를 말할 때 숨이 턱 막혀왔다.

베는 빠르게 노트북을 다시 열면서 말했다. "사고 맞아. 추락한 엄마를 내가 발견했는데, 진짜 끔찍했어. 덕분에 다시 생각나고 좋네. 이런 이야기를 당신하고 해서 아주 기뻐."

"그런 식으로 말하지 마."

베가 다시 나를 쏘아보았다. 베가 분노할 때마다 피어나던 붉은 반점이 목을 타고 올라오고 있었다.

"블랜치랑 우리 엄마 이야기는 왜 한 건데?" 베가 물었다. 젠장. **젠장.** 신중하게 접근했어야 했는데, 머릿속의 끔찍한 생각들을 얼른 잠재우고 싶은 나머지 베가 정보의 출처를 정확히 꿰뚫으리라고 예상하지 못했다.

"오늘 블랜치의 집에 갔을 때 이야기가 나왔어." 내 말에 베가 빈 정대며 웃음을 터뜨렸다.

"그래, 소소한 잡담거리로 그만한 주제가 없지. '이봐, 당신 부인의 어머니가 어떻게 죽었는지 알아?'"

"나쁜 년처럼 말하지 마." 나는 자세를 곧게 펴며 말했다. 베에게 이런 식으로 말한 건 처음이었지만 베는 아무런 대꾸도 하지 않았다. 베는 다시 노트북으로 시선을 돌리며 금요일 밤 10시까지 처리해야만 한다는 어떤 이메일에 집중했다.

그날 밤 우리의 대화는 그걸로 끝이었다. 침대에서는 서로 등을 돌리고 누웠다. 베의 엉덩이 곡선이 내 엉덩이에 닿아 있었다. 베를 깨워 섹스로 화해할 수 있을지 떠볼까 하고 잠시나마 생각했다.

하지만 섹스로 해결될 것 같지 않았다.

나는 그대로 누워 베의 어머니가 계단 밑에 쓰러져 주변이 피로 흥건해지는 모습을 떠올리지 않으려 애썼다.

계단 꼭대기에 선 베가 어머니를 내려다보는 모습을 상상하지 않으려 애썼다. 하지만 그럴수록 이미지가 너무나 생생하고 쉽게 그려져서 결국에는 사진처럼 선명해졌다.

내가 어떻게 해야 할까.

내가 결혼한 사람이 그런 사람이었나? 자신의 어머니를 죽일 수 있는 사람?

베가 그런 사람이라고는 진심으로 생각하지 않았다. 그날 밤, 그녀가 블랜치를 죽이기 전까지는.

34

내가 호수에 왜 갔는지 나도 모르겠다.

어쩌면 트립이 우리 집에 들러서 함께 호수에 가겠냐고 물어봤기 때문일 수도 있다. 나는 베가 트립을 초대했다는 사실을 모르고 있었다.

트립과 나는 친구니 뭐니 하는 사이가 전혀 아니었다. 하지만 뭔가, 여자애들(**여자들**이라고, 제인이 정정해준 적이 있다)끼리 호수에 놀러 갔다가 갑자기 베가 트립에게 합류하라고 문자메시지를 보냈다는 사실이…… 이상했다.

그 당시 트립은 슬픈 강아지 같은 눈으로 베를 바라보곤 했는데, 나는 그게 블랜치가 대놓고 내게 관심을 보이기 때문이라고 생각했다. 트립 안의 애착인지 결핍인지 하는 것이 블랜치에게서 베한테로 옮겨갔나 보다 했다.

그래도 거슬리긴 거슬렸다.

그래서 베가 트립을 불러들였다는 사실이 신경 쓰였다. 트립이 떠나고 한참 뒤에도 나는 거실에 가만히 앉아 아픈 치아를 살피듯 생각을 곱씹었다.

베는 왜 트립을 불렀을까? 베는 트립을 좋아하지도 않았고, 이번 주말여행은 여자애들끼리 추억을 쌓는 게 목적이었을 텐데.

에디가 도착했을 때 별장은 어둡고 텅 비어 있었다.

아니, 그런 줄 알았다. 거실에 서서 아무도 없느냐고 외치는데, 이 윽고 위층에서 코 고는 소리가 들려왔다.

손님방에서 트립이 곯아떨어져 있었다. 입을 벌리고 손을 침대 밑으로 떨어뜨린 채였다. 트립이 코 고는 소리는 깊으면서도 콧물에 막힌 듯 답답했다. 게다가 숨을 내뱉기까지 시간이 좀 걸리는 듯했는데, 무언가 이상하다는 생각이 에디의 머리를 스쳤다. 자연스럽지 못하다고 해야 할까.

하지만 트립은 워낙 술꾼인 데다 어쩌면 원래 이런 소리를 내는지도 몰랐다.

보트는 보이지 않았고 별장 안에는 세 사람이 머문 흔적이 남아 있었다. 블랜치의 가방이 문가에 걸려 있고, 트립의 열쇠가 조리대 위에 놓여 있으며, 조리대 옆으로 보이는 의자 중 하나에 베의 작은 여행용 가방이 올려져 있었다.

에디는 거실에 서서 허탈한 한숨을 내쉬었다. 내가 등신이지, 베와 블랜치는 보트를 가지고 나가서 즐거운 시간을 보내고 있는데 나만 블랜치가 내뱉은 터무니없는 말 때문에 괴로웠구나, 그렇게 중얼거렸다.

그때 뒷문을 내다보다 그녀를 발견했다.

베였다. 베가 흠뻑 젖은 몸으로 부두 위를 걸어오고 있었다.

에디는 알았다.

베도 에디가 안다는 것을 알았다. 에디는 그때 베의 표정을 죽는 날까지 기억할 것이다. 앙다문 입과 힘이 들어간 턱, 내려간 어깨를. 마치 **해볼 테면 해봐, 비열한 새끼**라고 말하는 듯 쳐든 고개를.

364

적어도 처음에는, 에디는 바른 판단을 내렸다. 베를 품에 안고 이해한다고 말해주기로 한 것이다. 블랜치가 베에 대해 끔찍한 이야기를 떠벌리고 다니는데 베가 달리 뭘 할 수 있겠는가? 베는 자기 자신과 에디를, 두 사람이 쌓아온 모든 것을 보호하려던 것이다. 게다가 참 똑똑하지 않은가? 트립을 불러들여 뒤집어씌울 생각까지 하다니. 사람들은 트립이 만취했다고 말할 것이다. 그러다 트립과 블랜치가 싸웠으며 트립이 블랜치를 때렸다고, 심하게 때렸다고 추측할 것이다. 베는 가장 친한 친구인 블랜치를 구하려 했지만 베 역시 술에 취했고 날이 너무 어두웠다. 그래도 베는 참 용감했다. 물에 뛰어들어 헤엄쳐서 도움을 요청하려 했으니까.

베는 미소를 지으며 뒤꿈치를 들고 발끝으로 서서 에디에게 키스했다. "당신이 이해해줄 줄 알았어."

그때 에디가 베를 붙잡고 팔로 그녀의 코와 입을 막았다. 베는 두 발을 허우적대다 손가락으로 에디의 셔츠 단추를 하나 뜯었는데, 에디는 며칠 후 베가 밀실에서 안전한 상태가 되고 나서야 단추가 뜯겨나간 사실을 알게 되었다.

안전한 상태.

에디는 그렇게 되뇌었다.

나는 베를 경찰에 넘길 수 없었다. 베가 감옥에 가게 내버려 둘 수도 없었다. 계획적인 살인인 데다 앨라배마주는 사형제를 시행하고 있으며 경찰이 죽은 베의 어머니에 관해 나와 똑같은 의문을 품고 추가 조사에 들어갈 수도 있었다.

(재판이 시작되면 사업도 망할 게 분명했다. 누가 살인자에게서 반짝이는 액세서리를 사겠는가.)

하지만 동시에, 베가 계속해서 이런 일을 **벌이도록** 그냥 놔둘 수도 없는 노릇이었다. 다음번에 또 누군가가 베의 뜻대로 움직이지 않으면 베는 그 사람을 죽여버리고 말 터였다.

밀실이 해결책이었다.

가장 영리한 방법도, 최선의 방법도 아니지만, 젠장, 다른 방법이 없었다.

아까보다 고통이 덜하다. 어쩌면 그저 익숙해진 것인지도 모르지만. 어느 쪽이든, 몸을 조금 더 가눌 수 있게 되었다. 속이 다시 요동치지만 상체를 일으켜 세워 앉았다.

제인.

나는 사실 제인을 사랑하지 않았다. 이제야 알겠다.

사랑하고 싶었다. 정말 많이. 처음에는 너무도 쉬울 것 같았다. 다른 사람을 사랑하고, 새 출발을 하고, 베와의 모든 일을 뒤로하고, 베가 한 짓을, 내가 한 짓을, 우리가 한 짓을 잊어버린 채 제인과 다시 시작할 수 있을 것만 같았다. 똑똑하고 재미있는, 내게서 좋은 면만 보고 나쁜 점은 전혀 보려 하지 않는 제인과.

베는 결국 내 가족사를 알아냈다. 내가 열여덟 살 때부터 어머니

나 형과 연락을 끊었다는 사실을. 어머니와 형은 아무 잘못도 하지 않은 좋은 사람이었지만 유일한 죄가 있다면 평균에도 미치지 못한 내 어린 시절을 자꾸 떠오르게 한다는 것이었다.

하지만 제인은 몰랐다. 서던 매너스에서 쓰는 내 공식 이메일 주소로 어머니가 아직도 연락을 해온다는 것과, 그러면 나는 메일을 보자마자 삭제해버린다는 것을. 형이 크리스마스카드를 보내려 하면 변호사들에게 형이 나를 괴롭히고 있다는 티를 내서 형을 공격하게 부추긴다는 사실도 제인은 전부 몰랐다.

제인과 함께라면 나는 백지상태에서 시작할 수 있었다.

하지만 그러면서도 새 출발이 결코 그리 쉽지 않으리라는 걸 어렴풋이 알고 있었다. 나는 사업을 지키기 위해 베를 숨겼고 세상이 그녀를 살인자로 기억하기보다 죽었다고 생각하는 편이 낫다고 나 자신을 설득했을지는 모르나, 사실은…… 차마 베를 포기할 수 없었다.

진실은 그렇게나 단순했다. 그렇게나 섬뜩했다. 젠장.

나는 아직 베를 사랑하고 있었다.

일이 이렇게 된 이유는, 그야말로 엉망이 되어버린 이유는 사랑 때문이다. 베를 외부 세계에서, 그녀 자신에게서 구해내고 싶었다.

"이게 당신한테 최선이야." 밀실에 데려온 첫날 밤 나는 베에게 말했다. 베는 물끄러미 나를 쳐다보았는데, 혼란스럽기도 하고 화도 나고 어쩌면 조금 겁에 질린 것 같기도 한 표정이었다.

당시에는 그게 베를 위한 최선의 선택이라고 믿었다. 그 생각은 변함없다. 그런데 빌어먹을, 이제 베는 자유의 몸이 되어 이 집에 제인과 함께 있다. 내가 진작 놓아줘야 했던 쾌활한 제인과 함께 있다. 제인을 기만해서는 안 됐다. 베의 방에 드나들며 베를 마주 보고, 대화를 나누고, 그녀와 잠을 자는 와중에 제인에게 청혼해서는 안 되었다. 하지만 나는 제인에게 그녀가 **바라는** 것을 주고 싶었다. 어리석게도, 가능할지도 모른다고 생각했다. 우리 모두가 결국 원하는 바를 얻는 출구가 있으리라고 생각했다.

나는 제인과 베를 모두 원했다. 두 사람 중 누구도 쉽게 포기할 수 없었다. 그래서 위층에는 베를 두고, 제인에게는 결혼을 약속함으로써 곁에 두었다. 그 결과 우리는 모두 엉망이 됐다.

제인이 언젠간 알아챌 거라고 예상했어야 했다. 제인은 이미 나를 의심하고 있었고, 순진한 여학생처럼 굴면서도 그 속엔 칼을 품은 듯 날카로운 면이 있었다.

그런데 나는 어떠한가? 호기심이 많고 충동적이며 탐욕스럽다.

나는 신음을 내뱉으며 무릎으로 섰다. 탈출이 불가능한 방에 갇혀 있을 뿐 몸이 결박된 건 아니었다.

사실 탈출이 완전히 불가능한 방도 아니다. 출구가 있긴 있다. 줄곧 있었다. 이 망할 놈의 방을 지은 사람이 나이기 때문에 오직 나만이 알고 있는 출구다.

하지만 위험하다. 무모한 방법이다. 죽을 수도 있다.

그래도 시도해야 한다.

Part 11

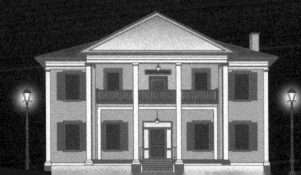

35

"에디한테 들은 것과는 영 딴판이네요."

나는 복도에 그대로 서 있었다. 망할 파인애플 장식으로 에디를 후려친 탓에 아직도 팔이 쑤셨다. 힘을 너무 세게 주었고, 의도한 건 아니었지만 괴상한 지점을 타격하고 말았다. 아직도 뼈가 으스러지던 느낌과 카펫 위로 떨어진 치아가 생생하게 떠오른다. 우리는 에디를 방 안에 남겨두고 문을 닫아 잠갔다. 방 안에서는 아무 소리도 나지 않았다. 그가 의식이 있다거나 살아 있다는 기척조차 들리지 않았다.

그리고 베 로체스터가 지금 내 앞에 서 있다.

살아서.

에디가 **빌어먹을** 밀실에 베를 가뒀다. 아, 그뿐 아니라 베에게 내 이야기도 한 모양이다.

이 모든 상황이 다 기이해서 어떻게 대답해야 할지 고민하는 사이 머릿속이 백지장처럼 하얗게 변했다. 나는 결국 더듬더듬 입을 열었다. "겨⋯⋯경찰이요. 경찰을 불러야⋯⋯."

371

"우선." 베가 크게 한숨을 내쉬며 말했다.

"술부터 좀 마셔요, 젠장."

베는 내가 줄곧 상상해왔던 모습 그대로 자신감 넘치고 흔들림 없는 태도로 계단을 내려갔다. 고개를 높이 든 베는 동작 하나하나에 확신이 있었다. 나는 두 팔로 허리를 감싼 채 베의 뒤를 따르며 지금 내가 오늘 아침에 입은 운동복 차림이 아니었다면 좋았을 텐데, 하고 생각했다.

아래층에 내려오니 베는 이미 주방 창고에 들어서고 있었다. 주방과 세탁실 사이의 좁은 창고에는 작은 개수대와 와인잔, 와인 몇 병에다 에디가 좋아하는 위스키까지 구비되어 있었다.

나는 베가 보관함을 여는 동안 뒤에서 머뭇거렸다. 베의 두 눈이 나무 보관함의 좁은 칸칸마다 자리한 와인병을 훑었다. "에디랑 2009년산 무통 로칠드를 마셨어요?" 베가 어깨 너머로 흘끗 나를 보며 물었다. 나는 차렷 자세로 서 있었다. 에디의 머리를 힘주어 가격한 뒤로 팔이 계속 아팠다.

베의 질문에 마치 내가 다른 사람을 사칭하고 다니는 사람이 된 것 같았다.

게다가 베는 어찌나…… 침착한지 믿기지 않았다. 어떻게 이런 상황에서도 평정심을 잃지 않을 수 있는지. 나는 온 세상이 뒤집힌 기분인데, 베는 와인이나 고르고 있다.

베는 고개를 저으며 손가락으로 춤을 추듯 병을 훑었다.

"2007년산은 아직 있구나. 이거면 되겠어."

베는 구석에 숨은 와인병을 뽑아 들고는 개수대 밑에 달린 선반에서 잔 두 개를 미끄러지듯 꺼내 들었다. 매끄럽고 몸에 밴 동작이었다.

나는 처음으로, 이곳이 정말 **베의** 집이었다는 사실을 깨달았다. 결코 내 집일 수 없고, 에디의 집도 아니었다.

주방과 식사 공간 사이에서 잠시 멈춰선 베는 다시 내게 흘끗 시선을 보냈다.

"코르크 마개 오프너 좀 가져와요. 그렇게 해줄 수 있죠?"

어쨌거나 내가 할 수 있는 일이었으므로 나는 주방에서 서랍 하나를 열고 오프너를 꺼낸 다음 베를 따라 식탁으로 갔다.

베는 와인을 따서 각자의 잔을 채우고는 내게 앉으라고 손짓했다. 베는 식탁 상석에 자리를 잡았는데, 나는 그 맞은편에 앉아야 할지 잠시 고민했다. 중세 시대 여왕들처럼 서로 마주 보는 게 좋을까?

결국 나는 베의 대각선 왼편에 앉았다. 바로 옆자리가 아니라 의자를 하나 건너뛴 자리였다. 그렇게 어느 정도 간격을 유지하면서도 오크나무 식탁의 축구장만 한 길이만큼 멀어지지는 않도록 했다.

베가 앉은 자리는 그녀가 몇 년 전 〈서던 리빙〉에서 인터뷰할 당시 사진을 찍으며 자세를 취했던 바로 그 위치였다. 다만 지금은 주름진 실크 잠옷 차림에 손톱이 너덜너덜했다. 하지만 엉망으로 흐트러진 모습 안에서도 내가 아주 오랜 시간 상상해온 베 로체스터를 발견할 수 있었다. 피부는 창백하고 어깨 위 다듬지 않은 머리는 끝이 갈라져 부스스한 데다 눈 밑으로는 다크서클이 짙게 드리웠지만, 베는 베였다. 깅엄 체크와 과일 모양 그릇으로 제국을 건설한 여자, 자신이 누려본 적도 없는 생활양식을 마치 타고난 것처럼 악착같이 익혀서 하나의 브랜드를 세운 여자였다.

바로 그 과일 모양 그릇 하나가 지금 식탁 위에 놓여 있고, 그 안에는 레몬이 가득하다. 베는 손을 뻗어 그릇을 가까이 끌어와 레몬 하나를 집어 들고는 두 손으로 굴리며 생각에 잠겼다.

나는 이제 잔을 들어 깊이 한 모금 마셨다. 붉은 포도주의 그윽한 쌉쌀함이 혀를 감돌았다. 베는 두 손바닥 사이에서 레몬을 왔다 갔다 굴렸다.

마침내, 베가 다시 레몬을 그릇에 되놓고 나를 바라봤다.

"제인."

"베." 내가 똑같은 어조로 답하자 베가 미소를 지어 보였다. 음, 사실 한쪽 입꼬리만 올라간 비웃음에 가까웠다. 바로 저 표정을 에디의 얼굴에서도 본 적이 있다. 베가 에디에게서 배운 걸까, 아니면 그 반대일까?

베가 두 손을 펼쳐 보이며 물었다. "우리, 이제 어쩔까요?"

우리라는 표현이 마음에 들었다. 베가 나를 바라보는 방식도 좋았다. 개를 산책시키는 제인도 아니고 자신의 나쁜 남편에게 속아서 결혼까지 갈 뻔한 불쌍한 어린 여자도 아닌, 있는 그대로의 나를 봐주는 눈빛이었다. 진짜 나를.

나는 와인병을 들어 내 잔을 가득 채웠다. 베의 잔은 아직 가득 차 있었다. 나는 병을 다시 식탁에 내려놓으며 둔탁한 소리를 냈다. 바깥에서는 폭풍이 거세게 일어 빗물이 유리에 후드득 튀었고 천둥이 몇 분 단위로 집을 뒤흔들었다. 위층에서도 이따금 쿵 소리가 들려오는 것 같지만, 바깥 소리와 구별이 되지 않았다.

나는 밀실 바닥에 널브러져 있을 에디를 떠올리며 죄책감이나 후회, 혹은…… 무언가가 느껴지기를 기다렸다.

하지만, 메스꺼운 안도감만 들었다. 내가 옳았다. 내가 품었던 의심과 불길하다고 여겼던 예감은 모두 내게 진실을 말하고 있었다. 본능이 그 어느 때보다 날카롭게 작동한 것이다. 이제 베도 안전하다.

"경찰에 알려야 해요." 내가 또다시 주장했다. "사건의 전말을 다 알리자고요. 전부 다."

베가 내 말을 곱씹으며 고개를 끄덕였다. "전말이라. 전말이 뭐라고 생각해요?"

트립을 만나고 일기장을 발견한 후로 내내 마음이 어지러웠지만, 나는 지난 몇 년 사이의 일들로 우물쭈물할 시간에 빠른 결단을 내리고 가능한 한 빨리 충격에서 벗어나는 데 익숙해져 있었다. 살아남으려고 기른 능력이었다.

그리고 그 생존 능력이 지금 제 역할을 톡톡히 해내고 있다.

"블랜치는 죽은 게 맞다고 생각해요." 내가 베에게 말했다. "다만 모두의 생각처럼 우연한 사고는 아니었겠죠."

"두 사람은 바람을 피우고 있었어요."

베는 온화하게 말했지만 턱 근육이 떨리고 있었다. 베는 잠깐 이를 악물었다가 말을 이었다.

"물론 에디는 내가 절대 모르리라고 생각했지만 나는 거의 시작 단계부터 알았죠. 에디는 자기가 똑똑한 줄 알지만 별로 그렇지 않아요."

나는 에디가 "환절기"가 어쩌고 "다락방 너구리"가 어쩌고 하면서 위층에서 나던 소리를 변명하던 것이 떠올라 코웃음을 치며 와인잔을 집어 들었다. 발밑의 땅이 더욱더 단단하게 느껴지기 시작했다.

"그런데 블랜치가 양심의 가책을 느꼈나 봐요. 우리는 어릴 때부터 친구였으니까 이제 와서 의리를 지켜야 한다고 생각했던 건지. 아니면, 하, 그저 나를 약 올리고 싶었을 수도 있고요. 아무튼 블랜치는 나한테 다 털어놓을 생각으로 그 주말에 같이 호수에 가자고 한 거예요."

베는 와인을 우아하게 한 모금 마셨다. "에디도 눈치챘던 것 같아요. 내가 알게 되느니 차라리 블랜치를 죽여버리는 편이 낫다고 생각한 거고."

다만 블랜치를 초대한 사람은 베였다. 그들이 간 곳은 베의 호숫가 별장이었다.

나는 살짝 얼굴을 찌푸렸지만 아무 말도 하지 않았다. 베가 말을 이었다.

"참 에디다운 생각이에요. 물론 에디는 늘 케이크를 한 조각이라도 더 먹으려고 기를 쓰고, 타석에서 공을 한 번이라도 더 휘두르려고 발버둥 치는 사람이죠. 하지만 이 모든 것이," 베는 이 집과 동네, 아마도 그들의 삶 전체를 가리키는 듯 두 손을 펼쳐 보였다.

"내 것이라는 걸 모를 정도로 바보는 아니었어요. 가만히 이혼을 당할 순 없었겠죠?"

"그렇다면 왜 당신은 살려두었죠?" 차분하게 나오는 말과 달리 내 심장은 다시 빠르게 뛰기 시작했다. 이건 진실이 아니니까. 베가 하는 말에는 조금의 진실도 없었다.

베는 확실히 거짓말을 그럴듯하게 했다. 에디보다 낫다. 하지만 나는 알아차렸다. 베가 하는 말은 전혀 앞뒤가 맞지 않는다.

베는 몸을 앞으로 숙이며 식탁 위로 팔짱을 꼈다. 잠옷 소매가 위로 올라가자 베의 얇고 우아한 팔목이 드러났다.

"그 이유는 정말 모르겠어요." 베가 인정했다. "알다시피 곰곰이 생각해볼 시간이 좀 있었는데, 내 생각에는……."

"에디는 당신을 사랑했어요." 입 안에서 빚어내는 단어 하나하나가 아렸다. 베가 내게 들려주는 이야기는 전혀 말이 되지 않았지만, 어쩐지 이 설명은…… 말이 됐다.

에디는 베를 사랑했다. 여기서 일어난 모든 일이 엉망으로 뒤틀렸으며, 에디는 더 잔인해질 수 있었다. 에디가 존에게 어땠는지 나는 생생히 기억한다. 베가 방해된다고 판단했다면 에디는 그녀를 죽여버릴 수 있었다.

하지만 베는 아직 여기 있다.

베가 나를 봤다. 아주 잠시, 자신감 넘치던 모습이 흔들렸다. 베가 예상하지 못한 대답이었던 것이다.

나는 베가 시선을 식탁 위로 떨어뜨리는 모습을 지켜봤다. 잠시 후 베는 고개를 들고 어깨를 으쓱했다. "어쩌면 그럴 수도 있겠죠. 뭐, 어찌 됐든 내가 해줄 수 있는 이야기는 이래요. 에디는 블랜치를 살해하고 내가 죽은 것처럼 꾸미고는 나를 이 집에 가뒀어요. 마치 빌어먹을 고딕 소설의 한 장면처럼 말이죠. 그러는 사이 개를 산책시키던 어리고 순진한 여자를 유혹했고요."

베가 눈썹을 치켜세웠다. "어떻게 생각해요?"

나는 와인을 찬찬히 길게 한 모금 마셨다. "가능한 진실 같아요."

"하지만 마음에 들지는 않는군요."

마음에 들지 않았다. 베의 말대로라면 나는 어느 비극에 등장하

는 순진한 처녀였다. 잘생긴 얼굴과 거액의 은행 계좌에 속아 넘어
간 바보.

하지만 나는 피해자가 되고 싶지 않았다.

나는 의자 깊숙이 등을 기대고 앉아 베를 바라봤다. 와인 때문인
지 베의 얼굴은 전보다 혈기가 돌았고 흐트러진 머리와 잠옷 차림
에도 거의…… 우아해 보였다.

"어떻게 그렇게 담담할 수 있나요?" 내 물음에 베가 식탁 너머로
나와 눈을 마주쳤다. 베의 눈은 아름다웠다. 크고 색이 짙으며, 마
스카라를 바르지 않았는데도 속눈썹이 빽빽했다.

"그러는 제인은요?" 베가 응수했다.

"사랑하는 남자가 살인자인 것도 충격인데 그의 죽은 아내가 살
아서 돌아왔잖아요. 조금은 소리를 지르거나 울어야 하는 거 아니
에요?"

나는 아무 대답도 하지 않았다.

"내가 어떤 생각을 하는지 아나요?" 베가 말을 이었다. "나는 에
디가 우리 두 사람에게 빠진 이유가 있다고 생각해요. 아니."

내가 이의를 제기하려 하자 베가 한 손을 들어 막았다.

"에디는 진심으로 당신을 좋아해요. 아니었다면 자기 인생에 제
인을 끌어들이는 위험을 감수했을 리가 없어요. 그런데 말이죠, 제
인. 내 생각에 우리는 참 많이 닮았어요."

"제인은 내 진짜 이름이 아니에요." 나도 모르게 튀어나온 말에
베가 미소를 지었다.

"베도 내 진짜 이름이 아니죠."

"알고 있어요." 내가 말했다. "트립에게 들었죠."

베가 눈을 치켜떴다. "망할 인간."

베가 어떤 마음인지 알기에 나는 웃음을 터트릴 뻔했다. 그래도 여전히 이 모든 일에는 무언가 참⋯⋯ 이상한 점이 많다. 내가 상상할 수 있는 가장 끔찍한 일을 막 겪은 여자치고 베는 너무나 차분하고 침착하며 평온하다.

그때 베가 몸을 앞으로 기울이고 말했다. "에디는 제인이 나와 전혀 다르다고 했는데, 틀린 것 같네요."

나는 여왕처럼 앉아서 새빨간 거짓말을 늘어놓는 베를 바라보며 방금 저 말이 지금껏 그녀의 입에서 나온 말 중에서 유일한 진실임을 알았다.

Part 12

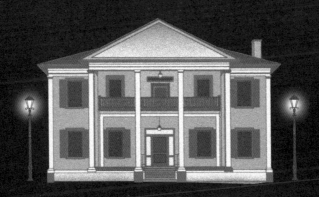

비

36

에디는 당신을 사랑했어요.

제인의 입에서 저 말이 나왔을 때 왜 그리도 멍해졌는지 모르겠다. 어쩌면 제인이 그 누구보다도 저 말을 인정하고 싶지 않을 사람이기 때문일지도 모른다.

하지만 제인은 거짓말에 능한 사람이다.

보면 알 수 있다. 에디의 말처럼 그저 어린 여자가 아니다. 에디는 상상이나 했을까? 제인이 파인애플 은장식으로 자기 얼굴을 박살 내고 호수 밑바닥에서 썩어가는 줄 알았던 나와 여기 함께 앉아 와인을 마시리라고.

나는 이 여자애가 마음에 든다. 제인의 이런 면을 보지 못한 에디가 안타까울 지경이다.

아니, 어쩌면 에디 역시 이런 모습을 좋아했을지도 모른다.

에디는 이미 알았을 수도 있다. 인정하기 싫었을 뿐 제인이 나와 비슷하다는 사실을 알았을지도 모른다.

애초에 그런 점 때문에 제인에게 끌렸다는 것 또한 알았을 수도.

제인이 와인을 한 모금 더 마셨다. 제인은 자그마하고 창백하며, 머리색은 금발과 갈색 사이 어디쯤인데 그다지 예쁘지는 않았다. 옷차림은 이 동네 다른 여자들을 어설프게 따라 한 모양새였다. 그 정도면 에디를 속이기에 충분했을지 모른다. 하지만 에디는 제인의 두 눈을 들여다봤어야 했다.

제인의 두 눈이 전부 다 말해주고 있다.

자, 보라. 제인은 내 옆에 차분하게 앉아서 고개를 끄덕이지만 두 눈은 불타오르듯 반짝인다. 제인은 내가 들려주는 '실제로 일어난 일'을 전혀 믿지 않는다. 불륜, 에디가 블랜치를 죽인 것, 나를 감금한 것, 트립에게 죄를 뒤집어씌운 것. 나는 제인이 에디를 더 영악한 사람이라고 생각하고 있을 줄 알았는데, 오판이었을지도 모른다.

오히려 지금 제인을 보고 있자니 블랜치가 떠오른다. 장례식을 치른 후의 블랜치가.

"와줘서 정말 고마워." 베가 블랜치를 꼭 안았다. 검정 원피스를 입은 블랜치의 마른 몸이 품에 들어왔다. 베는 검은 옷 대신 서던 매너스의 올가을 시즌 대표 색상인 짙은 자주색을 택했다.

블랜치도 베를 끌어안고 유감이라는 말을 반복했지만, 블랜치가 떠날 때 베는 그녀의 두 눈에서 무언가를 포착했다. 의심의 눈초리라고는 할 수 없었다. 블랜치가 그 정도로 사건을 비약했을 리는 없다. 하지만 완전히 수긍하지도 못한다는 걸, 베는 알 수 있었다. 석연찮은 점이 무엇인지 블랜치가 결코 입 밖에 내지 않고, 그런 생각이 드는 것조차 스스로 용납할 수 없다고 해도.

그날 밤, 베는 어머니의 집에서 가져온 윙백 체어에 앉아 와인을 한 병 다 비웠다. 지긋지긋했던 유년 시절을 보낸 집에서 유일하게 가져오고 싶던 물건이었다. 와인 덕분에 정신이 몽롱하고 흐릿해져 계단으로 떨어지기 직전 어머니의 얼굴도 떨쳐버릴 수 있었다.

어머니는 취해 있었다. 그 부분만큼은 사실이다. 가장 최근에는 어떤 도피의 맛에 빠져 있었는지 모르겠지만, 완전히 취해 흐리멍덩한 상태였다. 아마도 신경안정제였을 것이다. 베는 어머니가 쉰세 살보다 훨씬 더 나이가 많은 여자처럼 발을 느리게 질질 끌며 복도를 걷는 모습을 지켜보았다.

베는 어머니에게 복도에 깔아놓은 계단 근처의 저 길쭉한 융단을 좀 치워버리라고 말했지만, 당연히 어머니는 들은 체도 하지 않았다. 그러고 나서 바로 어머니가 계단을 구른 것은 아니었다. 발을 헛디뎠다. 그 정도로는 충분히 무사할 수 있었다.

베는 자신이 어머니를 밀어버린 이유를 확실히 설명할 수 없었다. 다만 눈앞에서 어머니가 발을 헛디뎠는데, 그때 베의 가슴속에서 기뿜이 가득 차올랐고, 그저 손을 뻗어⋯⋯ 밀어버리는 게 세상에서 가장 자연스러운 일처럼 느껴졌을 뿐이다.

어머니의 얼굴에는 두려움도, 공포도, 충격도 없었다. 추락하는 순간에도 늘 그렇듯 멍하고 어리둥절한 얼굴이었다.

베는 장례식에서 문득 운이 좋았다는 생각이 들었다. 어머니가 발목이 부러지거나 쇄골이 골절되는 데 그쳤다면 더 복잡한 설명이 필요했을 것이다. 하지만 어머니는 계단 끝의 기둥 장식 모서리에 머리를 세게 부딪쳤다.

어머니가 곧바로 숨을 거둔 것은 아니지만, 베가 어머니를 내려다보니 부상이 죽음에 이를 정도로 심각하다는 것을 알 수 있었다. 어머니의 머리 주위로 벌써 피가 고여 붉은색 웅덩이를 이루고 있었다.

그럼에도, 베가 다음 날 아침이 아니라 그 즉시 911을 불렀다면 아마도 어머니는 살 수 있었을 것이다. 아침에 일어나 계단 밑에 쓰러져 있던 어머니를 발견했다고 할 게 아니라 밤늦게라도 911에 전화를 걸어 방금 쿵 소리를 들었다고 주장했다면 말이다. 최종 사인은 과다출혈이었으니까.

하지만 어머니는 계단 밑에서 밤새 혼자 쓰러져 있었고, 솟구친 피가 견목 바닥을 서서히 물들여갔다.

몇 달 동안 베는 언제 불편한 마음이 찾아올지 기다렸지만 결국 마지막까지 느껴지는 감정이라고는 해방감밖에 없었다.

그리고 베는 몇 년간 머릿속에서 그 일을 거의 잊고 지냈다. 에디조차도 베의 어머니가 어떻게 죽었는지 그 진실을 알지 못했다. 베는 에디에게 어머니의 음주 습관이 나빴다는 막연한 이야기만 들려주었고, 에디 역시 자신의 과거에 대해 그만큼 모호한 태도를 유지했기 때문에 깊이 파고들지 않았다. 그러다 블랜치가 죽기 몇 달 전에 다시 베어머니의 죽음 이야기가 나온 것이다.

베와 블랜치는 베가 에디와 사귀기 시작한 뒤에 종종 찾던 멕시코 음식점에서 저녁 식사를 하고 있었다.

그간 두 사람 사이에 긴장이 감돌긴 했지만(지금 이 시점은 에디와 블랜치가 함께 점심을 먹는 모습을 베가 발견하고 욕실에서 트립과 섹스한 후다. 그렇다고 블랜치가 이 사실을 알게 된 것은 아니었다) 그날 밤 블랜치가 잔뜩 화를 내리라고는 베도 예상하지 못했다.

"모르는 거지?" 블랜치의 물음에 베는 블랜치를 뚫어져라 쳐다보았고 결국 블랜치가 먼저 눈길을 돌리고 말았다.

"에디 말이야. 너의 그 빌어먹을 모든 것이 가짜라는 걸. 전부 다." 블랜치가 한쪽 팔을 허공에 흔들었다.

"서던 매너스가 사실상 내게서 훔친 거라는 걸."

"블랜치, 세상이 너를 중심으로 돌아가지는 않아. 받아들이긴 어렵겠지만. 그러니까 내가 다시 한번 말해줄게. 세상은 너를 중심으로 돌아가지 않는단다." 맥박이 빠르게 뛰었지만 베는 침착하게 답했다.

블랜치는 뾰로통한 얼굴로 술을 한잔 더 마셨다. 블랜치가 원래 이런 식으로 나오는 애였나? 아니면 트립과 결혼하고 변한 걸까? 베는 궁금했다.

이제 블랜치는 트립과 외모까지 비슷해 보였다. 머리는 트립과 똑같은 모래색에다 길이는 거의 트립만큼 짧았다. 하지만 트립과 달리 블랜치는 꼬챙이처럼 말랐다. 바구니에서 감자칩을 집는 블랜치의 손목에서 팔찌 여러 개가 젱그렁거렸다. 베는 자기도 모르게 팔찌를 찬찬히 살폈지만 눈에 익은 게 없었다. 저 팔찌 중 어느 것 하나도 서던 매너스 제품이 아니었다. 전부 케이트 스페이드 제품이었다. 베는 미간을 찡그렸다.

블랜치가 그런 베의 표정을 봤다.

"뭔데?"

블랜치는 들고 있던 감자칩을 먹지 않고 잘게 조각냈고 베는 손을 뻗어 부스러기 더미를 닦아냈다.

"팔찌가 필요하면 말해. 얼마 전에 새 제품군을 출시했거든. 너한테 몇 개 보내줄게."

블랜치의 입이 살짝 벌어지고 눈이 휘둥그레지더니 잠시 후 깜짝 놀란 사람처럼 큰 소리를 내며 웃었다. "진심이야?" 블랜치가 그렇게 묻자 주위 사람들이 이쪽으로 고개를 돌렸다.

베가 얼굴을 찌푸리며 몸을 앞으로 숙였다.

"제발 목소리 좀 낮춰."

"아니." 블랜치가 감자칩 자투리를 식탁에 떨어뜨리며 말했다.

"아니, 내가 너희 회사의 그 같잖은 보석을 안 샀다고 지금 나한테 화내는 거야? 지금 여기서 벌어지는 일이 정말 그게 맞아? 내가 너무 궁금해서 그래, **버사.**"

"유치하게 굴지 마." 베의 대답에 블랜치가 폭소를 터뜨리며 의자에 등을 깊숙이 기대고는 가슴 앞으로 팔짱을 꼈다.

"내가 지금 네 남편이 네 모든 게 다 거짓인 걸 아느냐고 묻고 있잖아. 그런데 너는 내 팔찌나 씹는 주제에 유치하게 구는 쪽이 나라는 거지?"

베는 불쑥 손을 뻗어 저 빌어먹을 팔찌를 찬 블랜치의 팔목을 잡아챘다. 베가 팔목을 쥐어짜자 블랜치가 비명을 내질렀다.

"취했어, 너." 베가 이를 악물고 말했다. "네 얼굴에 침 뱉는 거야. 트립한테나 가서 그러지 그래?"

그날 밤 저녁 식사는 일찍 파했고, 불과 이틀 뒤에 에디가 베에게 왜 어머니가 추락사한 사실을 말하지 않았느냐고 물었다.

그 순간 베는 에디와 블랜치 사이에 선을 넘는 일은 없었으며 블랜치는 베에게 상처 주길 바랐더라도 에디는 아니었음을 깨달았다. 블랜치는 살면서 처음으로 원하는 것을 얻지 못하자 이제 심통을 부리는 것이었다. 유일하게 남은 공격 수단을 써서.

다음 날 아침 베는 커피와 아침 대용 페이스트리를 들고 블랜치의 집 앞에 나타났다. 베는 자신은 질색하지만 블랜치는 좋아하는 글루텐이 함유되지 않은 빵도 하나 준비해갔다.

"화해의 선물이야." 그렇게 말하면서 베는 블랜치도 조금은 그 말을 믿고 싶고 상황이 예전으로 돌아가길 바란다는 것을 알 수 있었다.

호수 여행 역시 또 하나의 화해의 선물이었다. 베가 내민 또 하나의 올리브 가지*였다.

블랜치는 두 손으로 올리브 가지를 잡았다.

• 평화의 상징.

제인은 의자에 앉은 채 손가락 사이로 와인잔의 기둥을 빙그르르 돌렸다. 나는 제인이 머리를 굴리는 모습을 지켜봤다. 제인이 앞으로 어떻게 할 작정인지 정확히 예측할 수 없다는 점이 좋았다. 에디를 향한 그녀의 의리가 얼마나 얕은지 두 눈으로 확인하자니 이상하리만치 만족스러웠다.

결국 나는 에디를 잃지 않았다.

그 생각에 전율이 오르다니 참 놀랍다.

아니, 어쩌면 당연한 감정인지도 모른다. 일기장에 기록한 내용 중에서 일부는 그저 보여주기용으로 그간의 내 행적을 감추기 위해 적은 것이지만(사실, 일부가 아닌 대부분이 그러하다) 섹스만큼은? 에디에 대한 내 감정은?

모두 진짜였다.

그런데 그때 제인이 상체를 더 꼿꼿이 세우고 말했다. "경찰에게 알려야 해요. 에디가 한 짓을 알려야 해요. 에디가 대가를 치르도록 해야 해요."

제인이 나를 가지고 노는 걸까, 아니면 진심으로 하는 말일까? 조금 전까지 내가 그토록 즐기던 제인의 애매모호한 태도가 이제 거슬리기 시작했다. 나는 한 손을 내저으며 잔을 비워냈다.

"나중에요." 내가 말했다.

"경찰이 오면 쏟아지는 질문에 꼼짝없이 답해야 하는데, 단 몇 시간이라도 좀 밖에 나온 걸 즐길게요."

나는 주위를 둘러보며 덧붙였다. "제인, 이 집에서 바꾼 게 전혀 없네요? 그렇죠?"

제인은 대답 대신 몸을 더 가까이 기울이며 내 손을 잡았다.

"베, 우리가 여기 앉아만 있을 수는 없어요. 에디가 블랜치를 죽였어요. 당신도 죽일 수 있었고요. 어서 경찰에……."

"우린 그냥 가만히 있으면 돼요." 나는 그렇게 대답하며 제인의 손 밑에서 내 손을 획 빼내고 자리에서 일어섰다.

"결정을 내리는 단계에서는 언제나 스트레스가 크죠." 베는 직원들에게 일러두곤 했다. "일단 결정을 내리면, 다 된 거예요. 기분도 한결 나아지죠."

블랜치의 일도 그런 식이었다.

일단 블랜치를 죽여야겠다는 결정을 내리고 나니 나머지 일은 순조롭게 진행됐다. 베는 블랜치를 호숫가 별장에 초대한 다음 막판에 트립에게 문자메시지를 보냈다. 그도 그럴 것이, 이번에는 희생양이 필요했다. 사고 현장에 베 혼자 남아 있던 상황은 한 번으로 족했다. 그런 일이 또 한 번 일어나면 더는 발뺌하기가 어려울 것이다.

그래서 트립을 끌어들였다.

트립이 등장하자 블랜치는 불편한 심기를 내비쳤다.

"여자들의 트립trip이라고 생각했는데." 블랜치가 투덜대는 사이 트립은 벌써 소파로 다가가 블랜치의 옆에 자리를 잡고 보드카 토닉을 들이켜기 시작했다.

"내가 여자들의 트립Tripp이잖아." 트립의 형편없는 농담에 베는 잠시 트립도 함께 죽여버릴까 생각했다.

하지만 그래서는 안 됐다. 계획상 트립이 해야 할 몫이 있었다.

트립은 제 역할을 톡톡히 하고 있기도 했다. 트립이 합류해 잔뜩 짜증이 난 블랜치는 베가 바란 정도보다 술을 훨씬 더 많이 마셨다. 와인을 연거푸 몇 잔 마신 다음에는 트립이 마시던 보드카에까지 손을 댔다.

베가 트립의 술에 타둔 신경안정제 덕분에 트립은 예상대로 쉽게 곯아떨어졌다. 블랜치는 베와 함께 깔깔거리며 축 늘어진 그를 질질 끌어다가 침실에 데려다 놓았다. 베는 내내 딱 블랜치만큼 취한 척하고 있었다.

훗날 이 모든 일을 떠올렸을 때 가장 강렬하게 떠오르는 기억은 블랜치의 행복한 표정이었다. 거의 술기운 때문이었겠지만, 그렇다 해도 베가 블랜치를 위해 마련한 자리였다.

마지막 단 한 번의 '여자끼리의 밤 나들이'.

작년에 에디에게 선물한 보트에 두 사람이 올라타는 동안 블랜치가 크게 휘청대는 바람에 베가 그녀를 자리까지 안내해줘야 했다.

그리고 술을 더 마셨다.

머리 위 하늘도 캄캄했다. 그날 밤은 초승달이 떠서 달빛도 어두웠다. 무슨 일이 벌어지는지 비춰줄 만한 것이 전혀 없었다.

어머니 때와 마찬가지로, 베는 그다지 힘을 들이지도 않았다.

블랜치가 인사불성이 되어 푹 쓰러지는 순간 준비해온 망치를 꺼내기만 하면 그만이었다. 베는 딱 트립 같은 남자가 살인 무기로 대충 골랐을 법한 무거운 망치를 꺼내들었다. 그리고 내리꽂았다.

한 번, 두 번, 세 번. 딱딱한 것을 내리치는 듯 끔찍했던 으드득 소리가 축축한 육질을 도륙하는 소리로 바뀌고, 베는 블랜치를 굴려서 갑판 아래로 떨어뜨렸다. 블랜치는 베에게 마지막으로 머리를 보여준 다음 칠흑 같은 호수 아래로 가라앉았다.

베는 가만히 서서 어떤 감정이 느껴지길 기다렸다.

후회, 공포, 어떤 감정이라도. 하지만 이번에도 일이 끝났다는 안도감만 몰려오고 약간 피곤한 게 전부였다.

별장까지 다시 수영해서 돌아가는 것은 자질구레한 일이었다. 베는 두 팔로 따뜻한 물을 가르며 머릿속으로 악어와 물뱀을 그렸다. 바로 아래에 잠긴 숲이 존재한다는 사실을 알기에 베는 자꾸만 죽은 나뭇가지들이 해골처럼 자신을 향해 손을 뻗는 장면을 떠올렸다. 자신의 몸이 블랜치의 몸과 함께 떠내려가서 저 수중 숲으로 가라앉는 장면이었다.

그때 무언가가 발을 스치자 베는 숨이 턱 막혀 비명을 질렀다. 쥐 죽은 듯 조용한 밤이라 비명은 너무 크게 울렸고, 입 안으로 호수 물이 가득 들어왔다. 베는 미네랄과 무언가 애매하게 썩은 맛이 나는 물을 뱉어내고 계속 헤엄쳐갔다.

참 단순한 이야기였다. 여자들끼리 나들이를 나온 주말, 트립이 불쑥 등장했다. 세 사람은 보트를 타러 나갔고, 과음했다. 베는 트립과 블랜치가 싸우는 소리를 배경으로 잠이 들었거나 정신을 잃었다. 깨어나서 보니 블랜치는 없고 트립은 곯아떨어져 있었다. 겁에 질린 베는 가장 친한 친구인 블랜치를 찾으러 물속에 뛰어들었다. 결국 친구를 찾지 못한 베는 다시 별장까지 수영해서 돌아왔다.

트립은 잔뜩 취한 상태였으니 무슨 일이 벌어졌는지 감도 잡지 못할 것이다. 자신이 보트에 오르지 않았다는 사실조차 기억하지 못할 테고, 트립과 블랜치 사이에 여러 문제가 있었다는 건 모두가 아는 사실이었다. 트립에게 운이 따른다면 경찰은 결국 호수 밑바닥에서 시체를 찾지 못하고 블랜치가 실족했거나 자발적으로 물속에 뛰어든 것으로 추정할지도 모른다. 혹은 어쩌면 경찰이 시체를 찾아내 두개골에 난 구멍을 확인하고는 트립이 블랜치를 살해했다는 결론을 내릴 수도 있다.

어느 경우든, 베는 피해갈 수 있었다.

에디가 나타나서 다 망쳐놓지만 않았더라면 전부 그렇게 흘러갈 일이었다.

베가 부두 위를 걸어가는데 에디가 별장에 있었다. 베를 본 에디의 두 눈이 휘둥그레졌다. 베는 **에디가 왜 여기 있지?**라고 생각하느라 무더운 날씨에 흠뻑 젖은 몸으로 오들오들 떨고 있는 자신의 모습이 그의 눈에 어떻게 비칠지조차 생각하지 못했다.

그때가 바로 베가 모든 것을 잃은 순간이었다.

베는 에디가 어째서 이곳에 있고 그가 얼마나 겁에 질렸는지에 더 주목했어야 했다. 에디는 놀란 기색을 제대로 감추는 법이 없었고, 많은 남자가 그러하듯 자신이 실제보다 더 똑똑하다고 믿었다.

베는 늘 자신의 지능을 과대평가하는 남자는 쉽게 조종할 수 있다고 믿었다. 알고 보니 에디는 정말 위험해질 수 있는 남자이기도 했다.

훗날, 베는 에디에게 당신이 일을 전부 다 엉망으로 망쳐놓았다고 말해주고 싶었다. 당신이 나서지만 않았어도 내가 처리할 수 있었을 거라고, 언제나 그러했듯, **처리해냈을 거라고.** 그런데 당신은 언제나 그러했듯 생각 없이 달려들었고, 그래서 일을 망친 거라고, 그렇게 말해주고 싶었다.

나는 에디가 짓고 내가 창조해낸 이 집의 거실에 우두커니 서서 다시 제인의 그 말을 곱씹었다.

에디는 당신을 사랑했어요.

바로 그거였다. 그 퍼즐 조각을 끼우자 모든 게 앞뒤가 맞아떨어졌다. 왜 그날 밤 에디가 경찰에 신고하지 않았는지, 왜 나를 그냥 위층에서 죽게 내버려 두지 않았는지. 에디가 원한 것이 돈뿐이었다면, 나는 이미 그에게 나를 없애버리고 그 돈을 다 가질 수 있는 완벽한 구실을 제공했다. 거기다 우리는 어떤 유형의 혼전계약서도 쓰지 않았다. 내가 그 무엇보다도 에디를 신뢰한다는 사실을 세상에, 특히 블랜치에게 증명해 보이고 싶었기 때문이었다.

그러니 에디는 내가 그간 그에게 내준 것을 다 가질 수 있었다.

하지만 그러지 않았다. 뭐, 에디가 제인을 만나고 제인과 결혼할 계획을 세우긴 했다. 하지만 에디는 여전히 위층에 올라왔으며 여전히 나와 대화를 나누고 사랑을 나눴다.

그 이유가 무엇인지, 이 모든 의문을 해소할 열쇠가 무엇인지 알아내려 오랫동안 노력했는데, 진실은 이다지도 단순했다.

에디는 나를 사랑했다.

제인은 이제 한 손에 휴대폰을 든 채 거실과 주방 사이 문간에 서 있다.

"베, 그간 끔찍한 일을 겪었고 지금도 충격에 휩싸여 있다는 거 알아요. 하지만 그래도 경찰에 신고해야 해요. 더는 지체할 수 없어요. 말도 안 되는 일이에요."

제인은 다시 휴대폰으로 시선을 내리고 번호를 누르기 시작했는데, 정신을 차리고 보니 내가 그 앞에서 제인의 손목을 움켜잡고 있었다. 내 손가락과 맞닿은 제인의 손목뼈는 너무도 가냘팠다.

"하지 말아요."

말을 내뱉은 바로 그 순간 제인의 두 눈에 번쩍 빛이 스치고 지나갔다. 제인은 지금 여기서 실제로 무슨 일이 벌어지고 있는지 알고 있었다.

나는 제인이 좋고 존경스럽기까지 하지만 그녀가 내 일을 망쳐버리게 놔둘 수는 없었다.

우리의 일을.

갑자기 얇고 날카로운 경보음이 울려와 우리 두 사람은 모두 소스라치게 놀랐다. 나는 제인의 손목을 툭 떨어뜨리며 천장을 올려다보았다.

"이게 무슨……."

제인이 입을 열었지만, 나는 알 수 있었다.

화재경보음이었다.

나는 앞뒤 잴 것 없이 계단을 향해 달렸다.

이 바보야, 바보 자식아. 달려가는 와중에 드는 생각이었다. 이 또한 에디다운 행동이었다. 화재가 발생하면 밀실은 열리지 않는다. **실제** 화재가 일어나면 대피할 수 있는 장소여야 하니까. 에디는 그 사실을 몰랐거나, 내가 와서 자신을 꺼내주리라는 기대에 모험을 감행한 것이다.

후자일 거라고, 나는 꽤 확신했다.

제인이 바짝 내 뒤를 따르며 내 이름을 외쳐댔다.

위층에 다다르니 연기 냄새가 심했다. 벽장 문 밑으로 벌써 잿빛 연기구름이 스멀스멀 올라오고 있었다. 문손잡이를 움켜잡으니 뜨거웠다. 너무도 뜨겁게 달아올라서 피부가 얼얼할 지경이었다.

문을 홱 열어젖히자 열기와 연기와 고통이 한꺼번에 밀려들었
고, 내 뒤 어딘가에 있던 제인이 소리를 지르기 시작했다.

Part 13

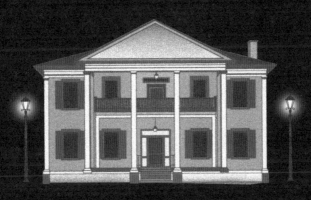

제인

37

열다섯 살 때 스케이트보드 위에서 한 남자의 환심을 사려다가 팔꿈치가 부러진 후로는 병원에 와본 적이 없다. 그때 그 경험은 정말 끔찍했고, 지금도 병원은 별로다.

내일 퇴원하고 집으로 돌아가야 하지만 어디가 집인지도 모르겠다. 베의 집은 잿더미가 되어 사라졌고, 내가 쌓아 올리려 애쓴 새 삶도 그 집이 무너지면서 함께 무너졌다.

맞다. 나를 사로잡은 생각은 새 삶이 무너졌다는 부분이지, 나와 약혼한 남자가 몇 달 동안 아내를 밀실에 감금했다는 부분이 아니다. 이상하게도, 한편으로는 바로 그 부분 때문에 안도감마저 든다. 앞뒤가 맞지 않아서 찜찜했던 그 모든 순간이, 싸울 것이냐 아니면 도망칠 것이냐를 결정해야 했던 그 모든 위협이 이제는 이해가 갔다. 모든 것이 명확해졌다.

나는 남은 인생 동안 계단을 달음박질로 올라가 에디를 구하려던 베의 표정을 잊지 못할 것이다. 내가 에디에게 품은 감정은 베의 감정과 전혀 달랐다. **결코** 같은 감정일 리가 없다.

에디가 베를 사랑한 것과 같은 방식으로 나를 사랑했을 리도 결코 없듯이.

베가 밀실의 문을 열었을 때 쉭쉭거리고 탁탁하는 소리와 함께 열기가 덮쳐왔고 나는 비틀대며 뒤로 물러나고 말았다. 그때 본능이 번뜩였다.

나는 달렸다.

계단을 내려갔다. 현관문 밖으로 뛰쳐나가 잔디에 털썩 쓰러져 캑캑대고 헐떡였다.

결국, 나는 살아오는 내내 해오던 일을 한 셈이다. 나부터 구하는 일을.

베와 에디를 죽게 내버려 둔 채.

나는 한숨을 내쉬며 담당 간호사가 슬쩍 건네준 막대 아이스크림의 비닐 포장을 벗겼다. 바나나 맛이었다.

운이 좋았다고, 모두가 말했다. 우선 불에 덴 곳이 없었다. 연기를 흡입한 탓에 목과 가슴에는 아직 통증이 있지만 집이 그야말로 재로 변했다는 점을 고려하면 나는 꽤 재빠르게 빠져나온 셈이다.

다만 이제 집 없이 떠도는 처지가 됐을 뿐.

자기연민에 더욱 깊이 빠져들려는 찰나에 문을 부드럽게 두드리는 소리가 들려왔다. 몸을 돌리니 문가에 선 로랑 형사가 보였다.

"똑똑." 로랑 형사의 목소리에 심장이 목구멍까지 튀어 오른 나는 아이스크림을 콱 깨물고 말았다. 차가워서 이가 얼얼했다.

"안녕하세요." 내 어색한 대답에 로랑 형사는 침상 근처에 놓인 플라스틱 의자를 가리켰다.

"잠깐 대화를 좀 나눌 수 있을까요?"

내가 안 된다고 말할 수 있는 처지나 되는가. 로랑 형사도 그걸 아는지 대답을 기다리지 않고 바로 앉았다.

로랑 형사는 다리를 꼬며 마치 친구 병문안에 온 양 내게 밝은 미소를 지어 보였다. 나는 억지로나마 미소를 따라 지으려다가 내 상태를 깨닫고 관뒀다. 정신적 충격을 크게 받고 마음이 어지러운 상태로 보여야 하니까.

지난 며칠간 겪은 일들 때문에 평소 때만큼의 기량을 완전히 발휘할 수 없었다.

나는 고개를 숙이고 막대 아이스크림의 포장지를 만지작거리며 로랑 형사가 무슨 말이라도 꺼내길 기다렸다.

"몸은 좀 어때요?" 형사의 물음에 나는 어깨를 으쓱하며 머리칼을 귀 뒤로 넘겼다.

"좀 괜찮아지긴 했는데 아직 말할 때 쉿소리가 나네요." 나는 목을 가리키며 말했다. "꿈을 꾸다 깬 것 같아요."

로랑 형사가 고개를 끄덕이며 내게 연민 어린 표정을 지어 보였다. 그녀의 눈꼬리에 잔주름이 졌다. 그런데 형사가 나를 지켜보는 눈길이 어딘가 거슬렸다. 다 안다는 듯, 사람을 벌거벗게 하는 눈빛이었다.

"지금쯤이면 아시겠지만 약혼자분은 불길에서 빠져나오지 못했어요."

나는 입을 꾹 다물고 잠시 눈을 감았지만 속에서는 호흡이 가빠지고 있었다. 이제 형사는 내게 잿더미 속에서 시체 두 구가 발견됐다는 사실을 알려주려는 건가? 나는 무어라 말해야 하지? 베와 에디에 관한 모든 진실을 털어놓아야 하나?

"알아요." 나는 쉰 목소리로 겨우 말했다. 목소리에 실린 두려움이 슬픔에 가깝게 들렸다. 바람직했다.

"그가 고의로 집에 불을 질렀다는 게 저희가 잠정적으로 내린 결론인데, 그것도 아실 것 같네요. 당신을 죽이고 자살하려 했다는 것을요."

아니다.

아니다, 그건 몰랐다. 그래서 형사를 바라보는 내 얼굴에 담긴 충격과 혼란은 꾸며낸 것이 아니라 진짜였다. "고의로요?"

내 말에 형사가 고개를 끄덕이고 한숨을 내쉬며 의자 깊숙이 등을 기댔다.

"제인, 에드워드 로체스터가 블랜치 잉그러햄의 살인과 아내의 실종에 연루되었을 가능성이 매우 높아요."

"세상에." 나는 나직이 말하며 한 손으로 입을 틀어막았다.

로랑 형사가 앉은 자리에서 몸을 움직이는 동안 병실 바깥에서는 휠체어가 굴러가는 소리와 다양한 기계에서 나는 삐 소리가 들려왔다.

"트립 잉그러햄의 혐의를 조사하는 과정에서 에디 역시 그날 밤 현장에 있었다는 흔적이 여러 개 발견됐어요. 손필드 주택 단지 입구에 설치된 CCTV에 에디의 차가 찍혔고, 동네 사람 중에서 베와 블랜치가 호숫가에 간 그날 밤 에디 역시 집에 늦게 들어왔다는 사실을 기억해낸 사람도 있고요. 모두 구체적인 증거는 아니고 아직 증거를 모으는 과정이었는데, 그런데 이제⋯⋯."

형사가 말끝을 흐리며 잠시 손을 허리춤에 찬 배지로 가져갔다.

"트립은요?" 내가 물었다. "이제 어떻게 되는 거죠?"

트립 잉그러햄에게 어떤 연민을 느낀다는 건 이상하면서도 적 잖이 불쾌한 일이었다. 나는 결국 그 연민을 거둘 테지만, 이제 전 말을 다 아는 상황에서 트립 역시 피해자로 보지 않을 수 없었다. 트립은 에디와 베가 벌인 난장판에 휘말린 또 한 명의 사람이었다.

"트립은 모든 혐의를 벗었습니다." 로랑 형사가 말했다. "사실, 저희는 트립에게 생각할 시간을 준 것 말고는 그다지 영향력을 행 사한 적이 없어요. 그 과정에서 트립이 스스로 무너지거나 에디를 무너뜨리길 바랐죠."

그러더니 로랑 형사는 한숨을 내쉬었다. "어쨌든, 에디는 분명 고의로 불을 질렀고, 저희는 에디가 포위망이 좁혀온다는 사실을 깨달았다는 추론에 이르렀습니다."

로랑 형사는 나를 굽어보며 내 손을 잡았다. "정말 유감입니다. 충격이 될 이야기만 하고 가네요."

충격이긴 하지만 형사가 생각하는 이유 때문은 아니었다. 경찰 은 에디가 블랜치와 베를 살해했기에 자살했다고 생각했다. 그건 경찰이 불 속에서 베의 시체는 찾지 못했다는 의미였다.

베가 여전히 밖을 활보하고 있다는 뜻이었다.

"추후 몇 가지 질문을 더 드려야 할지도 모르겠습니다." 형사는 그렇게 말하며 내 손을 토닥이고는 일어섰다. "오늘은 그저 현재 상황을 알려주고 싶었어요."

"감사합니다." 내 말에 로랑 형사가 또다시 미소를 지었다.

"몸 잘 챙겨요, 제인."

로랑 형사가 문을 향해 다가가려 했지만 나는 여전히 묻고 싶은 게 있었다.

"정말…… 에디의 시체가…….."

나는 너무도 끔찍한 일이라 입에 올릴 수조차 없다는 듯 단어 하나하나마다 머뭇거렸다. 형사의 얼굴이 구겨졌다.

"화마가 휩쓸고 갔어요." 로랑 형사가 부드럽게 말했다.

"아무것도 남지 않았죠. 경찰이 찾아낸 건……." 형사는 말을 멈추고 목을 가다듬었다.

"치아 몇 개였습니다."

나는 내 손에 들렸던 망할 파인애플 장식을 떠올렸다. 에디의 턱을 우두둑 강타하던 장면을.

카펫 위로 떨어지던 흰 조각들을.

"감사합니다." 나는 눈길을 돌려 내가 이 모든 공포에 압도당했다고 형사가 생각하게 두었다.

로랑 형사가 나가는 소리를 듣고 잠시 후 다시 아이스크림을 들었다. 아이스크림은 군데군데 녹아서 쟁반 위에 끈적거리는 노란 웅덩이를 만들어냈다. 나는 손가락 하나로 웅덩이를 찔러봤다.

왼손에 낀 반지가 여전히 반짝였다. 적어도 이 반지가 남았으니 팔면 최소한 새 인생을 시작할 수는 있을 것이다. 계획한 정도보다는 소박하지만 그래도 갖출 건 갖춘 삶 정도는 될 것이다.

베가 나를 내버려 두기만 한다면.

베는 아직 밖을 활보하고 있고, 내가 진실을 안다는 사실을 안다. 그러니 베의 다음 행보가 무엇이겠는가?

"자기야?"

홀끗 고개를 드니 에밀리가 문간에 서서 나를 향해 얼굴을 찌푸리고 있었다.

에밀리는 잠시 어깨 너머를 돌아보더니 낮은 목소리로 말했다.

"나는 그냥 네가 괜찮은지 살피러 들렀는데, 여기 네 오빠라는 사람이 있더라? 내일 너를 집에 데려간다며? 너한테 오빠가 있는지 몰랐어."

젠장, 존이다.

"없어요." 내 말에 에밀리의 눈살이 더 깊어졌다. 에밀리는 몇 걸음을 더 내디뎌 병실 안에 완전히 들어오더니 미소를 지었다.

"아델은 벌써 우리 집에 와 있어. 너도 우리 집에 와 있는 게 좋겠어."

아델. 그 모든 일이 벌어지는 와중에 아델을 까맣게 잊고 있었다. 어떤 이유에서인지, 아델 이야기를 듣자 마침내 눈물이 터져 나왔다.

"아델이 무사해요?"

내 물음에 에밀리가 고개를 끄덕였다. "멀쩡해. 메이저랑 커널이 어찌나 무서워하는데." 에밀리는 병실에 더 깊숙이 들어와 내 손을 잡았다.

"지지배, 나랑 집에 가자."

그렇게 나는 에밀리의 집으로 갔다.

38

에밀리의 집에 오고 처음 며칠간은 좋았다. 에밀리는 내게 예쁜 손님방을 내주고 음식을 주문해주며 목을 위해 아이스크림을 더 가져다주었는데, 그녀가 파인애플 주스와 탄산수로 만들어준 음료가 특히 맛있었다. 그리고 아델이 곁에 있다는 사실이 생각보다 더 위안이 됐다. 아델은 매일 밤 내 침대 발치에서 잠을 잤다. 아델의 존재가 묵직하고 따뜻한 위로를 안겨줬다.

그렇게 처음에는 괜찮았다.

사실, 거지 같은 상황은 이곳에 온 지 닷새가 되어 몸을 거의 회복한 내가 아침에 일어나 집 안을 어슬렁거릴 즈음부터 시작됐다.

처음에는 소소한 정도였다.

빌리지에 가서 자기 독서 모임에 필요한 크루아상을 좀 사다줄 수 있겠느냐. 아, 그리고 돌아오는 길에 유기농 매장에도 들를 수 있느냐. 사 올 목록을 적어주겠다!

그렇게 퇴원한 지 3주가 지난 지금, 나는 시츄 강아지 메이저를 동네에 데리고 나가 산책시키고 있다.

산책하면서 지난 6개월 동안 있었던 일이 전부 내 상상에 지나지 않는 건 아닐까 생각했다. 어쩌면 이 모든 일이 어떤 긴 환각에 지나지 않는 건 아닐까. 나는 애초에 에디 로체스터라는 사람을 만난 적도 없고, 도로 끝에 자리한 저 집에 살면서 짧게나마 내가 꿈꾸던 대부분을 이뤄본 적도 없는 게 아닐까.

하지만 아침 산책을 하는 동안 이 모든 게 현실이었다는 것을 다시 깨달았다. 에디와 베가 지은 집이 있던 자리는 공터가 되었다. 이제 그곳에는 잿더미와 범죄 현장 테이프만이 남았지만 나는 메이저를 거기까지 데려갔다. 나는 무엇을…… 기다리는 걸까? 어떤 단서를? 얇은 망사가 달린 모자를 두르고 선글라스를 쓴 베가 마법처럼 나타나 이 모든 일에 어떤 가치가 있다고 말해주기를?

그런 일은 일어나지 않았다.

나는 그저 타인의 허튼수작에 말려든 어린 여자에 불과했다. 타인의 것에 함부로 손댔다가 이내 뺏기고 만. 늘 그런 식이었다.

그런데도 공터에 서서 집이 있던 지점을 바라보며 내가 저 집 주방에서 요리할 때, 저 집 침실에서 잠이 들 때, 저 집 욕조에 몸을 푹 담글 때 어떤 기분이었는지 떠올리니 서글퍼졌다.

다만 이런 사색에 잠길 때마다 베가 줄곧 저 집에 함께하며 나와 공간을 공유하고 있었음을 떠올릴 수밖에 없다. 베가 기다리고 있었음을.

다시 에밀리의 집에 돌아가려 등을 돌렸고 메이저가 기분 좋게 총총걸음을 내디뎠다. 그때 주머니 속에서 휴대폰이 울려댔다. 아는 번호는 아니지만, 205가 붙은 것으로 보아 버밍햄에서 걸려온 전화였다.

"제인 벨 씨 되십니까?" 한 남자가 물었다.

바셋하운드*가 말을 할 수 있다면 이런 목소리가 아닐까 싶을 정도로 낮고 느릿느릿한 목소리였다. 나는 메이저의 목줄을 잡아당기며 말했다. "맞는데요?"

"저는 리처드 로이드라고 합니다. 에드워드 로체스터 씨의 변호사죠."

에디가 존에게 변호사의 명함을 건넨 일이 떠오르며 리처드라는 이름이 생각났다. 휴대폰을 쥔 손에 힘이 들어갔다. "그런데요?"

내 말에 리처드가 한숨을 내쉬었다. "이번 주 중에 제 사무실에 들를 수 있습니까? 사실 빠를수록 좋습니다."

안 된다고 말하고 싶었다. 변호사와 만나서 좋을 일이 뭐가 있겠는가?

하지만 문득 나는 몸을 돌려 한때 에디의 것이었던 집의 잔해를 다시 바라보았다. 그리고 아까 그려보았던 백일몽을 떠올렸다. 잿더미 속에서 베가 성큼성큼 걸어 나와서 내게 무언가를, 그간 겪은 일에 대한 어떤 보상을 건네는 장면을.

"물론이죠." 리처드에게 말했다. "내일 갈 수 있어요."

사무실은 딱 내가 상상한 모습 그대로였다. 값비싸고 점잖은 느낌이 나는 가죽 소재의 가구들이 있고 벽에는 죽은 오리를 입에 문 개의 사진이 여러 장 걸려 있었다. 내 앞에 놓인 작은 탁자 위에는 사냥과 낚시, 골프 전문 잡지들이 흐트러져 있었다.

---

* 다리가 짧고 몸통과 귀가 기다란 사냥개.

한 남자가 걸어와 "벨 씨 되십니까?"라고 물었는데, 그 역시 내가 예상한 모습 그대로였다. 볼품없는 정장 차림에 얼굴이 살짝 발그레했다.

리처드에게서는 트립에게서 느껴지는 태만한 기운이 전혀 감돌지 않지만 두 사람은 분명 같은 종이었다. **남부 술고래 종.**

오는 길에 모퉁이에서 술집을 하나 발견했는데, 나는 리처드가 매일 점심시간마다 그곳을 드나들며 늘 같은 음식을 주문하고 맥주를 최소 두 잔 이상 마신 다음 사무실에 복귀해서 지금 전화를 받고 있는 저 예쁜 대학생 직원을 성적으로 희롱하는 모습을 그려봤다.

하지만 나는 에디가 좋아하던 살짝 긴장된 미소를 지어 보이며 자리에서 일어나 리처드가 내민 손을 잡고 악수했다. "제인이라 불러주세요."

"제인." 리처드가 따라 말했다. "요즘에는 제인이라는 이름을 가진 사람을 많이 못 본 것 같네요."

나는 그저 똑같이 무미건조한 미소를 유지하며 그가 나를 개인 집무실로 안내할 때까지 기다렸다.

리처드의 개인 집무실에도 가죽으로 된 가구와 사냥 사진이 많았다. 다만 이 방에 걸린 사냥 사진 속 주인공은 밝은 오렌지색 조끼 차림으로 사슴의 머리를 들어 올리며 활짝 웃고 있는 이 남자였다. 사슴의 눈은 생기 없이 게슴츠레하고, 혀는 밖으로 축 늘어졌다.

여러 번 느꼈지만, 나는 또 한 번 이곳을 떠나면 마음이 놓이리라고 생각했다. 손필드 주택 단지 안에서 보호받는 느낌은 좋지만 그 외에 이곳을 둘러싼 모든 것은 꽤 엉망이다.

"이제." 리처드가 거대한 책상 뒤에 자리를 잡으며 말했다.

"솔직히 털어놓아야겠군요. 사실 에디가 제인과 약혼하고 너무 빨리 유언장을 수정하려 해서 조금 놀랐습니다. 사실 에디를 설득해서 마음을 돌리려고까지 했어요. 기분 나빠지는 마십시오."

"기분 나쁘지 않아요." 그렇게 대답했지만, 귀에서 맴도는 말 때문에 리처드의 말이 잘 들리지도 않았다.

에디가 나를 유언장에 넣었다.

에디는 베가 언젠가 밀실에서 탈출할 수도 있다고 생각한 걸까? 탈출해서 자신을 죽이리라고? 이게 바로 그가 선수를 쳐서 미안하다고 말하는 방식인가? 아니면 그저 베와 벌이는 지긋지긋한 게임에서 또 하나의 수를 던진 것에 불과한 걸까? 베의 재산을 내게 돌려놓아서 베가 손대지 못하도록?

결코 답을 알지 못할 것이다.

"아무튼, 베가 실종된 뒤로 에디는 베의 재산을 모두 좌지우지할 수 있게 되었어요. 베의 회사 지분을 포함해서 전부 다 말입니다. 그리고 이제." 리처드가 책상 너머로 내게 두툼한 가죽 서류첩을 건넸다. "제인의 소유입니다."

나는 감각이 사라진 손으로 서류첩을 받아서 무릎 위에 올려놓았다. 무릎 위로 서류첩의 무게가 느껴졌다.

"물론, 회사도 이제 당신 것입니다." 리처드가 말을 이으며 노란 패드형 메모장에 무언가를 써넣었다. "서던 매너스. 가지고 계셔도 좋고 아니면……."

"팔아도 된다, 그 말씀이시죠?"

리처드가 책상 너머로 나와 눈을 맞추며 입술을 살짝 씰룩거렸다. "당신 것입니다." 그는 되풀이했다.

나는 앉은 자리에서 그 말을 곱씹었다. 모든 상황을 곱씹어보았다. 잠깐이나마 서던 매너스를 팔지 않으면 어떨까 생각해봤다. 서던 매너스를 운영하고 손필드 주택 단지에 새로 집을 산다면.

하지만 아니었다.

나는 이게 무엇인지 알았다. 선물이었다. 에디가, 베가 준 선물.

두 사람의 비밀을 지켜주는 대가로 내게 이 선물을 내주는 것이다.

그리고 나는 선물을 받을 생각이다.

나는 서류첩을 열어 서류를 손에 들고 뚫어져라 쳐다봤다. 대부분 법률 용어인 데다 제인 벨은 당연히 내 진짜 이름도 아니지만, 아무것도 중요하지 않았다. 눈에 들어오는 것은 오로지 숫자뿐이었다.

딱 보아도 전부라는 걸 알 수 있었다. 베의 전 재산, 그녀가 서던 매너스로 쌓아 올린 모든 것이 에디에게 남겨졌다가 이제 내게 넘어왔다.

나는 부자다.

그저 그런 부자가 아니다. 수백만 달러, 수억 달러다.

내게 넘기겠다는 서명이 되어 있었다.

나는 고개를 들어 변호사와 눈을 맞췄다. 눈물을 억지로 짜내지 않아도 이미 두 눈에 눈물이 그렁그렁했다. 슬픔의 눈물이 아닌 안도의 눈물이었다. 젠장, 기쁨의 눈물이었다. 베 로체스터가 내게 인생을 선사했다. 그녀의 인생이 아닌, '제인 벨'의 인생도 아닌 새로운 인생을, 새롭고 산뜻한 인생을.

오로지 내 것으로 다시 세울 수 있는 인생을.

"그간 일어난 모든 일이 충격 그 자체였어요." 내가 나직이 말했다. "에디에게 일어난 모든 일이 말이죠. 저는 에디를 사랑했어요. 정말 사랑했는데, 이럴 줄은 정말……."

나는 다시 무릎으로 시선을 내리깔았다. 아픈 목이 제 몫을 다하고 있었다. "누군가를 사랑하면서도 그 사람을 전혀 모를 수 있다고는 생각하지 못했죠."

"제인, 에디 로체스터를 제대로 안 사람은 아무도 없었던 것 같네요." 리처드가 책상 너머로 손을 뻗어 내 손을 토닥이며 말했다. 그의 졸업반지가 묵직하고 차가웠다.

밖에 나서니 바람이 더 강하게 불고 하늘의 구름은 빠르게 움직였다. 늦여름의 폭풍우가 금방이라도 닥칠 듯 공기가 탁하고 후텁지근했다. 나는 가방에서 우산을 꺼내면서도 고개를 젖혀 처음 떨어지는 굵은 빗방울을 몇 점 맞았다.

얼굴 가득 미소가 번지는 통에 뺨이 아플 지경이었다. 아이처럼 활짝 웃는 얼굴이 아마 우스워 보일 테지만, 기나긴 세월 동안 처음으로 다른 사람이 나를 어떻게 볼지 의식하지 않았다. 다른 사람에게 맞춰 반응하지 않았다.

자유로웠다.

베와 그녀의 돈이 나를 자유롭게 풀어주었다.

원한다면, 앨라배마를 떠날 수도 있다. 다시 내 진짜 이름을 쓸 수도 있다. 이 돈이 방벽이 되어 과거를 완벽하게 막아줄 것이다.

원한다면, 다시 헬렌 번스가 될 수 있다. 원한다면, 영원히 제인 벨로 남을 수 있다.

누구든 될 수 있다.

epilogue

가끔 그들이 궁금할 때가 있다. 에디와 베가.

한번은 차 트렁크에 식료품을 싣다가 두 사람을 본 것 같다.

물론 두 사람일 리는 없었다. 그즈음 나는 마운틴브룩에 있지 않았다. 아예 앨라배마주를 떠난 후였다. 그리고 베의 돈으로 작은 집을 샀다. 으리으리한 집도 살 수 있었지만 노스캐롤라이나주 산지에 자리한 작고 안락한 오두막집을 내 소유로 삼았다.

알고 보니, 나는 남부를 좋아했다.

내가 남부에 있다고는 해도 잉글스 마켓* 주차장을 어슬렁거리던 대형 SUV가 베의 차일 리는 없었다. 선글라스를 낀 운전석의 여자가 베일 리가 없고, 조수석에 널브러진 형상이 에디일 리도 없었다. 그 사람이 남자인지조차 분간이 안 됐다.

SUV가 지나가자 차에 있던 아델이 한순간 날카롭게 짖어댔다. 조수석에 앉은 사람이 언뜻 돌아본 것도 같았지만, 그즈음에는

•　미국 노스캐롤라이나주에 본사를 둔 슈퍼마켓 체인.

SUV가 이미 너무 멀어져서 확신할 수 없었다.

게다가 그때는 화재 사건이 있은 지 몇 달밖에 되지 않은 시점이라 전보다 신경이 과민해서 어디서든 두 사람의 유령을 볼 것만 같았다.

어깨 너머로 뒤를 돌아보는 습관도 그즈음 생겼다.

베가 밀실의 문을 열었을 때 쉭 하는 소리와 함께 화염이 벽을 이루던 장면을 기억한다. 털이 타는 냄새와 더 지독하고 어두운 냄새를, 끔찍하게도 바비큐 타는 냄새와 비슷하던 그 냄새를 기억한다.

경찰이 에디의 치아를 발견한 사실을 기억한다.

하지만 동시에, 내가 에디를 타격할 때 치아가 그의 입 밖으로 튀어나오던 장면도 기억한다. 그렇다면…….

의문이 남는다.

나는 두 사람이 살아남았다고 생각하고 싶다. 지금 어딘가에서 밖을 활보하고 있다고.

어쩌면 두 사람은 하와이로 돌아갔을지도 모른다. 혹은 더 먼 섬으로, 어딘가 그들만의 작은 해변으로.

나는 흔들거리는 야자수를 배경으로 백사장에 선 두 사람을 그려봤다. 베가 유령이고 에디는 내 것이었을 때 그려보곤 했던 모습 그대로였다.

베는 백사장에 앉아 햇살을 받으며 미소를 짓는다. 윤이 나는 머리칼이 뒤로 흩날린다. 에디는 베의 옆에 있다. 예전만큼 잘생긴 얼굴은 아니다.

베가 손을 뻗어 에디의 손을 잡는 모습이 보인다. 흉터로 두툼해진 손가락과 십자 무늬로 붉게 부어오른 살갗을 베가 감싸 쥐고 있다.

이제 우리는 함께야. 베는 에디에게 말하리라. **그거면 됐어.** 돈
도, 두 사람이 쌓아 올린 인생도, 손필드 주택 단지의 푸르디푸른
잔디 위에 검은 자국으로 남은 집도 이제 그들에게 중요하지 않다.

베가 그 모든 것이 없어도 더 잘 살 수 있다고, 둘만 있다면, 어디
에 있든 더 잘 살 수 있다고 말할 때 그건 거짓이 아닐 것이다.

진실일 것이다.

감사의 말

에이전트 홀리 루트에게는 언제나 고마운 마음이지만, 이번 프로젝트를 함께해줘서 특히 더 고맙습니다. 홀리, 내 잠재력을 알아봐주고 때로는 나보다 더 작가로 사는 마음을 이해해줘서 고마워요.

나에게 기회를 주고 나의 작업 방식을 제대로 바꿔주었던 알로이 엔터테인먼트의 조시 뱅크와 조엘 호베이카, 세라 샨들러에게도 고맙다는 말을 전합니다. 세 사람 모두와 함께한 작업은 정말 즐거웠어요!

세라 보나미노와 샐리 롯츠, 나우린 나시드, 머리사 생지아코모, 제시카 지메르만 등 세인트 마틴스의 팀 전체에도 감사한 마음을 전합니다. 여러분은 모두 록스타예요. 베라면 두 번 생각할 것도 없이 당장 모두를 서던 매너스로 데려갈 거예요.

세라 칸틴에게도 이루 말할 수 없을 정도로 고마워요. 작업 아주 초기부터 이 글을 봐준 덕분에 정말, 훨씬 더 좋은 책이 되었어요! 칸틴은 면도날처럼 날카롭게 편집을 해주면서도 동시에 늘 저를 지지해줬어요. 당신과 작업할 수 있어서 정말 즐거웠어요. 말로 표현할 수 없을 정도로 고마워요.

늘 그렇듯, 가족에게도 고마움을 전합니다. 가족이란 존재가 없었다면 이 모든 일이 조금도 즐겁지 않았을 거예요.

그리고 마지막으로, 《제인 에어》의 마지막 문장을 읽고 '장난해, 제인? 너는 이보다 더 잘할 수 있잖아'라고 생각해본 적이 있는 여성 모두에게 고맙다는 말을 전합니다.

여러분은 내 사람이고, 나는 여러분을 사랑합니다.

기척

초판 1쇄 인쇄   2022년 8월 8일
초판 1쇄 발행   2022년 8월 17일

지은이   레이철 호킨스
옮긴이   천화영

편집인   이기웅
책임편집   한의진
교정·교열   최지은
편집   주소림, 안희주, 김혜영, 양수인, 오윤나, 이현지
디자인   MALLYBOOK 최윤선, 정효진, 민유리
책임마케팅   정재훈, 김서연, 김예진, 박시온, 김지원, 류지현, 김찬빈, 김소희
마케팅   유인철
경영지원   김희애, 박혜정, 박하은, 최성민
제작   제이오

펴낸이   유귀선
펴낸곳   ㈜바이포엠 스튜디오
출판등록   제2020-000145호(2020년 6월 10일)
주소   서울시 강남구 테헤란로 332, 에이치제이타워 20층
이메일   odr@studioodr.com

ISBN   979-11-92579-04-7(03840)

모모는 ㈜바이포엠 스튜디오의 출판브랜드입니다.